Les
choses
qui se
donnent…

*L'auteur exprime sa gratitude à Gilbert Collet,
maire de Prévelles, pour la mise à disposition
des archives communales,
à l'Association Prévelles Terre Vivante des Potiers,
aux amis lochois et manceaux qui l'ont encouragé,
particulièrement Gaston Chevereau, Bernard Briais,
Alain Mala et l'équipe de Cénomane.*

ISBN 2 905596 51 1

Louis
Lebourdais

Les choses qui se donnent…

Collection « Mémoire du lieu »

éditions cénomane

L'écriture, exactement.

Les choses qui se donnent... *n'est pas un roman, l'auteur lui-même le souligne ; mais ce texte possède une qualité rare, trop souvent absente des romans aujourd'hui, ce que Roland Barthes appelait le* romanesque *: cette chair du roman ou du récit, faite de sensibilité, de sensualité, d'odeurs, de détails infimes, nullement nécessaire au déroulement de l'histoire, mais sans laquelle nul vie n'y surgit pour que l'alchimie mystérieuse de la lecture y prenne* corps. *Sans romanesque, pas de mémoire qui puisse être* incarnée. *Du souvenir, l'écriture construit le romanesque, et donc l'authenticité, et ce n'est plus avec son intelligence seule qu'on lit mais avec tout son corps qui vibre et ressent au présent.*

L'émotion, alors, affleure à chaque ligne, surgit dans toutes les évocations de la vie d'enfant de l'auteur et de ce qui l'entoure, au contact de Mémée, de Tatan Bique, de Marcel ou de Suzanne. Une émotion que Louis Lebourdais sait communiquer sans artifice, en prenant simplement le temps de dire, avec minutie, précision, tact, en faisant appel à tous nos sens.

Cette « écriture, exactement *» est un réel bonheur et une vraie connaissance.*

A la mode d'une littérature de terroir (et qui serait par là-même assimilée à une sous-littérature), Louis Lebourdais répond par le présent *d'une écriture. Aucune nostalgie* suffisante *pour lui, pas de « bon vieux temps » pour ce paysan devenu agriculteur qui n'a jamais quitté la terre et sait ce que cela veut dire : la campagne n'est pas un Eldorado que les regrets de sa jeunesse révolue ont embellie. Elle* est, *tout simplement. Et la vie rurale, la nature, le travail du paysan, puis de l'agriculteur, qui sont* toute *sa vie, apparaissent alors dans une perspective historique, sociale et culturelle – poétique–, qui leur restitue toute leur vérité. Une vérité forte, passionnante quand elle est débarrassée de ses oripeaux.*

Bien sûr, on pense à Giono, et ce livre s'inscrit dans cette tradition-là. Dans celle aussi qu'évoque la musique, baroque et délicate, d'un Sainte-Colombe ou d'un Caix d'Hervelois par exemple.

Car une chose est de raconter ses souvenirs en pensant qu'ils suffisent, une autre que ces souvenirs soient convoqués, par la qualité propre de leur auteur, sur un autre mode. Non seulement les traces d'une histoire personnelle, au demeurant ordinaire, mais bien plus l'écriture universelle d'un destin qui est celui de l'humanité : la vie, la mort, la prégnance des sentiments, l'interrogation permanente sur ce qui fait la valeur et le sens d'une existence, le destin d'une vie.

Oui, il est des choses qui se donnent : à nous d'être capables, encore, de les recevoir...

Alain Mala

Il est des choses qui se donnent
et qu'on ne trouve pas à acheter

Le délogement

Gare à celui qui laisse sa chèvre brouter trop tôt, dans les haies, les repousses de noisetier et de chêne, obligeant ainsi les jeunes tiges à fourcher trop près de terre. Ou à celui qui, faute de gratter suffisamment le sol à la houe, au croc, à la herse, sous les hâles de mars ou sitôt la moisson enlevée laisse le chiendent envahir ses champs. Ou encore à celui qui laisse passer l'année sans payer son fermage. Il se voit alors signifier son congé et est prié de déguerpir dès la Toussaint suivante.

Il n'est pas rare qu'une famille agricole déménage ainsi tous les deux ou trois ans. On dit alors que les araignées n'ont pas le temps de tisser leurs toiles derrière les armoires. Ce n'est pas bien vu.

En ce 2 novembre 1871, sur les onze heures du matin, une aventure commence pour Julie Chevallier. Une véritable migration, à l'autre bout de canton. La voici, dans la carriole d'un voisin, sur une route inconnue qui, après Tuffé, va la conduire à Prévelles, but de son voyage.

Julie Chevallier est veuve, à quarante-trois ans. Son Jean-François est décédé au mois d'avril, à cinquante-cinq ans, dans sa petite maison du Grand-Tangueul à Sceaux-sur-Huisne. Et avec ses deux enfants, Jean, dix-huit ans, et Marie, quinze ans, elle a décidé de s'installer sur un « bordage » qui serait bien à eux, qu'on planterait tout de suite de pommiers à cidre, pour avoir des fruits à vendre comme dans une ferme, dans dix ans. Pour que les enfants aient « de quoi », plus tard…

Alors ont commencé de longues recherches, car les places sont rares. Ou bien c'est trop grand, et on n'a pas assez de vaches pour utiliser toute la surface des prés. Ou bien la terre est trop dure à travailler, il faudrait échanger le petit cheval breton contre un gros percheron pansu qui engloutirait à lui seul la portion de deux vaches. Mais l'argent fait défaut et on ne trouve à emprunter auprès des petits propriétaires, des notaires, ou de ceux qu'on désigne dans les écrits officiels sous l'appellation de « rentiers » que si on est de bonne famille et qu'on a déjà fait ses preuves.

Enfin le jour fatidique est arrivé. Le deux novembre, dans la région, est depuis toujours le jour des *délogements*. Quel que soit le temps, qu'il soit cultivateur ou simplement *maisonnier*, le « sortant » doit impérativement avoir quitté les lieux à midi, pour laisser place à l'« entrant ».

La veille, on a emballé tout ce qui remplissait l'armoire dans des paniers. Les hardes ont été roulées sans ménagement en ballots informes enveloppés d'un drap de lit dont les coins noués forment « la malle à quatre nœuds ».

Avant l'aube, les voisins sont là, avec charrette ou tombereau, suivant la nature du chargement. Alors c'est le naufrage. Le chargement, par des mains étrangères, de tout ce qui garnit la maison. Les vaches affolées qu'on escorte avec trois ou quatre gamins ravis de l'aubaine, le long des routes et des chemins. Les cochons hissés à grand-peine, enfermés dans des cages à claire-voie dans lesquelles on les a fait rentrer de force en les poussant, en tirant sur leurs oreilles, à les arracher. Abrutis, assis tels des chiens, ils regarderont sans broncher, du haut de la charrette, le morne spectacle de la campagne ruisselante.

A midi, la ferme est déserte, l'étable béante, la maison fermée, la cour jonchée de débris et de brins de paille noyés dans la boue à force de piétinements ; et si un chat efflanqué miaule sa solitude sur le seuil déserté, c'est qu'on n'a pas réussi dès le matin à le capturer et à le fourrer dans un panier à couvercle. Commence le défilé des charrettes brinquebalant, au hasard des trous de la route, deux armoires et la huche à pain, avec quatre chaises enfilées dans les cornes des échelettes, ou bien le clapier fait de planches disjointes, dans lequel on a cloîtré quelques poules effarées, les lapins faisant le voyage dans des sacs de chanvre ou dans le coffre à avoine. Le petit matériel, charrue, herse, moulin à pommes, pressoir à cidre, voisine avec le chaudron en fonte. Le squelette dégingandé de la promenoire domine le tout, attestant que, dans cette famille, des petits enfants ont appris à marcher. Entre les pieds d'un banc retourné, on a juché un pot de géraniums, dont la dernière fleur rouge met une touche insolite dans ce pitoyable étalage. Et les curieux commenteront en regardant passer tous ces trésors de pauvres gens, arrachés à l'intimité familiale et étalés à tout vent : « As-tu vu la belle armoère, c'é des gens qui ont "de què" ! » ou bien : « C'est des malheureux, i n'ont que des bafraiges ! [1] ».

Voilà près d'une heure que Julie Chevallier précède le convoi avec, comme c'est l'usage, tout ce qu'il faut pour préparer le repas de ses délogeurs : la crémaillère, que le voisin complaisant accrochera lui-même avant d'allumer le feu ; la grande marmite de fonte, quelques légumes, un peu de vaisselle.

Le crachin, compagnon attitré de la Fête des Morts, rétrécit la vision sur des champs qui semblent s'amenuiser à mesure qu'on s'approche de Prévelles.

On aurait pu prendre, au sortir de Tuffé, la route sinueuse qui passe par Saint-Denis-des-Coudrais, franchir le vallon où coule la Chéronne dans un fouillis de verdure, remonter le petit bourg qui, à cette époque de l'année, embaume la pomme mûre. Grimper encore, derrière l'église ce coteau si rude sur lequel, jadis, quelques vignes souffreteuses, à la vendange acide, ont dû s'accrocher. De là-haut, après maints détours – l'endroit s'appelle « Pas d'Oie » –, on aurait eu sur Prévelles, sur ses petites fermes grisâtres disséminées dans le bocage, sur ses hameaux où voisinaient les petits ateliers de potiers et les maisonnettes de journaliers, sur son clocher d'ardoises, une vision flatteuse aux yeux d'une étrangère.

Mais on n'avait pas de temps à perdre en détours inutiles qui, au surplus, auraient fatigué le cheval. On a donc pris la route qui relie directement Tuffé à Prévelles.

Quel visage a montré Prévelles, ce jour-là, à une femme encore jeune, habituée aux domaines plus grands de Sceaux-sur-Huisne, à leurs attelages de chevaux Percherons, à leurs prairies en bordure de rivière où les vaches Mancelles à long mufle blanc, et les

---

(1) Bafraiges : tout ce qui est remisé et de peu d'importance.

Pour les termes de patois qui ne figurent pas en notes, on pourra se reporter utilement aux deux volumes de *Parler Sarthois*, parus aux Éditions Cénomane.

Normandes à lunettes fauves trouvent facilement leur saoulée ? Habituée, aussi, aux maisons « avec des hauts » dans des bourgades aisées, avec de vraies boutiques ; coutumière de beaux offices chantés dans des églises cossues fleurant bon l'encens et la cire d'abeilles, remplies de fidèles chaque dimanche.

Lorsque, après le hameau de la Croix-Fournier et ses maisons de potiers, Prévelles émergea de son vallon, il n'offrait aux nouveaux arrivants que sa rue unique bordée de maisons basses, l'atelier en torchis du charron, recouvert d'un enduit jaune, le petit cimetière ceinturant l'église, lui-même clos par un muret lépreux de pierres sèches.

Ayant dépassé l'église, le petit café-épicerie, la boutique du bimbelotier Lapoutoire, la carriole s'engagea sur le chemin encaissé de La Chapelle-Saint-Rémy (1). Elle cahota dans les ornières argileuses de la côte, arriva enfin en vue de la Bédivière, de ses six demeurants (2), répartis de chaque côté du chemin, avec à main droite, au bout d'une ruelle, le terme du voyage : « Un corps de bâtiments construits en murs et colombages, couvert en bardeaux, renfermant une chambre à feu et une petite chambre froide, grenier sur le tout, et en prolongement une écurie en colombages, toit à porcs, grenier à foin dessus, et hangar sur poteaux couvert en tuiles. Bouillanderie (3) en colombage couverte en tuiles. Droit au puits et aux fosses de la Bédivière. » Petits bâtiments, vétustes car vieux de plusieurs siècles, mais suffisants pour une exploitation de six hectares de terres moyennes où domine l'argile à silex.

Quand les deux ou trois charrettes, pas plus, arrivèrent à leur tour, quelques heures plus tard, on mangea sur le pouce. Vite, on déchargea les deux bois de lit, les paillasses, la grosse armoire de chêne dont il fallut scier les pieds et supprimer la corniche pour qu'elle se tînt debout dans la maison.

Les charrettes repartirent à vide, sans perdre de temps car la nuit tombe vite en cette saison. Il fallait parcourir de nouveau trois lieues, avec des chevaux fatigués. Déjà il était temps de soigner les bêtes, de traire les vaches qui soufflaient bruyamment dans une crèche inconnue. De s'occuper de soi, enfin, la porte

---

(1) La construction de la route actuelle (D 237) ne fut décidée qu'en 1879.

(2) Demeurants : résidents.

(3) Bouillanderie : petit bâtiment où l'on prépare la nourriture des porcs. On l'appelle aussi « cabane ».

verrouillée sur la nuit pleine de bruits nouveaux, dans une vieille maison qui a perdu son âme le matin même avec les « sortants », et qui, ce premier soir, n'a pas encore trouvé la nôtre. Où les objets familiers eux-mêmes semblent perdus.

J'imagine sans peine cette première veillée devant un petit feu de bois mouillé, pendant laquelle Julie Chevallier et ses enfants, envisagèrent ce que pourrait être désormais leur vie dans ce village inconnu, cultivateurs qu'ils étaient dans un pays de potiers.

Julie Chevallier, veuve Lebourdais, venait d'installer sa famille à Prévelles. Pour un siècle.

Julie Chevallier, mon arrière grand-mère paternelle*.

---

* Afin de faciliter la lecture, un arbre généalogique sommaire des principaux personnages de ce récit figure page 314-315.

Du côté de Prévelles...

« Maman ! j' vas cez Mémé ! »

Combien de fois mes parents ont-ils entendu cette phrase criée du bout de la cour, avant de tourner au coin de la grange ? Stricte obéissance à une consigne sévère ou réflexe instinctif au moment d'affronter le voisinage du puits et m'assurer que, du bout du hangar ou du seuil de l'écurie, on veillera sur le bon déroulement du voyage.

Cent mètre à peine séparent la ferme de la petite maison en bordure de la route où je vais retrouver mes deux grand-mères. Une petite maison comme tant d'autres par ici : « Deux pièces à feu, grenier sur le tout, cellier en colombages couvert en tuiles, jardin attenant derrière. » Devant, c'est la route de Prévelles à La Chapelle-saint-Rémy, peu fréquentée heureusement, car elle passe au ras du seuil, et les rares autos remplissent la maison de poussière. Le seuil où j'aime tant m'asseoir, les jours de soleil, pour manger ma beurrée : une tranche de miche de trois livres, bien épaisse, parcimonieusement graissée de beurre salé d'un beau jaune tirant sur le roux, sur lequel Mémé a dispersé de petits morceaux de chocolat râpés au couteau dans une barre de « chocolat des Ancêtres », vous savez, le chocolat à emballage jaune qui donne en prime, avec chaque tablette, une assiette à petites fleurs rouges, ou bien, contre plusieurs bons, une soupière avec un beau coq rouge sur le couvercle. Il n'y a que les mémés qui savent ainsi étendre le beurre, patiemment, jusque sur les bords, qui prennent le temps de fendre la croûte en minces lamelles quand elle est dure, pour qu'on ne laisse pas de *rouchot*. Qui savent répartir avec précision les fragments de chocolat, les enfoncer dans le beurre avec le bout du couteau pour qu'ils ne tombent pas tandis que nous penchons la tartine. Qui connaissent, pour varier le menu, les proportions exactes de beurre frais et de fromage blanc, qu'elles malaxent soigneusement au couteau pour tartiner *une beurrée à la mêlinge*. Les mamans, c'est bien connu, n'ont pas le temps. Elles ont bien trop à faire, quand c'est l'heure de soigner les vaches, et qu'on choisit ce moment-là pour avoir faim. Une tranche de pain rassis, un quart de barre de chocolat et hop ! « laisse-moi faire mon ouvrage, la nuit va v'ni ».

Moi, j'ai de la chance. J'ai trois ans, et je suis un petit garçon heureux. J'ai, bien entendu – cela va de soi n'est-ce pas ? – des parents que j'aime bien, et aussi une grande sœur qui va à l'école. Mais j'ai surtout, dans la petite maison au bout du chemin, une Mémé que j'aime par dessus tout. Et une autre très vieille qui vit avec elle, à laquelle elle dit « vous », qu'elle appelle « Maman » et que moi j'appelle « grand-mère Blin ». Pourquoi l'une « Grand-mère » et l'autre « Mémé » ? Parce que c'est comme ça, et qu'il y a des choses qu'on fait avec une Mémé et d'autres qu'on fait avec une Grand-mère. Voilà.

Par exemple aujourd'hui il fait très froid – on dit que c'est bientôt la bonne année – et je suis arrivé transi malgré mon capuchon, mon gros bonnet de laine à pompon rouge, mes « chausses en laine de berbis[1] » et mes petites galoches rouges à semelle de bois. Dès que j'ai gratté à la porte, c'est Mémé qui s'est levée, et j'ai entendu courir ses chaussons à semelle de corde. La voilà sur le seuil, qui fait l'étonnée : « Ah ! c'est mon p'tit gars, entre don ! » Elle referme la porte – pas tout entière car il faut maintenir le haut entrouvert en y coinçant le manche du balai sinon la fumée se répand dans la pièce –, me débarrasse de mon manteau, approche sa chaise basse tout contre le feu, s'assied. Voilà son giron qui se creuse, s'élargit, le giron tout bleu, tout chaud, de son grand devantiau[2], le propre, pas celui qu'elle met pour soigner les lapins. Je m'y installe, face à son petit feu de vieille femme, quelques brindilles jetées en croix sur le bout rougeoyant du *bougot*, un gros morceau de souche qui sert à tenir le feu plus qu'il

(1) Les « chausses en laine de berbis » étaient de gros bas de laine crue tricotés avec des broches en acier.

(2) Devantiau : tablier bien couvrant.

ne chauffe réellement, et qu'on avance dans l'âtre à mesure qu'il se consume.

« Pauve p'tit bonhomme, t'es tout fré, viens que j' te chauffe les mains ! »

Sur son genou tiède, je mets une main rouge et toute gonflée d'engelures, paume en dessous. Elle pose dessus sa grande main chaude – presque une main d'homme – qui, doucement, prend possession de la mienne. Sur la sienne, vient se poser mon autre main, qui essaye vainement de serrer, aussitôt recouverte comme la première. Et l'autre grande main va passer et repasser sur la mienne, si douce et si ferme à la fois, tandis que s'engage un dialogue bien connu, car il vient du fond des ans, depuis qu'il y a des mémés avec des petits enfants qui ont la pinçonnée :

– Réchauffons, réchauffons les fês ! (les fers)

– Qui qui l'commande ?

– Le roi de France.

– Oyou qu'il est ? (où est-il ?)

– A la chasse.

– De què qu'i happe ? (qu'est-ce qu'il attrape ?)

– Des perdrix et des bécasses !

A ce mot, quatre mains s'envolent vers la flamme. Oh ! pas bien haut, attention à ne pas heurter le bord de la coiffe, c'est si fragile une coiffe de Mémé ! Et le jeu recommence, jusqu'à ce que l'onglée cède la place à une onde de chaleur mordante.

Quand j'étais plus petit, à cette même place, on m'a appris à connaître mes doigts : *Poucereau, liche-pot, grand longis, mal assis, petit doigt du Paradis*, et cinquante mots pour désigner les choses les plus courantes dans la vie d'un jeune enfant, faciles à prononcer, faciles à retenir, que les adultes complices adoptent volontiers pour dialoguer à table, au travail quand la saison s'y prête, car il n'y a pas de bruit de machine pour couvrir les voix : les *menines* : les mains ; les *gogos* : les sabots ; les *gneux-gneux* : les yeux ; les *bodots* : les vaches ; les *gôdets* : les oreilles ; la *bibi* : la chèvre, etc.

Il vous est permis de sourire en jugeant ce langage bien puéril, et de penser que ce n'était pas une bonne méthode pour obliger les enfants à parler rapidement le français. A cela on peut répondre que le patois étant le langage le plus couramment employé il serait toujours temps que l'école, plus tard, se charge d'enseigner la langue nationale. C'était en tout cas pour l'adulte, une manière de se mettre à la portée de l'enfant, d'être à son service, en quelque sorte, pour l'aider à s'insérer dans la société des grandes personnes.

Pour l'heure, me voici réchauffé. Je peux m'intéresser à cette maison que je connais si bien que le moindre détail restera à jamais gravé au plus profond de ma mémoire, je dirai même de mon cœur.

D'abord il y a l'autre grand-mère, toujours assise à table face à la porte d'entrée, les pieds sur sa potine (1). Je n'ai jamais vu ses jambes, cachées, été comme hiver, sous sa lourde jupe noire à reflets verdâtres. Elles porte la petite coiffe blanche sarthoise dont les bords sont cassés par la frileuse (2) noire nouée sous le menton. Ses cheveux sont très blancs. Chaque matin, quand elle s'est débarbouillée avec le coin d'un morceau de toile trempé dans un demi-litre d'eau, l'autre coin étant réservé pour s'essuyer, c'est Mémé qui la coiffe, et c'est très long. Il faut démêler les cheveux au grand peigne, les enduire de pommade « Violette » prise dans une jolie petite boîte ronde, plus haute que large, et les lisser au peigne fin. Il faut ensuite faire deux tresses égales qu'on noue à l'avant avec un petit cordon noir. Puis ajuster un petit bonnet noir qu'on appelle la calotte, pour ne pas salir la coiffe bien serrée par dessus. Très tôt le matin, Mémé se coiffe de la même façon en se regardant dans la petite glace encadrée de noir accrochée au mur, à bonne hauteur, entre la porte et la fenêtre. Ses cheveux sont gris. C'est normal puisque c'est Mémé. C'est d'abord à cela qu'on reconnaît si une dame est une maman ou une mémé. Les coiffes sont toutes simples, unies. Mémé les repasse en les humectant avec de l'amidon Rémy dissous dans le l'eau. Le dimanche elles mettent des coiffes fleuries repassées par Eugénie Cordelet, de la Croix-Bigot. Mes grand-mères détestent que j'arrive chez elles trop tôt le matin et que je les voie « en cheveux ». c'est aussi grave que si je les voyais en chemise.

Mémé est belle, avec un peau toute douce à embrasser, et presque pas de rides, parce qu'elle utilise un petit savon pour elle seule, enfermé avec les peignes, dans le tiroir du guéridon, à côté du lit.

---

(1) Potine : chaufferette en terre grossière, à anse, fabriquée en Sarthe.

(2) Frileuse : petit bandeau de laine noir, blanc ou violet, mis par dessus la coiffe pour protéger les oreilles.

Grand-mère Blin n'est pas jolie du tout. Elle a de grosses rides qui descendent sur des joues flasques, et un nez énorme. Quand je mets les doigts dans le mien, on me dit qu'il deviendra comme celui de grand-mère Blin ; et je m'arrête, c'est tout dire. Elle n'a plus une seule dent depuis longtemps, ce qui ne la gêne pas pour manger ; simplement, elle coupe sa viande très finement, au fond de la petite écuelle brune en terre du Rond [1] qu'elle tient sur ses genoux. Bien qu'elle ne s'enrhume jamais, elle tousse, une toux énorme, qui se termine toujours par un interminable râclement de gorge. Alors elle plonge la main sous sa jupe, remonte sa potine, la pose sur ses genoux, et... crache à grand bruit dans les cendres. De temps en temps elle se lève, s'appuie à la commode pour atteindre la porte, prend son bâton et fait quelques pas sur la route. Elle s'arrête, lève la tête, intéressée soudain, suivant la saison, par la course des nuages, le vol d'un hirondelle, le balancement d'une pie sur la cime du poirier, et, mystère, on voit sourdre à ses pieds un petit ruisselet vite absorbé par la poussière de la route.

Pendant ce temps, Mémé a remis quelques braises et des cendres chaudes dans la chaufferette, et grand-mère reprend sa lecture. Car elle est savante, Grand Mère Blin. Elle est allée à l'école jusqu'à 9 ans, depuis sa ferme natale de la Palonnerie, chez les sœurs de Saint-Célerin. Elle lit, sans lunettes, des livres de prix à couverture verte ou violette, avec de petites images tristes, et aussi un vieux livre relié de cuir, qu'elle appelle son Évangile, que je n'ai pas le droit de feuilleter.

Elle connaît beaucoup de choses, dont je vous parlerai plus tard, quand j'aurai un peu grandi. Elle raconte aussi des histoires dont Mémé dit parfois que ce sont des mensonges. Et puis elle chante. On chante beaucoup chez moi. Bientôt je fredonnerai avec elle :

Quand Biron voulut danser ! (bis)
Sa chemise fut apportée (bis)
sa chemise de toile grise
sa culotte à la matelote
ses souliers tout ronds
dansez le Biron !

---

(1) Le Rond : faïencerie de la Villa, à Bonnétable. 1832-1912.

Il y a une odeur dans cette maison-là. Ou plutôt un mélange indéfinissable d'odeurs. Celle de la fumée, bien sûr, comme dans toutes les maisons. La fumée âcre qui jaillit sous le manteau de bois noir de la petite cheminée, en longues volutes bleuâtres, dès qu'on ferme complètement la porte d'entrée. Mais aussi l'odeur des provisions rangées dans la huche, près de la fenêtre : le fromage trop « passé », qui s'étale dans une assiette creuse ; l'écuelle de lait qui surit doucement tandis que la crème monte en croûte épaisse qu'on recueillera à la cuillère ; le café qu'on fait toujours pour deux jours. Ou bien l'odeur des échalotes qui attendent leur heure dans un petit panier tissé de chèvrefeuille blanc suspendu à une solive ; celle du pétrole dont on a rempli la lampe Pigeon pendant qu'il fait jour, ou des petits bout de bois sec – noyer et pommier mêlés – que grand-mère Blin ramène de ses promenades dans les champs pour faire un « chauffe-doigts ». L'odeur des pommes de Locard qui cuisent en crachotant leur jus, l'hiver, à même le carreau, devant le feu, les cendres simplement repoussées à la balayette. Ou celle des poires de Monsieur ou de Girofle, l'été, un peu blettes d'avoir trop attendu, qu'on va manger quand même, avec du pain, en choisissant toujours la plus petite, la plus avancée, gardant les plus belles pour *après*. Il faut toujours garder quelque chose pour *après*. L'odeur, comment vous dire, L'odeur de « cez Mémé ». Voilà...

Il y a aussi, près du « coin au bois » fait de quatre planches de peuplier grossièrement assemblées, qu'on garnit chaque soir d'une petite brassée de brindilles – on se couche quand tout est brûlé – une vieille cuisinière de fonte, don de l'une de mes tantes. Une Rosières, toute noire avec des boutons de portes en laiton, et un réservoir à eau chaude dont le robinet de cuivre pleure goutte à goutte dans un petit seau. Bien entendu, on ne s'en sert que lorsqu'il gèle trop dur, ou lorsque Mémé veut faire cuire au four des œufs au lait, pour la bonne année. Habituellement, c'est dans la marmite accrochée à la crémaillère, où sur le petit réchaud en fonte rempli de braise, le « cagnat », qu'elle fait la cuisine.

Il n'y a qu'un grand pas de la cheminée à la tête du lit. C'est la place de l'horloge, pendue au mur, avec son cadran de bois verni enjolivé de roses rouges, ses poids de fonte qu'on remonte chaque soir en tirant sur des chaînes de laiton, son balancier de cuivre qui s'emballe dès que j'y touche. Elle sonne les heures avec des bang, bang assourdissants. Quelquefois, la mécanique, mal protégée de la poussière dans son boîtier de bois, se grippe, et Mémé se fait horloger. Elle décroche poids, balancier et boîte, pose le tout sur la table, fourgonne dans les rouages de bronze avec les barbes d'une plume de coq trempée dans le pétrole, et remonte l'ensemble. La pendule, toute contente, sonne si joyeusement, si vite, qu'on ne peut plus compter les coups. Et Mémé bougonne, la regardant d'un air sévère : « Saloperie d' berloque, la v'là toute folle, à c't'-heûre. » Il faut plusieurs jours avant que tout rentre dans l'ordre.

Le lit est énorme, rebondi, recouvert d'un couvre-pieds de cretonne fleurie avec, au milieu, deux oreillers empilés recouverts de taies qui ne sont jamais tout à fait blanches à cause de la fumée. Haut sur pieds, un bonhomme pourrait se cacher dessous. Si, si, c'est déjà arrivé ! Quand Mémé parle d'aller se coucher, elle dit : « On va monter au lit », et elle doit s'aider d'une chaise. Quand on est dedans, on s'enfonce dans la couette garnie de plumes d'oie, et on disparaît. Au-dessus, accrochés à un carré de bois – on dit une *carrie* – pendent des rideaux à ramages bordés de drôles de petits pompons rouges. Il y en a trop pour les compter. Le soir, on tire ces rideaux et le lit est abrité des courants d'air. Grand-mère Blin couche dans un lit semblable, et comme ils sont pied à pied, ce serrait drôle de sauter de l'un dans l'autre.

On ne va jamais dans la chambre à côté, parce qu'il y fait froid, – je n'ai jamais vu de feu dans la cheminée –, et surtout parce que « ça salit ».

Mais voici que Mémé a repris sa place près de la table recouverte d'une toile cirée à damiers rouge et blanc, pour lire un grand journal qu'elle appelle *La Croix du dimanche*. Je ne l'aime pas car il n'y a pas d'image. Je regarde ses mains, quand elles reposent sur ses genoux.

Des mains de mémé... Savez-vous cette douceur un peu *rifaige*, un peu rêche, qui vient se poser sur votre joue, les jours de grand chagrin, pour tarir en un moment le plus impétueux des torrents, tandis qu'un index gercé repousse sur votre front la mèche folle qui obscurcit vos yeux ? Avez-vous jamais senti dans votre nuque, ne fut-ce qu'une fois, cette grande chose si ferme et si douce en même temps, qui vous tient debout quand le sol est rude, vous pousse en avant quand le temps presse, vous retient quand vous ne voyez pas le mal, vous maintient, la joue tout contre une jambe tiède drapée de coton bleu, quand menace le danger ?

Des mains qui se fâchent, aussi. Vous savez, quand l'envie vous prend, comme ça, pour rien, de faire le fou, de sauter sur les chaises – des chaises bien vieilles, à montants ronds, qui viennent de ta grand-mère Bourdais, voyons ! – d'affoler le chat, qui n'a d'autre ressource, le pauvre, que de se réfugier sous le lit en jurant. Une première fois, on vous a dit : « C'é-t-i bintoût bin ? » Sans lever les yeux, sans élever la voix. Il n'y a pas de rappel. En cas de récidive, une main ferme se pose sur votre bras, vous guide jusqu'à la chaise la plus proche, et vous voilà « en pénitence » pour un petit quart d'heure. Le temps de se calmer, d'écouter le silence, de regarder les beluettes, les étincelles, de suie enflammée grimper à l'assaut de la plaque de cheminée, en escouades serrées, comme des soldats dit-on. Le temps de voir le chat sortir de sa cachette, l'échine basse, et, peut-être, de s'en faire pardonner.

Ces mains-là, longues, brunes, veinées de bleu, aux ongles fendus et cassés, à force de grappiller l'herbe à lapins au ras du sol, de sarcler le jardin à longueur d'année, ces mains aux jointures bosselées, dont chaque pli, à l'intérieur, devient crevasse dès les premiers frimas malgré les onctions de saindoux, ces mains qui portent en cals ou en creux indélébiles les traces de tant de blessures, de griffures d'animaux, de coupures de faux et de faucilles, de pinçons et d'écrasements, oui, ces mains-là, qui me contera leur histoire ?

Mais le temps passe. Grand-mère Blin marmotte une dizaine de chapelet, car elle n'y voit plus assez clair pour lire, et il est encore trop tôt pour allumer la lampe Pigeon. Les coudes sur les genoux, le buste affaissé, seules ses lèvres sont en mouvement, en un murmure inintelligible d'où émergent, à intervalles réguliers, les mêmes mots : « Je vous salue, Marie » et plus loin « sainte Marie, Mère de dieu », tandis qu'un grain de buis poli par l'usage glisse entre pouce et index.

C'est l'heure de soigner les lapins. Mémé a fait chauffer devant le feu, à même le sol, quelques betteraves coupées menu. Elle ramasse le tout dans son tablier, et nous voilà partis vers ce qu'elle appelle *l'hanga*, une remise en torchis accolée à la maison. A l'intérieur, mon oncle Louis a aménagé un clapier en bois.

Comme on y range aussi la brouette, des outils de jardin, la chaudière à lessive, du bois et du foin en vrac, on ne peut plus circuler. Je m'assieds sur le foin, de crainte d'effrayer les lapins. Dans l'odeur forte et piquante de trèfle sec, de carottes blanches et d'urine mélangés je regarde – encore – Mémé aller et venir, affairée, ouvrant et refermant les portillons pour distribuer à chacun sa ration : trois bouts de betterave saupoudrés de son, un *tapon* de foin. Les lapins l'attendent, le nez en mouvement ; elle doit parfois les repousser pour garnir leur mangeoire, assiette creuse ébréchée, vieille écuelle ou plat creux du « Rond » avec une grosse fleur peinte au fond. Une mère reste-t-elle tapie au fond de la cage, cachant ses petits ? Mémé l'interpelle rudement : « Voyons, té, tu ne manges point, qué don qu' t'as, c'é don point bon ? » Elle essuie l'assiette avec un coin de son tablier, remplace la betterave par une pomme coupée en quatre, tire un croûton de sa poche, et, radoucie : « Faut manger, tu sé ben, t'aras point d' lait sans ça ! »

Il y a là quatre ou cinq mères dont une blanche, très belle, très méchante, avec des yeux rouges. C'est la Russe. D'autres ont une oreille droite et l'autre couchée en travers. Parfois, Mémé en prend une, la met sous son bras, palpe longuement son ventre, hoche la tête, et, la lapine dans un vieux panier noir, nous voilà partis chez Victorine, Madame Blot, de l'autre côté de la route. Les Blot ont beaucoup de lapins, deux vaches, un âne, Charlot, une chèvre, Mariette, et un geai apprivoisé qu'on appelle Jacquot, comme tous les geais. Les plumes dressées sur la tête, il salue Mémé : « Stéphani-i-i-e ! » Puis aussitôt, changeant de perchoir et de ton : « Mariette ! Ah ! Bon Dieu ! » Et Mémé n'est pas contente car c'est défendu de jurer, même pour un geai. Tandis que le père Blot, qui n'aime pas les curés, rit sans retenue du bon tour qu'il a joué à Mémé, par oiseau interposé, les deux femmes vont s'éloigner vers les clapiers, et, la lapine introduite dans une cage, elles vont bavarder longuement, en surveillant je ne sais quoi d'un air mystérieux...

La soirée s'avance. Les vaches de nos voisins Durand sont allées boire aux Fosses, tout en bas de la ruelle. C'est l'heure de rentrer chez moi. Mémé va me reconduire un bout de chemin, à cause du Guernouilla. Vous avez peur du Guernouilla ? Moi, oui, on en parlera un autre jour. Et ma main s'est pelotonnée dans la main de Mémé. Ce soir encore il ne sortira pas de son puits.

Voilà, la journée est finie, on s'en va *cez nous*, dans ma *méson*.

La vie qui va...

L'hiver 1870-1871, les Prussiens sont partout dans la région. La soldatesque, pour employer le langage d'époque, se répand dans les campagnes, se fait loger chez l'habitant, réquisitionne l'avoine et le fourrage, détache les vaches dans les étables et les chasse dehors pour rentrer ses chevaux. On cache le lard et la farine dans des trous creusés à même le sol. A la ferme du Cicotet, derrière le bourg de Saint-Denis-des-Coudrais, Pierre Gosnet, le fermier, a une inspiration de génie. Il fait mettre ses neuf enfants au lit, en plein jour. Célestine, onze ans, va se sacrifier. On la flagelle doucement d'une poignée d'orties, pour que son visage et ses avant-bras apparaissent rouges et couverts de pustules. Sa figure tuméfiée émerge seule de l'édredon quand un feldwebel se présente avec ses hommes. Le paysan est debout sur le seuil près de son épouse Françoise en pleurs. « Hélas ! Monsieur, c'est-i malheureux, mes enfants ont la Variole ! » A ce seul mot, la petite troupe détale au galop, et jamais aucun Prussien ne se risquera dans la cour.

C'est ainsi que Clémentine, un autre des enfants, qui avait cinq ans à l'époque, me racontera, devenue ma grand-mère maternelle, ses souvenirs des Prussiens.

A la Bosse, commune voisine, Pierre Blin est fermier à la Guilberdière. Les Prussiens occupent la ferme, cantonnent dans la grange. Dans la maison, ils s'emparent d'une petite table et s'en servent de billot pour débiter leur viande. Quand un coup de hache maladroit fendra le dessus de la table, la petite Stéphanie, 9 ans, aura très peur. Devenue ma Mémé paternelle, elle s'en souviendra encore, de même que de ses essais de bavardages avec les Prussiens, dont elle n'a retenu qu'une anecdote : elle avait fabriqué un petit bonhomme en argile, quand un soldat demanda comment il s'appelait.

– C'est un Prussien !

– Hé ! bien, on lui fait *kaput*, répondit le soldat en riant.

La petite table, elle, était encore en vie, avec son plateau fendu, après 1940.

A la Bédivière, à Prévelles, on se serrait les coudes. Les voisins, journaliers agricoles, n'avaient pas de cheval. Leurs petits champs, quelques ares entourés d'une haie de chênes ou de noisetiers, s'étiraient le long d'un chemin encaissé appelé Chemin des Bezas, parcimonieusement empierré, car les petits cailloux ramassés dans les champs, chaque hiver, servaient à acquitter les « prestations en nature »[1].

On partait avec la brouette contenant les outils : croc, houe, faux, râteau. Et la brouette revenait chargée d'herbe, de pommes de terre, ou simplement de pierres. C'est pourquoi en échange de quelques journées, ils empruntaient parfois cheval, charrue ou tombereau pour effectuer les gros travaux. Avec ses six hectares en dix parcelles, le bordage de la veuve Lebourdais et de son fils était le seul « bordage à charrue » du hameau, sans doute une des vingt-deux charrues en bois recensées par Pesche en 1835 sur la commune de Prévelles ? Trois vaches, un cheval, une truie et quatre ou cinq cochons « à la graisse » l'été, voilà de quoi occuper ses journées quand on fait tout à la main.

A la Guilberdière de la Bosse, on n'était pas riche non plus. Une partie en labours mouillés, une autre en mauvais pacages où dominaient le jonc et les renoncules, le reste pris dans les landes de Malpare, une vaste étendue plantée de bouleaux à balais, au sol couvert de mousse et de bruyère qu'on utilisait en litière après l'avoir pelée à la houe. Des après-midi durant, la mère Blin, en compagnie de sa chienne Virette, était « en champs » pour garder un troupeau de chèvres faméliques portant au cou une sonnaille. Déjà elle lisait, beaucoup trop, paraît-il... On m'a dit aussi, autrefois – mais dois-je le rapporter ? – que Pierre Blin aimait trop la

---

(1) Les prestations en nature consistaient à fournir tous les ans une certaine quantité de cailloux pour l'entretien des routes communales, et la main-d'œuvre pour les épandre. Transformées plus tard en taxes vicinales, elles sont aujourd'hui comprises dans les taxes foncières.

chasse, que la cafetière était au feu en permanence, déjà, à cette époque. Signe que le visiteur est le bienvenu, certainement, mais « c'est point ça qui fait l'ouvrage », c'est bien connu. Toujours est-il qu'on n'avait pas besoin de deux grandes filles à la maison. On garda Mathilde, la plus jeune, et on chercha une place pour Stéphanie dès qu'elle eut atteint ses douze ans.

Stéphanie qui eût aimé être blanchisseuse, repasser les coiffes, tuyauter les bonnets au petit fer, plisser les plastrons et empeser les poignets de chemises d'hommes. Mais on la plaça chez son oncle Lapoutoire, turlotier-bimbelotier au bourg de Prévelles. Elle apprit à battre la terre blanche avec le coutre, à façonner au tour coucous, cailles, rossignols et ménageons (1) de toutes sortes. A soixante-dix ans, devenue ma Mémé, elle saura encore tirer du talus une poignée d'argile bien rouge, bien grasse, la pétrir entre ses paumes, l'aplatir en galette, la modeler en forme d'oiseau, la percer de quelques trous judicieusement placés, lui coller une petite tête, et voilà un coucou de Prévelles, fragile sifflet qu'il faudra laisser sécher doucement à l'ombre sous peine de le voir se fendiller irrémédiablement.

De ces quelques années passées « dans l' bou » en compagnie des Lapoutoire, commerçants estimés et instruits – l'un des membres de la famille n'est-il pas « conseiller de Fabrique ? » – elle gardera toute sa vie une très grande ouverture aux autres, une certaine aisance dans le parler, et même un air d'autorité assez étonnant chez une paysanne.

Que voulez-vous qu'il advint ? Louis-Jean Lebourdais, le bordager de la Bédivière, remarqua l'apprentie, et, le temps ayant passé, on les maria à la Bosse un jour de février 1881. Stéphanie vint habiter avec sa belle-mère. Tout de suite, les enfants : Prudence en 1882, Juliette en 1883, Louis-Alphonse en 1885. L'épuisement. Stéphanie, qui n'a que 23 ans, est obligée de garder le lit. Le médecin prescrit, pour la fortifier, de manger « un œuf mollet » le midi. Prudence, trois ans, et Juliette, deux ans, tournent autour du lit, tiraillent la couverture : « Et moi, et moi ! » Et Stéphanie donne en becquée à chacune, à tour de rôle, la mouillette de pain trempée dans le précieux jaune, ne gardant pour elle-même que le blanc de l'œuf, tout en sachant qu'il n'est

(1) Ménageons : ustensiles de cuisine miniature en terre cuite, cruches, soupières, plats etc. On dirait aujourd'hui dînette.

pas question d'en faire cuire un deuxième. Ce n'est peut-être pas ce qu'on appelle la misère, mais c'est à coup sûr la pauvreté.

Entre temps le jeune ménage s'est mis à son compte. La terre est bonne, mais caillouteuse, battante, dure, quand le cheval sert seulement aux gros travaux : labour, hersage, charrois. Le reste, semis, binage, arrachage des pommes de terre, moisson, battage, tout se fait à la main, de même que le transport de l'eau depuis le puits, commun aux six maisons de la Bédivière. Les autres habitants de Prévelles ne vivent pas autrement, mais Jean et Stéphanie ne sont tout de même pas à compter au nombre des « indigents », dont le conseil municipal tient à jour la longue liste, avec tout ce que comporte de honte la mise à nu de leur situation familiale et de leurs infirmités. Chez l'un c'est un asthme « qui lui empêche de passer la moitié de la nuit dans son lit ». Tel autre est atteint « d'une infirmité qui lui a contrefait tous les membres ». D'où l'expression entendue souvent, plus tard, chez un vieux voisin : *aller au pain*.

« Nous autes queniaux, on allait de maison en maison, le dimanche matin, et les gens nous donnait une pomme, ou un œu, avec un morceau de pain, et on fésé la semaine avec ça. »

Ce fut pire encore, en 1891-92, l'année des teux [1].

Prudence, Juliette et Louis-Alphonse l'ont bien connue. Des familles entières mobilisées pour ramasser, à pleins paniers, les larves dans les labours. Les semences de pommes de terre dévorées avant la levée. Les betteraves à vaches, si précieuses, rongées en terre avant la récolte. Les céréales elles-mêmes dépérissant en plein été, les racines coupées. Cette année-là un fermier s'en fut trouver son propriétaire, octobre étant venu. « Le Maîte, je viens vous dire que j' vas m'en aller à la Toussaint, je ne peux pas vous payer, je n'ai point fait de récolte ! » et le propriétaire répondant : « Mon gars, je veux que tu restes, va-t'en travailler, ta rente est payée ! » Solidarité !... Longtemps après, on en parlait encore dans les familles.

Par miracle, les hannetons disparurent comme ils étaient venus ; nul n'a pu expliquer le phénomène, autrement que par une grâce du Bon Dieu. Mais *l'année des teux* restera dans les annales, tout comme 1893, l'année sèche. Encore une année impitoyable pour les pauvres, ceux qui n'ont que quelques hec-

(1) Teu : ver blanc, larve du hanneton.

tares loin d'un puits ou d'une source. Ceux dont les fenils sont vides dès la fin de février, et qui vendent les poules quand elles commencent à pondre, au printemps, car la récolte d'orge est mangée. Une année sans herbe, où l'orge semé en avril n'a jamais vu une goutte d'eau. Il était si court, en août, qu'on dut récolter les rares épis à la main, faux et faucille ne pouvant les atteindre.

Je voudrais bien arrêter ces sombres évocations du passé. Mais je n'écris pas un roman. Mon impatience de vous conter les menus détails de mon enfance se heurte à l'obligation que j'ai d'en mettre en place tous les acteurs, et de suivre aussi fidèlement que possible le cours de leur histoire.

En 1896 cependant, Jean Lebourdais, époux de Stéphanie Blin, est un homme heureux. Depuis vingt-cinq ans qu'il exploite cette terre de la Bédivière, il la connaît bien. Comme lui sont familiers les habitants de Prévelles, qui l'ont envoyé siéger au conseil municipal dès 1888, à 35 ans.

En 1894 une petite Alphonsine est venue agrandir la famille. On parle d'abattre la maison vétuste et de construire une maison neuve, en pierres, avec une belle chambre, un sol carrelé et des fenêtres assez grandes pour pouvoir s'installer pour coudre, le jour, sans laisser la porte ouverte pour y voir clair. Tant pis pour ce que dira le propriétaire voisin qui prétend qu' « une fenêtre, c'est toujours assez grand dans une maison de malheureux (1) ! »

Prudence, à 14 ans, est assez forte pour être placée chez sa tante Mathilde, à Lombron. Juliette va quitter l'école, à 13 ans. Louis-Alphonse, qu'on appelle Alphonse car son parrain l'a voulu ainsi, pense apprendre le métier de charron, quand il aura passé son Certificat d'Études.

Le 18 juin 1896, Jean prend le train de Mamers-Saint-Calais à la gare de Prévelles pour se rendre à Connerré, d'où il gagnera à pied Sceaux-sur-Huisne afin d'accomplir une période d'exercices militaires de deux jours (Service de garde des Voies de Communications). Dispensé de service militaire comme soutien de famille, il a déjà fait ainsi plusieurs périodes au 27e Territorial d'Infanterie. Mais pour son malheur, ces deux jours et une nuit passés à déambuler sur la voie Connerré-Le Mans vont se dérou-

(1) Malheureux : pauvres, en Sarthe.

ler sous la pluie, sans autre protection que sa blouse de paysan. Il s'alitera avec une fluxion de poitrine.

Commence une longue attente, avec des espoirs et des rechutes Le médecin, les potions, les ventouses scarifiées, la tisane au capillaire, souveraine contre la toux. Une jointée d'orge, une poignée de noisettes cassées, mais avec leur coquille, une bonne poignée de capillaire qu'on va chercher toute fraîche au flanc d'un talus ombragé. On fait réduire le tout, à petit feu, dans cinq litres d'eau, pendant deux heures au moins. On ajoute un bâton de réglisse. Voilà un bon remède, à raison de trois bonnes tasses par jour. Et puis les frictions à l'huile camphrée, les applications d'eau sédative sur la poitrine, les cataplasmes de farine de lin et de moutarde. Les sangsues. Et puis encore les neuvaines, les dizaines de chapelet, les prières à saint Joseph. A force, tout de même...

Les périodes où il se sent mieux, Jean, mélancolique, regarde, assis au bout du champ, Stéphanie arracher les pommes de terre, semer le blé, herser. Les enfants aident leur mère. Ils rouleront les brouettées de fumier, de betteraves et d'herbe, garderont les vaches. Mais on veillera à respecter le repos dominical, car « le travail du dimanche ne profite jamais ». Les voisins vont labourer, faucher l'herbe, rentrer le foin, moissonner, battre au fléau pendant l'hiver.

Pour son mari, Stéphanie va tenter le voyage aux Loges de Coudrecieux. C'est ce qu'on essaye quand les médecins sont en train d'échouer ; et on obtient souvent de bons résultats. La notoriété de Monsieur et Madame Jousse, herboristes, est grande, à cinquante kilomètres à la ronde. Stéphanie a donc pris le train à 9 heures pour Coudrecieux, via Connerré-Beillé, puis a gagné à pied le petit village des Loges, à 3 kilomètres, avec, dans son panier noir, une bouteille d'urine du malade, et aussi, car il lui faut attendre le train du soir pour le retour, un bout de pain et de fromage qu'elle a mangé sans joie, assise sur le talus de la route. Pendant que, dans l'austère maison bourgeoise bordée d'un trottoir de briques brunes, on préparait son petit paquet d'herbes à tisane, je suis sûr qu'elle a franchi le seuil de la petite église millénaire au curieux clocher de pierres. Peut-être a-t-elle couru, sur le chemin du retour, tourmentée à l'idée de manquer son train. Sans doute s'est-elle signée, au passage, pour saluer la croix de bois qui, à mi-chemin de Coudrecieux, au pied d'un châtaignier séculaire, marque encore un lieu-dit au nom prédestiné : les Hommages ! A moins que Monsieur Jousse, pris de pitié, ne l'ait reconduite lui-même à la gare en carriole, ainsi qu'il le faisait parfois pour les clientes qui s'étaient attardées. En quoi consistait précisément le traitement prescrit par la docte Madame Jousse ? Infusions de turquette, d'armoise, de bourrache, de pousses de ronces, de bourgeons de sapin, qu'elle herborisait dans la campagne environnante avec les enfants du village, ou mystérieux mélange d'herbes ramenées de la gare de Coudrecieux en volumineux paquets ? Nous ne le saurons jamais.

A la séance de conseil municipal du 13 août 1899, Jean est compté « absent ». A celle du 11 novembre, il est « absent, décédé ». Décédé la veille, à 46 ans.

La fin d'une vie ? Une signature au bas d'une banale page de registre, un banal signalement sur une page de livret militaire jauni par les ans, conservé précieusement comme souvenir par Stéphanie : cheveux et sourcils châtains, yeux gris, front ordinaire, nez long, bouche petite, menton rond, taille 1 m 63. Voilà tout ce qui nous est resté de ce grand-père parti trop tôt, dont il n'existe aucune photo, et dont Stéphanie elle-même, pudique, ne parlait que par de vagues allusions : « C'était du temps de ton grand-père... »

Il fut l'un des premiers qu'on enterra dans le nouveau cimetière, bientôt suivi, hélas, par la petite Alphonsine, le 26 décembre 1899, à cinq ans et demi. La méningite, terreur, avec le croup, des mamans de ce temps-là. Une semaine d'atroces souffrances, à l'entendre hurler nuit et jour. Sans remède, sans espoir autre que de voir cesser au plus vite cette nouvelle tragédie. Ce n'est pas un roman, vous ai-je dit ; même pas un de ces mélodrames dont la littérature de cette époque est coutumière. C'était la vie, tout simplement.

Après, il a fallu continuer. Et Stéphanie, la petite pastourelle des « landes de Malpare » à la Bosse, l'accorte bimbelotière du bourg de Prévelles, se fit chef de famille, maître après Dieu de cette terre dont elle était seule responsable désormais. Elle fut partout, à la maison, à l'étable et aux champs. Elle piocha, sema, faucha, soigna les bêtes, boulangea, ravauda le soir à la chandelle quand tout le monde était couché. Levée la première, partant à pied, le mardi, sitôt les bêtes soignées, pour aller vendre quelques œufs et des fromages passés au marché de Bonnétable, à 6 kilomètres, pour *faire le sou*. De quoi acheter les provisions pour la semaine.

C'est cette femme, restée debout dans l'adversité, mûrie très tôt dans la peine et dans la souffrance, admirable de sérénité tranquille et volontaire au soir de sa vie, que les gens de son âge appelaient affectueusement Fanie ; que les plus jeunes reconnaissaient en « la maîtresse Bourdais ». et que moi j'appelais Mémé, tout simplement, dans les années trente.

Que j'appelle encore Mémé, quand je pense à elle.

Du côté de Bonnétable...

Ils posent pour la postérité.

Lui, le patriarche, assis de face sur un haut tabouret. Une main sur la cuisse, un coude posé négligemment sur une fausse colonnette, jambes solidement écartées, son pantalon trop court découvrant la tige de ses souliers.

Elle, assise de biais près de lui, s'appuie timidement sur un accoudoir. Un peu gauche, comme coincée entre ce qui pourrait être un meuble, et le genou de son vieux compagnon. Les mains au repos sur son tablier amidonné du dimanche, elle porte le caraco à petits boutons bombés, bordé de velours noir au col et aux poignets, et la jupe de gros lainage dont le bas frôle ses souliers à semelle cloutée, comme en portent les hommes.

Tels m'apparaissent, aujourd'hui, sur une photo jaunie, Louis-Pierre et Françoise Gosnet, mes arrière grands-parents maternels. Contents, sans nul doute. Dame ! Ce n'est pas donné à tout le monde, en cette fin de siècle dernier, d'aller se faire photographier, comme le font les riches, chez un photographe de Bonnétable, pour le plaisir d'avoir son portrait encadré de velours vert et de faux or sur la cheminée de la chambre. Surtout quand on a élevé neuf enfants, en ne comptant que sur soi. Françoise, Pauline, Marie, Hortense, François, Louis, Marin, Célestine, et enfin Clémentine. Il a fallu se priver et beaucoup travailler, pour habiller et chausser tout ce monde. Rien d'étonnant à ce que les filles n'aillent à la messe qu'un dimanche sur deux, à tour de rôle, en utilisant la même paire de chaussures.

Il y a longtemps qu'on a quitté le bordage trop petit de Cicotet, à Saint-Denis, où on avait joué un si bon tour aux Prussiens en 1871, pour « Houssay », à Aulaines. Une grande ferme, où l'on était « devers Monsieur le duc », et ce n'est pas rien. Les enfants y ont appris de bonne heure à travailler avant d'aller « en service ».

On a eu sa part de tourments, allez. Cette pauvre Pauline qui est morte à 20 ans, d'un chaud et froid attrapé en allant à l'assemblée de La Bosse, à pied ! Ses amis ne l'avaient pas attendue, et elle avait couru pour monter la côte de la Chevalerie. Puis elle s'était assise, à bout de souffle, sur la margelle de la fontaine des Bancs, tout en haut de la butte. Et voilà comment on attrape la mort à vingt ans, dans ce temps-là. Marier tous les autres, avec le souci qu'on s'est fait ! Celui à qui Monsieur le Curé de Saint-Denis voulait faire prendre, en rentrant de ses sept ans de service militaire, une fille mère, un fille de rien. Bien sûr qu'on dit non ! Et la plus jeune, Clémentine, qui était en place à Bel-Orient, à Tuffé, quand elle a connu le gars Georges Fontaine. Ces Fontaine-là, c'était du petit monde. Des malheureux, quoi. Mais c'est un travailleur, et Clémentine est bien heureuse avec lui.

...Oui, je crois que Clémentine a vécu heureuse avec Georges, celui qui allait devenir mon grand-père maternel. Doué d'un esprit vif et entreprenant, il apprit de bonne heure ce qui était bon à apprendre dans chaque ferme où il fut engagé comme domestique. De bicat[1] à premier charretier, on en voit des choses chez les autres, on en acquiert des tours de main, des façons de faire, de prévoir le temps, de soigner les bêtes.

Mais on souffre aussi de n'avoir rien à dire, rien à soi, rien à gagner si on fait mieux. Alors, sitôt marié, il entreprit de se mettre à son compte comme fermier.

Georges n'entendait pas non plus rester tout sa vie « devers les autres », déménager tous les trois ans, au gré des propriétaires, et surtout de subir à chaque fois les coûteuses vexations des visites de montrée[2]. Pour des riens, pour un pommier écorché par le collier de labour, pour un carreau fêlé à la fenêtre du fournil...

Aussi, en s'endettant beaucoup pour cette époque, fit-il l'impossible pour prendre le titre de « propriétaire » ce qui, en plus de

(1) Bicat : petit commis de ferme utilisé surtout pour garder le troupeau.
(2) Visite de montrée : état des lieux.

la sécurité, ne manquait pas d'assurer une certaine notoriété à celui qui en prenait le risque. Fût-ce dans un bordage éloigné de tout, perdu au bout d'un long chemin de terre sur les « hauts d'Aulaines ». On n'en sortait l'hiver qu'en sabots, en marchant à ras des talus. Mais comme on dit : « Un petit chez soi vaut mieux qu'un grand chez les autres. »

La vie quotidienne des petits paysans sarthois de cette époque ? Une succession de longues journées sans la moindre défaillance, le moindre manquement à l'ordre voulu par les saisons, le temps, les animaux. A Prévelles, à Aulaines comme à Saint-Mars-d'Outillé (1), il fallait tirer parti de tout, ensemencer le moindre lopin de terre, replanter un à un chaque pied de chou, chaque betterave, couper ou arracher, en s'aidant de la faucille, de la faux, du croc, l'herbe la plus menue ; garder deux vaches dans un reste de trèfle, l'automne venu, pour économiser un tapon de foin et six betteraves sur la ration du soir.

En plus du travail des ses quatre hectares, qu'il allait s'efforcer d'augmenter au fil des années, champ après champ, Georges se fit journalier, l'été, bouilleur ambulant, l'hiver, trimbalant de ferme en ferme, dans une petite charrette tirée par un âne, une antique chaudière « à repasser ». Le plus souvent, en semaine, il travaillait chez les autres, gardant son dimanche pour travailler chez lui, ignorant chasse, pêche, marché, messe, ou simplement repos.

Clémentine assurait les soins aux vaches, et le secondait aux champs. Pourtant elle se réservait chaque semaine un grand moment de détente. Le mardi matin, elle descendait avec deux voisines au marché de Bonnétable, les bras chargés de quelques livres de beurre, de deux douzaines d'œufs de poule dont le roux moucheté de brun tranchait, au fond du panier garni de menues pailles, sur le vert clair des six œufs de l'unique cane, du moins quand celle-ci n'avait pas réussi à les soustraire aux regards en cachant son nid dans une touffe d'orties au bord de la mare.

On partait à pied, trois coiffes immaculées se découpant en file indienne sur le vert de la haie ou sur le brun des labours, au gré de la rote étroite, qui serpentait à travers champs, délaissant le chemin paresseux qui met trop de temps pour gagner la route. Quand on la rejoignait, mince ruban gris où les silex épars mettaient des taches rousses, on tirait d'un panier les sabots décou-

---

(1) *Cf.* Gaston Chevereau, *Une Enfance à la campagne*, Éditions Cénomane, Le Mans.

verts dont la bride de cuir noir s'ornait de fines ciselures vernies. Et les sabots « de tous les jours », soigneusement retournés, attendaient, à l'abri d'une souche, le retour des paysannes. En ville, depuis le faubourg de la Croix-Rouge, la lente procession des coiffes et des paniers dévalant la rue Nationale, parmi les carrioles cahotant sur les gros pavés de grès les portait, dans son joyeux brouhaha, jusqu'à la place du Petit-Marché.

Qu'avaient-elles à se dire, quand elles s'en venaient un peu essoufflées, à midi passé ? Qu'avaient-elles vu « en ville » ? Les maîtresses des grandes fermes du château, bien sûr, que leurs hommes avaient amenées en carriole jusqu'à l'Hôtel de la Corne, face au Petit Marché. Elles avaient bien de la chance, ces femmes-là d'avoir tant de choses à vendre : leur gros coins (1) de beurre, leurs ressées de poulets gorgés de blé et de lait écrémé, et leurs grands paniers pleins d'œufs.

La carriole dételée le long du trottoir, le cheval était confié à un garçon d'écurie, un journalier qui avait là sa place attitrée et ne s'en montrait pas peu fier, qui se chargeait de le conduire dans un box et de lui donner la botte de foin apportée à l'arrière de la carriole. Alors les « maîtres » avaient enfilé leur blouse noire toute brillante d'empois et, par la rue Tripot étaient partis vers la Halle aux grains, le marché aux cochons ou les petits cafés alentour, d'où ils ne reviendraient pas de sitôt.

Ce ne sont pas elles, les femmes des « bordagers », qui allaient se faire inviter pour prendre un café avec « les bonhommes », au fond d'une arrière-salle surchauffée, dans le brouhaha confus, les commentaires bruyants sur le prix des porcelets, les coups de poing sur la table des joueurs de manille coinchée, dans l'odeur de chique et les exhalaisons d'alambic montant des tasses fumantes ! Leur lieu de rassemblement, à elles, c'était le Petit-Marché. Là, les coconniers (2) les attendaient, engoncés dans leur bourgeron de toile noire fleurant le sent-bon (3) pour tenter de faire oublier l'odeur fade, grasse, du beurre en mottes, et les relents de fientes de volailles dont la place était souillée.

En ces temps-là, on discutait encore, pour quelques sous, pour se donner l'illusion d'être maître de son prix de vente. Nul

(1) Coin : motte de beurre.
(2) Coconnier : marchand d'œufs et de volailles.
(3) Sent-bon ou sent-i bon : parfum bon marché.

n'ignorait pourtant, déjà, qu'en fin de compte il faudrait passer par le bon vouloir du marchand, car c'était le seul moyen de garnir le panier, au retour, avec les quelques denrées indispensables pour finir la semaine : le kilo de gros sel, le morceau de savon 72 % d'huile, le quart (125 g) de café, le litre de pétrole, le paquet de bougies.

Ici, les conversations étaient plutôt des lamentations. Sur la sécheresse qui fait « qu'on n'a plus rien à donner aux vaches » ou sur « les œufs qu'ont renchéri, mais nos poules i ne ponant point ». Ce qui était habituel pendant tout l'hiver, avec des volailles sous-alimentées et mal abritées du froid dans des poulaillers ouverts à tout vent. Pourtant, j'imagine bien trois ou quatre coiffes se rapprochant parfois, à se toucher, les lourdes jupes esquissant un mouvement tournant, pour une confidence un peu leste « qu' les bonhommes ont point besoin d'entende ! » Et de s'esclaffer sur un « Héla ! vous crayez ? » avant de se séparer pour faire les indispensables emplettes.

Non, ce n'était pas pour elles que les deux drapiers de la ville déroulaient les pièces de tissus sur les comptoirs de chêne ciré avec un habile claquement de doigts sur l'étoffe tendue : « Voyez donc, la maîtresse, si c'est de la belle qualité, ça ! » Tout au plus, dans les petites merceries, *A la pensée*, *Au gagne-petit*, les connaissait-on de vue pour leur avoir vendu de temps à autre le coton à repriser marron ou noir en grosses pelotes, les passe-laines, le gros fil « Au chinois », ou encore quelques mètres de cordon à tablier et cinquante centimètres d'élastique noir puant le caoutchouc, dont on faisait les jarretières.

Pourtant ce marché, chaque mardi, même si on n'avait fait que « zieuter les boutiques », le long de la rue Saint-Nicolas, même si on n'avait rien acheté parce qu'on n'avait rien à vendre, allait alimenter les conversations de la semaine, et permettre de ne pas être classé parmi les ignorants et les ours, ceux « qui ne sortent jamais de leur trou ».

L'hiver, il y avait les veillées avec les voisins. Du moins avec les plus proches ; pour les autres, l'état des chemins rendait l'expédition hasardeuse la nuit. D'abord, m'a-t-on dit, on jouait aux cartes – pas trop longtemps car Georges était peu patient, peut-être mauvais perdant, et il bâillait bruyamment sitôt qu'il était inactif. Le Brelan, la Bourre, la Mouche, qui se joue, je crois, avec cinq cartes. Le perdant payait sa dette en pépins de citrouilles puisés dans un sac qui constituait la cagnotte commune. La partie terminée, on remettait les pépins dans le sac jusqu'à la prochaine fois, ou jusqu'au printemps s'ils étaient destinés à la semence.

Et tandis que de minuscules châtaignes, glanées ça et là dans les haies, au pied de touffes de châtaigniers rabougris, rôtissaient dans une vieille poêle percée, les voisins, qu'ils s'appellent Mortier, Drouin ou Cabaret, ne manquaient pas de prier la visiteuse : « Voyons, Clémentine, tu vas ben nous chanter quiouque chouse ? »

Chanter ? Mais voyons, elle n'attendait que ça, Clémentine, n'était venue que pour ça, n'ayant aucun intérêt pour les cartes, mais elle allait se faire prier longtemps avant d'entonner *mezza voce*, les pieds sur sa chaufferette, les mains sur les genoux – on était entre soi – quelque chanson de circonstance.

Hoé la Paludière
Par où donc courez-vous ?
Je vas à la clairière
Où l'on danse au biniou
Mon bon ami Jean-Pierre
M'a donné rendez-vous
Pour manger des châtaignes
Avec du cidre doux... (1)

Si votre sabot ne claque pas en cadence sur cet air de bombarde, c'est... que vous n'en portez pas, ou bien vous ne connaissez pas Botrel. Alors écoutez ce quadrille qui faisait trépigner Georges sur sa chaise :

Apprends qu'il a des bott's, bott's, bott's
Il a des bott's, bott's, bott's
Il a des bott's Bastien...

Puis on en venait à de plus sombres évocations. Les événements tragiques, crimes ou catastrophes, donnaient naissance à d'interminables complaintes diffusées par les chanteurs de rues, qui avaient remplacé les colporteurs. 1871 n'était pas loin et la trahison de Bazaine hantait toutes les mémoires :

Le sang français coule encore dans nos veines
Ici plus tard lorsque nous reviendrons

---

(1) La Ronde des Châtaignes.

Nous parlerons du maréchal Bazaine
Et du courage de notre Bourbaki...

Ou encore les obsèques du journaliste Victor Noir, assassiné par Pierre Bonaparte en 1870 :

Nous étions là cent mille
Étouffant nos sanglots
Prêts à mourir debout
Devant les Chassepots...

Mais ces événements, survenus dans un contexte parisien dont personne n'avait la moindre idée, n'allaient tout de même pas assombrir longtemps une veillée dans le Maine, et Clémentine qui, au surplus, n'avait pas beaucoup de goût pour la politique, poursuivait avec *Les filles d'Arbois*, ou bien les hommes s'y mettaient :

Ah ! Marcel, Marcel mon vieux
T'es vraiment par trop généreux
Ce n'est pas que j' te la refuse
Mais c'est la dernière que l'on boira
Car si je restais plus longtemps là
Ma femme pourrait croire que j'm'amuse !...

Et c'est en chœur que l'on reprenait des refrains venus je ne sais d'où :

Monsieur l' Curé cirez vos bottes
C'est pour venir nous marier
Car dans nos cœurs l'amour y trotte
Comme les rats dans not' grenier !

Quand on se quittait « les chiens avaient mangé la bôe » (1).

On se tordait les pieds dans les ornières durcies, on trébuchait dans les potes (2) d'eau gelée dont la glace se brisait comme du cristal.

Dans la cheminée, on trouverait les braises mourantes faute d'avoir « enterré le feu » dans les cendres avant de partir. Demain matin, l'eau serait gelée dans la seille, derrière la porte. Qu'importe, on avait pris du bon temps.

---

(1) Expression signifiant qu'en quelques heures le gel avait durci la boue comme si les chiens, laissés dehors, l'avaient mangée.

(2) Pote : trou laissé dans la boue par le pied des animaux.

Ces terres douces, à sous-sol d'argile, conviennent aux arbres fruitiers. Georges, d'instinct, le savait. Il plantait et greffait tout ce qui lui tombait sous la main. Pruniers et cerisiers, surtout ceux qu'on appelle ici les guignes, poussaient en liberté autour de la cour, du jardin, de la mare. Les guignes étaient cueillies à l'aube, et vendues à pleins paniers sur le marché, un grand bol servant de mesure. Les prunes, Reine-claude, qu'on appelle ici abricots, étaient réservées chaque année par les boulangers pour garnir les énormes chaussons qu'on nomme pâtés. C'était sa fierté de voir *sa* récolte ainsi transformée à la vitrine de tel boulanger de la rue Nationale, un jour de comice. Son orgueil de voir trente ans plus tard les énormes pommiers de plein vent plantés par lui en rangées compactes au milieu de champs déjà trop petits. Ainsi, croyait-il, les années de pommes on fait double récolte, une en dessus, une en dessous ! Utopie sans doute, car, pommes ou pas, les betteraves avaient piètre figure sous les pommiers, les jours de canicule, et le blé peinait à mûrir, faute de lumière.

Quoiqu'il en soit, les Rosa, Bouet, Reinette dorée ou Locard étaient livrées directement à une clientèle fidèle, avec quelques sacs de pommes de terre, quelques brouettes de fumier. On n'a pas idée de tout ce qu'on peut vendre aux villotiers, en s'y prenant bien. La livre de beurre frais, soigneusement arrondie en galette épaisse, lissée à la grande cuillère de bois maintenue mouillée pour qu'elle glisse facilement ; fleurie de naïves rosaces à la petite spatule de buis clair. On la tire, telle une lune, d'un léger panier plat fait de chèvrefeuille bouilli et écorcé, dont le fond est garni d'un linon très fin et de larges feuilles de chou. Demain matin, elle voisinera sur la table du notaire avec le service à déjeuner de porcelaine ourlé d'un mince filet d'or.

Les premiers petits pois... On les apporte, tout frais cueillis, encore humides de rosée. Mine de rien, on fait apprécier la tendreté des grains qui commencent à gonfler l'écrin vert pâle : « Tenez, prenez don, c'est les premiers, y en a même pas sû l' Petit-Marché ! » On ne dit pas ce qu'il a fallu de peine pour les faire venir. Les semer fin novembre – d'où leur nom de Sainte-Catherine – à l'abri du vent d'est. Disputer aux limaces, tout l'hiver à grand renfort de suie et de cendres de bois, les jeunes plants à peine sortis de terre. Les défendre âprement de la voracité des geais qui viennent vous les voler tout près de la maison, malgré oripeaux et verroteries disposés en épouvantails. Ils sont là dès l'aube, à gober les gousses à peine formées pour aller les dégorger dans le bec de leurs oisillons nichés dans la haie voisine. Un cri, un froissement d'ailes, et Georges, dont le sommeil était léger au petit matin, était debout, en queue de chemise, et se glissait dehors pour interrompre le festin avec des « kâ ! kâ ! » bruyants qui avaient au moins le don de réveiller Clémentine…

Et les fraises, donc ! Les fraisiers sont engraissés à l'automne, à la fiente de volailles. Au printemps, ils partent de bonne heure en talles vigoureuses. Et les « Madame Moutot » aux formes monstrueuses, cueillies à peine mûres, disposées dans le panier, face rouge en dessus, à côté des mottes de beurre, feront l'admiration des dames de la ville : « Je me demande comment vous vous y prenez pour avoir d'aussi belles fraises ? Qu'est-ce que vous leur faites donc ? – J' les fais venir dans la bonne terre, c'est tout… »

Pour les pommes à cidre, au lieu de passer par les courtiers qui, prétextant le manque de wagons, en prenaient parfois à leur aise, Georges innova. En témoigne cette lettre des *Établissements Gandoin*, grains et noix, produits du pays, à Huismes (I et L), datée du 19 novembre 1913 :

« Monsieur Fontaine

« Je vous serais bien reconnaissant de mettre dans le wagon de pommes cinq à six pipes [1] de pommes fraîches ramassées, en belle marchandise. Si je suis content du wagon je pourrais vous en prendre d'autres.

« Recevez, Monsieur, mes salutations empressées. »

Il est difficile d'imaginer aujourd'hui le travail de ramassage à la main et la livraison en charrette à âne de quinze tonnes de pommes, à trois kilomètres, par chargements de 500 kilos… Mais rien, semble-t-il, ne pouvait arrêter son désir d'être « au drêt de ses affaires » [2], et de s'agrandir, pour passer, en vingt ans, de quatre à six hectares.

Au demeurant, Georges ne s'embarrassait guère de scrupules ni de tergiversations inutiles. Ainsi, un après-midi d'hiver, en forêt de Bonnétable, la forêt de Monsieur le Duc de Laroche-Foucauld-Doudeauville, il râtelait des feuilles sèches pour servir de litière aux vaches. Il avait attaché Floquet à une touffe de

(1) Unité de mesure pour les fruits à cidre d'environ 300 kilos.
(2) Au drêt de ses affaires : ne devoir rien à personne.

jeunes châtaigniers. C'est long un après-midi à ronger son mors, à dormir debout, la tête dans les branches dénudées, sans même une poignée d'herbes folles à mâcher. Pour tuer le temps, l'infortuné bourri avait imaginé de peler avec ses dents l'écorce des jeunes brins les plus proches. Délit très grave, comme chacun sait, puisqu'il peut entraîner la mort de l'arbre par arrêt de la sève. Or la perche de châtaignier est un bois noble. Fendue, quand elle est jeune, on en fait des cercles de barriques, ou bien le treillageur la débite en palis, en lattes inusables qui seront utiles au couvreur, mais pourront aussi bien, clouées sur des poteaux de bois disposés tant plein que vide, servir de support au torchis de terre glaise si connu en Sarthe. Après vingt ans, on en fera de solides piquets de clôture, indispensables en pays d'élevage. Que faire ?

Je ne sais pas si Floquet eut droit à une grattée, en l'occurrence, et pour l'exemple, une volée de coups de bâton, mais pour l'heure, il y avait mieux à faire. Raser les gaules endommagées, les dissimuler au fond de la charrette hâtivement remplie de feuilles, répandre sur la souche quelques fourchées de feuilles et de mousse. Déguerpir. Pas vu, pas pris...

Hélas, il avait été vu, et quelques jours plus tard il dut acquitter à qui de droit le prix de son forfait. Bien entendu, le voisinage en fit des gorges chaudes, et comme dans les villages on a tôt fait de trouver un sobriquet à chacun, pendant plusieurs lustres, il se trouva des plaisantins pour l'appeler « la Gaule ».

Car c'était ainsi. Ce monde-là vivait à l'ombre de son château. On était – ou non – *devers le château*, ce qui avait bien des avantages. Domaines importants pour la région, loyer raisonnable, sécurité, les mêmes familles se succédant de père en fils, en échange de contraintes connues d'avance : accepter bon gré mal gré les dégâts du gibier petit et gros, ne pas chasser, ne pas réclamer trop de réparations et d'aménagements de bâtiments, témoigner d'une certaine déférence envers la hiérarchie, gardes, régisseur, etc., qui avaient finalement peu ou prou droit de regard sur vos faits et gestes. Et, bien sûr, envoyer ses enfants à l'école chrétienne était un gage de bonne moralité.

Travailler pour le château ou *sous le château* c'était pour un ouvrier une promotion, la preuve d'une certaine considération, la certitude d'être payé. Même pour le pauvre bougre engagé par charité dans ce qu'on appelait le petit génie, chargé de l'entretien du parc, et du balayage des feuilles à l'automne.

Aux élections, on était *pour Monsieur le Duc*, ce qui était assez confortable et sans danger pour le futur, ou *contre le Duc*, position courageuse qui, aux yeux de l'opinion publique, vous classait une fois pour toutes parmi les mécréants, les Rouges.

Un ambitieux se voulait *plus riche que le Duc*, car *la fortune de Monsieur le Duc* – qui en a jamais fait le compte ? – servait d'étalon. Tel qui passait pour très riche était « cent fois plus riche que le Duc ». Hélas ! Même avec la fortune de Monsieur le Duc, « quand on est mô, on est mô, on n'a pus besoin d' rin ».

Et la forêt de Monsieur le Duc ? Fabuleuse forêt de Clossay, pourvoyeuse de tant de largesses malgré les cinquante mètres de terrain qu'elle empiète sur les champs riverains. Sans compter la particularité qu'elle offre, gratuitement, de couper la nuée, de faire obstacle aux gros orages destructeurs de récoltes ou porteurs de grêle, tant redoutés des paysans.

Ce sont les branches mortes, à demi pourries, que ramassent les pauvres, qui sont gens bien utiles, ma foi, pour nettoyer les sous-bois de tout ce qui empêtre chasseurs, rabatteurs et chiens de courre. Mais quelques flambées qui n'ont coûté que le mal de les ramasser et de les apporter à brassées jusqu'au bord de la route, ce n'est pas trop cher payé.

Ce sont les feuilles mortes qu'on a le droit de râteler, deux jours par semaine, l'hiver, aux abords des allées, avec la permission du garde. Précieuses feuilles mortes, complément de trop maigres récoltes de paille à litière, ou protection efficace des tas de betteraves contre le gel. Où irait-on les chercher, dites-moi, s'il n'y avait la forêt de Monsieur le Duc ? Les initiés et les familiers des gardes avaient la possibilité d'aller plus loin, là où les chênes ont étouffé les baliveaux. Ici, poussent la fougère et une graminée à feuilles larges et coupantes appelée guinche ou encore pivardaine, utilisée en litière et pour garnir les matelas. A grands coups de faux, on a vite fait de couper de quoi remplir une charrette.

Sans compter le bois de chauffage, constitué essentiellement de houppiers de chêne et de bois d'éclaircies. Surveillé, mesuré, compté par les gardes ; les fagots et le menu bois, le cassis, constituant la majeure partie du salaire.

Tout cela c'est le permis, le connu, mais le reste ? Le reste, c'est le brin de houx jeune, de bonne grosseur, qui, coupé clandestinement, fera un manche de fouet souple et inusable. Ce sont les repousses de châtaignier de deux ans qui, fendues, feront les *coûtons* constituant l'ossature des paniers de viornes ou d'osier. On en prélève un seul brin par cépée, pour passer inaperçu.

C'est le jeune pied de chêne, de châtaignier, d'ormeau, de saule, sans nœud, de belle venue, qu'on coupe en hâte un soir à la brune, à ras du sol et d'un seul coup de serpe car le même bruit ne doit pas se reproduire plusieurs fois, par prudence ; la cime, coupée net, replantée près du pied dissimulé sous une poignée de mousse, ne fera pas de feuilles au printemps, et le garde s'apercevra du forfait… Trop tard. Chez vous, le jeune brin, écorcé tout frais, séchera à l'ombre avant de faire un manche de pioche ou bien de fourche, d'autant plus précieux qu'on a conscience de l'avoir volé. Pas vu, pas pris.

C'est le bouleau qu'on émonde un dimanche après-midi et dont les brindilles, assemblées par un osier fendu, deviendront balai d'écurie.

Le bois ? Vite fait de garnir le fond du tombereau avec des bûches coupées court, un jour où on sent le garde occupé ailleurs, et finir le chargement avec des fagots. Pas vu, pas pris.

Faut-il parler du malheureux garenne, cravaté la nuit et ramassé avant l'aube en lisière de forêt ? Des hécatombes de lapins prisonniers du grillage dont on doit entourer les récoltes, rabattus de nuit, silencieusement, par des chiens bien dressés ? Du faisan abattu un jour où les hôtes illustres de Monsieur le Duc s'adonnent à la chasse, par le paysan en casquette crasseuse et vareuse râpée, à l'affût derrière un chêne de bordure, armé de sa vieille pétoire à un coup ?

Plus rarement, car c'est un crime, de la biche surprise une nuit sans lune dans le champ de choux ou de maïs, et qui ne reverra jamais ses halliers ? Le tout avec la complicité tacite, plus ou moins active, d'une population à mentalité de serfs, ravie au fond, de voir jouer un bon tour aux « bourgeois ». Pas vu, pas pris.

Mais qui est pris passe impitoyablement dans le monde des faibles, des malchanceux, des maladroits, des indignes. En tout bien tout honneur, on ne lèvera pas le petit doigt pour le défendre. Dans la plus parfaite hypocrisie. Chacun pour soi, et Monsieur le Duc pour tout le monde…

1893, l'année sèche restée dans toutes les mémoires, comme le sera plus tard 1921, n'a pas, semble-t-il, laissé que de mauvais souvenirs à la Petite-Chauguenière d'Aulaines. Pourtant le manque d'eau, si redouté dans cette région qui ne vivait que du nourri, c'est-à-dire de la transformation de végétaux en lait, beurre et œufs, s'est fait durement sentir. La mare asséchée, le puits insuffisant sur ce plateau éloigné de point d'eau, il a fallu hisser sur une charrette une de ces longues futailles qu'on appelle pipes et descendre chaque jour au gué d'Aulaines, à quatre kilomètres, là où le petit Tripoulain, sortant de la forêt, se laisse approcher avant d'être happé par la prairie du château. Le tonneau rempli à la force des bras – trois cents fois le même geste – à l'aide d'un godet à long manche qu'on nomme vide-buée, Floquet remontait la côte, et on distribuait le précieux liquide au voisinage.

Conséquence heureuse de la sécheresse, la précocité des fruits. Et on se rappellera toujours d'avoir mangé des cerises le jour de Pentecôte. Des guignes greffées par Georges sur un sauvageon de merisier, qui ne produit normalement que des babioles, ces petits fruits noirs et acides qui n'ont que la peau et le noyau, mais qui sont si appréciés des oiseaux qu'ils ensemencent le voisinage pour en avoir à volonté. Des « guignes de Pentecôte », un côté rouge, un côté blanc, moitié sucrées moitié acides, cueillies un peu tôt peut-être, mais c'était pour le baptême de Georgette, la fille qu'on voulut unique « pour ne pas séparer les pièces de cent sous ». Pour laquelle Georges, qui ne sait ni lire ni écrire, va même consentir des sacrifices. Comme le chemin est long et difficile, l'hiver, la petite va fréquenter l'internat des Sœurs de la Providence, à Bonnétable, qu'on appelle la Pension. Outre une instruction très complète sanctionnée par le Certificat d'Études Primaires et le Certificat d'Instruction Religieuse, « Précieux souvenir si vous êtes fidèle », qu'on fera encadrer de baguettes dorées pour l'accrocher au mur de la chambre, bien en vue au-dessus du lit, elle va acquérir de solides notions de morale, et quelques bonnes manières. On va lui enseigner à coudre – Clémentine ne sait que ravauder –, à broder l'alphabet sur un canevas, en belle gothique rouge. On va l'initier à la tenue du ménage, car l'entretien des classes est assuré par les élèves elles-mêmes. Du moins par certaines. Georges s'étant inquiété de savoir pourquoi en étaient dispensées certaines filles de commerçants de la ville, se vit répondre – fort justement n'est-il pas vrai ? – « qu'il ne serait pas convenable d'obliger des jeunes filles à faire du ménage à l'école, alors que plus tard, chez elles, elles auront des domestiques pour le faire » !

Bref une éducation bien comme il faut. Une jeunesse tranquille entre Papa et Maman, des années bien douces qui s'écoulent, rythmées par des dimanches sages : la grand-messe à Bonnétable, grandes orgues, chantres et envolées de cloches. L'après-midi, visites à travers champs aux amies les plus proches. Pour les autres, il faut se contenter de cartes postales en couleur, affranchies à un sou : « Poisson d'Avril, Bonne Année, Joyeux Anniversaire, Devinez qui vous l'envoie », en enluminures dorées, avec, au dos « J'espère qu'on se verra à l'Assemblée », ou bien « Viens dîner à la maison dimanche, après on ira se promener ».

Qu'est-ce que « aller se promener », en 1908, pour Georgette Fontaine et son amie Joséphine Heuzé, trente ans à deux, cheveux tirés à l'arrière, pommettes rouges de filles du Maine en bonne santé ? De quoi parle-t-on ces après-midi déjà chaudes de mai où l'on fait le tour des champs bras dessus bras dessous, si la largeur de la chaintre le permet sans risque d'être harponnées par le sournois églantier ? Où l'on regarde sans le voir l'orge qui lève sur les guérets de la « Meunerie », une goutte de sève au bout de chaque feuille. Où l'on rit si fort, et si haut, pour rien, que la merlette dérangée de son nid nous interpelle, cout-cout-cout, sans même qu'on lui accorde un regard. Où, les pieds chaussées de hautes bottines à boutons, on foule sans pitié les étoiles dorées de mille pissenlits avant de trouver, enfin, un trèfle à quatre feuilles porte-bonheur qu'on va mettre à sécher dans un livre d'école, pour le retrouver des années plus tard, témoin muet et mélancolique d'un passé qu'on regrettera un peu ?

Deux mois plus tôt, ce sont les six pieds de violettes arrachées au talus du chemin du Rafeu, tout juste en boutons, disposés dans une soucoupe avec trois cuillerées d'eau, qui vont apporter le printemps sur la table, dans la vieille maison enfumée. Car c'est là un des signes – quelques fleurs des champs sur la table en toute saison, jusqu'au bouquet de petit houx Fragon semé de boules rouges, l'hiver – auquel on reconnaît qu'il y a une fille à marier dans une maison.

Si le temps n'incite pas à la promenade, après la vaisselle faite, on va, les pieds sur les landiers, la mère un peu à l'écart, occupée à quelque ravaudage, jouer à l'Oracle. Une série de questions fort simples dont les réponses, tirées au hasard sur un tableau numéroté, se trouvent à l'intérieur de l'almanach, dont c'est, avec les dates de foires, marchés et assemblées et les phases de la lune, la principale utilité : « Deviendrai-je riche ? – Oui, si tu te maries. – Me marierai-je ? – Oui, plusieurs fois. – Mon mari sera-t-il beau ? – Comme un singe… »

Il y a aussi, comme distractions, le mariage des cousins et cousines, nombreux car la famille Gosnet est grande. Devant le Café de la mairie, à Saint-Denis, deux générations de toilettes et de coiffures se côtoient pour la traditionnelle photo. Les aïeules et les femmes sont en coiffe sarthoise, en galette, et les jeunes filles portent ces immenses chapeaux dont s'inspira plus tard le parolier d'un célèbre charleston :

Autrefois les grands chapeaux
Au théâtre au Casino
Vous empêchaient de voir le tableau...

Les chansons… Le répertoire de la mère passe tout naturellement à la fille, en s'enrichissant à chaque foire, à chaque noce. On se met à plusieurs pour reconstituer la mélodie, vaille que vaille. Les paroles, soigneusement calligraphiées sur des cahiers d'écolier aux pages numérotées, recouverts de papier d'emballage, pourront défier le temps. Mais qui se souvient, qui a conservé la musique de ces chansons empreintes de désuète poésie évoquant des amours d'un autre âge ?

J'écoutais chanter les brises
Avec mon petit cousin
Et je les trouvais exquises
Les cerises du voisin...

ou bien

Blanche pâquerette
O fleur des amours
Dis-moi mignonnette
S'il m'aime toujours...

Et encore

Bonne nuit, Monsieur le Capitaine
Je dois vous prévenir
Qu'il est temps de dormir

Déjà la lune argente la plaine
Bonsoir, Monsieur le Capitaine, Bonsoir...

Parfois, on profite de la venue d'une cousine qui fréquente des Parisiens pour apprendre, en quelques heures, un refrain venu tout droit de la capitale, tel *le Chat Noir* ou *la Chanson des Blés d'Or*.

A cette époque, on n'allait pas *à la danse* ou *au plaisir* avant 18 ans. Et encore, l'après-midi seulement, avec obligation d'être rentrée avant la nuit tombée, par crainte des mauvaises fréquentations. Un dimanche sur deux ou trois. Ou encore aux grandes fêtes, assemblée d'Aulaines, le quinze août, foire Saint-Nicolas de Bonnétable, le deuxième mardi de décembre.

Précisément, c'est là que... Mais si nous retournions à Prévelles ?

La Bédivière

La maison basse où l'on a vu mon arrière grand-mère Julie Chevallier faire une entrée sans gloire en 1871, où Jean et Stéphanie, mes grands-parents, ont vécu ensemble trop peu de jours heureux, croulait. D'année en année, le vent d'hiver s'insinuait par de longues fissures que l'on colmatait tant bien que mal de l'intérieur, avec des chiffons. Dans ces crevasses, une faune trotte-menu prenait ses quartiers, s'insinuait jusque dans les placards, à la recherche de chiche pitance : croûton de pain, fromage sec, pot de saindoux.

Il en est ainsi du torchis – on dit ici *terrasse* – dont étaient bâties la plupart des maisons de cette époque, dans notre région dépourvue de carrières de pierres. Le maigre enduit fait de chaux grasse et de sable argileux s'effrite et tombe en plaques, malgré les retouches ajoutées ça et là, qui semblent autant de bavures claires sur fond jaune sale. L'argile, desséchée, ayant perdu au cours d'un siècle, peut-être plus, une partie de sa plasticité, mal soutenue par la paille émiettée, coule en longues traînées de poussière rougeâtre, découvrant l'armature de menues lattes de châtaignier clouées sur de maigres baliveaux coupés trop jeunes. Quand les bardeaux de chêne fixés sur lattes et chevrons par des clous à tête carrée, fabriqués un à un par le forgeron, laissent passer la pluie, c'est la ruine définitive, et bientôt on doit étayer les murs avec des planches.

Dans cette maison, dont l'humidité ambiante rendait glissant le sol de terre battue, Stéphanie a vu mourir avec le siècle son mari et sa fillette. Et elle s'est accrochée à la vie, soutenue par la solidarité des voisins. Ce sont eux qui vont apprendre à Alphonse les gestes qu'il faut connaître pour faire un paysan. Alphonse forcé de renoncer à sa passion naissante de travailler le bois, de façonner de ses mains dans le frêne, l'ormeau et le chêne, ainsi que le fait le charron de Prévelles, les roues de charrettes et de carrioles, les portes d'écuries et de granges, les cages de pressoir et les tonneaux à cidre. Il ne s'en consolera jamais tout à fait.

Dès quinze ans, on lui apprendra à faucher, ce qui n'est rien, comparé à toute la science qu'il faut pour battre sa faux, en affiner le tranchant entre le marteau spécial et la petite enclume fichée en terre, avec toute la souplesse de poignet requise pour ne pas fendiller irrémédiablement la mince lame d'acier. A labourer, à semer, le regard fixé sur l'horizon, insensible au cordon du sac qui scie l'épaule jusqu'à entamer la peau, à la terre grasse qui entre dans les sabots à chaque pas. Apprendre à amplifier son geste, même au soir d'une longue journée, pour que la semence s'égaille en pluie, gage d'une levée régulière. Semer, semer encore, par les hâles de la Semaine Sainte qui râpent le peau des joues et dessèchent la gorge, ou sous les bruines de Toussaint qui s'insinuent jusqu'à la chemise, quand « la corne du beu dégoutte ». Marcher, marcher toujours, marcher sans fin derrière le cheval pour labourer, herser, rouler, ou à côté de lui pour charroyer. Et apprendre tant d'autres choses qui semblent aller de soi, mais qui exigent en réalité une maîtrise du geste, un sens de l'observation qu'on ne peut acquérir qu'en travaillant, au fil des jours.

Mais il y avait plus urgent encore que de loger les gens. Il fallait abriter les récoltes. Construire une grange. Et pour cela abattre des arbres. Ceux-ci foisonnaient dans les haies qui entouraient chaque parcelle, dont la surface variait entre quelques ares et un hectare. Le bocage était roi, et si en temps ordinaire, le bois mangeait à lui seul la moitié des récoltes par son ombre et ses racines, il permettait de faire une coupe tous les sept ou huit ans et, toutes les deux générations, de prélever quelques grumes de charpente ou de menuiserie, le renouvellement étant assuré par la coutume, signifiée au fermier dans une clause du bail, mais bien ancrée également dans l'esprit des petits propriétaires exploitants « de laisser croître les brins de pied de belle venue susceptibles de faire des souches ou des arbres à haute tige ».

Pendant l'été 1901, Falise et ses scieurs de long, les charpentiers de Prévelles, vont débiter sur place des poutres et des poteaux. Il restera même du bois pour faire confectionner par le charron, après dix ans de séchage, un moulin à pommes, un pressoir et un fût de pipe pour chacun des enfants Lebourdais.

Pour près de mille francs de l'époque, comprenant la main-d'œuvre, 7 300 tuiles et toutes les fournitures, Falise va élever une grange neuve, imposante pour l'époque. Les murs de torchis, sur un soubassement de petites pierres des champs jointées à l'argile et à la chaux grasse, le tout recouvert d'un badigeon, vont être édifiés par Marin Bois, maçon à Prévelles, en « quinze journées émis (sic) ». Désormais aucune récolte, aucune charrette ne coucheront dehors. Finis les gerbiers dont la tête s'incline en attente des batteurs, et dont le flanc nord verdit dès la mi-août passée. Oubliées les barges de foin tassées près de l'étable, mal ventilées, trop petites pour se tenir droites, ventrues, bombées, alourdies d'eau l'automne venu, et qui prennent trop tôt le ton brun du fumier. Et même, grâce à deux grandes portes doubles se faisant face, la batteuse, plus tard, pourra rentrer à l'aise, et on battra au sec, comme dans les fermes !

Depuis quelques années, Prévelles commençait à mieux vivre des produits de la terre. Non point seulement en façonnant et cuisant l'argile de son sous-sol, mais en travaillant mieux son sol. Un à un les artisans potiers avaient éteint leur four pour « gagner leur pain chez les autres », à Aulaines, à Bonnétable où la duchesse de Montmorency avait ouvert la faïencerie du Rond, au cœur de la forêt. Certains allaient conserver quelques ares de terre qu'ils cultiveront à la houe. D'autres deviendront de simples ouvriers, et quelques journaux de terre vont agrandir un peu les bordages voisins, qui passeront petit à petit à 6, 8, 10 hectares. Chaque paysan possédera son attelage, âne ou cheval breton. On va élever une génisse chaque année, engraisser quatre cochons au lieu de deux. Et pour loger tout cela agrandir l'étable, construire, avec les cailloux des champs, un semblant de porcherie, une soue obscure où les infortunés animaux vont rouir dans leur urine toute leur vie, sans jamais voir le jour.

Et Stéphanie de reprendre son vieux rêve, son espoir un peu fou des années trop courtes avec Louis-Jean. Faire bâtir. Entreprise énorme à cette époque si l'on songe aux moyens dont on disposait. D'abord « faire les approches », réunir les matériaux. Amener sur place en charrette, poutres et solives de chêne, et la charpente de peupliers débités à la main l'hiver précédent.

Il n'y a pas de torchis dans cette maison. Les moellons proviendront partie de la démolition de la vieille maison et du four à chaux des Fourneaux, partie des haies de la région où l'homme les entasse à mesure que le fer les déterre. Alphonse les chargera un à un dans son tombereau, ainsi que les 9 200 briques livrées en gare de Prévelles. Briques rouges, blanches, simples, doubles, lisses ou quadrillées, briques à plancher, à trottoirs, à caniveaux. Le sable, provenant de la butte des Vaupillois, à 3 kilomètres, sera chargé à la pelle, à raison, m'a-t-on dit, d'un tombereau de un mètre cube par jour pendant deux mois.

Au printemps 1911, les meubles entassés dans la grange dans laquelle on va camper tout l'été, on va enfin mettre à terre la vieille maison, déblayer les décombres, en conservant soigneusement tout ce qui, bois ou pierre, peut être réemployé. Et la terre provenant des vieux murs de torchis retournera aux champs mêmes d'où elle avait été tirée quelques siècles auparavant.

Sur les fondations creusées dans l'argile à silex – le beurre – l'entreprise Bernard, de Tuffé, va élever des murs épais, compacts, faits de pierres jointées au mortier de sable et de chaux grasse des carrières de Vouvray-sur-Huisne. Dix mètres cubes de chaux vive, que le chaussumier (1), blanc comme un meunier, livrera par tombereaux en mottes friables et tièdes, sortant du four. Versée dans une fosse creusée à même le sol, on l'éteint à grand renfort de seaux d'eau, dans un bouillonnement de chaudière. On obtient ainsi une pâte blanchâtre, onctueuse, appelée chaux grasse ou chaux éteinte, qui, étendue d'eau donne le lait de chaux employé comme badigeon. Reprise à la pelle et mélangée au sable à l'aide de la doloire de maçon, cette pâte constitue le mortier de chaux, ancêtre du ciment, et sert également comme enduit de façade.

Du 4 mars au 8 août, quatre hommes vont effectuer 258 journées de 11 heures. Chacun se déplaçant à pied, il n'est pas question de rentrer chez soi pour déjeuner. Stéphanie leur trempera la soupe, de même qu'aux charpentiers. Sur un petit feu de plein air, chacun réchauffera ses pois Bouquet (2), cuira son hareng saur, suspendu par la tête au-dessus des braises. L'expression « chacun

(1) Chaussumier : employé d'un four à chaux.

(2) Pois Bouquet : gros haricots blancs Soissons.

son pain et son hareng » signifiant « à chacun sa part » trouve son origine, je crois, dans cette pratique des gens de chantier.

A la Toussaint, quand Monsieur Lehoux, le menuisier, aura posé portes et fenêtres, on invitera le curé Binault à bénir la maison neuve, et les voisins à boire le cidre bouché avec les artisans.

« Ma maison », vers 1925, quand je commence à comprendre ce qui m'entoure, c'est tout cela. Cette façade crépie de blanc mat, rugueuse, qui nous écorche la peau quand on s'y frotte. Ces briques rouges et blanches qui encadrent portes et fenêtres, ou bien soulignant le bord de la toiture, ces briques quadrillées dites « du gibet » formant trottoir autour d'un seuil en granit d'Alençon. Cette cheminée en pierres de taille toute blanche, ce carrelage rouge et lisse que Maman lave chaque semaine à grande eau, aussitôt qu'elle m'a envoyé au lit pour faire mon somme et surtout pour que je ne « patouille » pas derrière elle.

C'est cette masse incroyable de travail d'une dizaine d'hommes que nulle machine n'a aidés, que nul contrat n'a jamais liés, autre que la confiance mutuelle, le respect de la parole donnée et la volonté de faire pour le mieux. L'aboutissement de vingt-cinq années d'espoirs de Stéphanie, de privations de toutes sortes pour elle et pour les siens. Une intense fierté aussi, de jouir d'un confort, relatif bien sûr, mais rare encore dans la région à cette époque : plafond haut, fenêtres larges avec de vrais volets à cœur qu'on n'est pas obligés de maintenir fermés avec un étai placé à l'extérieur. Une salle commune – on dit *la maison* – où vingt personnes mangeront à la même table après la batteuse, avec une vraie chambre dans laquelle on n'entre qu'en semelles de chausses, ou pieds nus, presque religieusement, pourvue d'une petite cheminée prussienne en vrai marbre de Sablé, dont on ne se servira, bien sûr, que lorsqu'il y aura un malade dans la famille ! Un très grand grenier qu'on ne pourra jamais remplir de grain complètement, par manque de surface cultivable. Un appentis, cellier et « laiterie », indispensable local pour traiter chaque jour la production de lait et conserver au frais, en jarres pansues appelées buises, la crème de la semaine dans l'attente de la baratter la veille du marché. Fierté aussi d'avoir réalisé tout cela avec son fils, pour son fils et, la chère femme n'en doutait pas, pour les générations futures !

L'année 1911 va marquer Alphonse, plus encore, peut-être, que son mariage l'année suivante. Cette maison qu'il a vue sortir de terre jour après jour, pierre après pierre, dont chaque poutre était connue de lui quand elle était encore un arbre, dont il avait manipulé chaque moellon, chaque tuile, sera son fait de gloire, presque son enfant. Comme il gardera toujours un grand respect et une certaine admiration pour les ouvriers qu'il avait vus à l'œuvre et auxquels il avait prêté main forte.

Quelques années avant, il avait accompli son service militaire. Deux longues années à Toul, au 146e de ligne. La photo « Scherrer, portraits au charbon, agrandissements », rue Gambetta, à Toul, nous montre un militaire au regard fier, petite moustache, portant bien la vareuse à épaulettes, képi à pompon, boutons astiqués, gants blancs, baïonnette du Lebel à portée de main. Certes, il n'a rien du piou-piou, du pousse-caillou immortalisé par les chansonniers. Il n'y a pas de légende. Il n'est pas dit que Scherrer, avant de lui faire chevaucher une banquette, lui a simplement fait revêtir, par dessus son bourgeron de bidasse, un devant de vareuse d'apparat, le même pour tout le monde, retenu dans le dos par un bouton-pression. Ainsi chaque famille pouvait être fière de son fiston, c'était un beau soldat.

Pour cet homme de l'Ouest, habitué aux douces harmonies de l'arbre, de l'herbe et de l'eau étroitement mêlés, qui ne connaissait que l'architecture incertaine, voire inexistante, d'habitations sans gloire, faites pour « loger les bêtes et le monde » plus que pour flatter l'œil, habitué aussi à la promiscuité forcée, mais chaleureuse du voisinage, née de l'exiguïté des exploitations, l'Est parut austère, froid, pour ne pas dire glacé. Le grand nombre de casernes, de forts, de casemates entrevus pendant les marches et les manœuvres dans les environs, la concentration de troupes de toutes armes, l'agacement des civils submergés par les militaires de tout poil, avec par dessus tout, l'ombre toute proche de l'Allemagne des Hohenzollern, lui inspirèrent, comme à ses camarade une étrange prémonition. « Tout ça, faudra bien que ça serve un jour ? »

Cependant, avec des horizons nouveaux, il avait découvert des amitiés nouvelles, dont témoignent encore aujourd'hui, humbles choses conservées depuis près d'un siècle dans le même tiroir, maintes cartes postales timbrées à cinq centimes, toutes adressées au Soldat Lebourdais, Caserne du Maréchal Ney à Toul. Souvenirs de copains partis en permission. Quatre mots pour un sou : « Ça passe bien vite » ou « A demain vider bouteille » signées Ferrayu, de Vacan (Indre). « Bien le bonjour » de Châteauroux, de Jeu Maloches, de Le Menoux (Indre), de Dijon, de Villiers-le-Bel. « P.L.G. » (Plein La Gueule...), de Bethisy-Saint Martin (Oise).

Émile Broco, pour dire « C'est la bonne Vie », envoie la cueillette du houblon, ou la rue principale de Seuvres (Côte-d'Or). Tandis que les vieux camarades d'école, qui n'ont pas eu la chance, secrètement espérée, de voyager « aux frais de la Princesse » lui envoient... la caserne du 115e à Mamers, un « Souvenir de manœuvres » de Vendôme, ou « encore 315 jours » tamponné dans le fourgon postal Mamers-La Hutte.

Humbles souvenirs, devenus reliques avec le temps, marques d'amitié, paysages jamais retrouvés, témoins d'un autre âge enfermés dès le retour, dans la boîte à paquetage en contre-plaqué, avec le dé à coudre pour hommes, sans bout, la fusette de fil à boutons, la pipe qui n'a plus jamais servi, le petit miroir de poche encastré entre deux plaques de bois pour le protéger des chocs, la tondeuse rouillée et le cahier de chansons, que tout militaire sachant écrire se faisait une gloire de recopier soigneusement, même s'il n'avait qu'un filet de voix, pour faire voir aux siens qu'on ne s'embêtait pas à la caserne. 170 pages reliées de carton gris remplies, en lignes serrées, de couplets gaillards, fripons, tendres, tragiques, joyeux :

Ah ! mon Colon !
Mince que c'est long !
Sacré chemin !
On n'en voit pas la fin.
Le général
Il va-t-à ch'val
Mais l' pauve troupier
Il va toujours à pied ! (air : Sambre et Meuse)

Alphonse était un homme, désormais ; « Il avait fait son temps ».

Faut mettre une femme dans ta maison

« A c't-heûre, avait dit Stéphanie, faut mettre une femme dans ta maison… »

Alphonse, cherchais-tu femme, véritablement, avec Gustave, Denis, Eugène et quelques autres, quand vous couriez les assemblées, à pied – tu n'as jamais voulu essayer d'autre moyen de locomotion, te jugeant trop vieux, à 25 ans passés, pour apprendre à « monter en vélo » ? Depuis l'assemblée de Saint-Georges, en avril, la première de toutes, celle qui annonce les feuilles nouvelles et les semailles de printemps – « A la Saint-Georges, bonhomme sème ton orge » – jusqu'à la dernière, Saint-Denis-des-Coudrais, vers le 10 octobre, en plein « été de Saint-Denis ». En passant par Saint-Célerin, La Chapelle, Aulaines, que vous n'aimiez pas trop car fréquentée par les gars de *grous maîtres*. Tu as eu le temps de connaître ainsi toutes le filles de la contrée. Du moins toutes celles qui avaient l'autorisation de « sortir ».

Tu étais, je l'ai su, bon danseur de polka, de mazurka, de scottish. Tu ne t'es jamais enthousiasmé pour la valse, semble-t-il, ne sachant trop où poser tes « 47 fillette » sans dégâts pour les bottines à boutons de ta cavalière. Mais il semblerait, d'après les dires, que ce sont les retours de bal qui vous ont laissé les souvenirs les plus marquants. Retours tardifs dans la nuit qui s'avance, par les chemins creux et à travers champs ; à cette heure-là on coupe au plus court n'est-ce pas ? Longues stations chez l'un ou l'autre autour d'un café bien arrosé, car « on ne s'en va jamais pieds nus ». Complété par les cerises à l'eau-de-vie, si la mère n'avait pas mis le bocal en sûreté en prévision d'une intrusion nocturne. Longs échanges de souvenirs de régiment, occasion irremplaçable, vous n'en doutiez pas, de transformer en homme un enfant de paysans, par la grâce d'une hiérarchie toute-puissante, à force de discipline et de brimades dont la stupidité vous forçait à en rire après coup. Farces plus ou moins innocentes accomplies au détriment de tel fermier peu accommodant : charrue retournée soc en l'air, barrière couchée sur le talus ou hissée dans une souche – à plusieurs on est forts –, cris inhumains dans la nuit, caillou jeté dans le volet d'une harpie de village, suivi d'une galopade éperdue le long de quelque ruelle débouchant dans les champs. Interminables conciliabules au bout d'un chemin de ferme, chacun puisant à tour de rôle, avant de se quitter, dans le paquet de gris de l'autre.

Attention, Alphonse, c'est dans ces plaisirs un peu frustes, un peu trop masculins, qu'on se forge une mentalité de vieux gars, quand on s'achemine vers la trentaine...

En dehors des assemblées, il y avait bal à Prévelles, alternativement au *Café de la Gare*, chez Filo Évrard, ou *A la Gaieté*, chez la mère Lucie. Ton futur beau-frère Louis Liberge, le charpentier, « le petit musicien » comme on l'appelait, valait à lui tout seul tout un orchestre. *La polka des baisers*, *Lisette*, *La belle capricieuse*, et de temps en temps un quadrille comme *le Roi des Amoureux*... Ce n'étaient certes pas des morceaux célèbres, joués dans les salons parisiens, que ces petits formats maculés de café et de vin rouge, édités chez Margueritat à Saint Règle (I-et-L), Henri Aubert à Ramerupt (Aube), Dupeyrat à Savignac d'Allemans (Dordogne), marqués de pouces sales, usés, écornés d'avoir trop servi, qu'il posait devant lui sur l'étroite planchette de son estrade minuscule. Mais les Clémentine et les Marie, les Joséphine et les Juliette n'étaient pas exigeantes, elles n'avaient nul besoin, pour cambrer leur taille solide de lavandières et de paysannes sous votre rude main d'homme de charrue ou de cognée, d'entendre une valse de Strauss.

Et puis il y avait les foires. Pas de grandes foires commerciales par ici, mais plutôt rassemblements populaires, occasions de mélanger un public venu de plusieurs cantons. Connerré, Pont-de-Gennes, Bonnétable, le deuxième mardi de décembre. La Saint-Nicolas ! On en parlait longtemps à l'avance. Elle évoquait le retour de la grisaille, des frimas. « Il fait un temps de Saint-

Nicolas ! » Dernière réjouissance avant les rigueurs de l'hiver, elle faisait date : « Cette année-là, la neige est tombée de bonne heure, on n'a pas pu aller à la Saint-Nicolas ! »

Alphonse, tu ne t'es pas méfié, ce jour de décembre 1911. Ton voisin Gustave Dreux, compagnon de tes randonnées de célibataire, avait pourtant rendez-vous avec Joséphine Heuzé, sa bonne amie, sur la place du Petit Marché, là où se tiennent, d'habitude, les marchands de beurre. Et vous voilà partis tous deux à travers champs, en blouse bleue et souliers à tige et à bouts ferrés. A pied – qu'est-ce que six kilomètres ? – par le chemin habituel qui passe par les Fourneaux, les Terres Rouges, Cîteaux, Bois-Cré et le faubourg de la Croix-Rouge, vous êtes arrivés en ville, mêlés à la foule en liesse. Et voilà que Joséphine n'était pas seule. Elle avait amené – qui saura jamais si Gustave était complice ? – sa petite amie d'enfance, Georgette, 18 ans et demi, tout juste l'âge où l'on a la permission de sortir sans Maman. Pas grande, un tout petit peu ronde, peut-être ? Un lourd chignon châtain, qu'on pourrait dérouler à l'infini... Des joues comme veloutées, presque rondes, presque rouges, oui, toutes rouges tout à coup quand tu t'es courbé un peu et que ta rude moustache d'homme l'a effleurée, car on s'embrasse sans façon entre gars et filles n'est-ce pas ? Surtout qu'on est presque voisins, finalement. Une fille d'Aulaines mais pas une fille de Maîtres. La fille de Georges Fontaine, le journalier, le faiseux de goutte...

Et voilà comment, en ce 31 janvier 1912, à midi passé, en plein bourg d'Aulaines, devant l'auberge *Au soldat français, Bellardant grains et graines* dont le toit est saupoudré de neige fine, toute la noce Lebourdais-Fontaine posera, frigorifiée, juchée sur d'étroits gradins démontables et branlants, devant Blin le petit photographe de Bonnétable. Blin qui n'en finit pas, qui avance son trépied surmonté de la boîte de bois clair dans laquelle, avec un claquement sec, il a glissé une plaque. Blin qui disparaît un instant sous le voile verdi recouvrant le tout, qui réapparaît, qui recule le trépied, disparaît de nouveau, revient, qui s'avance enfin vers toi, vers vous deux, un demi-sourire au coin de sa petite moustache : « S'il vous plaît, un peu plus près de votre mari, Madame, comme ça votre bouquet blanc tranchera sur sa redingote. Sinon, on ne le verra pas ». Cette redingote qui te serre aux entournures, que jamais plus tu ne remettras, Alphonse, pas plus que tes gants blancs qu'on a eu tant de peine à trouver tellement tes mains sont grandes, et qui ne te protègent même pas de l'onglée. Tant qu'à faire, il aurait pu te dire, Blin, que ta main gauche pend, lamentable, gantée, inutile, entre vous deux. Georgette, ta femme depuis une heure, est violette, elle claque des dents c'est sûr. Sa main gauche, qui repose à peine sur ta droite, est glacée. Une demi-heure au moins que vous êtes là. Trois fois déjà Blin a fait déplacer la soixantaine d'invités. Il y a toujours quelque coiffe, quelque immense chapeau qui masque un visage. Ou bien ce sont les gamines, tout au bout, qui inventent une bêtise et se mettent à ricaner comme des sottes.

Le froid, déjà, ride ton front précocement dégarni. Pourtant tu n'es pas vieux. 27 ans, c'est le bel âge pour un homme. Mais Bon Dieu qu'on en finisse ! Tu ne sens plus tes pieds dans ces souliers vernis trop neufs qui conviendront mieux pour le bal, après souper, vers deux heures du matin. Une longue journée à passer, qui a commencé de bonne heure. Il a fallu soigner les bêtes comme de coutume avant de partir. Atteler la carriole sans capote, tirée par Bamboche, la jument percheronne qui ne sait pas trotter, mais qui vous a conduits, Georgette et toi, de son pas de labour, presque chaque jour depuis un mois, sur les routes et chemins de ferme, à quinze kilomètres à la ronde pour faire les invitations. Bien serrés l'un contre l'autre sur la banquette, simple planche rembourrée de crin et couverte de moleskine jaune, une brique chaude sous les pieds, trois mains se tenant enlacées sous la couverture brune qui couvrait mal vos genoux. Les guides, tu les tenais entre les doigts gelés de ta main droite. On s'en passerait, mais il faut toujours être prêt à retenir la jument, si par malheur elle butait, pour l'empêcher de tomber à genoux, n'est-ce pas ? Chez les invités qui habitent tout près, vous êtes allés à pied, une maison chaque soir, après souper.

Dans un mois, avant que les champs ne te réclament, vous retournerez, dans les mêmes conditions, porter la photo du groupe, pour laquelle Blin se donne tant de mal. On vous invitera à souper. Puis, la table débarrassée, un journal étalé sur le bois un peu gras – il n'y a pas encore de toile cirée partout – vous vous extasierez ensemble, sous la lampe à pétrole dont la mèche, mouchée de frais, aura été montée au maximum pour donner plus de clarté, sur la robe de la mariée, qui lui allait si bien, sur sa couronne si belle – si chère sans doute ? – disposée haut sur la tête, pour la grandir, et sur la longueur de la traîne. Bien entendu, on ne dira rien du marié, c'est entendu, mais on rira ensemble de tel visage dont seuls les yeux émergent, tout en haut, entre deux chapeaux superposés. On remarquera que la grand-mère Blin fait bien ses 67 ans, que Stéphanie, à 50 ans est déjà toute ridée, pauvre femme, après tout ce qu'elle a passé !

Dans un mois, à la Bédivière, tu sera à ton compte, Alphonse. Georgette, dont la main tremble, de froid sans doute, sur la tienne – en ce moment, c'est la mode de photographier ainsi les mariés – sera la Maîtresse Lebourdais. Car la société rurale, par ici, fonctionne selon un ordre bien établi. Petit gars ou petite fumelle, on naît « le queniau à Untel ». En grandissant on devient le gars ou la fille Untel, et on le reste tant qu'on n'est *qu'*un ouvrier ou un aide de culture. Mais dès qu'on se met à son compte, on est *Maître* Untel, et l'épouse, qui n'était *que* la Untel, ou la femme à Untel, devient la *Maîtresse* Untel. Il en sera ainsi jusqu'à ce que l'âge leur confère le titre de Père ou Mère, même sans enfants. Que jamais, au grand jamais on ne vous appelle Monsieur ou Madame, ce serait le signe que vous êtes mal acceptés de la collectivité, que vous êtes *trop du grand* ou bien que vous parluisez [1].

C'en est fait désormais. Demain, Stéphanie s'effacera, s'en ira vivre tout près – trop près peut-être ? – dans une petite maison d'où elle pourra surveiller si tout marche à son idée. Une page se tourne, une autre génération se met en place, sur la même terre, avec les mêmes outils, selon les mêmes méthodes. Sans que l'ordonnancement immuable des cultures, des bêtes et des saisons, réglé par la Nature et par la tradition en soient modifié quelque peu. Ce sera à l'épouse de plier, de se couler dans le moule qu'on lui a préparé.

Simplement, Alphonse, il faudra t'habituer à une cuisine nouvelle, préparée, pourtant, dans la même marmite, qu'une quasi inconnue, courbée vers l'âtre comme le fait ta mère, accrochera de la main droite, en s'aidant de la main de fer, à la crémaillère tenue de la main gauche, sans souci de suie qui la recouvre.

Hier, c'était la signature du contrat de mariage, et le mariage civil à la mairie de Prévelles. Par devant Maître Lortz, notaire à Tuffé, la future épouse, outre ses effets personnels, apporte un placard et douze draps estimés 215 francs, et une somme de deux

---

(1) Parluiser ou parloyer : pérorer, parler comme à la ville.

mille francs en « créances d'un recouvrement certain ». Toi, Alphonse, un pressoir et un fût de pipe, estimés 200 francs, et une somme de mille quatre cents francs déposée à la Caisse d'Épargne. « Le tout provenant de vos gains et économies ».

Pour l'heure, foin de tout cela. Une dernière fois Blin s'est caché sous le voile noir. Louis, le mari de Juliette, intarissable boute-en-train dans ces circonstances, en a profité, dans un geste qui lui est familier, pour remonter discrètement les pointes de ses moustaches frisées au petit fer le matin même, et s'est tu. Quand Blin est ressorti, il tenait à la main la poire magique qui va libérer le petit oiseau, Clac ! Une deuxième plaque dans la boîte, pour être sûr, car jamais plus on ne réunira ensemble les mêmes personnes. Et c'est fini.

Et tandis qu'à grand bruit on descend des perchoirs, que toute la noce s'ébroue, se gratte la gorge, crache, se mouche dans d'immenses mouchoirs, blancs pour les femmes, à carreaux rouges pour les hommes, qu'on piétine la neige durcie pour se réchauffer, Louis, qui n'en peut plus, entonne la chanson qu'il retient depuis un quart d'heure, *la Noce des Nez* :

L' cousin Jean l'avait trop grand
Celui qu'est sourd l'avait trop court...
La mariée l'avait d' côté
Et son époux, son cher époux
N'avait pas d' nez du tout !

Alphonse, tu peux embrasser la mariée...

Quatorze.

Pour draconiennes qu'elles paraissent aujourd'hui, les clauses du bail consenti par la Maîtresse Lebourdais à son fils et « à son épouse qu'il autorise » sont celles de tout propriétaire soucieux de la bonne utilisation de son bien tout autant que de s'assurer un revenu. La condition de propriétaire foncier, de bailleur, même si elle est enviée, à cette époque, est loin d'être synonyme de rentrées d'argent faciles et sans soucis, alors même que le fermage constitue une lourde charge pour le fermier. Et la nécessité de la conservation du patrimoine impose que même pour un enfant qui succède, on doit faire attention à ce que les fossés soient curés, le bois coupé en son temps et les bâtiments maintenus en bon état.

Voici donc Alphonse et Georgette fermiers. Tout est dans l'ordre souhaité par Stéphanie. Et Georgette a pris, des mains de sa belle-mère, les lourds seaux de bois cerclés de fer, alourdis d'une épaisse croûte de calcaire grisâtre, de douze litres chacun, qui servent à transporter l'eau du puits commun, à bout de bras, maintenus à distance des jambes par un léger cadre qu'on appelle un cercle, sans doute parce que certains utilisent pour cela un cercle de barrique. Soixante mètres ou cent mètres, à parcourir trois ou quatre fois par jour ; davantage les jours de lessive, ou quand on veut laver la place (1).

En a-t-on jamais fait le compte ? A quoi bon ? Ici, c'est comme ça, c'est tout. Encore heureux que l'emplacement exact du puits, décidé en son temps par le sourcier, coïncidât à peu près à la

(1) Place : sol de la salle commune.

moyenne distance à parcourir par chacun des cinq voisins qui participent à la communauté ; même si certains doivent emprunter un « droit de passer sur le terrain d'autrui, de 1 m 33 de largeur, avec des seaux en mains ou avec une brouette ».

A la Bédivière c'est le puits et les mares qui sont loin, ailleurs c'est la cour qui est en pente, avec l'étable tout en bas, il faut remonter les seaux de lait pour les écrémer à la maison, et redescendre le petit-lait pour les veaux et les porcs. Rien n'a été conçu pour diminuer la peine.

Encore heureux que les vaches, sauf par forte gelée, aillent elles-mêmes se désaltérer dans les mares, communes elles aussi, où on les conduit deux ou trois fois par jour, à 500 mètres.

Les vaches… Elles aussi ont dû s'habituer à une voix plus frêle, à une approche moins assurée, plus hésitante, et surtout à des mains inexpertes pour les traire. A la Chauguenière, c'est Clémentine qui assurait la traite des vaches…

A la Chauguenière, on y retourne quelquefois, en carriole, pas trop souvent car Alphonse se doit à sa famille et à ses amis de Prévelles. Pas trop longtemps car Clémentine avec ses racontars futiles sur le voisinage, sa complaisance à narrer par le menu les mille potins de Bonnétable, a le don d'énerver son gendre, qui préfère de beaucoup faire le tour des champs avec son beau-père, comparer cette terre douce et légère d'Aulaines avec l'argile âpre de Prévelles.

Prévelles. La terre de Prévelles… Que nous importe qu'il s'agisse, selon Pesche, d'un « tertiaire moyen, argilo-calcaire ou argilo-siliceux selon les endroits », caillouteux toujours ? Pour nous, c'est *de la terre qui aime son monde*, tellement qu'elle refuse de se détacher de nous, dès qu'elle est seulement humide, qu'elle alourdit les sabots, double leur volume et leur poids, s'y introduit, parsemée de fragments de silex coupants comme le verre. Georgette, forcée de se mesurer à elle, a appris à ralentir sa courte et rapide démarche, à arracher chaque pas en s'aidant de l'épaule opposée projetée en avant. Jamais assez, cependant, pour marcher du même pas que Stéphanie. Et elle en gardera de la rancœur toute sa vie.

Car Stéphanie n'est pas tendre avec la nouvelle venue.

Elle-même a trop souffert. Son bonheur d'épouse a été trop court, 17 ans seulement ! A 52 ans, elle est depuis trop longtemps obligée de lutter, avec quelque réussite, pour conduire ce qu'elle considère comme son bien y compris son gars. Elle aura bien du mal à admettre qu'une autre passe davantage de temps qu'elle-même à se coiffer, à faire le ménage – elle-même ne faisait que *balayer la place*, à la va-vite – à ces mille riens qui retiennent si longuement une femme dans sa maison quand il y aurait tant à faire au dehors. Elle n'y parviendra que plus tard, parce qu'au fond elle est bonne, celle qui sera ma Mémé. Mais pourquoi passer des heures à fourbir, chaque semaine, les meubles en guignier alors que traditionnellement le vendredi Saint, jour du grand nettoyage de printemps, où l'on sort la literie sur des échelles couchées dans la cour avant de la battre au soleil avec le bâton de lit, est fait pour cela ?

Non, décidément Georgette n'est pas encore – le sera-t-elle jamais ? – une « bonne campagnarde ». Celle qui vous tourne son ouvrage et sa vaisselle en un rien de temps, pour travailler trois heures aux champs chaque matin, et y retourner l'après-midi jusqu'à ce que les vaches la réclament de nouveau à l'étable. Ces travaux d'homme, à exécuter quand on n'est que deux sur la ferme et qu'il faut s'entraider, l'épuisent. Apprendre à semer le blé, à l'automne. Pour une femme c'est chose courante par ici. La terre étant imperméable, tous les semis se font en sillons pour faciliter l'écoulement des eaux de pluie. Le blé est semé directement sur le sol débarrassé de sa récolte de pommes de terre ou de betteraves. Sillon après sillon, immédiatement devant la charrue. Un léger labour, dit « de refend », va enterrer la semence en constituant un nouveau sillon qui sera hersé en fin de journée pour l'écrêter, après que le semeur sera passé de nouveau pour ensemencer les intervalles, les *raises*. Ce deuxième passage, dans la terre fraîchement remuée qui colle aux sabots, le bras ankylosé par l'anse du semoir en paille de seigle rempli de grains, est très pénible, même si l'on a pris le soin de disposer des sacs de semences de place en place.

Semer le trèfle dans l'orge de printemps, avant le dernier hersage. Pour que la levée soit régulière il faut marcher vite, très vite dans les mottes durcies par le hâle d'avril qui roulent sous le sabot, tout en lançant, d'un court mouvement circulaire du bras, les minuscules graines violettes. Si douces au toucher qu'elle filent entre les doigts. Si légères que le vent contraire les rassemble malgré nous au lieu de les répartir à la volée. Semer à tout vent… Il faut l'avoir fait pour en parler.

1914. Cependant voici que leurs premières semailles à deux deviennent promesse. Le blé « Japhet » semé dans le champ le plus grand de la ferme, 1 ha 20, s'annonce bon en ce début de juillet. Pourtant, Georgette n'ira pas *javeloter* derrière son faucheur de mari.

Voici qu'une petite fille fait son entrée dans le monde le 23 juillet, qu'on appellera longtemps « la petite Georgette ». Voici que le petit lit de guignier massif hérité du cousin Lapoutoire, le bimbelotier, qui passe de famille en famille à chaque naissance, va occuper une grande place dans la maison, tout près du lit des parents. Voici que l'heureuse Stéphanie va s'appeler désormais, et pour toujours, Mémé. Se laisser aller, enfin, pour retrouver, à l'occasion, des gestes de maman.

Voici Alphonse lâchant la faux pour aller déclarer l'heureux événement en mairie de Prévelles. Le voici s'arrêtant au retour chez son beau-frère Liberge pour « arroser ça » dans la cave fraîche, d'un pur jus de Fréquin rouge tiré à la puette [1] du meilleur tonneau. Voici...

Voici la Guerre. Voici, en ce début d'août 1914, le champ à demi récolté laissé à l'abandon, comme ceux des voisins. Jusqu'à ce que Georges et Stéphanie les grands-parents, unis dans une même volonté de faire face, reprennent faux, faucille charrette, pour tenir malgré tout.

Avec Georgette, ils tiendront presque cinq ans. Le 4 août Alphonse prend le train à Prévelles, le 10 il est à Verdun, avec le 315e RI, en majorité composé de Sarthois et de Mayennais. Sauf une permission en 1916, il ne quittera ce régiment que pour être évacué le 14 septembre 1917 à la suite d'une très grave blessure reçue à Astel, sous-secteur de la Croix-sans-Tête.

Inutile de ressasser des scènes de boucherie qu'il a toujours essayé d'oublier lui-même, sans toutefois y parvenir tout à fait. Ce sont hélas celles de tous les pauvres bougres jetés dans des événements qui les dépassent, et qui les brisent moralement quand ils ne les tuent pas. Plus tard, la seule vue, dans certains magazines, de photos et de récits dits « du front », le mettra hors de lui : « Là où ça chiait, il n'y avait ni photographe ni journaliste ! »

---

(1) Puette : fausset.

Tout au plus se permettra-t-il d'évoquer devant moi certains lieux mémorables, comme les forges de Briey illuminant la nuit. Jamais bombardées... Des villes de passage, Baccarat, Suippes, Ville-sur-Tourbe. Un village au nom prédestiné de Gratibus, où toute une section de « Poilus » en retraite trouva enfin un coiffeur pour raser des barbes de plusieurs semaines. Ceci pour illustrer, à l'occasion, une leçon de géographie. Pour l'histoire, la Russie soviétique évoquera pour lui les événements de novembre 1917, où les maximalistes-léninistes prirent le pouvoir. Leur traité de paix signé à Brest-Litowsk le 9 mars 1918 fut perçu dans les tranchées françaises comme un coup de poignard dans le dos car il allait permettre à l'Allemagne de lancer une ultime offensive sur le front français.

Quelques images encore : les rats qui pullulent dans les tranchées, qui grouillent sur les hommes endormis, grignotent tout ce qui leur tombe sous la dent, jusque dans les musettes suspendues aux parois, les rats qu'on enfile en brochettes dans les baïonnettes de Lebel.

Ce capitaine dont je tairai le nom, obligeant ses hommes à rester sur une route balayée par les projectiles ennemis : « Vous, les Caillotins, vous resterez là dans le fossé ! » Les Caillotins, c'étaient eux, les Malherbe, Quétin, Sortais, Lebourdais, et d'autres, originaires de l'arrondissement de Mamers, plus ou moins suspects d'être parmi les fidèles de Joseph Caillaux, donc teintés de rouge...

La Croix de Guerre avec palme, la Médaille Militaire, la Croix du Combattant, accrochées sur son lit d'hôpital de campagne, alors qu'il émergeait du coma, resteront dans un tiroir de l'armoire où elles sont encore, avec le superbe Diplôme de la Grande Guerre, 42 x 38 cm, pourtant destiné à être encadré, où l'on voit la Victoire, sur fond de drapeaux alliés, de coq gaulois et d'arc de triomphe, émerger d'un groupe de dames jeunes et plantureuses pour commémorer « l'aube d'une ère nouvelle de Liberté et de Justice et consacrer la Gloire immortelle de la France victorieuse de la barbare Allemagne ». Mais le quart en fer-blanc reçu avec tout l'équipement au départ du Mans, et ramené après quatre ans de pérégrinations, culotté, cabossé, noirci, capable de servir encore car un bon soldat ne se sépare jamais de son quart, figurera dans le placard à vaisselle, comme un trophée. Et un éclat d'obus « comme celui qui m'a labouré le ventre », fera office de presse-papiers, sur la cheminée.

Quelques souvenirs de Georgette jalonnent ces années où le bonheur s'est arrêté. La petite Georgette, c'est ce bout de chou qui sourit, l'œil allumé, à la petite moustache de Blin le photographe. Assise sur un coussin, discrètement soutenue par Maman, elle ne doit guère avoir plus d'un an.

Au fin fond de sa mémoire, aujourd'hui, Georgette voit un grand bonhomme taciturne, qui lui fait peur quand il la prend sur ses genoux. Il n'y a pas d'homme de cet âge-là, dans son entourage. Ils sont « à la guerre pour tuer des Boches ». C'est ce qu'on lui a appris. Elle a eu peur de ses épaulettes, de son képi rouge, quand il est arrivé en permission sans prévenir. Elle a vu le tas de hardes jetées pêle-mêle dans la cour, mises à bouillir dans le chaudron de fonte où on fait la lessive, pour tenter de détruire les centaines de puces incrustées dans tous les plis.

Oui, il a fait peur à son enfant, le poilu parti à la guerre pour la défendre, mais qui n'était pas là pour lui apprendre ses premiers pas. Et il subsistera longtemps entre eux deux une gêne inexplicable, la paix revenue. Il lui fera peur encore, en 1918, quand elle ira le voir avec Maman, par le train, à l'abbaye de Solesmes transformée en hôpital pour convalescents. Même s'il lui fit à cette occasion un cadeau royal : une grande poupée dormeuse dont la tête de porcelaine sera bientôt brisée, hélas, au cours d'un transport tumultueux en brouette... Il faudra tout le savoir-faire du menuisier Lehoux et beaucoup d'une colle dont il avait le secret, pour lui redonner figure humaine.

Pendant tout ce temps Prévelles a vécu, comme partout, dans l'attente, l'espoir que « ça finisse » prenant le pas, petit à petit, sur celui d'une victoire éclatante sur les Boches. L'espoir d'avoir des nouvelles « du sien », très rares, griffonnées au hasard d'un repos, à l'arrière, quand on redescend des tranchées. Georgette a eu les siennes, au dos de cartes postales de villes inconnues, de ruines de villages bombardés par les Teutons, remplies d'une fine écriture à l'encre de Chine, qu'on me laissa regarder quelquefois plus tard, et qui disparurent à jamais quand je sus lire. Quelques photos jaunâtres d'un poste de mitrailleuse – une Hotchkiss paraît-il – « ton vieux poilu après 15 mois de guerre ». Où est le fier soldat photographiée par Scherrer en 1905 ?

La commune vit au ralenti, on se borne, au conseil municipal amputé de tous ses hommes valides, à dresser la liste des répartiteurs [1], des indigents (41 en 1912), des rares « personnes appelées à figurer sur la liste d'aptitude à l'assistance aux femmes en couches (loi du 17 juin 1913) ».

Vers la fin, des soldats américains cantonnent dans le bourg, sillonnent les routes en side-car, jouent au zanzi, et bien entendu excitent les enfants, les apprivoisent avec des friandises inconnues, d'autant mieux appréciées qu'on leur a appris à se priver, que la carte de pain est instituée. Ne chantent-ils pas à l'école, à l'approche de Noël :

Petit Noël
Reste dans le ciel
Garde tes gros sous
Pour les grands qui sont à la guerre...

En 1918 le train spécial du général Pershing, commandant en chef du corps expéditionnaire américain stationne à Connerré, avec ses superbes wagons-salons. Émoi pour la population qui n'a jamais vu d'autre embarquement que celui des pommes à cidre ou des bestiaux à destination de La Villette. A Bonnétable ce sont des soldats en convalescence qui logent chez l'habitant. Certains reçoivent la visite de leur épouse venue par le train, apportant le chic de Paris, leurs toilettes, leur parfum. Des relations amicales vont s'établir. Plus tard on s'écrira, au dos d'une photo des huit premiers drapeaux pris aux Allemands « Je n'ai pas dit adieu à ce charmant pays de Bonnétable. Si les événements le permettent je vous conduirai mon fils ».

Ainsi, à la faveur de mille petits faits, insignifiants au regard de ce qui se passe à l'Est, des courants nouveaux se sont formés. Les femmes de mobilisés elles-mêmes ont, par la force des choses, pris leurs affaires en mains. On les a vues participer aux battages, discuter avec les marchand de bestiaux, pénétrer dans des lieux réservés d'ordinaire aux hommes, mairie, perception, chaque mois, pour toucher « l'allocation ». Certaines ont dû franchir seules le seuil du notaire pour conclure une affaire urgente, engager leur signature. D'autres, pour aller voir un mari, un frère mobilisé, ont dû voyager seules, prendre le tain pour la première fois.

---

(1) Répartiteurs : aujourd'hui Commission communale des impôts.

Quand les Poilus reviendront un à un, à l'égrenée [1] – à Prévelles il en manquera vingt –, la tête pleine d'horreurs à peine croyables, fiers quand même, au fond, de pouvoir dire « on les a eus », ils trouveront des épouses moins dociles, avec lesquelles il faudra souvent partager le pouvoir. Certaines vont même garder la maîtrise de l'argent du ménage, tenir le porte-monnaie, chipoter sur le tabac ; d'autres discuteront plus âprement que leur mari quand il s'agira de vendre un veau gras, un bande de porcelets : « J' sé bin obligée d' m'en mêler, i s' laisse faire ! »

Il leur restera la gloire, une espèce de gloire triste, trop cher payée, qui détonnera avec les rodomontades officielles. Et très vite on dira d'eux, pour marquer la différence avec la génération suivante : « Ben oui, il est déjà vieux, il a fait la Guerre ! »

Une page était tournée.

(1) A l'égrenée : isolément, comme des grains sur le sol.

Suzanne

Une longue et maigre silhouette, vêtue, été comme hiver, d'une blouse de satinette aux couleurs passées, usée jusqu'à la trame et couverte de reprises à force de frottements et de brossages, d'où émerge une petite tête coiffée de bandeaux plats retenus à l'arrière en un maigre chignon bourré d'épingles de corne. Des jambes sèches, sans grâce – des pattes de bique, comme elle dit –, des pieds menus chaussés d'énormes sabots de bois tellement boueux qu'elle doit les enlever chaque fois qu'elle rentre dans la maison. Voilà Suzanne.

Les Suzanne, on les comptait par dizaines, vers 1925 qui, pour deux cents francs par mois nourrie-couchée-blanchie, étaient *en service* pour seconder les exploitants aux champs, à l'étable et à la maison.

Quand on arrivait dans une cour de ferme, c'étaient elles qu'on voyait tout d'abord, aux environs, de la mare, du fournil ou du tas de fumier, échevelées, ou bien coiffées, selon la saison, d'un bonnet de laine ou d'un mouchoir à carreaux noué sous le menton ; jambes nues l'été, l'hiver crottées jusqu'aux genoux, quelquefois enveloppées d'un tablier mal taillé dans un sac de jute « *Cie de Saint-Gobain*, fondée en 1665 », pour protéger leur blouse.

Même si on la saluait parce que, peut-être, poussée par la curiosité, elle avait manœuvré pour se trouver sur le passage du visiteur, ce n'est pas avec elle qu'on liait conversation, pour ne pas lui faire perdre du temps. Elle, c'était la bonne, la servante, la fille, la domestique, celle qui, par principe, ne sait rien, ne connaît pas, n'est pas au courant de l'emploi du temps des patrons. En l'absence de ceux-ci, le visiteur dira à son retour chez lui : « Il n'y avait personne. Je n'ai vu *que* la bonne ! »

Dans l'échelle sociale de l'époque, elle est tout en bas, quel que soit son âge, juste au-dessus petit commis sortant de l'école. C'est elle qu'on envoie faire, dans la cour ou dans les champs, les travaux les plus rebutants, non pas pour l'humilier, mais simplement parce que « c'est le boulot de la bonne ». C'est son boulot de courir après les vaches, dès qu'elles ont « sauté » dans le champ du voisin, même s'il faut s'égratigner les jambes dans les ronces de la haie. C'est elle qu'on envoie au bourg chercher le pain à bicyclette, au dernier moment : « Presse-toi, le Maître va arriver pour dîner ».

C'est encore elle que le Maître va héler, du bout de la cour, pour l'aider à charger des pommes dans le tombereau, en ressées de cinquante kilos, ou pour décharger des sacs de farine au retour du moulin.

Celle qui s'assied en bout de table, non loin de la porte, parce qu'elle est jeune, « qu'elle a du sang », mais aussi parce qu'elle n'a guère le temps d'avoir froid, occupée sans cesse à servir et desservir la table ; qui avalera son café debout, comme une médecine, si les hommes sont levés pour sortir. Celle qui lavera et rangera la vaisselle, après souper, avant de s'octroyer – et encore pas tous les jours – une heure de reprisage pour elle, sous la lampe de la salle commune, et de regagner sa chambre sans feu, simple pièce blanchie à la chaux, meublée d'un petit lit et de son placard. Toute sa fortune, un peu de linge et quelques objets, tient dans ce placard de bois blanc, pas toujours en bon état car ballotté à chaque changement de place, à la Saint-Jean, dans la carriole du nouveau maître. Le seul endroit cependant, car il est muni d'une serrure et souvent elle en garde la clé sur elle, nouée dans un coin de mouchoir, où elle peut entreposer ses petits trésors personnels : le flacon d'« odeur » acheté chez l'épicier du bourg et les lettres de son « bon ami ». Quand elle quittera la place, la maîtresse vérifiera, au moment du départ, que le placard ne renferme aucun objet volé. C'est ainsi.

« Tu vas aller aux feuilles de choux. » Rien à dire, on est payé pour ça. Même si on n'ignore pas qu'avec toute cette eau tombée la veille les choux vont être ruisselants, et que la terre détrempée va coller aux sabots. Qu'il faudra, tous les vingt mètres frapper chaque talon, alternativement, sur le bout de l'autre sabot pour détacher la semelle de glaise devenue trop épaisse qui nous fait *dévirer* le pied.

Le champ n'est jamais très loin, en prévision des charrois à la brouette, et tant que la roue en bois cerclée de fer – quand elle n'est pas toute en fer – tressaute sur chaque caillou, tout va bien.

C'est beau un carré de choux à vaches, en fin d'automne, quand leurs larges feuilles retombent en panaches vert sombre ou violets, constellés de millions de gouttes d'eau que le timide soleil n'arrive jamais à boire toutes avant le crépuscule, et qu'il fait scintiller comme autant de joyaux. Mais on n'est pas venu pour admirer, il faut entrer bravement entre les rangées, affronter le ruissellement qui, déjà, trempe le bas de la blouse. Le travail consiste à prélever une couronne de feuilles à la base de chaque tige, d'un bref mouvement circulaire de la main droite, le bras gauche arrondi serrant contre soi la précieuse récolte, sans se soucier de l'eau qui, maintenant, vous trempe les hanches et le ventre. Placer chaque brassée ainsi obtenue sur la brouette, une à droite, une à gauche, une rangée puis une autre, terminer par une rangée au milieu qu'on maintiendra par une cordelette. Voilà le chargement terminé. Il pèse cent kilos.

Il s'agit maintenant de gagner la terre ferme, sur la fourrière. Mais la roue s'enfonce, quelquefois jusqu'au moyeu, dès les premiers mètres franchis. Il faut contourner le chargement, saisir la roue à pleines mains, l'arracher à la terre gluante, la reposer à côté, repartir, recommencer trois fois, dix fois, pour franchir la mouillère, haleter enfin sur la terre ferme, trempée jusqu'à la chemise, pour s'entendre dire, en arrivant dans la cour, par la maîtresse sortie sur les cinq heures pour nourrir les poules : « T'as mis bien du temps pour faire ta *bérouettée* ! »

Dans les fermes plus importantes, il y a deux bonnes, le champ de choux est plus éloigné, plus grand, les vaches sont plus nombreuses, les rations plus grosses, mais c'est quand même un travail de femmes. Il faut, chaque après -midi, atteler l'âne au petit tombereau ; il trottinera, docile, presque content, le long d'un chemin qu'il connaît par cœur, et chaque cahot, chaque nid-de-poule du chemin défoncé arrachera aux deux filles juchées à l'arrière de l'attelage, sans guides, un « houla ! » plus joyeux que plaintif. Dans le champ, il n'est pas question d'emmener le bourri dans le carré de choux. Il s'y embourberait, le pauvre. La tête dans la haie, vaguement attaché, il attendra le temps qu'il faudra, mâchonnant par ci, par là, pour tuer le temps, entre deux soupirs à fendre l'âme, la pousse de noisetier qu'il trouvera à sa portée. Il faudra apporter une à une les brassées de choux dans le tombereau, faire vingt fois le trajet dans la terre grasse, aller de plus en plus loin les chercher, un peu moins fourbue peut-être qu'à la brouette, mais non moins trempée.

Mon Dieu, qui donc parle de poésie, du charme de l'instant qui passe, de la merveilleuse sérénité de cet après-midi d'arrière automne ? Qui donc s'est intéressé, là-haut, à la sarabande endiablée des corbeaux excités par le vent qui fraîchit ? Qui a eu le loisir d'admirer, autrement que comme signe de gelée nocturne, le rougeoiement du couchant, au ras de la haie de charme, là-bas, au bout du champ ? Demain, c'est sûr, la terre aura durci, les choux seront comme recroquevillés, drapés d'un manteau sombre, où des gouttelettes figées luiront comme des perles. Demain...

« Demain, si les choux sont gelés, on donnera des lisettes (1) aux vaches » dit la maîtresse. Travail de femmes, toujours. La brouette, munie d'une resse, ira cette fois au tas de betteraves, derrière le pailler. Il faudra s'agenouiller des heures pour gratter, une à une, au grand couteau, les jolies « jaunes de Vauriac » à la peau si fine, ou les « Demi-sucrières » aux racines tourmentées comme les cornes du diable, entre lesquelles notre terre argileuse s'est incrustée. Les betteraves doivent être parfaitement propres car les vaches – du moins le croit-on – ne digèrent pas la terre.

Alors tant pis pour les doigts mordus par l'onglée, pour les genoux qui s'ankylosent, pour les vertèbres qui s'usent. On va de nouveau remplir la brouette. La rouler pleine, la rouler vide, dix fois dans l'après-midi. Il faudra encore, le soir venu, pendant que les vaches mangeront leur premiere ration de foin, tourner à la main le coupe-racines qui, mal entretenu par les hommes, couine lamentablement à chaque tour de manivelle, afin de réduire les betteraves en fines lamelles. Les mélanger à la fourche avec des balles de blé soigneusement conservées depuis le battage dans un coin de la grange ; les porter à pleins paniers jusque dans les crèches, additionnées ou non de quelques poignées de son, devant chaque vache, dans des auges en chêne plus lourdes encore que leur contenu. Pendant ce temps, la nuit sera venue, on pourra commencer à traire à la lumière incertaine du falot à

(1) Lisettes : betteraves à vaches.

pétrole accroché à une cheville de bois fichée dans la maîtresse poutre de l'étable.

Ah ! J'oubliais... Avant qu'il ne fasse tout à fait nuit il faudra s'assurer que les seaux à eau du puits sont garnis, le fagot rendu dans le coin au bois, près de la cheminée, les volailles enfermées pour être à l'abri des chiens errants et des renards. Il aura fallu soigner les lapins, donner la pitance aux cochons : quatre, six seaux à porter du chaudron à la soue. Arpenter, combien de fois, la cour raboteuse où voisinent les silex et les flaques de boue grasse, poussant ou tirant des brouettées de bois, de foin, de paille, de fumier, de tout ce que vous voudrez. Porter des paniers, des seaux d'eau, de lait, de soupe, porter des enfants, porter sa peine, à bout de bras, à bout de forces...

Et cela tous les jours. Un dimanche sur deux on pourra aller voir les parents l'après-midi, une fois la vaisselle rangée, à condition d'être rentrée à l'heure pour traire les vaches.

Travaux de femmes tout cela, travaux de domestique quand il y en a une ! Qui s'étonnera de voir nos grand-mères, nos mamans pliées dès 60 ans comme sous le joug, leurs mains rouges aux phalanges déformées et raides peinant à tenir le passe-laine ou les broches à tricoter ?

Non point que les hommes soient, par nature, plus mauvais qu'aujourd'hui. Ils ont leurs contraintes eux aussi. A chacun sa peine. Non point que les patrons soient tous des brutes, loin s'en faut. Mais *la bonne menée* exige de tirer parti, au moindre débours, de tout ce que peut donner la terre, quelle que soit la peine à prendre. C'est tout.

C'est pour cela que dans les petites fermes de la région, on se contente souvent de se faire aider par un adolescent, garçon ou fille qui, deux ans plus tard, pour un meilleur salaire, s'embauchera dans une exploitation plus grande de Tuffé ou de Bonnétable. Jamais plus loin, pour revenir passer l'après-midi du dimanche à la maison et s'en retourner le soir même. Le linge des filles est blanchi avec celui des patrons, mais les garçons rapportent à leur mère leurs hardes déchirées, maculées de terre et puant l'urine de cheval. On les voit repartir à bicyclette, la musette contenant leur rechange sur le dos.

C'est souvent l'aîné des voisins, embauché le jour même de ses treize ans, à moins que sa famille ne le garde un an, « le temps qu'il prenne de la force ». C'est aussi, parfois un pupille de l'Assistance Publique, un « hospitalier », livré corps et âme à la merci de ses employeurs, sous la surveillance, plus symbolique que réelle, d'un Inspecteur qui se borne à vérifier, une fois l'an, que le commis ou la bonne couche dans un vrai lit... Années dures trop souvent, même si, de trop rares fois, on se découvre une vraie famille d'accueil, un port d'attache.

Pour les aînés, outre un petit pécule bien utile au moment de leur départ à l'armée, quand leur salaire n'a pas contribué à faire vivre la famille, ils y gagnent, en échange d'un dur apprentissage et de travaux bien souvent au-dessus de leurs forces, un esprit plus ouvert, plus aventureux, et un meilleur savoir-faire acquis au contact de patrons différents.

Mais on ne reste pas « en service chez les autres » toute sa vie. Le service militaire de deux ans va donner à certains des envies de gagner leur vie *autrement qu'au cul des chevaux*. Munis, heureusement, tout autant que leurs cousins de la ville, du Certificat d'Études, ils seront postiers, gendarmes, employés de chemin de fer et du Métropolitain, garçon de café. Beaucoup, après avoir pris femme, iront vivre à Paris.

Ceux qui resteront au pays ne se loueront plus à l'année, afin de garder leur liberté. Ils seront journaliers agricoles, ouvriers maçons ou charpentiers chez quelque artisan. Dès que possible, une fois mariés, partie avec leurs économies rassemblées, partie en s'endettant chez un rentier du bourg – parfois un ancien patron qui leur fait confiance : « C'est un travailleur, il ne me fera jamais perdre ! » –, ils achèteront à vil prix à une vente aux enchères, grâce au crieur qui les aura repérés, timides, dans la foule des badauds, quelques ustensiles de cuisine usagés et des outils vétustes, charrue, herse, tombereau : « Tiens, ça te convient, toi, t'es jeune ! ». Ils jetteront leur dernier sou dans l'achat de deux vaches. Le poulain breton sera fourni à crédit par le maquignon, sans autre intérêt que quelques journées de travail. Un lendemain de Toussaint, sans meubles, sans rien, ils s'installeront comme fermiers dans un de ces bordages minuscules, deux, trois hectares, quelquefois moins, dispersés dans la campagne, qu'on appelle aujourd'hui fermettes. C'est grâce à eux, à leur courage invraisemblable qu'on doit la survie, dans notre bocage, de ces bâtiments tout petits, sans âge, sans style, miraculeusement conservés jusqu'à nos jours. La hantise d'être à son compte, « à son chiennetier ». Littéralement : n'aurais-je que la possibilité de posséder et d'atteler un chien, je serai mon maître.

Là, ils vivront de rien, en continuant à faire des journées à l'extérieur, le salaire étant placé à la Caisse d'Épargne. Et quelques années – dix, peut-être – plus tard, ils iront « en plus grand », quelques hectares de plus, cinq ou six vaches, une truie-mère, une jument percheronne.

Seuls échapperont à cette règle ceux qui, rarement par goût mais plutôt par malchance, ou n'ayant pas trouvé de bordage, s'embaucheront à la fonderie ou à la scierie voisine. La peau tannée, à la longue, par les poussières de fer et de charbon, on les verra passer matin et soir à vélo, par tous les temps, avec sur le dos la musette noirâtre contenant la gamelle et le litre de cidre du repas de midi. Ils prendront l'habitude des horaires fixes, du repos du dimanche, des revendications mais garderont la nostalgie de la terre. D'autant qu'à cette époque la condition d'un ouvrier, d'un « gars d'usine », n'est pas synonyme de promotion sociale : « Ce n'est jamais qu'un petit ouvrier ».

Les filles ne sont pas moins décidées que les garçons, on les comprend facilement, à tout faire pour échapper à la condition de salarié. Pourtant la ville leur fait encore peur : « Je ne veux pas être toute ma vie chez les autres, mais je ne me vois pas à rien faire dans une maison. » Quitte à se priver, dans une masure perdue au bout d'un mauvais chemin de traverse, à peine meublée, sans aucun confort. Qu'importe. Après, « on ira en plus grand ! »

... Oui, des Suzanne, on en rencontrait beaucoup dans ces années-là. Mais pas des Suzanne comme la mienne, avec des bras tout prêts à vous serrer contre un tablier qui sent un peu la vache, dès que le chagrin vous submerge ; avec des mains rudes qui vous mouchent dans un grand mouchoir à petits carreaux rouges. Qui vous aident à franchir un sillon trop haut, si vous traînez sur ses talons dans le champ de betteraves. Et puis des joues si douces à embrasser ! Presque des joues de maman...

C'est vrai qu'elle est là pour remplacer Maman. Maman, qui vient de passer quarante jours à la clinique Delagenière, au Mans. Maman qui ne travaille pas, qui ne mange pas, parce qu'elle est « en mauvais sang », avec une main dont la paume n'est qu'une longue cicatrice d'où le médecin vient retirer tous les deux jours une compresse de gaze souillée de pus jaunâtre. Cette main dont j'entends dire que Monsieur Meyer, un des meilleurs chirurgiens du Mans, a failli la couper, parce que c'est peut-être un cancer, et qu'il a finalement soignée aux rayons *ixe*. Qu'elle expose au soleil chaque jour de cet été 1925, assise au milieu de la cour, abritée sous un parapluie noir, en lisant *Le petit Écho de la Mode*.

Maman qui n'a pas de chance, en somme, puisque, déjà, elle a fait un long séjour à cette clinique de la rue de Ballon quand je suis né, qu'elle a failli y mourir de la fièvre puerpérale, et qu'elle ne s'en est peut-être pas tout à fait remise.

Et puisqu'il faut que le travail se fasse, on a embauché Suzanne à la Saint-Jean. C'est, il faut bien le dire, au-dessus de nos moyens. Tout au plus pourrait-on employer chez nous une gamine qui, quasiment pour son pain et ses sabots, plus quelques aiguillettes [1] à l'occasion de la vente d'un veau, irait chercher les vaches au pré, soignerait les lapins, mettrait la soupe à chauffer, laverait la vaisselle, accroupie dans un coin de la maison, et à l'occasion s'occuperait du gamin.

Mais il faut une grande fille, capable de traire les vaches, car mon père, comme beaucoup d'hommes de sa génération, considère que c'est un travail de femmes et n'a jamais appris à le faire. Habile à faucher le trèfle et l'amener à pleines brouettées du champ à l'étable. Aussi solide qu'un homme pour aider à arracher les pommes de terre. Aussi experte qu'une femme pour tenir la maison et s'occuper du linge. Stéphanie, ma Mémé, ne peut suffire à tout. Pendant ces années difficiles tout le produit de la ferme, et même au-delà, passera en médecin, clinique et salaire de Suzanne.

Moi, je n'ai cure de tout cela. Délaissant Maman qui ne quitte guère sa chaise, c'est entre Suzanne et Mémé que je vais faire mes premiers pas. C'est Suzanne qui va me porter à brassée pour monter le dur chemin des Fosses où les vaches vont boire au retour du pré, qui va me rouler dans la brouette vide pour aller aux champs, et encore au retour, par dessus sa charge d'herbe ou de pommes de terre. Quel bonheur ! Et Suzanne, maternelle, va se laisser envahir par ce moutard encombrant et dodu, gorgé de pur lait de vache dont on remplit dès qu'elle est vide, de jour comme de nuit, une vulgaire bouteille à sirop munie d'une petite tétine Alpha à l'écœurante odeur de caoutchouc et de lait caillé. Qui s'obstine à la suivre partout, pataugeant dans la boue de cet

(1) Aiguillettes : pourboire.

hiver 1925-1926, en suçotant son nin-nin-bouchon tout poisseux de miel.

Elle et moi, nous n'oublierons jamais ces deux années d'intimité complice. Pour elle, je garderai toujours le diminutif de « P'tit Louis », je serai « son p'tit gars ». Et qui sait si, inconsciemment, je ne remplacerai pas pour elle, un tout petit peu, l'unique enfant qu'elle devait perdre, quelques années plus tard, de la diarrhée verte[1], et qu'elle a pleuré toute sa vie ?

En juillet 1924 pourtant, Suzanne avait demandé à mes parents la permission d'aller en Beauce, où elle était à même de gagner 300 francs pour faire la moisson. Et ceux-ci, ne pouvant lui donner la même somme, la laissèrent aller.

Suzanne partit en Beauce pour ramasser et mettre en javelles, puis en gerbes, la récolte coupée à la faux par le faucheur. A eux deux, ils dérayaient autour des parcelles de blé pour permettre le premier passage de la lieuse. Chose courante à cette époque, la plupart des journaliers, et même les cantonniers de village, se louaient en Beauce pour la moisson, le binage ou la récolte des betteraves à sucre, comme ailleurs on s'embauche pour les vendanges ou la cueillette des pommes.

Chacun avait sa place, souvent retenue à l'avance, dans la plaine, vers Bonneval, Voves, Orgères, ou plus loin encore, vers Chartres et jusqu'à Maintenon. C'était une période dure, impitoyable, où il fallait ignorer son mal, accepter une pitance collective où dominait le lard salé, arrosée d'un cidre qui paraissait fade aux gosiers sarthois. C'est qu'en prévision des tablées de *calvaniers,* les fermiers beaucerons se faisaient livrer, par des négociants qui en faisaient parfois leur spécialité, les porcs les plus gras de la région ; chaque automne, des wagons de pommes à cidre partaient pour les gares d'Eure-et-Loir, via Connerré-Beillé.

En revanche, on ramenait de Beauce, outre un pécule appréciable, car les patrons ne lésinaient pas sur les salaires pourvu que le travail soit bien fait, une certaine admiration pour l'organisation méthodique du travail, le sens du commandement des Beaucerons, et aussi, dans le regard des gens de bocage, la trace d'horizons élargis où le ciel et la terre, au loin, ne font qu'un. Ce fut longtemps leur titre de gloire que d'avoir été en Beauce,

---

(1) Diarrhée Verte : gastro-entérite du nouveau né.

d'avoir travaillé dans une grande ferme, ne fût-ce qu'une saison, ne fût-ce qu'avec une binette ou une faucille. On disait : « L'année où j'ai été en Biauce,... A l'époque où j'allais en Biauce tous les ans... »

Cette pratique se retrouve encore dans le langage populaire. Un quidam circulant avec une valise ou un paquet volumineux se fait interpeller dans la rue : « Ah ! Vous v'là parti en Biauce ? » Un profit exceptionnel, inespéré, un pourboire inattendu, vous feront dire : « Je me suis fait une petite Beauce avec ça. » Est-on amené à évoquer une petite entreprise, une surface restreinte, on précisera : « Ici ce n'est pas la Beauce ! » De telle ferme où règne une stricte discipline on dira : « Là-dedans c'est la Beauce, et le patron se prend pour un Baquin (1). » Ce n'est pas un compliment car, faut-il le dire ? – je ne suis pas à même d'en juger – les fermiers de la Beauce n'ont pas la réputation d'être tendres avec leur personnel. Sans doute ont-ils acquis, bien avant nous, par obligation, la notion de rentabilité de l'entreprise, et par voie de conséquence, de gestion de la main-d'œuvre et de l'organisation d'un chantier. Quand, au moment des moissons, on compte trente ou quarante ouvriers à table, en 1925, on veille à ce que chacun respecte les horaires, et on ne laisse personne flâner.

Suzanne alla à Bouglainval, en compagnie d'un journalier de ses voisins, réputé pour ses qualités de faucheur. Elle, sa faucille dans son baluchon, avec un peu de linge, deux blouses et ses sabots, le tout enveloppé dans un tablier bleu. Lui, en plus de ses vêtements, emportait sa faux, dont un faucheur ne se sépare jamais. Démontée, fichée dans un sac avec les *battements*, petite enclume et marteau spécial pour l'affûter, sans oublier la pierre affiloire et son coffin, celle-ci voyageait en « bagage accompagné » de Prévelles à Maintenon.

A Bouglainval il semble qu'on les aimait bien, les calvaniers Sarthois, originaires de la région de Connerré, avec leur patois nasillard, leurs Heûlà ! et leurs R qui roulaient au bout de leur langue. Mais aussi leur désir de bien faire, leur sérieux, leur souci de ne rien laisser perdre. Quand on n'allait pas les chercher en carriole en gare de Maintenon, ils arrivaient à pied. On les couchait en chambrées, comme des soldats. Chacun pouvait laver son linge, le dimanche, l'eau du robinet étant mise à chauffer

---

(1) Baquin : surnom donné en Sarthe aux patrons beaucerons.

dans un chaudron. Car on avait l'eau sous pression depuis 1912 ! Sujet d'admiration pour nos Sarthois.

Ici, contrairement à d'autres régions où on ne mélange pas les patrons et les domestiques, on faisait table commune, ce qui permettait de veiller à la bonne tenue. Bien sûr c'était tous les jours, selon l'expression locale « pot-cochon le midi, rata le soir ». C'est-à-dire au déjeuner soupe au lard (ou au bœuf dans les bonnes maisons), avec légumes, et ratatouille de pommes de terre le soir. Mais on appréciait d'être à même d'emporter une collation pour l'après-midi et, dans une bonbonne de grès, un petit cidre largement étendu d'eau.

Et on fauchait, des jours et des jours, autour de multiples parcelles, sans autre repère, d'une borne à l'autre, que la différence entre deux blés d'espèces différentes. Ensuite, derrière la lieuse conduite de main de maître par le charretier de la ferme qui pour rien au monde n'aurait cédé sa place à un étranger, les calvaniers entassaient les gerbes en rangées régulières. Chargées, plus tard, avec des fourches à long manche, sur les grandes charrettes attelées de trois chevaux, et mises en meules rondes coiffées d'un chapeau de paille, véritable travail de couvreur, les gerbes attendaient tout l'hiver d'être battues. Quelquefois davantage. Ne disait-on pas que les Beaucerons possédaient trois récoltes en même temps, une en terre, une en meules, une en portefeuille ? Mais là encore, n'était-ce pas une légende entretenue par les saisonniers eux-mêmes pour ajouter un certain panache à leur travail de tâcherons ?

Bouglainval ! En deçà, c'est la plaine de Beauce, tour à tour froide ou brûlante, aride ou opulente, aux allures de steppe l'hiver, quand le vent du Nord mange les guérets, l'été toute bruissante de machines, dans la poussière enfiévrée qui monte des moissons. La Beauce où tout semble tiré au cordeau, les champs et les chemins, les maisons et les rues des villages. Et les hommes.

Au-delà, c'est le Drouais, aux portes de la Normandie, de ses creux ombragés, de ses bosquets informes qui ressemblent aux nôtres. Cette Beauce-là, toute imprégnée de fraîcheur, a la douceur des pays de vallée. Nous sommes en Thymerais, et les gens d'ici, à l'accueil simple et cordial, tout Beaucerons qu'ils sont par l'économie agricole, sont déjà, semble-t-il, un peu Normands par le cœur.

« Moi, j'étais bien vue. La patronne me faisait coucher dans la chambre de sa fille. Le dimanche, pour me faire la pièce, je lavais le linge des hommes. Mais j'ai eu bien du mal à porter des gerbes toute la journée. C'était un boulot trop rude pour une femme. A la fin de la journée, j'en pouvais plus ! »

Suzanne, tu n'as pas vu Bouglainval… Bien sûr, tu n'étais pas venue pour voir, et il eût fallu avoir le temps. Le temps de se perdre sur le chemin des Ouches, tout en bas du coteau ; de suivre pas à pas, toute chaude de l'or de la plaine, une lourde charrette de gerbes peinant dans la Côte aux Oies…

Tandis que tu brûlais, courbée sur le chaume, derrière ton faucheur, ta main droite armée de la faucille rassemblant vers ton bras gauche tendu autant d'épis qu'il pouvait en contenir, il eût fallu le temps pour flâner dans ces petites rues à peine sorties d'un autre siècle, qui se nomment encore rue de la Ribotière, du Carcan, des Champarts. Le temps d'entendre s'écraser une à une les heures qui tombent, en lourdes gouttes d'airain, sur le petit cimetière, au pied même du porche roman. Le temps de prendre, au sortir de l'église fraîche, la rue du Repos si bien nommée, de longer ces hauts murs de *beauge* rougeâtre, sur un soubassement de petits silex ramassés dans la plaine, qui rappellent un peu nos murs en torchis. Pour une Sarthoise de Prévelles, ce devait pourtant être rassurant, Bouglainval. Sans doute as-tu apprécié en connaisseuse, dans la carriole qui t'amenait de la gare de Maintenon, la stricte ordonnance des parcelles, sans haies inutiles, où se côtoyaient la luzerne et le blé, la minette et l'avoine. C'est ici que tu vis pour la première fois, dans la plaine, un troupeau de moutons avec son berger et son chien. Mais quel étonnement, j'imagine, en découvrant la ferme de Noailles, une fois franchi son porche ouvert sur la place d'Arbout ! Ses hangars qui abritaient déjà, depuis le début du siècle, des moissonneuses-lieuses inconnues chez nous. Ses granges, ses écuries monumentales, tout cet ensemble inattendu en briques ocre, écrasant et beau à la fois, construit pour durer, pour régner sur ses 250 hectares, pour loger ses charrues, ses chars à quatre roues, ses 250 moutons, ses douze chevaux percherons, ses 45 employés pendant la moisson…

Suzanne, tu fus de ceux-là. Pour une saison seulement, car tu as eu trop de peine. L'année suivante, mon père te donna trois cents francs pour que tu restes chez nous. Et personne, là-bas, ne se rappelle de toi. L'argile rouge de Bouglainval n'a conservé nulle empreinte de ton sabot de calvanier sarthois.

Moi, j'ai gardé pour la vie le souvenir de ta joue sèche, sans couleur, sans odeur, mais si douce sous les lèvres...

Et je te vois encore sur le seuil de notre porte, ton tablier bleu retourné sur le bras pour ne pas salir la maison, demander à ma mère occupée à sa cuisine : « A c't-heûre, qué que j' fais ?... »

Les choses qui se donnent…

« Par où qu'on va aujourdi ? »

C'est la question rituelle, chaque après-midi, après la sieste, quand il fait beau, ou bien vers quatre heures, quand une éclaircie me donne des fourmis dans les jambes. Et la réponse est non moins rituelle ; je la connais d'avance : « Oh ! ben, on va aller par où qu'on ara l' nez tourné ! »

Cela dépend de la saison, de l'heure, du temps qu'il fait et de l'humeur de Grand-mère Blin. Moi, je n'ai pas de préférence. Je sais que de toute façon je passerai avec elle des heures sans pareilles, inoubliables. C'est que nous avons tant de choses en commun, nous deux, entre cinq ans et quatre-vingt deux ans ! Nous avons la même façon de voir les choses d'ici-bas : elle parce qu'elle a passé le temps où on leur trouve de la valeur et moi parce que je ne sais pas encore qu'elles en ont une. Ce qui nous permet de nous attarder ensemble sur des détails que les autres n'imaginent même pas…

Pour cela nous avons adopté la même démarche : elle, parce que ses vieilles jambes traînent un peu sur le chemin, que son dos se voûte, qu'elle doit même s'aider d'un solide bâton de coudrier, moi parce que, pour être toujours à sa hauteur, à son écoute, pour que mes questions soient toujours à la portée de son oreille paresseuse, je règle mon pas sur le sien. C'est ainsi qu'on nous rencontre, à plusieurs kilomètres à la ronde, dans des lieux peu fréquentés par les bêtes et les gens. Nous n'entrons dans les pâtures que lorsque nous trouvons la barrière ouverte, et une fois le troupeau sorti. Nous ne faisons le tour d'un champ que si le fermier n'y travaille pas, car les chevaux de labour n'aiment guère voir un étranger franchir la haie de clôture.

Mais nous avons une prédilection pour les chemins, surtout ceux dont je ne sais trop où ils vont nous conduire, car les haies trop rapprochées nous cachent l'horizon. Les ornières, alors, nous renseignent. Étroites, peu profondes, le chemin est un raccourci entre deux routes, il est fréquenté par des carrioles. Larges et creuses, dans une voie strictement élaguée, elles conduisent à un champ de betteraves ou de choux à vaches. Pas d'ornière du tout, c'est un chemin à bestiaux, qui va rapidement, à mesure qu'il descend en pente douce, devenir bouseux, étroit, infesté de taons et de grosses mouches jaunes qu'on appelle des *mouches à merde*. Mais au bout, nous aurons la prairie avec, selon la saison, ses touffes de renoncules ou de têta (1) délaissées par les vaches, ou bien ses myriades de pâquerettes, à moins que, l'automne venu, la colchique mauve, ou la jacinthe sauvage, vénéneuses toutes deux, n'aient pris la relève. Tout au fond c'est la mare, aux abords fangeux, qu'on abordera précautionneusement de peur de déranger quelque couleuvre lovée entre deux touffes de jonc. Nous nous assiérons sur le bord, assez haut pour que Grand-mère puisse se relever sans trop de peine. Et nous serons au spectacle.

Avec elle j'ai appris à me taire, à me faire oublier du petit monde qui vit autour de moi. C'est à peine si les grenouilles vertes vont interrompre leurs coassements et leurs ébats amoureux à notre arrivée. Bientôt, les grosses libellules bleues, qu'on appelle des demoiselles, vont s'immobiliser près de nous, arrêtant quelques secondes leur ballet saccadé autour d'une touffe de jonc. A l'autre bout de la mare, toute une famille poule d'eau va se frayer un passage dans les lentilles d'eau pour rejoindre le nid dissimulé dans une île de jonc écartée du rivage. Maman ramera en tête, quiouc, quiouc, et les poussins, très près, suivront dans le sillage, à la queue leu leu, avant que se referme le tapis d'émeraude. Une autre fois nous verrons, tout près de nous, l'herbe se soulever sur le passage silencieux d'une taupe, à ras du sol. Ou bien nous ne verrons rien du tout, les jours où il n'y a rien à voir. Mais nous entendrons, dominant les bruits confus de la campagne au travail, le cliquetis d'une faucheuse à herbe, là-bas vers

---

(1) Têta : centaurée jacée.

l'Haltière, ou bien, tout proche de nous mais impossible à situer avec précision, le cri étrange du râle des marais.

Au bout d'un temps plus ou moins long, Grand-mère dira : « Allons, j'allons nous en aller ! » Je l'aiderai à se relever. Nous tiendrons chacun un bout du bâton, à pleines mains. Je tirerai de toutes mes forces, avec un double « Aïgne ! », douleur et victoire mêlés. Et l'herbe, quelques heures, gardera en deux creux rapprochés, un grand et un petit, les traces de notre muette contemplation.

Nous n'emportons jamais de montre. Pour quoi faire ? Grand-mère Blin n'en a jamais usé de sa vie. A une certaine luminosité du ciel, au coup de sifflet du train, là-bas, au passage à niveau de La Mare-Pineau, nous savons qu'il est tout près de quatre heures. Au brailement de Manette, l'ânesse du père Blot, il est cinq heures passées, il faut être sur le chemin du retour. Des bruits de seaux, des cris de cochons en attente de la soupe chez tel fermier qui n'est jamais en avance, et nous sommes en retard. Mémé aura disposé sur un bout de la table les deux écuelles de terre brune du « Rond » dans lesquelles de minces tranches de miche finiront de boire le bouillon de poireau. Bah ! En nous attendant, elle aura récité une dizaine de chapelet. Un petit reproche à Grand-mère Blin cependant : « Voyons, j'allons être obligées d'allumer la chandelle pour monter au lit ! »

Car – vous l'ai-je dit ? – elles vivent ensemble, ou plutôt Stéphanie a recueilli sa mère chez elle. Celle-ci, qui n'a jamais eu beaucoup de génie, semble-t-il, pour tirer parti de tout, comme il fallait le faire à cette époque, qui a peut-être un peu trop flâné autrefois, qui lisait le *Supplément Illustré du Petit Journal* chaque semaine, en gardant ses chèvres dans les landes de Malpare, à La Bosse, qui buvait le café avec ses voisines, en plein après-midi, au lieu de grappiller de l'herbe, d'érusser des feuilles de noisetier et d'ormeau pour les cochons, s'est trouvée tout à fait démunie à la mort de son mari. Un jour mon père est allé la chercher en carriole, elle et sa belle armoire en guignier massif contenant quelques hardes, quelques livres, toute sa fortune. Pas de livret de Caisse d'Épargne. Rien. Je ne suis pas certain qu'elle s'en soit souciée beaucoup. A la volonté du Bon Dieu ! Pas de dette non plus, d'ailleurs. Cela ne se fait pas. Quand il le faut, on se prive, voilà tout.

Elles vont vivre quinze ans ensemble, de la petite rente qu'Alphonse, Prudence et Juliette font chaque année à leur mère, en plus de quatre stères de bois de chauffage, et aussi du « profit » du jardin, de six poules et quatre lapines, nourries comme leur progéniture avec l'herbe des bermes de la route, quelques betteraves et un peu de son fourni par le boulanger.

Dix-sept années les séparent. En réalité presque tout les sépare. A la plus jeune le sérieux, la volonté d'aboutir, l'efficacité, le souci des autres et de son Salut. A la plus âgée un abandon naturel à la Providence, l'humble joie de vivre aujourd'hui, d'être encore là, après quatre-vingt ans – elle avoue ne plus connaître de filles de son temps – pour revoir chaque printemps la même famille d'hirondelles revenir dans le même nid, et entendre chaque jour son petit gars lui poser la même question : « Dis, où qu'on va aujourdi ? »

C'est qu'il y a plusieurs itinéraires possibles, qu'il faut varier chaque jour. Autant se fier au hasard... Au printemps, quand l'herbe est déjà haute et bien en sève, Grand-mère en choisit un brin assez long, le tient retourné, vertical, l'épi en bas. Son pouce et son index, remontant le long de la tige, font bientôt perler au bout une goutte de sève. Nous irons du côté où tombera la goutte. Oserez-vous insinuer que, peut-être, la tige penchait quelque peu du côté où Grand-mère avait précisément envie d'aller ? Vous feriez cela, vous ?

L'été, il nous faut aller, munis chacun d'une vieille boîte à pastilles Salmon, capturer des petites sauterelles grises et vertes qui pullulent dans les prés, sitôt les foins enlevés. Au retour, quel bonheur de donner cette provende aux six petits poussins que la jolie poule naine de Barbarie, que nous appelons la « barrique », élève avec tant de dévouement ! Grand-mère m'a montré le claquement de langue qu'il faut faire pour qu'ils accourent manger dans notre main malgré la méfiance de leur mère.

Dans les périodes de fortes pluies, Grand-mère sait à quel moment tel fossé va se transformer en torrent. Nous irons donc y faire tourner de petits moulins en noisetier fendu qu'elle fabrique elle-même, posés sur deux fourchets en travers du courant.

On ne va jamais dans le bourg. Mémé l'interdit formellement, on n'est pas habillé pour. La grand-mère, passe encore, malgré sa petite coiffe chiffonnée, cassée, au niveau des oreilles, par une vieille frileuse noire, son caraco roussâtre, sa longue jupe d'un noir quelque peu verdi et ses vieilles galoches.

Mais le petit gars, affublé d'un tablier bleu tout passé, taillé dans les meilleurs morceaux d'un tablier usagé à son père, d'une culotte de coton à rayures grises prélevée dans les jambes d'un vieux pantalon à son oncle le charpentier, un tantinet morveux, les genoux d'une propreté douteuse, nous ferait honte. On contourne le bourg, par un chemin creux, sans fossé, véritable bourbier où les gens du village déversent, entre autres, leurs vieilles boîtes à sardines ou à petits pois. Nous débouchons, après avoir traversé la grand-route, à un passage à niveau sur la ligne Mamers-Saint-Calais. Là, on attend sans impatience, assis sur le talus, le passage du train de quatre heures.

On l'entend de loin siffler à chaque chemin de traverse. Il dévale depuis la Mare-Pineau, et nul ne sait s'il s'arrêtera bien en gare de Prévelles. On compte les wagons : un fourgon derrière la locomotive, avec sa porte grande ouverte, deux wagons de voyageurs, un wagon de bois en grumes, un wagon de vaches dont on voit les yeux affolés à travers les lucarnes à claire-voie, puis le fourgon de queue et sa grosse lanterne rouge. En automne il y a parfois plusieurs wagons de pommes et, tout à l'arrière du dernier wagon, un cagibi pour le serre-freins. Quand le convoi menace de s'emballer, le mécanicien siffle trois coups brefs, que l'employé traduit par « Serre, serre, serre ! » Au passage, on le voit tourner rapidement un grand volant de fer, dans un énorme crouiiiii que je vais reproduire jusqu'à l'extinction de voix. Ah ! C'est beau le train derrière la Jument Nouère !

La ligne est bordée de poteaux télégraphiques supportant une dizaine de fils fixés sur des tasses en porcelaine blanche qui servent parfois de cibles pour les frondes des garçons du bourg. Grand-mère m'a montré comment, en collant son oreille tout contre le poteau, on peut « entendre passer les dépêches ». La simple vibration des fils au jouet du vent, amplifiée par le poteau, évidemment…

Un âme d'enfant, vous dis-je. La faculté de se laisser aller, au fil des jours, puisqu'aussi bien on ne peut plus rien faire pour changer le cours des choses, que « nos biaux coups sont faits ». De s'émouvoir, le temps d'un regard, sur la joue toute ronde d'un jeune enfant qui ne vous quitte pas des yeux parce qu'il vous trouve, Monsieur, une bonne figure, avec trois poils sur le nez qu'il aimerait bien toucher du doigt, ou bien, Madame, de drôles de petites rides sur des joues qu'on a envie d'embrasser…

La faculté de verser encore une larme, quand on dit au revoir à une très vieille amie qui s'en va toute seule sur le Grand Chemin. Mais une seule, pas trop, car on sait bien, n'est-ce pas, qu'elle n'est pas très loin devant nous, désormais. De se laisser étonner, encore une fois, par le soleil couchant qui joue, ce soir, avec la cime d'un chêne sur un fond de petits nuages blancs. De baisser les yeux pour observer à ses pieds, la coulée tenace d'une procession de fourmis qui traverse la route ; qui traversera demain en sens inverse, charriant inlassablement bagages, provisions et progéniture, chacun poussant ou tirant sa charge. Et d'y puiser, peut-être, pour chaque jour, le courage de vivre encore.

Le courage d'admettre enfin, sans révolte inutile, qu'un jour, demain peut-être, le Maître viendra, qui soufflera la chandelle, qui dira : « Viens, on rentre ! »

Un enfant, oui, mais un enfant qui sait rire, d'un rire muet et parfaitement édenté, et profiter des bons moments que nous offre la vie quand on sait la regarder. Ainsi l'affaire des châtaignes.

Nous avons l'habitude, lors de nos pérégrinations dans la campagne, de ramener dans nos pochettes quelque trouvaille précieuse, ou simplement insolite, ramassée à terre, jamais cueillie sur la branche. Quelques beaux épis de blé tombés d'une charrette, avant qu'ils ne soient écrasés sur la route. Deux pommes jumelles accolées, qui figureront quelques semaines sur la tablette de la cheminée en compagnie d'une énorme pomme de terre « Institut de Beauvais » en forme de bonhomme ventru, trois glands très longs, que Grand-mère creusera patiemment en panier minuscule, du bout de son couteau, et qu'elle appellera un pot-ansé.

Cependant, nous serions-nous laissés aller, certain jour, à commettre quelque menu larcin, au point de nous faire galoper [1] ? Admettons que, pour une fois, ma mémoire soit un peu défaillante… J'ai pourtant souvenir d'un grand chemin creux, vraisemblablement au voisinage d'une vieille maison, vers le lieu-dit « Cul de Vache », et il me semble revoir deux grands châtaigniers, sur le bord du talus, dont les branches débordaient lar-

(1) Galoper : courir après. « Va donc *galoper* les vaches, elles sont en dommage. » Se faire galoper : se faire poursuivre, à la suite d'une fredaine par exemple.

gement au-dessus de nos têtes. A terre, des châtaignes comme s'il en pleuvait, leurs bogues entrouvertes comme des écrins. Peut-être venait-on de les gauler ? Consciencieusement, nous avions donc commencé à les rouler sous nos pieds, pour en sortir deux douzaines de nouzillard lisses, bruns, encore frais au toucher, dont nous comptions remplir nos goussets, quand un homme nous interpella, de là-haut, sur le talus. Je le vois encore, à travers la haie de charmes rabougris et de troènes sauvages, très grand, avec de hautes guêtres de cuir noir maculées de boue. Il paraissait furieux, parlait de gendarmes. Grand-mère, très sourde tout à coup, ne prolongea pas la discussion. J'ai retourné mes petites poches, elle a vidé son *pé-de-bique*, le léger sac en tissu mauve qu'elle portait sous sa robe, maintenu autour de la taille par un cordon à tablier, et auquel elle accédait par une fente pratiquée dans la jupe. Tout penauds, nous avons rebroussé chemin. Grand-mère, songeuse, pressait le pas, jusqu'à ce qu'un tournant du chemin nous mettre à l'abri des regards. Là-haut, le bonhomme n'avait pas bougé.

Profitant d'un repli du talus où le vent avait rassemblé quelques feuilles sèches, nous nous assîmes côte à côte, un peu essoufflés. Le silence se prolongea quelques minutes qui me parurent fort longues. Le menton sur ses mains dont la paume s'appuyait sur son bâton planté devant elle, Grand-mère méditait, et je m'attendais vaguement à quelque leçon sur la probité et le respect du bien d'autrui, quand elle entonna tout à coup, de sa petite voix cassée :

Maîtr' Gaspard, si la patrouille vient,
Nous irons nous cacher dans la cave.
Maîtr'Gaspard, si la patrouille vient,
Nous irons nous cacher dans l' jardin !

L'incident vint-il aux oreilles de Papa ? Nous ne sommes jamais retournés dans ces parages.

Nous étions plus heureux avec les noisettes. Au moins, comme chacun sait, elles appartiennent à celui qui les trouve.

Est-il arbuste plus utile que le noisetier ? L'été, son ombre légère abrite à peine du soleil, mais dès février ses chatons sont les premiers signes que toute vie n'a pas fui notre planète. On est pourtant encore au creux de l'hiver, mais rien qu'à les regarder, une coulée de printemps s'insinue dans la poitrine, et l'on se surprend à penser : « Déjà ! » ou bien « Enfin ! » Ses feuilles, larges, charnues, se laissent facilement arracher pour nourrir les porcs. Son bois léger donne une flamme claire, vive, idéale pour cuire à la poêle. Avec ses tiges de deux ans on fait les baguettes du maître d'école, les bâtons à vaches, des armatures de paniers. A huit ans on en fait des manches d'outils, légers et souples dans la main. Avec les cimes on fait des rames à petits pois. Que sais-je encore ? Et en plus, presque chaque année, il donne gratuitement des noisettes.

Chaque touffe est différente, aucune ne donne des fruits semblables, au même moment. A la mi-août, les nouzilles ont le « cul roux », dit le proverbe. Grand-mère Blin savait où trouver les premières noisettes, cachées encore dans le fouillis des branchages en pleine sève d'août, celles qu'il faut manger tout de suite avant qu'elles ne se fanent sitôt cueillies, et qui ont encore un arrière-goût de lait caillé.

Les dimanches de septembre, quand le soleil oblique vous aveugle quelque peu, on voyait les gens du bourg se répandre le long des haies en joyeuses ribambelles, munie d'un crochet à long manche pour abaisser les branches souples, et c'était à qui remplirait ses poches au plus vite de fruits roux qu'on laissait sécher sur une claie à l'abri des rongeurs. Honte à l'ignorant qui confondait noisetier et charme, noisette et gland, à l'étourdi qui passait le nez en l'air sans voir le bouquet qui pendait à portée de sa main, sous une feuille, ou à celui qui, pressé de remplir son panier, amassait sans distinction les noisettes mûres et les vertes, les rousses de l'année fraîchement tombées à terre et celles de l'an dernier !

C'était aussi prétexte aux amoureux pour de longues recherches à deux, d'où ils revenaient ébouriffés et quasiment bredouilles, allez savoir pourquoi…

Nous, Grand-mère et moi, loin des bandes bruyantes qui passaient à côté des butins les plus beaux, on savait, au bout de telle haie, telle cépée dont les gros fruits pouvaient rivaliser avec les noisettes fraîches vendues chez l'épicier pour les baptêmes et pour danser la *Pochette rousse* au mariage du dernier enfant de la famille. On savait trouver celles qui se nichent à portée de main, dans les basses branches qui ont été *piessées*, c'est-à-dire recourbées pour épaissir la clôture. Ce sont les plus grosses, les plus rousses car poussées sur un bois plus vieux. Elles se pressent en coquerelles de quatre ou cinq d'où jaillit parfois une perce-oreille. Mais il faut se baisser pour les voir, s'égratigner pour les cueillir, enchevêtrées parmi les ronces nouvelles.

Là-bas, quand le chemin du Beza se creuse entre deux haies qui se rejoignent en tunnel, il y a des noisettes longues et si dures qu'on ne peut les casser entre les dents. Tardives, inaccessibles, on finit par les ramasser fin octobre après avoir secoué légèrement les rameaux en écoutant la grêle dorée rebondir de branche en branche.

Grand-mère se contentait de ramasser celles qui tombaient au milieu du chemin, entre les deux ornières laissées par les charrettes. Le nez sur ses sabots, elle remplissait son petit panier, pêle-mêle, de tout ce qui était à sa portée : noisettes, menu bois et même quelques champignons. En se redressant, elle poussait un « Ah ! Oula ! » de douleur, me prenant à témoin du délabrement de son vieux corps meurtri par les ans et les fardeaux. C'était à moi de grimper sur le talus, de débusquer parmi les feuilles sèches, les racines, et jusque dans les trous de mulots, les noisettes fraîchement tombées dont je garnissais mon tablier. Tant pis pour les égratignures, les échardes sournoises d'épines pourries qui s'incrustent sous les ongles. Tant pis pour les glissades sur l'argile grasse de la pente. Tant pis pour la culotte souillée de terre dont il faudrait pourtant se justifier le soir venu.

On revenait à la brune, panier et tablier remplis. Assis devant l'âtre, elle sur la chaise basse et moi par terre, les champignons du souper mis à bouilloter dans une cocotte en terre posée sur le trois-pieds avec quelques braises dessous, la flamme claire du menu bois pour tout éclairage, on triait, on échalait les bogues de la récolte du jour. Inutile de prétendre en goûter : « C'est pour c't hivê ».

Oui, c't hivê, quand les grises après-midi s'étirent et qu'on a rien d'autre à faire, on va « manger des nouzilles ». Cela prend pas mal de temps. Il faut d'abord les disposer en petits bonshommes, trois côte à côte, plus une pour chapeau. Je sais que trois bonshommes posés à même le sol, devant le feu, font une douzaine, comme les œufs pour aller au marché. Quatre fois trois bonshommes alignés sur une rainure entre deux pavés, c'est un régiment de Prussiens. C'est surtout suffisant pour un estomac de cinq ans et de bien vieilles gencives. La bataille peut commencer. Un léger coup de marteau, clac, et l'amande brune jaillit au milieu des débris de coquille, sèche et craquant sous la dent.

On négocie, on tire à la courte-paille, pour savoir qui va manger la plus grosse, le chef des Prussiens, et Grand-mère gagne souvent... Alors elle aplatit l'amande au marteau, à même le carreau, et mâchonne longuement sans bruit, bouche fermée. Nous n'échangeons plus un parole, mais quand, à genoux, je me laisse distraire de mon humble gourmandise, je la regarde. Et si mes yeux croisent ses yeux marron que voile un peu de cataracte, je crois y lire comme une lumière. Je ne sais pas encore que cela s'appelle le Bonheur.

Chaque saison apportait ainsi ses satisfactions gratuites. Au printemps, c'étaient les touffes de pissenlits que l'on récoltait, à profusion dans les pâtures, dès février, à d'aide d'un vieux couteau. En mars, avril, dans les guérets, il fallait les sortir de terre, tout blancs, avec un croc, Nous en faisions d'amples cueillettes que Grand-mère épluchait et lavait patiemment, brin à brin. Puis elle s'en allait dans le hameau, avec son vieil égouttoir en fil de fer rouillé, tout bosselé ; : « Quiens, j' vous apporte de la salade, vous n'avez point le temps d'en serrer ! » Et s'en revenait sur un « Merci la grand-mère » tout simple dont elle se contentait, car le cadeau allait de soi et n'appelait naturellement aucune réciprocité.

De même pour les champignons roses, à l'automne. Je vois toujours, au petit matin, les pâtures jonchées de centaines de points blancs disposés en bandes, en ronds, en paquets, en anneaux, en minuscules constellations autour d'une bouse sèche, ou sur le tracé d'une racine pourrie à fleur de terre. A quel mystérieux appel avaient-ils répondu dans le silence de la nuit déjà fraîche de septembre, à peine troublé par le « floc » mou de la chute d'une pomme dans l'herbe, le « han » caverneux d'une vache engouée, le hululement de deux chouettes se disputant un territoire de chasse ? A l'aube ils étaient là, le chapeau de travers, comme pressés d'arriver à temps pour voir se lever le soleil. Là-bas, rassemblées près de la barrière ou sous un pommier, tourmentées par leur mamelle gonflée, les vaches les avaient dédaignés, leur préférant, de toute façon, la pomme fraîchement tombée qui ferait leur délice.

Il fallait les ramasser de bonne heure, tout humides, à peine entrouverts sur leurs fines lamelles rose pâle que nulle souillure n'avait encore effleurées. Demain, éphémère floraison, ils seraient déjà fanés, noircis, dangereux peut-être, et de toute façon bousculés par le mufle des vaches en quête d'une goulée de trèfle blanc. Commençait alors une fastidieuse et quotidienne corvée d'épluchage, dévolue aux grand-mères. Tout le voisinage était voué aux champignons, bouillis au naturel, avec une pincée de gros sel, poêlés, en omelette, en salade, en fricassées, seuls ou accompagnant un morceau de lapin. Une vraie cure d'une semaine. Seul, mon grand-père Georges n'en mangeait jamais, voulant bien mourir n'importe comment, disait-il, mais pas empoisonné.

Les premières fraises, au printemps, sur les talus bien exposés connus de Grand-mère, étaient pour nous. J'en faisais des chapelets, enfilés dans un brin d'herbe, et nous les mangions doucement, assis côte à côte, les pieds dans le fossé, sur un talus abrité du vent, en taquinant du bout du bâton quelque bourdon roux et noir obstiné dans sa recherche de pollen au creux d'une fleur. Jusqu'à ce qu'il se fâche pour de bon et vienne frôler la petite coiffe blanche en grondant de colère avant de déguerpir.

L'été, chacune de nos promenades était l'occasion de rapporter quelques fruits oubliés par la gaule ou jugés trop petits par le cueilleur. Venaient, dès la Saint-Jean, les poires dites de Jouannet, appelées encore Sept-en-goule : à peine une bouchée de pulpe autour d'une pincée de pépins. Et puis toutes les poires de plein vent dont la floraison, en mai, est un enchantement pour les yeux, et dont la maturité s'échelonne de juillet à octobre : poires de « Blanc », vite blettes, tout juste bonnes à étancher notre soif pendant les foins. Les « Monsieur », qui s'arrangent pour être là pendant la moisson. Entre deux charrettes de gerbes, on court sous le poirier choisir parmi les centaines qui jonchent le sol, au milieu des guêpes qu'on dérange, celle qui vient de choir, la plus grosse, la plus dorée qui soit, avec si possible un côté rose vif, preuve qu'elle s'est gorgée de lumière jusqu'à sa dernière heure. Et c'est le soleil qui craque sous le dent dès la première bouchée. Les « Girofle » et les « Jagronnel », riches en sucre, conviennent en confitures et à mettre sécher au four après la cuisson du pain. Ensuite, pour la récolte des pommes de terre, viennent les « Beurré Roux ». Et que dire des « Curé », les dernières, mûries sur le tas d'orge, au grenier, et qu'on mange religieusement en décembre, au souper, avec une tranche de pain en dernier hommage à l'année qui finit ?

Quelquefois, tenaillés par la soif et faute de mieux, on s'approchait d'un de ces énormes poiriers, dits de « Brissa », qui sont au printemps autant de boules blanches dispersées au milieu des champs. En septembre, on récolte les fruits pour leur jus, le poiré, que d'aucuns comparent au vin blanc. Quelquefois, on les laisse mûrir sous l'arbre et on les ramasse blettes, dans des baquets qu'on verse directement dans le pressoir. C'est alors le domaine des frelons qui viennent s'y saouler jusqu'à ne plus pouvoir s'envoler. Alors, la poire se laisse manger, comme les nèfles, en laissant palais et langue râpeux.

Les nèfles... Encore une récolte donnée, comme les mûres, piquées au milieu des jeunes ronces. Pour que rien ne soit improductif, pour ne pas perdre la main, pour le plaisir, pour répondre à un besoin inné de création, de domestication de la Nature, un paysan inconnu a greffé, un dimanche de printemps, une pousse de néflier sur un jeune pied d'aubépine jailli d'une haie. C'est notre bonheur d'un instant, des années après, un après-midi de décembre, de laisser fondre dans la bouche les fruits glacés cueillis au milieu des épines, en crachant à grand bruit les noyaux âpres.

Et les pommes, Seigneur ? C'est bête une pomme, à l'automne, parmi des milliers d'autres entassés au pied d'un pailler pour parfaire leur maturité. Mais celle que nous découvrons en janvier, sous son pommier, dans l'herbe de la chaintre, nichée parmi les feuilles mortes à demi pourries entre deux cépées de noisetier, n'est pas n'importe quelle pomme. D'abord par son nom, évocateur du mariage fastueux de l'Herbe et du Pommier. A cette époque de l'année, il ne peut s'agir que d'une « Doux Normandie ». La plus tardive des pommes à cidre, celle qui, mise en tas à l'automne, jettera jusqu'au creux de l'hiver une touche écarlate sur la grisaille des jours. Il y a longtemps que les Bédane, que nous appelions Calotte, les Fréquin rouge, vert, blanc, les Salières, les Doucin, les Améré, Bois-Dret et autres Marie-Honfray, ont pris la teinte uniforme de la terre qui les reprend peu à peu. Les Doux Normandie, non. Surtout celle-ci, qui a poussé fièrement au bout de la cime la plus haute du pommier. Celle que le soleil a aperçue la première, à l'aurore, quand il risquait un œil au sortir de la colline, et pour laquelle il jetait timidement son premier rayon, afin de sécher sa perle de rosée, comme on sèche avec un sourire une larme sur une joue d'enfant.

Celle qui a reçu comme un viatique, à la fin d'un jour torride du mois d'août, une des rares gouttes si douces qu'un petit nuage noir a parcimonieusement semées avant de se volatiliser.

Celle que tous les vents ont battue en vain : les hâles frisquets et rudes de fin mai, quand les pétales desséchées de la fleur la voilaient encore ; les grandes rafales mouillées de juin, quand le foin pourrit doucement au pied des pommiers et que le ciel pleure déjà les jours les plus longs de l'année. Les vents d'Est d'octobre, ceux qui poussent les oies sauvages quand elles s'en vont cacardant vers des lieux plus cléments.

Tous les oiseaux de la contrée lui ont rendu visite. Elle a été témoin des amours du couple de mésanges niché dans le tronc du pommier, et des tentatives du chat pour accéder de la patte, par le trou exigu, jusqu'aux oisillons terrorisés. Elle a vu les pinsons garnir de lichen le tour de leur nid pour le rendre invisible, à la fourche d'une branche. C'est tout près d'elle que le rossignol lançait ses trilles, que la pie avait son observatoire quand elle guettait le départ du semeur pour déterrer du bec les graines de maïs. Et si nulle hirondelle n'a daigné la remarquer, c'est elle qui a accueilli les premiers freux, annonciateurs de l'hiver.

Enfin, elle a vu ses sœurs arrachées avec les feuilles, à coups de gaule rageurs, ou « sabotées » sans ménagement, branche après branche. Inaccessible, elle a attendu son heure, après la chute des feuilles, comme un dernier vestige de la splendeur passée de l'automne.

Quand la mystérieuse alchimie des sucres et des pectines a été conduite à son terme, profitant de l'invite plus pressante d'un souffle de fin novembre, elle s'est détachée d'elle-même, elle a glissé subrepticement de branche en branche, roulé sans bruit jusqu'au pied du noisetier, et attendu patiemment la chute des dernières feuilles pour s'en faire une couverture.

Si les souris et les écureuils n'en avaient pas fait leur profit avant notre passage, Grand-mère n'avait pas sa pareille pour la dénicher, la dégager, du bout de son bâton, de son enveloppe de feuilles mortes et, après un essuyage sommaire avec le coin de son tablier bleu, la découper en tranches minces qu'elle mastiquait longuement avec des clappements de langue à n'en plus finir. Moi, sans plus de façon, je mordais à pleines dents la peau rouge et la chair sucrée, ne laissant que le trognon, qui ferait le délice de quelque merle en quête de pitance.

Qui me convaincra du danger qu'il y a à consommer des fruits non lavés, qui ont séjourné plusieurs semaines dans l'herbe grasse, au milieu des lombrics, des limaces et de tout ce qui trottine, grouille, rampe, fouit dans la pénombre humide des longues nuits d'automne ?

A pareille école, rien qu'à l'écorce, à la feuille, à l'odeur, à mille détails, bien avant de savoir lire, je pouvais nommer presque tout ce qui croît dans la nature, autour de nous. Je faisais la différence entre l'érable et l'ormeau, et encore, entre deux ormeaux, je distinguais le galeux, aux petites feuilles rondes, à l'écorce boursouflée de loupes, et l'ormeau commun, plus élancé, aux feuilles larges qui s'érussent facilement. Je savais qu'à leurs feuilles on reconnaît le hêtre et le charme, même si leur écorce se ressemble, à leurs rameaux le chêne noir et le blanc, que certains appellent rouvre. J'avais appris qu'on identifie le tremble à ses feuilles doucement agitées d'un frisson qui ne s'arrête jamais ; que l'on calme en un moment la morsure des orties en se frictionnant avec une feuille de plantain ; que l'on étanche sa soif en rongeant une tige de petite oseille, ou une espèce de liane qu'on appelle douce-amère qui prend racine au pied des très vieilles trognes de chêne qui ressemblent à une cage ouverte. Qu'il ne faut pas confondre avec le Navet du diable [1], poison.

Avec Grand-mère, certaines matinées brumeuses d'automne, quand le soleil commence à poindre à travers le brouillard, et qu'un souffle imperceptible et inattendu fait s'ébrouer les arbres, j'avais entendu, ce qui s'appelle entendre, le chant des gouttelettes dévalant de feuille en feuille, fugitive ondée, avant de s'écraser à nos pieds. Observé la feuille qui se détache toute seule, volette, choisit son point de chute après qu'elle a choisi son moment. J'avais perçu, au printemps, le « cuit, cuit » de la maman rouge-gorge inquiète de notre présence au voisinage de son nid, et le cri de la mésange qui paye sa servante : « Huit écus, huit écus. » Certaines disent sept, cela dépend des endroits.

Parfois, quand nous regardions, en bordure d'une pâture, les vaches affolées par les taons, en train de moûcher [2], la queue en trompette, je l'ai entendu chanter :

(1) Navet du diable : bryone.
(2) Moûcher : s'énerver à cause des mouches.

J'ai deux grands bœufs dans mon étable
Deux grands bœufs blancs, marqués de roux.
Ma charrue est en bois d'érable
Et l'aiguillon en branche de houx...

Elle n'allait jamais plus loin, si bien que, benêt que j'étais, et n'ayant jamais vu d'attelage de bœufs dans la région, je me demandai longtemps le rapport entre un vache et une charrue...

Bien avant d'aller à l'école je savais déjà compter. Jusqu'à six. Le plus grand nombre de points noirs sur le gros dé d'ivoire jauni d'un jeu de Zanzi laissé par les soldats américains dans une famille amie, en 1918. Une sorte de Jeu de l'Oie comportant cent cases figurant un parcours hasardeux et semé d'embûches, infesté de couleuvres à la langue fourchue, vertes, marbrées, mouchetées, à vous donner le frisson, qui vous descendaient de 98 à 54, de 94 à 42, de 31 à 6, pour peu que la malchance vous amène sur une scène de dispute, de vol, de mauvaise action. Par bonheur, de certaines cases où l'on voyait un enfant en prière ou faire la charité à un mendiant, partaient des échelles qui vous élevaient de 7 à 48, de 12 à 51. C'est là-dessus, en comptant sur mes doigts pour déplacer à chaque coup de dé de petits jalons de nacre, que j'ai appris les rudiments du calcul.

Bien avant d'aller au catéchisme, je connaissais l'essentiel de ce qu'il faut savoir quand on est un petit chrétien dans une famille croyante. J'avais peur de l'Enfer. Mémé avait dans une armoire une image d'Épinal terrifiante qu'on me montrait de temps à autre, pour m'édifier, On y voyait le Diable, cornu, tout brun, armé d'un trident, gardant l'entrée de son antre rougeoyant, fermé par une grille, dans lequel les damnés, nus, grimaçaient de douleur au milieu des flammes. A l'opposé, sur fond d'azur clair, les élus, les Justes, couronnés d'or pâle et vêtus de gaze légère, louaient le Seigneur dans le Paradis. Entre les deux, la Sainte Vierge, en longue robe bleu pâle, pieds nus, tendait une main secourable à des malheureux égarés dans un Purgatoire grisâtre.

Grand-mère Blin, elle, m'apprendra l'Histoire Sainte. Bien mieux que dans un livre. Imaginez !

Dans un décor de Paradis Terrestre – une chaintre constellée de pâquerettes – au coin d'un champ, fin mai, quand les épis sortent de leur écrin, et que commence à se répandre dans l'air l'odeur douceâtre du blé en fleur, abrités du soleil par l'ombre légère d'une souche de charme, abrités du vent par l'angle de la haie, la voisi, adossée au tronc tordu d'un pommier, qui recrée pour moi la Genèse, jour après jour. Qui chasse de l'index, vers la barrière ouverte, Adam et Ève coupables du péché originel. Elle est Moïse étendant son bâton sur les flots de la Mer Rouge pour faire sortir le peuple des Hébreux d'Égypte. Et moi, dans les pâquerettes que je foule sans retenue, je suis Samson qui tue mille Philistins avec une mâchoire d'âne.

Plus tard, quand les épis commencent à crépiter en attendant la faux, nous louons le Dieu vengeur et bon qui arrête le soleil pour assurer la victoire de Josué. Mes deux mains, réunies en cornet autour de ma bouche, sont les trompettes de Jéricho, tandis que je tourne sept fois autour du pommier pour faire tomber des murailles imaginaires.

Ensemble, en septembre, à grands coups d'épées de noisetier sur quelque infortuné champignon brun poussé au milieu des chaumes, nous sommes David tranchant la tête du géant Goliath, le champion des Philistins.

Ah ! là là ! Si vous saviez le bonheur qu'il y a à voir triompher les bons et à punir les méchants ! A se savoir, du moment qu'on ne fait pas de trop grosses bêtises, aimé de ce Bon Dieu-là. Du côté des Justes, en somme…

Car il y a de méchantes gens, vous savez ! Comme le Juif Errant, par exemple. Vous le saviez déjà, peut-être, ou bien avez-vous entendu quelques bribes de la complainte :

J'avais douze ans passés
Quand Jésus-Christ est né…

Mais nous, c'est comme si on l'avait vu, le Juif Errant ! Cette fois-là, j'étais assis tout près de grand-mère, à la frôler, sous le regard pacifique d'une chèvre grise, venue aux nouvelles, sur le talus voisin. Autour de nous, le silence du chemin creux, tout là-bas, au Carrefour des Quatre chemins. Un silence un peu lourd, coupé de temps à autre par un appel de geai surpris de nous rencontrer en son domaine. Au-dessus de nos têtes, la voûte des vieilles haies promises à la hache l'hiver suivant. A terre, l'argile, sombre, grasse encore de la dernière averse, que recouvre un peu de mousse, qui seule s'accommode du peu de chaleur qui pénètre jusqu'ici. Dans l'air cette odeur particulière et malsaine des lieux désertés par le soleil…

Donc, en ce jour lugubre entre tous qu'on appelle depuis Vendredi Saint, le Christ, qui vient d'être condamné, s'achemine vers le lieu de son supplice. Sur ses épaules, on a chargé une croix plus lourde que lui-même, dont la poutre mal équarrie meurtrit ses épaules. On a bien requis pour l'aider le vieux Simon de Cyrène, mais que peut faire un vieux bonhomme, à cette heure la plus chaude du jour ?

Et la foule, sur son passage, grossit sans cesse. Il en est même qui suivent, qui entourent les soldats, pour voir de près. Or voici un savetier qui prend le soleil, assis sur la pierre, devant son échoppe. Il n'est pas dit que c'est un mauvais homme. Jésus, à bout de forces, s'arrête devant lui, pose à terre le pied de sa croix, la redresse pour dégager un peu son épaule endolorie : « Mon frère, pourrais-je m'asseoir un moment ? »

Le savetier n'en croit pas ses oreilles. Pas plus mauvais qu'un autre, vous dis-je, même s'il considère peut-être que ce frère de race commence à devenir dérangeant. Il se lève. Va-t-il céder son bout de pierre, quelques instants ? Après tout, qu'on en finisse ! Tendant le bras vers la Colline du Crâne où déjà s'affairent les hommes de peine préparant le supplice, entre les deux larrons, il réplique d'un ton sans appel : « Marche ! »

Le visage du Christ a changé tout à coup. Plantant son regard dans les prunelles du savetier, il dit d'une voix soudain raffermie : « Tu marcheras toi-même jusqu'à la fin des siècles ! »

Le vieux Simon l'a aidé à recharger sa croix, avec le « Han » de douleur que poussent les vieilles gens quand ils peinent trop. Muet de stupeur, le savetier a regardé s'éloigner le chemin. Il a écouté décroître tour à tour le raclement des sandales sur le sable brûlant, le cliquetis des épées, les vociférations des soldats, les clameurs de la foule. Quand les lamentations des Saintes Femmes, loin derrière, ne furent plus qu'un murmure, resserrant sa tunique, il est parti sans se retourner, sans viatique, sans rien, sans même fermer son échoppe. Et depuis, il marche... Contournant les océans, traversant les déserts, franchissant les collines.

Un jour, peut-être, il sera à votre porte. Vous le reconnaîtrez aux lambeaux de sa souquenille, à sa barbe très blanche, très longue, comme en portent les gens de ces pays-là quand ils sont très vieux. Il acceptera sans doute le quignon de pain et le verre d'eau qu'on ne refuse pas aux gens de passage, par chez nous, mais jamais, entendez-vous, jamais il ne franchira votre seuil, pas plus que vous ne le verrez assis sur un banc public, ou sur un talus, comme nous, en ce moment, pour reprendre un peu de forces. IL MARCHE. Il en sera ainsi jusqu'à la fin des Temps.

Le silence, tout à coup, est retombé entre nous. La chèvre a disparu. Le regard de Grand-mère Blin suit le chemin qui s'en va vers Saint-Célerin, en passant par un endroit mystérieux, à quelques centaines de mètres d'ici, qu'on appelle justement « les Tombes ». Où des Prussiens furent enterrés en 1871, paraît-il.

Je ne suis pas loin de croire que le Juif Errant arrivera de par là, un jour…

Marcel et la Mécanique

Quand on n'a que cinq ans et qu'on s'approche pour voir *la Mécanique* de tout près, on ne voit d'abord que cet homme-là. Ou plutôt, parce qu'on est petit, on ne voit d'abord que deux sabots. Deux sabots énormes aussi larges que longs, d'où sortent deux chevilles couleur de terre, prolongées par un pantalon de coton sale, cambouis, charbon et poussière mêlés, de même aspect que la chemise. Oui, cet homme-là est repoussant, des pieds jusqu'à la tête coiffée d'une casquette informe à visière cassée, maculée de sueur et de larges taches d'huile. Qui pourrait embrasser sa figure dont la barbe de huit jours retient dans sa broussaille une poussière poisseuse, où le nez saille en bec d'aigle entre deux yeux aigus ?

Pourtant cet homme-là c'est mon copain, et il exerce sur moi une étrange fascination. Est-ce par ses yeux, justement, qui s'allument dans toute cette grisaille avant même, qu'il n'ouvre la bouche ? Est-ce parce qu'il est le magicien qui met en branle, par son seul pouvoir, cet énorme ensemble en trois parties mobiles et indépendantes, reliées par des courroies, qu'on appelle communément la Mécanique ? Ou parce que je sens confusément que dans sa vie errante qui, de ferme en ferme, ne lui laisse qu'un après-midi de dimanche de temps à autre pour être chez lui, il apprécie l'intérêt que lui portent certains enfants, certaines familles ? Aussi loin que remontent mes souvenirs, il demeure lié pour moi à des visions, des bruits, des odeurs sans pareils.

Il faut dire que dans notre vie somme toute primitive, où tout se fait par les forces conjuguées de l'homme, de la bête et de la nature, la machine apparaît encore mystérieuse, voire redoutable. D'où son pouvoir de fascination et, déjà, d'asservissement sur les hommes. Ce qui confère inévitablement un certain prestige à celui qui sait la domestiquer. Les moteurs à explosion ou électriques ne sont presque pas utilisés par ici pour entraîner les machines agricoles. La locomobile, tout comme sa sœur la locomotive à vapeur, sont les seuls engins imposants, par leur taille, par tout ce qu'elles comportent de mystère, qui représentent la Force. D'autant plus qu'elles ont l'une et l'autre la faculté de paraître vivantes, même à l'arrêt, tant qu'elles sont maintenues « chaudes », sous pression.

Entre cinq et douze ans, le jour du battage des céréales, de « la Mécanique », puisqu'il faut bien l'appeler ainsi, est *le* Grand Jour de l'année, où notre domaine est envahi par des gens qui vont pénétrer partout, quelquefois manger dans la « chambre » – pièce où nul ne pénètre habituellement – si la maison est trop exiguë, fouiner dans le grenier, bouleverser les habitudes de la famille. Entre douze et vingt-cinq ans, la saison des battages est une occasion d'aller voir chez les autres, de rencontrer des gens, de retrouver des amis, de faire étalage de sa force, d'épater les filles.

Plus tard, c'est le jour où tombe le verdict, où l'on peut faire des comptes, quant tout le monde est parti, et que l'épouse un peu anxieuse demande à son homme, quand les porteurs de sacs ne l'ont pas encore renseignée : « Le blé a-t-i rendu ? »

La moisson à peine terminée, les battages commencent car certains, toujours les mêmes, ont hâte d'avoir un peu de blé pour le meunier, un peu d'orge pour les poules. D'autres, qui n'ont pas la chance de pouvoir engranger toute leur récolte, craignent pour leur petite meule, rarement confectionnée de main de maître, qui prend dès le premier orage un air penché, un ventre proéminent qui n'augure rien de bon pour la conservation de la récolte. A Prévelles, trois fermes seulement, sur une quarantaine, emploient la machine une journée entière. Les autres battent trois ou quatre heures, rarement davantage, suivant le nombre de *douzaines*. La douzaine est l'unité de compte utilisée pour les gerbes, chaque gerbe étant composée de deux *brassées* rassemblées par un lien de seigle. Il est facile de les compter en les mettant en tas dans le champ. A raison de quarante douzaines à l'heure, il est aisé de prévoir combien d'heures seront nécessaires pour battre la récolte.

Deux entreprises se partagent la clientèle, suivant une préférence, des affinités difficiles à préciser. Avec du matériel identique, pourtant : *Merlin et Cie à Vierzon* (Cher), et presses *Rousseau d'Orléans.* Mais pour moi, à cinq ans, la Mécanique qui vient chez nous, conduite par « gars Marcel », est la plus belle qui soit ; la chaudière dont la carapace de cuivre, fourbie chaque semaine au *Naol*, est la plus rutilante. Le sifflet est si puissant qu'il rivalise avec celui du train...

Quand elle arrive chez nous, c'est presque toujours le soir, car nous avons un lit disponible dans la chambre pour coucher les mécaniciens. De loin, on entend les larges roues de fer qui écrasent les cailloux de la route, les jurons des charretiers. Il y en a huit ou dix, car chacun ne conduit qu'un cheval, le sien. C'est ce qui s'appelle *une attelée de raccroche*, avec les inconvénients que cela comporte. On trouve toujours, dans les brancards de la chaudière, une bonne grosse jument percheronne, une limonière tranquille et qui en a vu d'autres. Devant elle piaffent deux ou trois petites bretonnes, l'œil vif, l'oreille pointée, plus ou moins fantasques, flanquées de leur propriétaire respectif, plus ou moins bon charretier. L'entrée de notre chemin est assez étroite, et les juments de tête doivent se cramponner au flanc du talus, se rabattre en laissant un peu de mou aux traits de chaîne, ou bien on les décroche, en laissant la jument limonière effectuer seule le virage. On raccroche, à l'arrêt, en jurant beaucoup car on se pince souvent les doigts contre le collier.

« Allez, Hue, Bon d' là ! » Les petites juments en robe bai titillées d'un scion maladroit et intempestif, bondissent, les traits se tendent brutalement, à se casser... et rien ne bouge, car Charmante, la percheronne, n'était pas prête, ou bien son maître rallumait son mégot. Les autres, stoppées net, ressentent durement le choc dans les épaules, elles sont moins vives à la seconde tentative, et Charmante, seule, ébranle l'énorme masse, vient buter du nez sur la croupe qui la précède. Il y a une petite ruade, et l'ensemble se déploie enfin, franchit le petit raidillon, débouche dans la cour dont mon père a enlevé soigneusement toutes les pierres éparses, gratté les touffes de renouée pour faciliter le balayage. Arrivent, de la même façon, la batteuse puis la presse à paille, tirée par deux chevaux seulement. Et voilà que se répand dans l'air cette odeur particulière et chaude, charbon, vapeur, huile, paille, grain mêlés, l'odeur qui imprègne précisément les vêtements de Marcel : la Mécanique est chez nous.

Car il est là, Marcel, avec ses deux comparses, les mêmes depuis des années ; l'engreneur, petit homme taciturne, la pipe au coin d'une bouche édentée, tablier de cuir et chapeau crasseux ; et le préposé à la presse un peu homme toutes main, qui s'exclame au moindre incident, d'une voix stridente : « Ah ! M... » Chacun, dès ce moment, a sa fonction précise. Lui, Marcel, connaît chaque cour de ferme, chaque *placement*. Il sait exactement la place où doit se trouver la batteuse pour que la locomobile, en alignement, n'ait pas une roue dans la mare. Ailleurs, la cour est tellement en pente qu'il faut surélever deux roues avec des madriers. Ou bien la place est si restreinte que la « chaudière » vient se plaquer tout contre la maison. Le voilà qui arpente la cour de ses longues jambes. Dix mètres, c'est la longueur de la grande courroie qui va transmettre le mouvement à la batteuse. Une poignée de paille figure la place exacte de la roue droite de la locomobile. C'est le moment difficile pour Charmante. Seule, elle devra aligner l'énorme machine encore vivante, toute chaude, crachotant de temps à autre une goutte d'eau qui roule sur ses flancs graisseux avec un « tsss » qui ressemble à un soupir. C'est là que le charretier devra faire preuve d'habileté. Avoir bien en tête la poignée de paille, à terre, et la largeur de la machine. Se garder des pieds de la jument qui, dans son effort, va jeter les sabots de côté, à chaque pas, et, d'une pression légère et ferme de la main droite tenant la bride à ras du mors, insuffler à la bête énergie et bonne direction. Ne pas se retourner pour s'arrêter pile, au bon endroit. Il n'est pas question de reculer. Tout au plus peut-on riper la machine à l'aide d'une barre de fer formant levier en s'y mettant à plusieurs, non sans avoir soulevé un roue avec un long cric à manivelle et à engrenages multiples qu'on appelle précisément un *Bon Dieu* car il représente une Force à laquelle rien ne résiste, paraît-il.

La presse à paille, qui a fait son apparition dans la région en 1929, prendra plus facilement sa place, à reculons, derrière la batteuse, mais tous ces engins, si lourds qu'ils soient, exigent d'être calés parfaitement horizontaux, en serait-ce que pour que leurs nombreuses courroies plates se maintiennent en place.

Les chevaux dételés, attachés dans la cour, les charretiers sont entrés boire un café. Voici qu'ils ont envahi notre maison, avec leurs brodequins terreux. Notre maison qui ne se ressemble plus. On a descendu du grenier la longue table dite « de batterie », simple assemblage de planches de châtaignier posé sur deux tréteaux. Deux autres planches reposant en chaque bout sur des chaises font office de bancs. Les grandes cruches à café vertes et pansues, qui ne servent qu'une fois l'an, sont prêtes. Le pot à tabac déborde de gros gris plein de bûchettes, et le cahier de papier « Riz la Croix » l'accompagne. Ce soir j'aurai deux compagnons de chambre, qui vont se glisser dans les draps propres sans même un semblant de toilette, avec de longs geignements presque voluptueux.

Trois heures et demie. Le réveil placé à la tête du lit n'a pas eu le temps de sonner. Marcel est debout, qui s'enroule dans une longue ceinture de flanelle. Son compagnon baille en enfilant son pantalon. Toute la nuit ils ont ronflé, se sont grattés. Ils laissent en creux noirâtres, leurs deux empreintes dans la couette molle. Déjà ils sont dehors avec chacun une lanterne, à grands raclements de sabots. Mes parents aussi sont levés ; l'odeur du café emplit la maison.

Dans le foyer, Marcel a préparé du menu bois, un peu de paille ; le feu ronfle, la grande cheminée fume. Le plaisir commence. Chacun s'affaire, une lanterne à pétrole d'une main, une burette dans l'autre. Marcel tire sa montre de son gousset. Quatre heures trente. Voilà le moment. Déjà la chaudière a repris vie, de sourds bouillonnements lui labourent les flancs. Et Marcel, mon ami, mon grand frère, me permet une faveur qui lui vaudra de ma part une infinie reconnaissance : actionner le sifflet. C'est d'abord un cri enroué, rauque, la pression n'est pas assez forte. Un coup très long, deux minutes peut-être. A deux kilomètres à la ronde, au même moment vingt hommes se sont retournés dans leur lit : « Ah ! bon sang ! déjà ! » Ou bien leur femme les a secoués : « Gars Gêne, ça suble [1] ! » Ils attendront un quart d'heure, le deuxième appel, plus strident, plus impérieux. Comment réveillerait-on les gens, s'il n'y avait le sifflet ?

Les voilà qui arrivent, les uns à pied, à travers champs, leur fourche sur l'épaule, les autres à bicyclette, sans lanterne bien qu'il fasse encore nuit. Ceux qui n'étaient pas de corvées la veille se reconnaissent à leur chemise propre, à leur visage rasé de frais.

---

(1) Subler : siffler.

Car au gré de la proximité du voisinage, de la parenté, de l'amitié, les équipes changent insensiblement chaque jour. Marcel ne leur laisse pas le temps de plaisanter sur le pas de la porte : « Allez les bonhommes, au jus ! » C'est le premier des dix ou quinze cafés arrosés de la journée, précédé d'une tartine de rillettes, d'une tranche d'andouille, d'une tartine de *fromagée*, de *bouine* [1].

L'aube est encore toute rose, la dernière étoile n'est pas éteinte que Marcel, l'œil fixé sur la batteuse, l'oreille à l'écoute du moindre grincement, libère progressivement la vapeur, sur un bref coup de sifflet. Ça tourne ! Il est à peine cinq heures trente. Ce matin encore Marcel « tournait » le premier de la contrée. Cela se sait et il en est fier. Un à un, les hommes, engourdis, retrouvent les gestes de la veille.

Ah ! la première gerbe avalée par la batteuse, zimm ! Le bruit d'averse que font les premiers grains précipités sur les grilles, leur course effrénée que l'on devine le long des conduits de tôle, jusqu'à ce qu'ils déboulent en longue coulée blonde par les goulottes où bâillent les sacs de jute. Après, je me lasse de regarder, même s'il m'arrive de suivre des yeux quelques gerbes copieusement garnies d'énormes cardons que l'engreneur pousse dans la machine, glorieux panaches, avec des gestes précautionneux, et qu'elle expulse broyés, pitoyables, dans une envolée de minuscules parachutes.

Plus tard, quand on a dix, douze ans, on a déjà de petits services à rendre, c'est à nous qu'il reviendra d'aller chercher le pain, la veille, de courir au bourg, au dernier moment, pour quérir une commission oubliées. On profitera du petit déjeuner des hommes pour sortir les vaches, affolées de bruits et d'odeurs insolites.

Mais c'est aussi l'occasion, avec les gamins du voisinage, de pénétrer chez les gens, là où l'on ne serait pas admis d'ordinaire. Derrière le porteur de sacs qui peine dans l'échelle, on se glisse dans le grenier pour faire l'inventaire de quelques vieilleries. De la *bouette* du fenil, on domine le chantier de travail, on écoute des conversations qui ne sont pas toutes faites pour nos oreilles. On s'instruit.

---

(1) Fromagée, bouine : préparations sarthoises à base de fromage blanc, de crème fraîche, d'eau-de-vie, etc.

Il y a toujours de grands gars qui fanfaronnent, qui luttent enlacés tout à coup dans la poussière, qui font des paris, à qui montera au grenier le sac le plus lourd, qui soulèvera tout seul la roue du tombereau. Mais nous ne nous approchons pas trop, car ils se font une gloriole de nous effrayer. L'un d'eux ne nous a-t-il pas dit, un jour, faisant mine de tirer son couteau de sa poche : « Attends, j' vas te couper les roupettes... »

La grande affaire, c'est de porter à boire, assez souvent pour qu'on n'entende pas jurer quelque assoiffé : « Bon Dieu, le chien est attaché à la champleure (1), ici ! » On va de l'un à l'autre, en commençant, noblesse oblige, par Marcel près de la chaudière. Puis on grimpe quelques marches de la petite échelle qui permet d'accéder à l'étroite plate-forme fixée sur le flanc de la batteuse et sur laquelle, debout, inlassablement, deux hommes piétinent pour éventrer chaque gerbe, l'étaler en couche régulière devant eux et, en la soulevant légèrement, la laisser happer par le souffle du batteur qu'on devine tout près, au ras du plancher. C'est une succession de gestes répétés des milliers de fois dans une journée, un spectacle hallucinant, dans la poussière noire, dans le ronflement aigu du batteur et les vibrations continuelles de la machine qui semble trépigner.

Noyés dans la poussière cotonneuse vomie par les secoueurs, et qui tarde quelque peu à s'envoler, des hommes se hâtent lentement, en traînant les pieds dans les débris ; ceux qui charrient les bottes de paille se croisent, une brouette vide, une pleine ; on parle un peu, on plaisante. C'est là, parmi ces gens sans autre responsabilité que celle d'avanger la machine (2), que se racontent les potins et les plaisanteries les plus éculées, cent fois entendues, mais qui font encore éclater quelques rires épais qui dominent un instant les bruits du chantier.

La confection du tas de paille, établi assez loin des bâtiments par précaution contre l'incendie, requiert trois ou quatre hommes. Seul le *bargeux* connaît la technique. Il n'y en a qu'un par équipe de battage. Un seul dont le travail se verra demain, quand tout le monde sera parti. Pendant des mois, et même jusque deux ans plus tard, on reconnaîtra son œuvre. On dira : « Ça, c'est une

---

(1) Champleure : robinet, chantepleure.

(2) Avanger une machine : lui fournir du travail, l'approvisionner, ou la dégager pour éviter les encombrements.

barge à Émile, à Marcel, à Gustave, ou à Gars Armand ! » D'un coup d'œil il sait évaluer, à la grosseur du tas de gerbes, au nombre de douzaines, la surface de base qu'il doit donner à la barge de paille, le nombre de rangées, de *lits* en hauteur, à quel moment il devra commencer la couverture, en plaçant les bottes l'épi en dehors, en léger retrait à chaque rangée, pour finir en faîtage, comme une maison.

Ici c'est le calme, le coin des gens sérieux. A l'abri de la poussière, dans le ronronnement assourdi de la batteuse et le crissement de la paille froissée, on parle politique, des élections, de Caillaux, de D'Allières, de Gaston Gourdeau. Ou bien on raconte Quatorze. Et des noms sinistres évoquent des drames insoupçonnés de nous, les enfants, mais restés combien vivaces dans la mémoire des Poilus : le Mort-Homme, la Côte du Poivre, le Mont Têtu. De sombres histoires – qu'ils taisent d'habitude mais ici ils sont entre eux – de juments couchées sur le chemin pour pouliner, pendant la retraite de septembre 1914, avant la Marne. Les poulains tués d'un coup de mousqueton. Les juments relevées à coups de fouet par les artilleurs et repartant au trot, attelées à six sur une prolonge chargée de munitions. Le massacre d'Aubérive, le 25 septembre 1915, où périrent tant de Sarthois du 315e R. I. lancés imprudemment à l'assaut des positions ennemies sans une préparation d'artillerie suffisante. Mille hommes massacrés à bout portant, agglutinés dans les fils de fer barbelés.

« Ah ! Bon D' là, les Boches ils étaient pus malins qu' nous !

– Et pis mieux c'mandés ! »

Et nous restons là, sidérés, sans souci du litre de cidre, coiffé d'un verre retourné, qui tiédit doucement au creux de notre bras, jusqu'à ce qu'une voix furieuse, ou faisant mine de l'être, nous hèle de la grange : « A boère, Bon Dieu ! »

Dans la grange, c'est l'enfer. La poussière des gerbes qu'on arrache à leur sommeil de plusieurs semaines se mêle à celle que le vent engouffre par les portes grandes ouvertes. Ils sont trois ou quatre qui approchent les gerbes, en chaîne, et les jettent au broqueteur, stoïque au pied de la batteuse, sans souci apparent des fétus et des barbillons d'orge qui ruissellent sur sa tête à chacun de ses amples mouvements. Cinq cents fois dans une heure, il soulève une gerbe, la jette au pied du délieur, sur la machine, en s'efforçant de la faire tomber de telle sorte que le nœud du lien de paille se trouve en dessus, facile à prendre. Sans un mot, entre deux, il saisit le verre tendu, le laisse remplir, disant simplement : « C'é ben ! » quand il déborde, et avale d'un trait, le gosier tendu, non sans avoir retiré, du bout de son doigt sale, quelque bourrier [1] nageant à la surface du liquide attiédi. Jetant machinalement la dernière goutte vers la machine, en guise de rinçage, il nous dit en remerciement : « Ah ! ça fait pus de bien qu'un coup de pied au cul ! »

Pendant cette minute, le ronflement du batteur qui tourne à vide s'est amplifié, et Marcel, surpris, a levé la tête.

Les porteurs de sacs n'ont pas besoin qu'on les abreuve. Ils ont leurs habitudes, qui varient avec chaque maison, mais chacun se fait un plaisir de les « soigner », parce que c'est un travail pénible, mais aussi parce que c'est la fonction la plus noble, la plus valorisante, pour eux comme pour le fermier.

C'est grâce à eux qu'on jugera de son savoir-faire. Ils trouvent donc presque toujours, à une place convenue, une bouteille de vin qu'on a spécialement débouchée pour eux, le vin des jours de fête, ou bien ils prennent le temps de se glisser à la maison pour avaler un café servi sur un coin de table, rouler une cigarette en humant les odeurs de cuisine, et repartent en courant, le sac vide sur le bras, vers le collègue qui attend, la main serrée sur la gueule du sac plein, le coup de reins qui va lui jeter, avec un Hop ! complice, sa charge sur l'épaule. Complices, il faut l'être, et assez méticuleux pour cocher du couteau, sur une poutre du grenier, sans oubli, chaque sac rendu, et en faire le compte à la fin. Quand tout sera terminé, ils vont fignoler leur travail, balayer le grenier pour bien délimiter chaque tas, auquel ils auront donné la forme d'une pyramide tronquée, en prenant soin d'y apposer leurs initiales, du bout du manche de la pelle à grains.

On ne va pas musarder, la dernière gerbe engouffrée, le dernier coup de balai donné par l'engreneur debout sur la batteuse. Les trois mécaniciens ont mangé une tartine, à tour de rôle, délaissant la soupe à la chiaie [2] et le bœuf carottes, dont ils sont, disent-ils, ravouillés [3]. Ils sont prêts à rassembler les outils, les cales de bois, dès que Marcel a fait tomber la grande courroie en protégeant son bras avec sa casquette tenue comme un torchon. Le

(1) Bourrier : petit fragment, miette, insecte.
(2) Chiaie : viande de boucherie.
(3) Ravouillé : saturé, gavé.

voici juché sur la loco, casant tant bien que mal ses sabots entre bielle et régulateur, pour saisir à pleins bras la longue cheminée qu'il replie précautionneusement. Et dans le silence qui retombe en même temps que la poussière, il harangue les hommes qui sortent un à un de la grange, hébétés, lançant au loin de lourds crachats noirâtres.

« A la soupe, passque moé, dans eune heûre, j' se prêt à tourner ! »

Car Marcel a la hantise de la nuit qui vient toujours trop vite, propice aux accidents, au travail bâclé, au grain qui s'échappe d'un sac mal surveillé dans l'obscurité, au caillou que personne n'a vu, mêlé aux balayures, et qui claque dans le batteur comme un coup de fusil. Il sait aussi que, ce soir, coûte que coûte, quelle que soit l'heure, le matériel devra être démonté de nouveau, déplacé de nuit et prêt à fonctionner demain à cinq heures.

Et si les hommes obéissent, en grommelant pour la forme, à l'injonction plus amicale qu'autoritaire de Marcel, c'est qu'ils savent bien qu'au fond il a raison. Le soir, quand la poussière rend l'ombre plus opaque autour du chantier, c'est toujours l'heure des grandes fatigues. Celle du broqueteur, qui ressent douloureusement dans les épaules le choc de chaque gerbe approchée trop brutalement par un maladroit pressé d'en finir. Celle de l'engreneur, qui enfourne à gestes las des gerbes à peine démêlées, au risque de bourrer la machine qui beugle par à-coups. La fatigue du broqueteur de paille, en équilibre instable sur un tombereau, une botte au bout de sa fourche à long manche, qui crie au bargeux qu'on devine là-haut : « Bon sang, recèpe-la don, j'en peux pus ! » La voix de l'autre qui, impassible, la clarté du ciel étoilé de septembre pour tout éclairage, lisse à légers coups de fourche le dessus de son ouvrage, parvient, lointaine : « Attends ! J'arrive. M'en faut encore deux ! »

Quelques tire-au-flanc, dissimulés dans l'étable, supputent de la « bonté » de telle Normande dont la panse arrondie s'étale au milieu d'une bouse fraîche. Les chevaux, que certains sont allés quérir pour gagner du temps, et qui attendent, tout harnachés, attachés depuis une heure à une boucle scellée au mur de l'étable, s'impatientent, grattent du pied. Les conversations se sont tues.

Marcel va et vient, bref, efficace, attentif au manomètre et au moindre bruit suspect. Il verse quelques seaux dans le ventre de sa machine, sans mot dire, dès que le porteur d'eau donne des signes de fatigue. Lorsque, penché, il ouvre toute grande la porte du foyer pour y lancer, d'un bref coup de pelle, quelques morceaux de charbon, son visage émacié prend subitement, à la lueur du feu, un aspect diabolique. Le monstre, impassible, lui jette inlassablement, comme pour le remercier, le halètement régulier qui l'anime depuis le matin.

Les bêtes soignées, la table mise, la salade prête dans les saladiers fleuris, les soupières garnies de fines tranches de pain sur lesquelles, au dernier moment, on versera à pleines louches le « bouillon gras », les femmes, tout à coup, sont désœuvrées. Elles regardent de loin.

Pour nous, ce n'est plus le moment de traîner autour du chantier, par crainte des accidents. On regarde, quand tout est fini, les manœuvres d'attelage, les brusques reculades dans les brancards, les chevaux empêtrés dans les traits trop lâches, jurons, coups de gueule et gros rires mêlés. Nous suivons des yeux jusqu'au tournant de la route la Mécanique qui s'éloigne, signalée seulement par un falot jaunâtre qu'un homme balance mollement au bout de son bras gauche, et par quelques cigarettes qui rougeoient dans la nuit. Marcel fermant la marche son vélo à la main, prêt à serrer le frein, à intervenir au moindre incident.

Ceux qui restent au souper se sont lavé les mains, succintement, dans un seau rempli à la mare toute proche. Quinze hommes se sont essuyés au torchon qui pend à un clou de la porte d'entrée, qui est vite trempé et complètement noir, mais qui le remarque ? Qui penserait à s'en offusquer ? C'est la même crasse, faite de sueur, de poussière et de débris de paille, qui enduit ces corps depuis le matin. Ils ont bu, à 25, l'un après l'autre, dans le même verre poisseux. Le plus jeune, celui qui déliait les gerbes là-haut, sur la batteuse, a posé ses lèvres d'enfant à l'endroit où la moustache du poilu de Quatorze avait laissé un relent aigrelet de tabac et de cidre chaud, pour avaler d'un trait, comme un homme, la rasade qu'on lui tendait. Très vite, d'une seule lampée car le batteur tournait à vide par sa faute. En chantier il faut perdre tôt ses petites manières d'enfant.

Non, ils n'ont pas à se gêner. A cette heure, ils sont bien frères de labeur, de fatigue, d'épuisement, de contentement aussi. Ils aspirent la soupe grasse à grand bruit, le buste penché en avant, les avant-bras encadrant l'assiette. Certains plus pressés, après avoir lampé le bouillon à même l'assiette levée, ont déjà sorti leur couteau pour se tailler une tartine énorme dans la miche de six livres.

Leur couteau... Celui qui fait saillie en toute saison dans la poche droite de leur pantalon de coton rayé ou de velours côtelé, qu'il troue immanquablement dès les premières semaines d'usage.

Le couteau dont on rêve déjà à cinq ans, quand on n'a encore, pour couper symboliquement quelques bouchées de pain, à table, qu'un petit canif à manche plat recouvert de celluloïd rose, et dont la lame à bout arrondi ne présente aucun danger. Le couteau qu'on reçoit en cadeau avant de partir en service, ou qu'on s'achète avec son premier argent gagné, et qui ne nous quittera plus désormais. Que certains même emportent avec eux dans la tombe. Ou qui finira de rouiller tristement dans un tiroir de commode : « C'était le couteau de Père ! »

Leur couteau... A sa forme, à sa robustesse, à sa marque, on reconnaît l'Homme.

Il y a le négligent, qui en perd au moins deux chaque année, et se sert d'un couteau de pacotille, acheté à vil prix à la foire Saint-Nicolas avec un lot de babioles inutiles dont la femme et les enfants font leurs choux gras. Mais il s'en contente, sachant qu'il le sèmera à la prochaine occasion. A l'opposé, il y a le bûcheur, dont le couteau à long manche de corne, à la lame légèrement recourbée, sert de serpette pour tailler un manche d'outil, fendre le châtaignier des coûtons de paniers. Il y a le bricoleur, le pratique, le charretier. Son lourd Pradel fait face à toutes les situations. Outre la lame pour chaque jour, qu'on use à force d'affûtages répétés sur la meule de grès jusqu'à ce qu'elle *aille au beurre*, qu'elle *branle dans le manche*, une autre plus fine vous saignera proprement un biquet, taillera en biseau, telle un rasoir, une greffe de pommier, un écusson de rosier. L'alêne pointue permettra de réparer sur place la courroie de harnais, quand le paysan doit se faire bourrelier ou cordier au bout du champ. L'indispensable tire-bouchon, une petite scie et l'ouvre-boîtes complètent la panoplie. Ce couteau-là sortira de la poche dix fois par jour pour gratter l'argile poissée sur un outil, couper, percer, visser, et enfin manger. Au besoin, il servira de fourchette, ou remplacera la cuillère, piqué dans une grosse bouchée de pain grillé, pour manger la *roûtie* au cidre doux, l'hiver. A la fin du repas il servira encore de cure-dents, pour extirper, sans aucune gêne pour les voisins de table, quelque fibre rebelle retenue entre deux chicots. Refermé d'un claquement sec, après un vague essuyage sur la cuisse, il reprendra sa place aussitôt, dans la poche droite du pantalon, sous le mouchoir. Jamais, au grand jamais, il ne sera prêté à quelqu'un d'autre.

Il y a la fine bouche, celui qui s'écoeurde[1] pour un rien, jamais il ne mangera avec un autre couteau que le sien, même à un repas de noce, où il va le tirer de son gousset et le poser sur la nappe, sitôt assis, sous prétexte que « les coutiaux en argent, ça ne coupe point ». On le verra l'essuyer précautionneusement à la serviette dès qu'il aura pelé sa poire entière, détachant habilement une fine spirale.

Il y a encore celui qui n'a jamais de couteau sur lui, et qui s'attire les railleries de ses camarades quand la maîtresse de maison, qui le connaît, lui apporte discrètement un « coutiau de fumelle » au manche graisseux et à la lame ternie par de multiples épluchages de légumes.

Tout d'abord on ne se dit rien parce qu'il n'y a rien à redire. Tout n'est-il pas en ordre, l'aire balayée, les portes de la grange refermées sur l'odeur de paille fraîche, la cour prête à être livrée demain à la volaille qui se fera de pleins jabots de grain nouveau oublié dans la poussière et les débris ? C'est la patronne qui vient les provoquer, penchée sur les nuques chaudes, les crânes nus, très blancs, luisants de sueur : « Ben voyons, les bonhommes, vous mangez point, alle est don point bonne, ma chiaie ? »

Oh ! Que si, elle est bonne, c'est sûr, la poule au blanc de Georgette, avec sa garniture de scorsonères bien tendres baignant dans une sauce où la crème n'a pas été épargnée ; la sauce tomate qui nappe le bœuf bouilli chez Marie ; la grande platée de rôti de biquet, baignant dans sa sauce brune où nagent de petits oignons, accompagné de la salade de chicorée frisée, spécialités de Joséphine. Comme on s'est régalés ce matin des pois blancs demi-secs à la crème fraîche, relevés d'une pointe d'échalote, comme seule les accommode Léonie. Comme on appréciera demain, on le sait d'avance, les chaussons aux pommes de Juliette, la millée[2] que la vieille maman de Marie aura cuite

(1) S'écœurder : avoir des haut-le-cœur.
(2) Millée : dessert fait de mil et de lait.

exprès pour nous régaler, penchée sur la marmite de fonte, dans l'âtre, exactement comme elle le faisait voilà quarante ans pour l'Assemblée.

Et voilà qu'on se sent bien tout à coup, dans la grande chambre fraîche, adossés au lit très haut, avec son couvre-pieds de satinette rouge, sa pile d'oreillers rebondis où les initiales de la maîtresse de maison s'inscrivent en belle gothique rouge sur les taies immaculées. Sous le regard des patrons photographiés en mariés – fleur d'oranger et nœud papillon – dans un cadre d'ébène ovale, flanqués du Certificat d'Études Primaires de Joséphine, ou de Marie, et de la Médaille Militaire de François, ou d'Eugène, encadrés de bois noir. Juste en face du carillon Westminster, cadeau de mariage de leur parrain, dont on ne s'est jamais servi car « i nous casse les oreilles avec son berdancement tous les quarts d'heûre ».

Voilà que le cidre est si amoureux à boire, tout frais tiré dans la carafe pansue où la suspension allume un reflet orange, que les membres las se détendent enfin, que les conversations s'engagent, s'amplifient, au point d'attirer dans l'embrasure de la porte les femmes qui s'affairent à la cuisine, autour de la cheminée. Foin de la politique, des récits de guerre. Le régiment n'est qu'une longue rigolade, où des adjudants ignares, où des capitaines ronchons qu'on dirait débarqués du *Train de 8 h 47* de Courteline, se font berner, à longueur d'année, par des deuxièmes classes plus futés que leur ombre. La Guerre ? Un épisode unique, dans la vie de ces buveurs de cidre, où l'on a pu boire du pinard à volonté. Enfin, presque ! Et même y prendre goût. Si, par tempérament, par pudeur peut-être, on n'est pas très porté sur la gaudriole, par chez nous, il est des allusions un peu osées que nous ferons mine de ne pas comprendre, nous autres gamins, restés avec les femmes à la cuisine. Ne serait-ce que pour ne pas nous entendre dire : « Allez don au lit, vous autes. Y a pus rin à voar ! »

A voir, peut-être, mais à entendre ? Cela dépend des jours, des maisons, des participants, de la fatigue accumulée. Quelquefois, les patrons ont fait venir exprès un cousin éloigné, un ami, une sorte de vedette, qui ne se fait pas prier pour chanter quand les conversations languissent. Il est venu autant pour cela que pour donner un coup de main.

Un refrain connu d'avance – le répertoire ne varie guère d'une année sur l'autre – que les moins doués pourront au moins murmurer en sourdine. Là aussi, cela dépend des endroits, de l'entrain de la maîtresse de maison, de l'humeur des interprètes.

De *la Voix des chênes*, on passe aux succès de Benech et Dumont, diffusés par les musiciens ambulants à chaque foire. *Riquita*, *Primavera*, ou bien encore :

Ah ! les femmes des autres
Ont un charme troublant
Elles sont pareilles aux nôtres
Mais c'est très différent...

Il y a ceux qui préfèrent les couplets patriotiques ou sociaux :

Messieurs, riches propriétaires
Respectez tous les ouvriers
Sans eux vous n' seriez rien sur terre...

ou bien :

Grâce à notre vaillance
La République a fait son nid
Disons en ce jour béni
Vive la France...

Il y a les romances tristes, qu'une femme plus jeune consent à chanter, après s'être fait beaucoup prier :

L'océan sans son garde
Paraît désorienté
Les étoiles hagardes
Ont terni leur clarté...

Il y a ce petit père au nez passablement rouge, toujours prêt à rire, qui, pour deux heures de battages chez lui, se croit néanmoins obligé de faire une quinzaine de corvées dans la région. Mais il y prend du bon temps, et même un peu plus encore, et quand il est un peu gai il ne rate pas l'occasion de chanter de vieux refrains oubliés :

Ra et ra et Ratamouche
Jamais j' n'ai vu de mouche
Comme cette mouche-là...

Les autres ne manquent jamais l'occasion de demander à ce vieux Républicain une de ces « chansons de curé » aux refrains quelque peu équivoques qui ont fleuri au début de ce siècle :

Chez nous la Musique
Est mise en pratique

Moi je joue du violon
Ma femme de l'accordéon
Et l'Curé d' la flûte ! etc.

Mais, une ou deux fois dans la saison, on se fait un malin plaisir, je ne sais pourquoi, à faire chanter le père Denis. Une figure, ce petit bonhomme replet, vêtu été comme hiver de petits gilets à rayures grises rapiécés, délavés, et coiffé d'une casquette à rabat. Comme dans l'Écriture, prompt à écouter, lent à parler, lent à se mettre en colère. Occupé qu'il est, tandis que vous vous expliquez, à extraire d'une touine [(1)] passablement culottée, une grosse pincée de tabac qu'il s'applique à fourrer, du bout de son pouce épais, partie dans sa moustache, partie dans la petite mouche qu'il porte à la lèvre inférieure. Après quoi, reniflant à petits coups, et vous tendant l'ustensile en un geste discret autant que généreux, il laisse tomber d'une voix douce, vous fixant de ses petits yeux roux, un peu ironiques, un peu tendres, qui lui donnent un air un tantinet matois : « Ah ! Dame ! Écoute !...» Et on en reste là.

A-t-il été jeune ? Aussi loin que je me souvienne, je ne l'ai jamais vu autrement que « vieux », et j'ai peine à l'imaginer à 18 ans courtisant une jeunesse en coiffe ou « fréquentant » un soir d'Assemblée, quelque part du côté du lavoir. Au demeurant, un très bon cultivateur. L'une des meilleures petites fermes de la contrée, où le journalier est bien nourri, où l'on ne court jamais, car on sait prendre le travail en son temps. Où la batteuse tourne une grande journée sans que personne s'y ennuie car le cidre est bon et la maîtresse sait régaler ses batteurs d'une bouine sans pareille. Où trois porteurs se relaient pour monter au grenier, dans des sacs à engrais tout neufs, des blés aussi lourds que le plomb. C'est encore rare par ici.

Une bonne maison aussi, où Clémentine coiffée de la galette sarthoise bien ronde, bien large, un gros tampon d'ouate dans chaque oreille « pour se garanti des coups d' fré », le tablier bleu noué sous sa poitrine généreuse, accueille l'étranger avec un large sourire ébréché, debout sur le pas de sa porte encadrée d'un vieux cep de chasselas doré où les guêpes, à l'automne, viennent mourir dans un demi-litre de cidre brun suspendu sous les grappes : « Entrez don, on va toujours boère un jus *en attendiment* que l' patron arrive ! »

---

(1) Touine : tabatière à priser.

Une maison où, enfant, j'ai toujours été accueilli comme « le p'tit gars à gas Phonse », à l'ami Alphonse, et dont, aujourd'hui encore, je me souviens avec une certaine tendresse.

Mais faire chanter le père Denis n'était pas une mince affaire. Il avait fallu, peut-être, que le soleil tape dur tout l'après-midi, autour du pailler où, au bout de son broc, Denis tendait les bottes de paille au bargeux, à gestes mesurés, sans s'émouvoir quand la paille s'amoncelait autour de lui, à certains moments. C'était là son emploi habituel, rien ne pouvait l'en déloger, et chacun avait fini par l'admettre. Peut -être fallait-il que dans certaines maisons, le cidre soit plus fruité, plus gouleyant, ou bien encore que le patron débouche, après le café, une bouteille de cormé [(1)]. Bref, il fallait, pour faire sortir ce modeste de son flegme proverbial, que certains soient eux-mêmes bien « partis »... Et la soirée était déjà bien avancée quand un loustic apostrophait le brave homme, assis en bout de table tel un patriarche, sa casquette, dont il ne se séparait jamais longtemps, accrochée derrière lui à l'espagnolette de la fenêtre : « Voyons, gas D'nis, tu vas bin nous chanter ta chanson ! »

La réponse était invariable : « Ah ! Dame, écoute ! Voute chanson, moé, j' m'en moque pas mal ! »

Pourquoi, je vous le demande, vouloir à tout prix faire chanter cet homme qui, visiblement, n'aspirait à rien d'autre qu'à rentrer chez lui, journée faite ? Sans doute parce qu'il n'avait qu'une chanson à son répertoire, mais qui demande à l'interprète une facilité d'élocution à laquelle on était loin de s'attendre chez le père Denis. Cependant la farce n'était pas pour lui déplaire, puisqu'il finissait toujours par débiter d'un seul jet, sans ciller, assis, les deux mains sur les genoux, les quatre couplets de *la Youchka* :

J' vas vous conter l'histoire
La Youchka, la Youchka
Authentique et notoire
La Youchka, la Youchka
D' la fille à Larfouilla
Youchka de la digue du Gondouilla
De la Machtagouine tanga Youchka...

(1) Cormé : liqueur de cormes, très alcoolisée, qui se boit comme du champagne.

Après quoi, tirant sa touine de sa poche de gilet pour une tournée générale qui allait faire éternuer ses compères écroulés, il disait de sa voix unie, en se levant sous les applaudissements : « Là, vous êtes bin mieux à c't-heure ? Allez, moé j' m'en vas, demain, le grand gars i s'ra prêt à tourner avant nous. »

Il disait vrai. Il fallait partir. Se guider dans l'ombre épaisse du chemin, les yeux fixés sur la Voie lactée entr'aperçue entre deux futaies, puis, en s'aidant des lucioles piquées ça et là, minuscules balises, dans l'herbe de la chaintre en bordure du labour, retrouver la rote qui conduit à l'échalier trouant la haie. Tout au bout, les *renazelles* qui égrenaient leur complainte au bord de la mare indiquaient seules qu'une maisonnée dormait non loin de là.

Marcel, on le revoyait l'hiver venu en « tournée à l'argent ». Jouissant de la confiance de ses patrons, ceux-ci lui confiaient l'encaissement des factures de l'année, et chacun attendait sans impatience sa visite pour s'acquitter. Chez nous, il arrivait en fin de matinée. Presque endimanché, casquette fraîche, veste croisée à larges rayures grises, pantalon resserré sur ses mollets maigres par des pinces à vélo, tout propre, tout souriant, il avait perdu son auréole de magicien. Mais il avait dans les yeux le contentement intérieur de ceux qui sont investis d'une mission. Mon père disparaissait un instant dans la cave, revenait avec deux larges billets bleus au remugle d'humidité, que Marcel lissait soigneusement, sur la table, avant de les serrer dans le grand portefeuille du patron. Tandis que sur une simple feuille de papier quadrillé, il écrivait « payer » *(sic)* en face de notre nom, de la grande écriture maladroite de ceux pour qui l'école n'est plus qu'un vague souvenir, mon père, invariablement, demandait : « Tu vas dîner avec nous ? »

Car pendant tout ce temps, sans rien dire, Maman avait fait griller une large tranche de pain devant le feu pour confectionner une rôtie dans un pot de terre brune, ajouté deux œufs à l'omelette aux fines herbes, et trois touffes de boursette à la salade de betteraves rouges, déposé quatre belles pommes de Rosa, rebondies et rouges, dans une assiette creuse, écrasé quelques fromages blancs étendus de crème fraîche, et j'avais été invité à moudre du café. C'était ainsi, chez nous.

Et l'on parlait. Je parlais de la Mécanique, bien sûr ; Marcel étirait ses longues jambes sous la table, parlait de son enfance, de sa première place, à sept ans, d'une autre, à La Chapelle-Saint-Rémy, où à partir de dix ans, on l'employait à faire cuire la soupe aux cochons, à garder les vaches, et à divers travaux dans la cour. Les grands commis l'envoyaient chercher leur tabac, à 19 sous le paquet, au bureau de Marcé, près de la gare. Les filles l'emmenaient au bal, à pied, à condition qu'au retour il se tînt à distance pour ne pas gêner leurs embrassades avec leur bon ami... Il racontait son entrée dans cette petite entreprise, à la fois ferme, scierie, et battage de la Saint-Jean à la Toussaint. D'abord le battage du méricain [1], culture essentielle sur les terres sableuses du canton de Montfort. Dans cette région, en mai, des tapis écarlates se déroulaient un peu partout sur les champs, débordant jusque sur les talus et les bermes des routes. Les fermiers voyaient surtout dans cette plante précoce et peu exigeante, outre une nourriture abondante pour les vaches, une importante source de revenus grâce à la vente de la graine pour un usage industriel. Puis venaient le battage des céréales, et enfin celui du trèfle violet dont chaque petite ferme, sur les terres argileuses, gardait une petite charretée pour n'avoir pas à acheter de semence. Du moins quand l'automne avait été clément et que la culture n'avait pas été envahie par la teigne [2]...

Il en savait des choses, Marcel, sur les bonnes et les mauvaises terres de deux cantons ! Sur les gens aussi, et sur leurs façons de faire, mais n'en disait jamais rien, soucieux de ménager la clientèle. Mon père contait sa guerre de fantassin, parlait de Suippes, de Ville-sur-Tourbe, de terres fabuleuses « qui auraient fumé la nôtre » où l'on creusait des tranchées de deux mètres sans quitter la terre arable. En toute amitié, il révélait à son interlocuteur des détails sur lesquels il était muet d'habitude.

Ma mère écoutait, se disant, peut-être, qu'elle était loin d'avoir tout su de ces quatre années de misère.

Quand Marcel enfourchait son grand vélo muni à l'avant d'un phare à acétylène, l'après-midi était bien entamé. D'autres clients auraient une visite plus courte. Juste le temps de rechigner un peu, avant d'ouvrir l'armoire : « Ah ! ben, j' creyais pas que t'avais tourné autant d'heûres que ça ! » Nous, *on avait vu du monde.*

---

(1) Méricain = trèfle incarnat, appelé aussi farouch.

(2) Teigne : plante parasite du trèfle violet (cuscute).

Les amis de l'enfance sont toujours parmi les meilleurs. Pour moi, même dépouillé par les années de son prestige de mécanicien, Marcel est resté de ceux-là.

Tatan Bique

Elle nous arrivait par la rote [1], et quand juin transformait le vulgaire piécot [2] en Bouton d'Or, la moindre chaintre en parterre multicolore, elle paraissait si menue qu'on ne voyait d'elle, tout d'abord, que sa gouline blanche qui dansait au rythme de son pas vif au-dessus des hautes herbes, telle une énorme pâquerette. Puis on distinguait son caraco noir fermé au ras du cou, et enfin sa large jupe tirant sur le roux, toujours trop longue, qui balayait à chaque pas ses petits sabots noirs à cossins de cuir.

Entre 1920 et 1930, la tante Marie Lefèvre, sœur de mon grand-père Louis-Jean, était une toute petite bonne femme que le Bon Dieu avait oubliée pendant toute une vie dans une vieille maison décrépite située au hameau de « Beauvais ». Peut-être une ancienne maison de potier, puisque les Lefèvre étaient une des familles de potiers de Prévelles, et pas des plus aisées paraît-il. Mais depuis le début du siècle, il n'y avait plus de potiers, et les Lefèvre vivotaient un peu du métier de cordonnier de l'oncle, un peu d'un bout de champ situé à la Margottière, à cinq cents mètres de là, qu'ils cultivaient ensemble au croc et à la faucille. Juste de quoi ensemencer trois rangs de betteraves, un carré de trèfle pour la chèvre, et quelques sillons d'énormes pommes de terre violettes appelées Vosgiennes pour engraisser un cochon. Lequel fournirait la matière grasse nécessaire pour accommoder chichement la récolte de pois, et les vingt-cinq choux pancaliers

---

(1) Rote : sentier étroit qui bordait notre champ « de Derrière ».
(2) Piécot : renoncule.

plantés chaque printemps. Une douzaine de lapins, élevés uniquement pour la vente, nourris de dactyle et de trèfle blanc poussiéreux pelés à la faucille sur les bermes de la route, batifolaient en liberté avec la chèvre, dans une petite étable.

Elle ne venait jamais seule. Par mesure d'économie, et pour qu'elle trouvât sa saoulée sur place, elle emmenait sa chèvre partout. Non pas une de ces délicates chèvres blanches, une « Saanen » au museau finement ourlé de rose pâle, comme les chérissait Monsieur Seguin. Ni même une gracieuse chèvre à poils ras, une « Alpine » comme on en voit par troupeaux entiers dans toute la France. Mais une mauvaise, une énorme bique à longs poils noirs et fauves. Une tête allongée, sans cornes, à oreilles courtes – on disait une tête « mousse » – toujours prête à cosser, et deux curieuses petites tétines juste sous le menton, à la naissance du cou. Une barbiche de sénateur, longue comme la main, dure, fournie, que, seule, la tante avait le pouvoir de saisir d'une poigne ferme, pour l'obliger à franchir les échaliers. Car la sorcière avait des prétentions. Elle aimait musarder ça et là, s'attardait volontiers sur un bourgeon plus tendre, convoité au milieu d'une haie, ou bien sur une touffe de trèfle oubliée par la faux, et se laissait ainsi distancer, s'attirant les foudres de sa compagne de route obligée de revenir sur ses pas : « Voyons, vas-tu v'ni, tè, saloperie ? »

Un peu à cause de cette créature, un peu parce que notre baiser, sur la joue tannée de la tante avait un goût indéfinissable, moitié fumée, moitié étable, nous l'appelions « Tatan Bique ». Mais je peux l'affirmer, il n'y avait aucune raillerie dans cette dénomination, bien au contraire, et nous avions pour elle, pour sa petite personne toujours en mouvement, une grande affection.

La chèvre attachée, symboliquement, à une cépée de noisetier, par un vague licol de chanvre élimé, la tante acceptait volontiers de s'asseoir quelques instants, le temps d'avaler à petites gorgées rapides une tasse de café brûlant dont elle raffolait. S'asseoir, c'est beaucoup dire. Se recroqueviller plutôt, ses petites jambes repliées sous elle, sur la chaise basse qui, chez nous, attendait en permanence les petites gens devant l'âtre, pour qu'ils « prennent une poignée de feu ». La tasse tenue à ras du menton dans ses deux mains, deux mains courtes aux phalanges noueuses, couleur de terre, elle levait vers nous sa figure ronde, presque enfantine, mais où tous les vents d'hiver, tous les soleils d'été avaient laissé leurs traces en mille petites rides, pour s'enquérir entre deux gorgées de café : « C'ment qu' ça va ? » Ce n'était pas de nous qu'il s'agissait bien sûr, puisque nous étions là, mais de la ferme. Du petit veau de Gentille, un peu faguelin (1), des porcelets nés la veille, de la terre trop sèche, de l'herbe qui allait manquer pour vaches et lapins. Sachant qu'un accident météorologique, ou la perte d'un seul porcelet sur une production annuelle de huit ou dix se traduiraient automatiquement, chez ces gens au budget dérisoire, par un « trou dans la chausse ». Même si elle n'était pas mêlée directement à la gestion de l'exploitation, tout ce qui nous concernait méritait sa sollicitude.

Puis, se mettant brusquement sur ses pieds, son devantiau sur le bras, elle demandait à mon père : « Oyou que j' vas aujourdi ? »

Car on ne va pas en semaine chez des gens de campagne pour n'y rien faire. Et il y a tellement à faire, en ces temps-là, pour de vieilles mains qui en ont tant vu qu'elles ne craignent plus les chardons qu'on arrache un à un dans le blé, au printemps, sans même prendre de gants, ni le poison des fruits de la morelle noire qui foisonne dans les betteraves, en septembre, ni les épines qui rampent au creux des haies, en novembre, quand on va dénicher jusqu'à la dernière pomme tapie sous les feuilles mortes. Elle était volontaire pour n'importe quelle besogne, pourvu qu'elle soit à sa mesure. Trop frêle pour exécuter les gros travaux qui étaient le lot des paysannes d'alors, sortir le fumier de l'étable, faucher l'herbe chaque jour pour les vaches, puiser et transporter l'eau pour bêtes et gens, elle excellait dans les travaux d'appoint : ramasser des pommes, couper l'herbe à lapins, érusser (2) les feuilles d'ormeau et de noisetier pour nourrir les vaches et les porcs. Juchée, légère, tout au bout d'une longue échelle, elle descendait avec, autour de la taille, une gironnée plus grosse qu'elle-même.

Dans les pommes de terre, en août, elle avait toutes les patiences pour arracher une à une, en s'aidant parfois du bout de sa faucille utilisé comme un pic, les gragelaines (3), les plantains, les pissenlits, les chicorées sauvages. Dédaignant la mercuriale,

---

(1) Faguelin : faible, malingre.
(2) Érusser : ôter les feuilles d'une tige, défeuiller.
(3) Gragelaines : chénopode blanc.

dont aucune bête n'aurait voulu, et le laiteron puant si bien nommé, elle rassemblait le tout en petits tas qu'on ramassait à la brouette pour les donner aux vaches qui raffolaient de cette manne inespérée, aux senteurs fortes où dominait la carotte sauvage.

Aller « à la sarclerie » avec tatan Bique, suivre, à bonne distance de la chèvre, le balancement cadencé des lourds plis de son cotillon poussiéreux constituait pour moi – allez-vous me croire ? – un passe-temps merveilleux. Bavarde intarissable, il émanait de sa petite personne un enthousiasme communicatif, même dans les accrocs, dans les petits ennuis de l'instant, qu'elle traduisait aussitôt en comptines – souvenirs de quelle jeunesse ?

Ainsi, quand la soif nous tenaillait – cela arrive, penché sur la terre desséchée, en fin d'après-midi d'août – elle m'obligeait à répéter après elle, sans respirer comme il se doit :

J'ai un petit baril dans mon grenier
Bien lié, bien bandé, bien barificoté (1)
Si j'en avais la liure, la bandure, la barificoture,
Je le lierais, le banderais, le barificoterais
Aussi bien que le lieur, le bandeur, le barificoteur
Qui l'a lié, bandé, barificoté.

Après quoi, nous nous mettions à la recherche de quelques mûres, cueillies toutes tièdes dans la haie, en plein soleil, et mangées telles quelles, à moins que, dans la chaintre, elle n'ait repéré un pommier de Calotte ou de Doucin dont on ferait tomber quelque belle pomme à coups de pierres, sans oublier, bien sûr, de ramasser des fruits véreux pour la chèvre, qu'on lui présentait délicatement, du bout des doigts, sous peine de les voir dédaigner.

Si une averse nous obligeait à nous abriter pour un temps au pied d'une souche de chêne, dans la haie voisine, voici qu'elle déclamait, son tablier hâtivement jeté sur la tête pour protéger sa gouline :

Nicolas Tuyau
Rabat ton chapiau
Car i va châ de l'iau...

---

(1) Barificoter : ficeler précieusement.

Parfois une coccinelle – une passe-vole – se laissait surprendre, engourdie dans une goutte d'eau, au creux d'une tasse (1) de laiteron. Et nous voilà assis côte à côte sur un sillon, dans l'odeur âpre de fanes écrasées, tête blonde tout contre gouline blanche, à souffler sur l'infortunée bestiole qui courait en tous sens sur nos quatre mains unies :

Passe, vole, vole,
Mon grand-père est parti à la forge
Faire affiler son petit couteau pour te couper le cou.
Passe, vole, vole...

Jusqu'à ce que la malheureuse, affolée par la menace, ou plus simplement réchauffée par nos haleines mêlées, s'envole et disparaisse à nos regards dans un chatoiement d'élytres déployées.

Cependant, elle n'était pas très câline, et son giron trop petit était un piètre refuge dans les cent petits malheurs qui jalonnent la journée d'un enfant. Se levant d'une courte détente, elle vous remettait promptement sur pieds, « Une deux trois », et il n'y avait plus qu'à la suivre, car déjà elle tournait au coin de la haie :

Une, deux, trois, Caroline sauve-toi,
Si j' t'attrape ce sera pour toi...

...Le reste de la comptine se perdait dans les feuillages légers de l'érable, de l'ormeau et du charme mêlés, retenus par un lacis de viornes, dans ces haies sarthoises sur lesquelles mes souvenirs se projettent comme sur un écran de verdure et de fraîcheur. Qui donc nous rappellera, désormais, ces babioles, comme disait ma petite tante, ces naïves poésies sans âge et sans prétention qui rompent le silence avant qu'il ne soit trop pesant, ou, au contraire, permettent de s'isoler du bruit ?

Pourtant l'existence n'avait pas toujours été clémente pour cette fille de Sceaux-sur-Huisne exilée à Prévelles. Trop menue pour retenir l'attention d'un laboureur, elle avait tout de même fait sa vie avec un mari souffreteux, amateur de tisanes d'herbes séchées et d'onguents à base de suif ou de graisse de cochon mâle, la seule efficace comme vous savez. Un fils mort à vingt ans « de la poitrine », une fille « aux cent diâbes », à l'autre bout du canton ! Une petite-fille unique qu'on avait envoyée « aux Écoles » à grands frais pour être maîtresse d'école, mais qui avait

(1) Tasse : pied de certaines plantes qui poussent en touffes, comme la salade.

émigré à Bruxelles pour suivre son filleul de guerre devenu son mari. Nous étions, je l'ai réalisé depuis, sa seule proche famille.

Chaque année, aux grandes vacances, ceux-là débarquaient pour quelques jours du train de Connerré avec leur fils Jacques, de deux ans plus jeune que moi. Très élégants dans leurs habits de ville : « C'é comme ça qu'i s'habillant par là-bas ». Et le grand Belge en costume de tweed avait pour celle qu'il appelait affectueusement « la Petite Grand-mère » des attentions de gentleman qui laissaient la malheureuse toute déconcertée. Ou bien, son Kodak en mains, il la traquait dans ses occupations journalières, la mitraillait sortant de son champ, tout échaubouillée [1], la gouline en bataille. L'attirait par quelque subterfuge, sur le seuil de sa porte, son moulin à café au creux du coude : « Dé qué don qu' vous m' voulez ? » Clac !

Pour eux, pour ceux qu'elle appelait avec un rien de respect « les Bourgeois », elle sacrifiait le dernier biquet de la saison, dont, aussi bien, les gambades, à force, devenaient gênantes dans la courette. Elle tirait du saloir la meilleure « soupe » de cochon, un morceau d'épaule qu'il fallait mettre à dessaler 48 heures pour qu'il soit mangeable. Le jambon qui rancissait doucement, suspendu à la grosse poutre de la maison par un lien d'osier, était largement entamé. Le jardin de l'oncle, dans toute sa plénitude de l'été fournissait, outre les pois ronds Sucrins si bien nommés, les oignons blancs, les premières échalotes que l'on coupe menu, vert compris, sur une tartine de fromage de chèvre tout frais que le petit-lait surit encore un peu. Et encore les toutes premières pommes de terre, les « Belles de Fontenay », que nous appelions « Quarantaines », mises à cuire telles quelles, en robe des champs, simplement essuyées, avec juste un godet [2] d'eau claire au fond de la marmite.

Le départ des Belges pour l'Étranger était l'occasion de rassembler sur le quai de la gare de Prévelles, pour une demi-heure, la famille proche, oncles et cousins. De faire une dernière photo. Une année entière s'écoulerait, peut-être plus, avant que la tante ne revoie son arrière petit-fils. « Si j' sé point morte ! » disait-elle avec un sourire qui découvrait deux incisives jaunes déchaussées jusqu'à la racine. Mais Marie Bourdais, même si elle écrasait fur-

---

(1) Échaubouillée : écrasée de chaleur.

(2) Godet : grande louche de bois servant à puiser l'eau dans la seille.

tivement, comme elle l'aurait fait d'un moucheron, du bout de son pouce noir, une larme qui voulait sourdre quand disparaissait le fourgon de queue là-bas, vers le Gué-Rouet, n'était pas femme à se laisser aller. Tournant les talons, elle s'engageait aussitôt sur l'étroit sentier sablonneux qui borde la voie, qu'elle préférait aux cailloux de la route. « En avant, deux ! » La chèvre, restée à « Beauvais » sous la garde de l'oncle, allait s'impatienter...

Heureusement, j'étais là ! Et elle reportait sur son petit-neveu un véritable amour de mémé, dont j'abusais sans pitié. Oui, j'inventais pour elle des bêtises dont l'idée ne me serait pas venue à l'égard de mes grand-mères. Ne l'ai-je point enfermée, un après-midi de mai, dans la soue obscure où elle égermait des pommes de terre entassées là depuis l'automne, simplement pour voir si elle aurait peur, comme moi, parmi les grosses araignées noires et les cloportes qui pullulent dans l'humidité des vieux murs ? Raconter comment mon père, revenu inopinément des champs, la tira, transie, de son cachot, et lui fit boire un solide café arrosé avant de s'occuper de moi, me paraît superflu...

Une autre fois, alors qu'elle se disposait, le soir venu, à couper un fagot d'herbe pour ses lapins, je lui cachai sa faucille. Le temps passé en recherches la contraignit à prendre le chemin du retour la nuit tombée, son fardeau sur le dos, la chèvre inquiète, et vaguement apeurée allongeant le cou sur ses talons, telle un génie malfaisant. Je ne me souviens pas d'avoir jamais été grondé par elle. Encore moins puni. Pas plus que je ne l'ai entendue gémir sur la dureté des temps, sur la méchanceté des gens. Tout au plus se contentait-elle de branler la tête, imprimant à la gouline un mouvement brusque de gauche à droite, quand on lui rapportait quelque fait mettant en cause telle ou telle personne de sa connaissance : « Parié, tout de mînme, tu m' diras, dé qué qu'il a dans la piaou ? »

Sa gouline ! Qu'elle enlevait parfois pour l'accrocher dans la haie, au-dessus de son tablier bleu, pour consoler la chèvre quand elle s'ennuyait trop, attachée toute seule, et bêlait à fendre l'âme. Non point par pitié pour la Saloperie – elle ne lui donnait pas d'autre nom – mais parce que, en perdant la goulée, celle-ci rentrerait le soir efflanquée, la mamelle flasque et quasiment vide ballottant tristement entre ses pattes.

Pour moi, par delà les années, la petite gouline blanche de Tatan Bique danse toujours dans le soleil de juin, tout au bout du champ de Derrière, parmi les herbes folles, comme le ferait une grosse marguerite balancée par le vent. Comme je vois encore tourner autour de moi les coiffes qui ont environné mon enfance.

Berbi-Courte et Guernouilla

« P'tit Louis, presse té de manger ta soupe, t'es le dernier ! », dit Maman.

Je suis assis dos au feu, ventre à table. La meilleure place pour observer les coiffes des grand-mères qui dodelinent à chaque mouvement du buste, et le ruban de la gouline qui frôle l'assiette de la petite tante. J'ai devant moi une assiette « calotte », généreusement garnie, comme il sied à un futur laboureur, d'une mixture dont les milliers de petits yeux jaunes me regardent entre les tranches de pain trempé et les débris de feuilles de chou.

C'est qu'ici on ne mange pas selon son goût, on mange, trois fois par jour, la soupe que Maman a faite pour plusieurs repas, dans une marmite de douze litres dont le couvercle fêlé laisse la fumée communiquer un léger goût au bouillon, les jours où les rafales de vent d'ouest la font refluer jusque dans la maison.

A cette époque, outre le fait d'apprendre très tôt à s'accommoder de tout, ce qui sera très utile plus tard, en particulier « chez les autres », la soupe est considérée, juste après le lait, comme un aliment essentiel pour les enfants, qu'elle aide grandement à « profiter ». La soupe à n'importe quoi, la maturité de tel légume du jardin dont il faut impérativement tirer parti avant qu'il ne se perde, et le temps disponible pour la préparation guidant seuls le choix de la ménagère. La soupe de potiron, en automne, bien jaune, bien onctueuse, dont on se barbouille avec délices ; celle qui laisse une large bordure orangée à la moustache des hommes ; qu'ils suçotent ensuite à petits coups de langue gourmands, en faisant « Humph, Humph ! » L'infâme soupe aux choux pommés, l'hiver, surette dès le premier jour, franchement aigre quand elle est réchauffée, le lendemain. L'infecte soupe à l'oignon, en toutes saisons. La délicate soupe à l'oseille, dans laquelle on casse un œuf au dernier moment, juste avant d'ajouter un peu de crème fraîche. On se disputera pour savoir qui mangera les gros morceaux de blanc d'œuf déposés au fond de la soupière. Un régal. La soupe de choux verts, de brocolis prélevés sur les rameaux des choux à vaches, juste avant qu'ils fleurissent. Son bouillon constitue la seule nourriture autorisée pour accompagner la purge d'huile de ricin, chaque printemps, car « il fait aller ».

Il y a la soupe mitonnée, la panade, pour laquelle on garde tous les croûtons durs, parfois légèrement moisis, du pain boulangé à la ferme. On les fait bouillir longuement à petit feu, on ajoute, là encore, une cuillerée de crème fraîche, et houp ! Les croûtons réduits en pâtons onctueux, s'avalent tout de course, il n'y a qu'à serrer les oreilles, comme dit mon père. Il y a la soupe au lard, ou à la joue de porc conservée dans le sel, ou encore la soupe à l'andouille. C'est un bouillon huileux, horrible à avaler. Mais que diriez-vous d'une bonne soupe aux pois, avec un brin de sarriette ? Surtout s'il s'agit de Soissons, de pois « Bouquet », gros comme une fève, qu'on laisse éclater dans la bouche comme une prune. Et de tant d'autres soupes dont chaque ménagère connaît la recette, apprise dès son enfance ou fruit de sa propre expérience, mais que chaque marmite de fonte noire va marquer de son propre goût. Si bien qu'aucune n'est pareille. « T' iras voir autre part si la soupe est meilleure » entend-on dire souvent.

Des soupes qui prennent un temps fou à confectionner.

D'abord réunir les ingrédients nécessaires, aller serrer la soupe au fond du jardin ou dans un coin de champ, à moins que, l'hiver, la ménagère ne batte des haricots secs dans un sac en maniant le fléau comme un homme ; éplucher la soupe, souvent des légumes avariés, ou racornis et souillés de terre ; attiser la soupe, c'est-à-dire, deux heures durant, se déranger toutes les dix minutes pour rassembler quelques brindilles sous la marmite ; écraser la soupe, avec un pilon de bois, devant le feu, les cheveux dans la fumée, la marmite étant descendue de la crémaillère ; tailler la soupe à l'avance, émincer de fines tranches de pain rassis au fond des soupières. Ni trop peu, car les hommes n'ont que faire d'une bérouet, ni trop, car si la louche tient debout dans la soupière, c'est une vulgaire soupe de maçon, autant dire du mortier… enfin tremper la soupe, non sans avoir au préalable jupé pour la soupe les hommes encore aux champs.

Hélas, quand la ménagère s'est absentée, ou si elle est malade, le mari trouve en rentrant l'âtre refroidi, et il n'y a ni soupe ni bérouée à manger. Lui-même, s'il s'attarde au moment de se mettre à table, goûtera la soupe à la grimace…

« Tu vas manger ta soupe, t'entends ben », gronde Papa. Puis, radouci : « D'abord la soupe, ça fait grandir ! »

Grandir ? Pour quoi faire ? Pour aller à l'école, comme Georgette, ma grande sœur, qui ramène chaque soir des brassées de leçons qu'elle doit apprendre par cœur, assise sur le seuil, ou devant le feu, pendant que Maman finit de traire les vaches, et que, accroupi sur une botte de paille, tout près du petit veau, je surveille les chats fripons qui n'ont de cesse de tremper leur menton dans les seaux débordant de mousse tiède ? Moi j'aime bien l'entendre, un peu, par exemple quand elle rabâche, en chantonnant sur une seule note et en se dandinant d'avant en arrière, les yeux dans le vague, la liste des Capétiens, comme elle dit : Hugues Capet, 987 à 996, Robert le Pieux 996 à 1031, Henri 1er…

Après, je m'embrouille, je mélange tous ces bonhommes-là et j'attends qu'elle ouvre un de ses cahiers à couverture noire pour réciter mot à mot avec elle :

Jeanne était au pain sec dans le cabinet noir
Pour un crime quelconque…

Cette histoire de petite fille enfermée au cachot, et de grand-père grondé me passionne, et j'ai hâte d'arriver au dernier vers :

… Moi aussi, j'irai vous porter des confitures.

Aller à l'école ? Alors qu'il fait si bon ramasser des pommes, les après-midi de septembre, quand le soleil bas filtre à travers les feuilles du pommier qui se teintent de rouge, et qu'à genoux sur l'herbe molle, dans l'odeur sucrée qui saoule un peu, on regarde les fruits vermeils s'amonceler dans le panier de viornes, par jointées de six ou huit en écoutant les grand-mères et la tante Marie raconter, raconter, raconter…

Car il s'en dit des choses, ces après-midi là, quand les heures coulent doucement sans qu'il soit besoin de les compter, et que les sacs de jute marqués de la cigogne des Potasses d'Alsace se gonflent un à un – quatre paniers remplissent un sac – et restent dressés comme des bonshommes au pied de l'arbre, jusqu'à ce que mon père les charge dans le tombereau en passant.

A chaque pommier la même scène se reproduit. On m'envoie d'abord ramasser les pommes éparses, jetées au loin par les coups de gaule. J'ai, pour cela, un petit panier fait exprès pour moi. Déjà les grand-mères se sont agenouillées sur un tortis de paille de seigle, car elles ne peuvent plus travailler le dos courbé. Et elles vont se traîner à genoux, décrire des cercles concentriques autour du tronc, se croiser parfois, coiffe contre coiffe, la plus valide seule se relevant, avec un « Ah ! Oulà ! » de douleur, pour vider les paniers dès qu'ils sont tous remplis. Des paniers fabriqués par mon père pour des vieilles gens, ni trop lourds, ni trop grands, à leur mesure. Chacune gardant une préférence pour *le sien*.

Quand le hasard les rapproche, leurs paroles se font murmure. Quand elles s'écartent, je comprends quelques mots, mais on ne prononce jamais de nom. On parle de c'ti-là qui avait vendu des œufs couvés sur le marché, voilà bien longtemps. De c'ti-là de la Tuilerie, ou de la Brosse, dont l'ouvrage est toujours faite, et bien faite, en heure et en temps. De ceux-t-là qui, au contraire, « n'avangeant à ren » parce qu'ils ne se tiennent pas à l'ouvrage…

Cependant cela ne va pas sans heurts, quelquefois : Clémentine, ma grand-mère Fontaine, c'est Bonnétable, avec des fermiers importants, des commerçants aisés, une grosse scierie, avec des ouvriers, un archiprêtre, des vicaires. Avec Mossieu le Duc. La tante et Stéphanie, c'est Prévelles, un petit monde uni par le travail et le gagne-petit dans une fraternité qui n'exclut pas une certaine confrontation d'idées : on est Chouan ou Républicain, et on ne se l'envoie pas dire. Mais du moins on ne se jalouse pas.

Il leur arrive aussi de s'esclaffer, assises tout à coup sur leurs talons, à l'évocation de quelque souvenir drôle. Telle l'histoire de c'ti-là qui s'était risqué, un soir de ribote, à descendre par cette grande cheminée plate, toute en briques rouges, qui se dresse encore, pas bien haut c'est vrai, sur un pan du toit d'une petite maison située face à l'église. Qu'allait-il chercher là, je vous le demande ? L'amour de quelque esseulée, sans nul doute, en jouant sur l'effet de surprise. Mal lui en prit, en tout cas ; il tomba malencontreusement à cheval sur le tirant de fer qui la traverse en son milieu. Les deux compères qui l'avaient aidé dans son escalade ayant décampé, notre Don Juan se trouva bien embarrassé, tel le bouc de La Fontaine prisonnier au fond de son puits, en fâcheuse position et dans l'impossibilité de s'en tirer tout seul. Par chance, cette nuit-là, Ludovic Barbet, le bimbelotier, veillait, à cinquante mètres de là, sur une fournée de coucous et de ménageons de terre blanche. Ayant entendu des appels au secours, il s'en fut quérir mon oncle le charpentier, son complice de toujours. A eux deux, en s'aidant de cordes, ils tirèrent le malheureux de sa mauvaise posture, non sans mal. Tout le village a bien ri, mais seulement des années plus tard lorsque, le héros ayant pris de l'âge et s'étant éloigné des lieux de son exploit, ses sauveteurs se sentirent déliés de leur obligation de réserve.

Oui, on en fait des choses, à cinq ans, quand on est mêlé tout le jour à la vie des grandes personnes. Labourer, par exemple. Pas longtemps, bien sûr. Juste un tour de charrue, cramponné aux mancherons de bois devant Papa, en marchant dans la raie. Le temps de sentir l'outil qui vibre, tangue, se couche un peu, se redresse, plonge dans la terre qui se refuse et finit cependant par céder, tandis que se déroule sous le versoir le large ruban brun, piqué de chaumes grisâtres et de racines fourchues, et que des dizaines d'insectes, de mille-pattes, de vers de terre, affolés quelques secondes, cherchent abri sous une motte. Ah ! Ces odeurs mélangées, douceâtres et âcres à la fois, de la terre tiède, des herbes écrasées ! L'odeur forte, chaude, de la Biche, la grosse jument pommelée, en plein effort. Et cette musique, qui enfle, diminue, reprend, au rythme de l'avancement, faite de crissements, de mille frottements de cailloux sur l'oreille de fonte, de cliquetis de chaînes, de craquements de collier, ponctuée par le pas pesant et régulier de la jument sur la terre meuble, boum, boum, boum, cette musique, cette chanson plutôt, on peut l'entendre, dites-moi, à l'école ?

Manger cette soupe, pour grandir, pour quitter tout ça ? Bien sûr que non !

Mais voici venir l'orage. Autour de moi, les assiettes se sont vidées, deux fois déjà, dans un raclement de cuillères d'étain sur la faïence rude. Avant peu, un magistral coup de casquette – la honte ! – viendra me rappeler qu'il est inutile d'insister, que de toute façon, jamais on ne cédera à mon caprice. Il y aura des larmes…

« Berbi-Courte, viens-t'-en manger ta soupe ! »

Qui est, d'abord, cette Berbi-Courte ? Brebis ? Il n'y en a

jamais eu beaucoup, je crois, dans ce coin de Sarthe. Nos terres sont trop bonnes, dit-on, et nos prés trop mouillants, pour que cet élevage y prospère beaucoup. Chèvre, plutôt. La chèvre, présente dans chaque petite ferme, le plus souvent unique, attachée à un piquet, ou dans les haies qu'elle se charge d'élaguer chaque été. Ou encore en liberté dans un petit enclos – le clousiau à la bique – dont la clôture pleine de trous lui permettra de revenir libaner dans la cour, au gré de son humeur vagabonde, malgré le tribart fixé à son cou. Peut-être même viendra-t-elle à votre rencontre, curieuse de tout, avec son profil sérieux, adouci par deux yeux gris bleu ou bien marron clair qui semblent toujours prêts à sourire de quelque inavouable facétie exécutée à vos dépens. Compagnon de jeux, ou souffre-douleur c'est selon, des gamins de la ferme qu'elle a souvent nourris de son lait. Sujet de discorde, à coup sûr, dans le voisinage, à cause des géraniums régulièrement tondus sur les appuis de fenêtres. Accusée, avec raison, par les propriétaires-bailleurs de détruire les haies en compromettant leur repousse chaque printemps. Oui, chèvre, sûrement. Mais pourquoi « courte » ? Si ce n'est précisément pour être plus proche des enfants auxquels la comptine, de toute évidence, est destinée.

Voici le décor planté. De ma place à table je l'imagine bien, Berbi-Courte, dans la brume du soir, mâchonnant quelque laiteron à la sève âcre en narguant sa maîtresse qui se morfond de peur en songeant au loup.

« Berbi-courte, viens-t'en manger ta soupe, a lancé Mémé pour sauver la situation.

– Non, j' sé trop ben dans mon pâturas, réplique la tante dont les petits yeux brillent, tout à coup.

– Eh ! ben j' vas dire au loup qu'i vienne te manger ! Loup, viens manger Berbi-Courte. Berbi-Courte n' veut point s'en v'ni manger sa soupe.

– Non, j' sé trop ben dans mon bouas, intervient grand-père.

– Eh ! ben j' vas dire au chien qu'i vienne te mordre ! Chien, va mordre le loup. Le loup veut point manger Berbi-Courte, et Berbi-courte, etc.

– Non, j' sé trop ben dans ma nige, dit un autre.

– Eh ! ben j' vas dire au triquet qu'i vienne te battre. Triquet va battre le chien. Le chien n' veut point et le loup etc. Et Berbi-Courte, etc.

– Non, j' sé trop ben dans mon fagot.

– Eh ! ben j' vas dire au feu qu'i vienne te brûler ! Feu, va brûler l' triquet, etc.

– Non, j' sé trop ben dans mon fouyer !

– Eh ! ben j' vas dire à l'iau qu'a vienne t'éteindre. L'iau, va éteindre le feu. Le feu etc. Le triquet etc. Et Berbi-courte…

– Non, j' sé trop ben dans ma seille, finit par dire Maman.

– Eh ! ben j' vas dire au viau qu'i vienne te boère. Viau, va boère l'iau. L'iau etc. Et Berbi-courte etc.

– Non, j' sé trop ben dans mon écurie ! Une dernière fois, Mémé s'adresse à la cantonade.

– Eh ! ben j' vas dire au boucher qu'i vienne te chercher. Boucher, viens chercher l' viau etc.

Finalement, tout le monde est intervenu à tour de rôle, sauf mon père qui se réserve le rôle du boucher. Celui qui fait mourir alors que nous sommes de ceux par qui la vie est donnée.

– Eh ! ben j'y vas, lance-t-il avec emphase. Et les interprètes, en chœur : « L' boucher veut ben v'ni chercher l' viau, le viau etc. Et Berbi-courte veut ben s'en v'ni manger sa soupe.

Comment résister à cette douce coalition ? Ne vaudrait-il pas mieux faire la paix ? Avaler sans goûter ce bouillon refroidi que pas une maman d'aujourd'hui n'oserait présenter ?

Si j'ai retenu l'histoire de Berbi-Courte, c'est à n'en pas douter parce que la recette m'a été appliquée bon nombre de fois.

C'est aussi que je n'ai pas oublié la tendre présence, autour de ma petite enfance, de ces coiffes toutes pareilles au premier abord, mais dont aucune, pourtant, ne ressemblait à l'autre. Chacune livrait un peu de sa propriétaire, rien qu'en soulignant son port de tête, en amplifiant les mouvements de son cou. Il y avait, bien sûr, la coiffe « galette » de Maman, très blanche, qu'elle mettait seulement pour aller au marché, ou les jours de fêtes. Coiffe semblable à celle qu'elle portait quand elle posait dans l'atelier du photographe, en 1915, afin d'envoyer au Papa sur le front « une photo de la petite ». Très large, cette coiffe, avec un fond brodé, elle lui faisait comme une auréole autour du visage. Je ne l'ai pas vue longtemps. Ayant remarqué, lors de ses séjours à la clinique du Mans, que les dames de la ville sortaient « en cheveux » ou, mieux encore, chapeautées, elle décida un jour de s'acheter, en cachette de tout le monde, un petit chapeau noir chez la modiste de Tuffé. Les jolies galettes rejoignirent, dans le grand tiroir de l'armoire où elles dorment depuis lors, les bonnets de bébé et la longue robe blanche des baptêmes. Stéphanie cacha son dépit devant la dépense somptuaire de sa belle-fille. Papa cacha sa surprise de voir sa femme vêtue comme une villotière et coiffée d'un galurin. Mes tantes, ulcérées de ce manquement à la réserve d'usage dans notre famille et, qui sait, peut-être un petit peu envieuses mirent quelque temps à lui pardonner. Jusqu'à ce qu'elles-mêmes… « Faut ben faire comme tout l' monde ! »

Restèrent les coiffes des Grand-mères, et la gouline de la tante Marie. Les petites coiffes toutes simples, sans aucune broderie, de Grand-mère Blin et de Mémé. Quelque peu enfumées en fin de semaine. Mises à bouillir avec le linge blanc, rincées à l'eau du puits teintée par une boule de « bleu d'outremer » enfermée dans un nouet de toile, elles étaient repassées au fer ordinaire, simplement humectées d'eau additionnée de quelques morceaux d'amidon « Rémy ».

La coiffe large, très belle, de Grand-mère Fontaine – Clémentine – sur laquelle celle-ci posait délicatement, debout devant la grande glace encadrée de dorures posée sur la cheminée prussienne, une frileuse blanche. Léger carré de laine grise replié en bandeau noué sous le menton, en serrant juste ce qu'il faut pour ne pas casser l'arrondi de la coiffe. Une grosse épingle blanche piquée sur le devant achevait de donner belle allure à l'ensemble. Mais gare au coup de vent brutal, à l'averse subite qui faisaient dévirer le tout ! Gare au coup de queue de quelque vache énervée par les mouches ! Gare à la ronce traîtresse pendant au-dessus de la rote qui longe une haie et dont un seul piquant suffisait pour arracher d'un coup le bel édifice, et la faisait rentrer à la maison toute penaude, sa coiffe à la main, couronnée de deux tresses grisâtres. Car il va de soi qu'on ne peut ajuster une coiffe que devant un miroir. De même qu'il est impossible de se coiffer quand un rhumatisme dans l'épaule vous empêche de lever un bras, et vous condamne à être dépendante de l'entourage, ou tout simplement à finir ses jours, été comme hiver, en petit bonnet tricoté de laine noire, ce qui est vécu comme étant la déchéance suprême. « Alle est ben de r'bas, allez, v'là qu'a peut pus s' coëffer ! » Dieu sait quel souci elles se donnaient, nos grand-mères, pour apparaître toujours coiffées dès le matin malgré les travaux salissants, quitte à finir la semaine, pour ne pas trop se coûter en blanchissage, avec des goulines passablement défraîchies…

Ces coiffes-là restent pour moi liées à une foule de souvenirs heureux, tendres, jamais retrouvés. Sans pour autant qu'il soit question de gâteries coûteuses – personne n'en avait les moyens – ni d'un quelconque manquement à une éducation quelque peu sévère qui ne badine pas avec certaines disciplines. S'agit-il de me faire percevoir quelque danger, plus sûrement qu'une interdiction systématique dont on n'est jamais sûr qu'elle sera strictement observée ? Par exemple le risque très réel de s'approcher d'un puits, d'une mare. Il y a le Guernouilla.

C'est que les noyades d'enfants sont encore fréquentes à cette époque. L'attrait de l'eau a toujours été puissant pour des garnements lâchés en permanence en toute liberté dans la nature. Surtout en ce qui concerne les puits.

Si vous n'êtes pas du pays, ou si vous êtes nés dans le dernier quart de ce siècle, il faudrait que je vous décrive nos puits sarthois. Ces petits monuments de pierre, cylindriques, qui ont remplacé depuis 1900 les antiques constructions en planches, en forme de pyramides, et à la margelle de bois pourri. Munis d'un rouet en bois actionné par une ou deux manivelles qu'on appelle anneilles, autour duquel s'enroule un câble d'acier ou une chaîne rouillée qui sert à remonter le seau accroché au moyen d'une gargouille. Coiffés d'une calotte conique en maçonnerie, dont la pointe est faite d'un pot à lait renversé, recouverte, le plus souvent, d'herbes folles ou d'une touffe de joubarde dont les feuilles grasses, écrasées et appliquées en cataplasme, sont souveraines pour faire mûrir un panaris, et vous tirent le mauvais sang plus sûrement que les remèdes du pharmacien.

De nos jours, il en est encore, dont le chapeau penche de côté, tristement abandonnés au milieu d'une parcelle de terre récemment agrandie, qui attestent malgré tout que voilà peu d'années, des femmes sont venues ici, d'innombrables fois, par un sentier étroit et glissant, puiser l'eau nécessaire pour bêtes et gens. Car le puisage et le transport de l'eau étaient essentiellement travaux de femmes, tout comme les hommes devaient assurer, sous peine de déchoir, l'approvisionnement en bois de chauffage. L'été, rarement aidées par les hommes occupés aux champs, c'étaient les femmes qui devaient remplir les baquets de bois qu'il fallait maintenir pleins sous peine de voir le soleil disloquer les douelles en quelques heures. Cela dès que la sécheresse avait réduit les mares, simples trous d'eau creusés dans l'argile aux abords de chaque petite ferme, en marigots nauséabonds, tout juste bons à faire les délices de deux ou trois canes de Rouen dont le jabot moiré se souillait à peine au contact de la vase tiède constellée de millions de lentilles d'eau. L'hiver, par grande gelée, la couche de glace rendait l'approche des mares dangereuse pour les animaux. Là encore, il fallait puiser et amener l'eau aux vaches restées à l'étable, ceci en dépit de l'onglée, de la bise qui certains jours collait la peau des mains à l'anse du seau.

Il existe encore d'autres puits, plus chanceux, parfaitement ronds, ventrus, qui semblent faits pour durer toujours. Édifiés souvent en bordure du chemin, au centre d'un hameau, ils servent de repère au voyageur égaré qui demande son chemin : « C'est pas loin, y a que la route. Mais quand vous verrez le puits, vous serez trop loin, c'est la ferme d'avant ! »

Construit en 1902, après entente entre les cinq familles qu'il alimenterait en eau potable, le nôtre était de ceux-là. Par chance, le sourcier, qu'on était allé quérir très loin, en carriole, ne s'était trompé ni sur le débit de la source – personne n'a jamais pu la tarir – ni sur son emplacement, à égale distance entre chacun des membres de la communauté.

Le va-et-vient des seaux, l'un montant quand l'autre descend, avait pour moi un attrait fascinant, de même que l'irruption, au bout de la chaîne enroulée, du seau de bois débordant, tandis que nous parvenaient amplifiés les bruits successifs des gouttes d'eau retombant au fond en molles cascades et le choc sourd du seau vide touchant brutalement la surface de l'eau, suivi de gargouillements mystérieux. Le Guernouilla ?

Quelle tentation de s'approcher doucement, de s'agenouiller, de se pencher pour regarder ce qui se passe au fond de ce trou béant d'où montent, l'hiver, de perfides vapeurs ! Et c'est là encore, pour faire taire cette curiosité dangereuse, que les coiffes vont interviennent : « Mon p'tit gars, ne t'approche jamais du puits, car le Guernouilla pourrait t'attraper ! »

Le Guernouilla, c'est cette bête immonde, ce monstre, qui vivait au fond de tous nos puits, il y a plus d'un demi-siècle. Qui sait, peut-être y vit-il encore ? Pas la Salamandre – le Sourd – qu'on remonte parfois, par hasard, accrochée à l'anse du seau, gluante, hideuse dans sa robe orange et noire, et qui fixe d'un œil stupide la lumière du jour qu'elle semble découvrir pour la première fois. Que l'on s'empresse de jeter avec le seau d'eau, vite, avant de lui écraser la tête à coups de sabot, parce que c'est une bête *velimeuse*, et que rien que d'y toucher fait venir des boutons sur tout le corps...

Ce n'est pas non plus l'innocente couleuvre venue se lover sur la margelle de pierre, certains jours de canicule, et qui paie souvent de sa vie, elle aussi, sa recherche de fraîcheur. Non, ce petit monde-là, si repoussant qu'il soit, fait partie de nos rencontres quasi quotidiennes avec la nature, et n'est pas fait pour nous émouvoir.

Mais le Guernouilla, c'est autre chose. Bien entendu, personne ne vous dira au juste comment c'est fait. Ce qui est sûr, c'est qu'il n'y en a qu'un dans chaque puits, et que ça mange tout crus, savez-vous, les petits enfants qui s'aventurent à se pencher par dessus la margelle, ne fût-ce qu'un petit peu, pour voir comment c'est fait là-dedans. Cela, toutes les grand-mères le savent, mieux encore que les parents. Aucune ne démentira l'autre. Surtout pas ma Mémé qui, pourtant, ne ment jamais, parce que mentir est un péché... Pas plus que la vieille voisine, qui vient péniblement au puits deux fois par jour, appuyée sur son bâton, avec un petit seau qu'elle ne remplit qu'à moitié.

En ai-je posé des questions, tout comme les autres enfants je suppose, sans que ma curiosité soit jamais satisfaite. Jusqu'au jour où mon père, me jugeant sans doute assez raisonnable, me prenne la main pour me faire agenouiller tout contre la margelle, un jour de grand soleil. Et, non sans avoir enlevé nos casquettes de crainte qu'elles ne tombent à l'eau, ensemble, nous avons regardé. Vingt-trois mètres plus bas, dans un rond d'eau claire au fond du trou noir, j'ai vu nos deux visages rapprochés, déformés par une perpétuelle agitation du miroir. Mais pourquoi ces gargouillements, ces borborygmes, ces glouc, glouc étranges ? Dites, vous êtes sûrs, vous, qu'il n'y a pas de guernouilla dans le puits ?

... Un jour, pourtant, il faudra bien s'arracher – ou qu'on m'arrache ? – à cette douceur, à cet univers protégé. Affronter le Monde, en commençant par celui de l'École et de son pendant le Catéchisme. Mais je n'ai que cinq ans. Laissez-moi encore un peu de temps. Encore un an. Le temps de vous parler – encore – de Mémé.

Aujourd'hui est comme hier

Celui de Mémé est « un jardin de bonne femme ». Tout y pousse sans ordre apparent. Là où le hasard a fait germer une graine, on trouve un pied de ces giroflées jaunes, si odorantes, qui foisonnent aussi sur les murailles et sur la calotte des vieux puits. Là où un merle a laissé choir un noyau de cerise aigre il y aura un cerisier, dont on supposera, à ses fruits, qu'il est issu de tel ou tel arbre du voisinage. Un voisin nous fait-il cadeau de quelques pêches ? On garde le noyau de la plus belle et on le met à sécher quelques temps sur la tablette de la cheminée. Jeté avec d'autres, à l'égaillée, dans le jardin, il donnera peut-être naissance, avec un peu de chance, à un petit pêcher dont on attendra le temps qu'il faudra, sans hâte inutile, pour savoir si ce sont des sanguines, des pêches blanches à noyau rouge ou un hybride quelconque, ou bien encore certaine petite pêche jaune à peine comestible. A la volonté du Bon Dieu !...

La haie de clôture, charme et aubépine mélangés, est parsemée de pruniers qui n'ont jamais été plantés. Issus de drageons poussés sur quelque racine, ils donneront d'eux-mêmes, à profusion, sans qu'on le leur demande, de ces prunes violettes, précoces, qui vous *emportent la goule*, mais qu'on ne laissera pas perdre cependant car ce sont les toutes premières, et elles sont excellentes, cuites avec beaucoup de sucre cristallisé, en enguias (1). Quand il y en a trop, les voisins en profitent. On les nomme d'ailleurs « prunes de cochon » en souvenir de cette brave fer-

(1) Enguias : compote de prunes.

mière qui s'en fut un jour, dit-on, en porter un plein panier au presbytère : « Monsieur le Curé, j' vous apportons des prunes, nos cochons n'en voulant pus ! » Quelques-uns cependant, greffés par mon père, produisent de superbes Reine-Claude, qu'on nomme abricots, dorés, avec un côté rose, pleins de soleil. Quel régal, avec du pain frais, à la collation de quatre heures !

Sans nul doute, les allées ont été tirées au cordeau, il y a bien longtemps. Mais un jour on a planté un rosier, en bordure. Tout près de l'allée, pour qu'il n'empiète pas trop sur le terrain. Un vrai rosier, rose, dont les fleurs sentent la rose, et non pas le soufre. Dans certaines paroisses les petites filles en robe blanche en jettent les pétales en jonchée parfumée sur le passage des processions de Fête-Dieu. Ici, on en fait provision, on les laisse sécher doucement à l'ombre sur la table de la chambre. Infusées, elles seront précieuses pour baigner les yeux, en cas de conjonctivite, ou pour soigner les grains d'orge [1] d'un enfant anémié. Mais on ne taille pas un tel rosier, sauf s'il faut rogner, d'un coup de faucille rageur – Ah ! Sapré mâtin !– la branche folle qui accroche la coiffe au passage. On en fait donc le tour, et au fil des ans il est devenu buisson ardent. L'allée, docile, décrit un arrondi de trèfle blanc parsemé de plantain et d'agrostide. Détruire cette dernière qui cherche à ramper sur la terre meuble ? Vous n'y pensez pas ! Que mangeraient nos lapins ? On ne va pas leur sacrifier, comme le font certains, un carré de bonne terre en l'ensemençant de luzerne, dès lors que le désherbage du jardin, et l'herbe des bermes de la route leur fournissent gratuitement la verdure de l'été et le fourrage de l'hiver...

L'allée centrale se termine sur un carré de bourrache, plus fouillis que parterre, dont on récoltera les fleurs à la Saint-Jean [2], en même temps que celles du sureau et du tilleul, les feuilles de noyer, l'aigremoine, les pousses de ronces. Séchée à l'ombre et mise en paquets enveloppés d'une feuille de *l'Écho Régional de l'Ouest* suspendus à la charpente du grenier, cette réserve digne d'un apothicaire soignera le voisinage, bêtes et gens. Les rangs d'échalotes, de carottes ou de pois sont cependant écourtés, en un bout, par quelques touffes de Coeur-de-Marie, que nous appelons Saint-Esprit, et de lis immaculés dont la floraison, aux approches du 24 juin, nous renseigne sur la date probable de la moisson.

---

(1) Grain d'orge : orgelet, encore appelé compère-loriot.

Autant de jours avant la Saint-Jean, autant de jours avant la Madeleine [1].

Tout au fond, près de la haie, les asters mettront à l'automne une touche violette qui sent la Toussaint comme son voisin le Romarin sent la Mort, car il n'est ici que pour fournir au besoin ses feuilles parfumées qu'on brûlera dans une assiette, en présence d'un défunt.

Ce n'est certes pas là le *Jardin Extraordinaire* de Trenet, et il n'est pas issu de mon imagination. C'est le jardin de Mémé.

Car il y a un maître dans ce domaine. Un maître assez vigilant pour faire en sorte que rien ne se développe qui ne soit utile ou comestible. La fleur vient par dessus le marché, s'il y a de la place. La Monnaie-du-Pape et le Pied-d'Alouette se contentent d'un rien de soleil et d'humidité ? On les laissera en liberté sous un pêcher, là où pâtiraient les pois ronds [2]. Les petits rosiers rouges aiment le voisinage de la haie. Qu'ils poussent en liberté, tant qu'ils voudront ! Et puisque les gadelles [3] font bon voisinage avec les ronces, entre deux cépées de charme, c'est tant mieux, leurs tiges épineuses renforcent la clôture. Mais le dahlia, gros mangeur de lumière et de bonne terre n'a pas de place ici. Pas plus que l'asperge, mets de bourgeois et dévoreuse d'espace. Seules exceptions, trois jacinthes, autant d'œillets de Pâques, annonciateurs du printemps, une touffe de pivoines blanches et les petits mirlitons blancs ou roses, en bordures ou en tapis. Limités, toutefois, à coups de pelle impitoyables, à chaque bêchage : « Faut pas se laisser manger par les bouquets [4] ! »

Celle que nous retrouvons ici, caraco noir, jupe grise, tablier bleu, c'est Stéphanie. C'est ma Mémé. On peut la voir chaque jour bêcher, casser les mottes à coups de pelle, semer, biner, ainsi qu'elle le faisait autrefois dans les champs. Stéphanie qui, ayant laissé la ferme à Alphonse en 1913, s'est retirée, comme on dit. Assez éloignée, à cent mètres, pour être chez elle. Assez proche pour ne rien perdre de ce qui fait encore sa vie de tous les jours : les allées et venues des bêtes et des gens de la ferme. Et aussi –

(1) Fête de Saint-Jean-Baptiste, le 24 juin. Considérée comme le jour où les plantes médicinales contiennent le maximum de principe actif. Sainte Marie-Madeleine : le 22 juillet.

(2) Pois ronds : petits pois.

(3) Gadelles : groseilles à maquereau.

(4) Bouquet : toute fleur décorative. Un géranium est un bouquet.

quelle chance pour eux – pour que ses deux petits-enfants viennent chaque jour, à tour de rôle, suivant leur âge respectif, pour prendre des nouvelles du chat, croquer quelques noisettes, humer l'odeur du petit fricot qui mijote sur le caignard, ou bien bavarder sérieusement, prendre conseil.

Chance aussi pour elle-même, au soir de sa vie, de n'être pas morte à la tâche, comme tant d'autres à cette époque où l'on ne parlait pas de « prendre sa retraite ». Chance d'avoir pu acquérir à temps sa « maison de retirance », même s'il ne s'agit que d'une maisonnette en torchis, bordée d'une courette et d'un jardin clos d'une haie vive. Même si elle doit y vivre avec sa mère, de presque rien, des légumes du jardin, d'un litre de lait pris à la ferme chaque jour, et d'une *soupe au beu* achetée de temps à autre au boucher ambulant.

Vingt-sept années elle pourra ainsi, tout en hébergeant sa mère – celle que j'appelle Grand-mère Blin – profiter enfin de la vie pour ce qu'elle nous apporte chaque jour. Attentive à chacun, plus que jamais, prête à rendre service dans la limite de ses forces. Sans autre récompense que celle de vivre en paix. Elle m'apprendra, entre autres, ce qu'est la sérénité.

Cependant, vers 1926, je l'ai vue, pour se faire quelque argent, faire du filet pour le compte d'une maison de Bonnétable, qui fournissait du travail à domicile à nombre de femmes de la région. Elle allait à pied, à 6 kilomètres, et ramenait dans son panier noir de longs écheveaux de fil blanc qu'elle plaçait sur un dévidoir en bois léger que j'aimais regarder tourner. Mis en pelotons, le fil, dans ses mains rudes, devenait fond de rideaux qu'elle livrait à d'habiles femmes du bourg qui exerçaient à domicile le métier de brodeuses sur filet.

La mécanisation des ateliers mit rapidement un terme à cette activité complémentaire, d'ailleurs chichement payée. Ne resta que la vente de quelques dizaines de lapins, les années où les quatre ou cinq mères voulaient bien prendre le mâle au temps de la pousse de l'herbe, et quand la maladie dite du gros ventre [1] ne semait pas l'hécatombe dans le clapier, car il n'existait aucun médicament, mis à part l'huile de ricin diluée dans du café chaud, qu'on faisait prendre de force au moribond, à la petite cuillère.

Ah ! J'oubliais les six poules. Nourries de l'herbe de leur courette, de petites pommes de terre cuites, de quelques poignées d'épis glanés derrière la faucheuse, gorgées de toutes les limaces, de tous les vers de terre, escargots, mille-pattes ramassés un à un à chaque bêchage du jardin « pour leur graisser la pecque », et récompensées d'un croûton de pain dur quand elles venaient crételer joyeusement à la maison sitôt qu'elles avaient pondu sur la masse du four, à laquelle elles accédaient par une échelette.

En ai-je passé des heures, assis sur la huche, à les regarder toutes deux, dans le silence coupé seulement par l'énorme, le lancinant tic-tac de la pendule, et le froissement léger de pages pieuses, noircies à force d'être tournées entre pouce et index mouillés de salive, aux passages marquants de l'année liturgique !

Il n'est pas facile à meubler, ce silence, quand elles sont absorbées à leur lecture respective. Alors on me donne en pâture quelque triste almanach du *Pèlerin*, à la couverture violette, ou bien le *Vermot* de 1923, dont les premières pages sont remplies de petites photos de messieurs barbus dont on me dit avec respect que ce sont des Députés. Il y a aussi le bulletin, tout vert, de Marie-Reine du Clergé, le funèbre bulletin de Notre-Dame de Montligeon, triste comme on doit l'être en Purgatoire, les *Annales de la Propagation de la Foi*, l'œuvre fondée en 1822 par Pauline Jaricot, avec de jolies photos où l'on voit, sur fond marron clair, des Pères blancs à longue barbe, coiffés du casque colonial, au milieu de négresses en boubou escortées de leurs négrillons tout nus. Mais pourquoi ceux-ci ont-ils le ventre si gros ? Peut-être mangent-ils trop de soupe ?

Quelquefois on sort précautionneusement du tiroir de l'armoire, exprès pour moi, quelques chansons, petits formats violemment coloriés où dominent le vert et le rouge, édités chez Pellerin à Épinal : *Damon et Henriette*, *la mère Michel*. Il y a aussi les quatre fils Aymond : Renaud, Guiscard, Allard et Richard, montés sur leur cheval Bayard. Il y a le *bon Roi Dagobert*. J'aime particulièrement certain couplet que Mémé rajoute chaque fois et que nous chantons en chœur :

Le bon roi Dagobert
Pétait en mangeant des pois verts
Le bon Saint Éloi
lui dit : ô mon Roi
Toujours vous pétez
Vous m'empoisonnez

– Hé bien ! lui dit le Roi
Pète, et ne dit pas que c'est moi...

Non point que l'on soit grossier chez nous. Tant s'en faut. Et si je m'enhardis parfois jusqu'à oser quelque juron entendu ailleurs, la sanction est immédiate : « Tu vas biser la terre ! » Il faut s'exécuter sur le champ, où que l'on soit.

Mais tout ce qui a trait aux besoins naturels du corps n'est point blasphématoire pour autant. Dans la journée, les femmes ne font pas mystère pour aller s'accroupir à l'écart, au pied d'une haie. Sans compter les rots et les pets sonores que chacun lâche au gré de ses besoins, sans gêne ni retenue. Et le pot de chambre, le Vase, le Jules en terre cuite, appelons-le comme vous voudrez, est, chez nous comme ailleurs, visible de loin, retourné sur un piquet de clôture non loin de la maison. En rentrant de voir les bêtes, le soir, après souper, on l'apporte au creux du coude, car il n'a plus de queue depuis longtemps... Les chats, endormis près du foyer, reconnaissent à cela qu'il est temps de nous quitter. Avant même d'entendre : « Allez ! Ouste, aux souris ! », ils déguerpissent et se fondent dans la nuit. Bien malin qui saurait reconnaître si ce sont leurs yeux, ou ceux de leurs congénères du voisinage qui flamboient dans la nuit.

Le silence, il est presque obligatoire entre deux personnes que leur surdité respective empêche souvent de dialoguer. A l'heure de goûter, Mémé mange quelquefois un fruit, avec une lichette de pain. Elle dit à l'intention de sa mère, en pelant des tranches de pomme, méticuleusement comme elle fait toutes choses : « Veux-tu du lait ? »

L'autre, plongée dans la lecture de la Bonne Nouvelle : « Les Aveugles voient, les Sourds entendent », ne bronche pas. Haussant le ton : « Veux-tu du lait ? »

– Hein ?

Le ton monte d'une octave :

– J' te d'mande si tu veux du lait ?...

– Ben, craille don pas si fô, j' t'entends ben ! »

Il y a loin des rives du Jourdain, ou des jardins de Samarie, à la petite maison de Prévelles. Le temps de revenir...

Parfois, c'est un vieux voisin qui allonge sa tête grise sur le seuil de la porte, dont on tient le bas fermé à cause des poules qui viennent boire à longs traits à même le seau rempli d'eau du puits, au pied de la huche. On ne se dit ni bonjour ni bonsoir, à quoi bon ? La route seule les sépare, et chacun sait parfaitement l'emploi du temps de l'autre, connaît presque ses pensées, et même ce qui mijote dans la petite cocotte en terre, sur les braises. Au fait, qu'a-t-on à se dire ? Rien, en vérité. Aujourd'hui est comme hier, simplement on a vécu un jour de plus ; l'hirondelle qui niche, comme chaque année, sous le hangar, est venue trisser très tôt ce matin sur la corniche du toit. Comme hier. Comme demain. Et cela, de la Pentecôte à l'Angevine [1].

Ce soir, s'il fait doux, les Renazelles de leur voix d'outre-tombe, vont entamer leur mélopée à la même heure qu'hier. Comme demain, si on est encore là pour voir ça... Et sur un « Hein ! Dame ! » qui veut tout dire, le père Médard va s'en aller comme il est venu, pour binoter, comme il dit, dans son champeriau [2] tout proche. Sa femme est morte d'un cancer à l'estomac, et j'ai souvent accompagné Mémé quand elle portait à la pauvre malade, décharnée à faire peur et plus blanche que ses draps, les premières fraises du jardin, ou bien, l'hiver, sa plus belle poire de Curé avec, par dessus tout, son amitié. Elle tenait ma main aussi, très droite car on ne s'incline pas devant la Mort, on lui fait face, le jour où nous lui avons ensemble, bravement, donné l'eau bénite, un peu comme on dit au revoir à des gens qui partent pour longtemps, mais qu'on reverra peut-être.

Debout, en équilibre dans leur tombereau vide, quelques fermiers passent, et nous font un signe de la main, sans mot dire car le cheval s'arrêterait pile, trop heureux de l'aubaine.

Certains jours, cependant, on voit du monde. Grr, Grr. C'est le boulanger de Prévelles. D'un coup de klaxon il rassemble, autour de sa camionnette, une personne par maison, munie soit d'un petit porte-monnaie, soit d'un carnet, le plus souvent d'un bâtonnet de noisetier fendu que le boulanger va encocher en le plaçant sur un double qui reste en sa possession. A la fin du mois on compte les coches et on a le nombre de pains de trois kilos à payer, sans qu'il soit besoin d'écrire. Pour quelques minutes le quartier s'anime. Chacun repart avec une miche énorme, à moins qu'on ne préfère un léger pain de trois livres, plus appétissant mais moins économique. On le réserve pour les jours où on a les dents mêlées, c'est-à-dire l'appétit coupé.

---

(1) Angevine : 8 septembre.
(2) Champeriau : petit champ, grand jardin où on peut faire pénétrer un attelage.

La mise en route de la camionnette nécessite tout un cérémonial. Le boulanger doit laisser sa sacoche de cuir à fermoir de laiton sur son siège de moleskine, et, longuement, à plusieurs reprises, lancer le moteur récalcitrant à la manivelle tout en tirant sur un fil de fer actionnant le starter. « Pour appeler l'essence », dit-il. Quand le moteur tourne, enfin, notre mitron a plus chaud que devant son four. Il arrache la manivelle, la jette sur le plancher de l'auto. « Sale chârte ! »

Ou bien c'est le charcutier de Bonnétable qui nous rend visite. Il ne passe que l'été, pour que nous mangions de la viande fraîche, car l'hiver, chaque petite ferme tuant son propre porc et en faisant profiter le voisinage, il aurait trop peu de clients. On l'appelle Pêt-Pêt-Pin-Pon, en imitant le son de la poire en caoutchouc qui lui sert de klaxon. Un mégot éteint vissé au coin des lèvres, un bout de crayon coincé sous sa casquette, au-dessus de l'oreille droite, il détaille quelques saucisses. Ou bien débite quatre grillades, à coups de couperet qui font trembler la camionnette, prélevées dans un morceau dont la couche de lard égale le maigre, et qui gît, sur les étagères en bois brut, tout près d'un bout de foie sanguinolent, de quelques pieds de cochon à la couenne brunâtre, d'une demi-tête vidée de sa cervelle, et de l'inévitable boudin noir. Le tout est pesé à la diable, sur une petite balance Roberval passablement malmenée, dont les plateaux et les poids de laiton sont souillés de vert-de-gris. Cela fait, il essuie ses mains graisseuses à un tablier qui en a vu d'autres, rallume son mégot, ramasse la monnaie, billets de dix francs verts, de cent sous mauves, jetons de dix, vingt et quarante sous en bronze d'aluminium à l'effigie des Chambres de Commerce, sous percés en nickel, pêle-mêle dans une bourse en toile graisseuse qu'il jette négligemment sur une étagère, avec la viande…

La bâche hâtivement rabattue il repart sans peine car son moteur était resté en marche, par prudence. et les cahots secouent la C4, la toile bat au gré du vent, la poussière vole. Pêt-Pêt-Pin-Pon… A cinq cents mètres de là, au hameau de l'Haltière, les ménagères préparent leur monnaie. A moins que, sorties sur la route pour ne pas le retarder, elles lui crient en passant : « Nous faut rin ! »

Son collègue, le boucher de Tuffé, n'est guère mieux achalandé quand il passe chaque samedi. Mais chacun s'en contente car ce sont de braves gens, très proches, au fond, de leur clientèle, attentifs à ne pas trop servir de tire taine [1], et pour laquelle ils n'oublient pas d'ajouter « un oûs pour la soupe » au moment d'envelopper la viande dans une feuille d'épais papier jaune et rugueux, où se voient encore quelques débris de paille grossièrement broyés.

Comme la porte n'est jamais complètement fermée tous les coureux [2] de la création viennent quémander quelque pitance. Un verre de cidre tout frais tiré, une épaisse tartine de fromagée que Mémé, qui n'aime ni les fainéants ni les gaspilleurs, exige qu'on mange sous ses yeux par respect pour le pain, et s'engage un bout de conversation.

« Y a point d'ouvraige par ici, vous savez bin, pourqué que vous allez pas en Biauce ?

– Ah ! ma pauve femme, v'là que j' peux pus suive les ch'vaux ! Alors j' vas nulle part. C'est les pattes qui me servent de guide-âne ! »

Et d'exhiber, pour preuve de sa bonne foi, une jambe violacée, ou une large balafre sur une poitrine maigre, souvenir du Chemin des Dames.

« Oui, ma pauve femme, j'é vu les Boches comme je vous vouais ! » Et de montrer ses guenilles, ses godillots éculés retenus par une ficelle dont les bouts s'effilochent : « Tenez, v'là c'ment qu'on est récompensés nous autes ! Ah ! Bon Dieu, va !

– Taisez-vous don, l' bon Dieu i vous entend. »

Un jour, l'autre riposta par cet acte de foi inattendu :

– L' Bon Dieu ? J' voudrais bin l' vouar, moé, c't oisiau-là, j'y causerais ! »

Quelqu'un pourtant, certain soir, dépassa les bornes. Je le vois encore, debout devant la petite cheminée, son verre à la main, passablement éméché. Avisant, sur la tablette de bois noir, les statues en plâtre du Sacré-cœur et de Marie encadrant un petit crucifix de bois plaqué de minces feuilles d'étain, il entonna, sur l'air d'un cantique bien connu, des paroles que la décence m'interdit de reproduire. Mal lui en prit car Mémé l'interrompit brutalement. Pâle, avec un peu de rose aux pommettes, elle avait ouvert la porte, et, très droite, de l'index montrant la route : « Allez-vous en, mauvais sujet ! »

---

(1) Tire taine : viande filandreuse, difficile à mâcher.

(2) Coureux : bohémien, romanichel, vagabond.

L'autre, médusé, réalisa soudain qu'il était allé trop loin dans la gaudriole. Sans ajouter un mot, il siffla son verre d'un trait, passa rapidement la porte, sauta en voltige sur un vieux vélo dont le garde-boue ferraillait. Nous ne l'avons jamais revu.

La porte refermée, Mémé rajusta devant le petit miroir pendu à gauche de l'entrée, sa coiffe qui avait déviré. Puis s'avisant soudain que, assis sur la huche, muet, j'avais assisté à la scène, elle me dit d'un air las, mais cela valait toutes les leçons de morale du monde : « Cause jamais comme ça mon p'tit gars, c'est trop laid ! »

Bigote, ma Mémé ? Bien sûr que non. Mieux que personne, elle savait le prix des choses, et la peine qu'il faut prendre pour les acquérir. Elle n'attendait rien d'un quelconque miracle. Et si le « Que Votre Volonté soit faite sur la terre comme au ciel » qu'elle psalmodiait avec tant de ferveur chaque soir, entre chien et loup, était, à n'en pas douter, un « Fiat » plein d'abandon, son « Donnez-nous aujourd'hui notre pain quotidien » ne signifiait rien d'autre que : « Voilà, Seigneur, aujourd'hui j'ai fait ce que j'ai pu. Demain, si Vous voulez, je recommencerai. Mais il faudra vous y mettre, Vous aussi, ou tout au moins m'aider ! »

Avec le recul du temps, je mesure mieux la place de cette femme dans le cercle de la famille et dans celui du voisinage. Dans le contexte de l'époque, je peux affirmer que la fermeté tranquille, la sérénité rassurante qui transparaissaient dans toute son attitude, avaient deux sources indiscutables : son extraordinaire énergie naturelle, et sa Foi. Non pas la foi bêtifiante et moutonnière dont se gaussent parfois ceux qui se donnent pour mission de mener les foules, mais une Foi qui met les hommes et les femmes debout, en marche vers leur Éternité. Même si cette attitude doit entraîner des conflits avec ceux-là même qui, traditionnellement, se chargent de la conduite des autres, quels qu'ils soient.

Jeune encore, ne surprit-elle pas, un jour de septembre, au petit matin, l'abbé Gervais, l'avant-dernier curé résident de Prévelles, en train de chasser ? Attitude scandaleuse en elle-même, déjà, pour un homme d'Église. Mais, soutane relevée au-dessus du genou pour la garder de la rosée, qu'il chasse le perdreau dans les betteraves de Stéphanie, ah ! non ! Voilà la paysanne en coiffe blanche et jupe de futaine coursant, à travers les guérets humides, l'ecclésiastique empêtré de sa longue robe, de son fusil et de sa gibecière. Arrivée avant lui et lui barrant le passage, debout devant l'échalier, seule sortie proche. Le rappelant durement à ses devoirs d'état, au respect de la propriété d'autrui… Longtemps après, racontant la scène, elle avouait s'être confessée, la veille de la Toussaint, au curé lui-même, ministre de Dieu, en s'accusant non de son comportement, mais de son emportement. Et d'avoir reçu l'absolution sans pénitence…

Sa Foi, elle la nourrissait de lectures, comme *l'Imitation de Jésus-Christ*, ouvrage sévère à couverture noire, d'une écriture très dense, de la messe basse entendue chaque dimanche, même s'il fallait se rendre à pied à Saint-Denis-des-Coudrais à cinq kilomètres à travers champs. Et chaque année par un pèlerinage à Notre-Dame de Torcé, à la Juillette.

On ne se fait pas idée, aujourd'hui, de l'ampleur de cette dévotion à la Vierge dans la région. Située, le deux juillet, en la fête de la Visitation de la Sainte Vierge à sainte Élizabeth, mais aussi, par commodité, entre foins et moissons, elle faisait date, encore, dans les années trente. Avant la Juillette, c'est l'espoir de l'herbe qui reverdit encore si le temps est humide, des moissons qui se nourrissent des longues journées de soleil. Après c'est – déjà – la plénitude des récoltes rentrées, le paysage plus sévère, l'heure des comptes aussi. Les paysans le savaient bien, qui venaient en foule demander, dans l'église ouverte dès cinq heures, par la prière, la lecture de l'Évangile et l'apposition, par les prêtres de service, de l'étole sur la tête du pèlerin, l'aide de la Vierge pour toutes sortes d'intentions, les plus inattendues parfois. Combien de « Je vous salue » sont montés de ces bancs de chêne curieusement cloisonnés, que des milliers de cierges ont rongés d'autant de trous noircis ? Combien d'appels au secours, venus de dix lieues à la ronde, au fil des générations ? Lequel de ces dossiers rigides, faits pour la prière plus que pour le repos, accueillait les épaules trop tôt voûtées de Stéphanie ?

J'étais trop jeune pour l'accompagner les dernières fois où elle a fait le voyage, car huit kilomètres nous séparent du bourg de Torcé. Mais je l'ai maintes fois entendue évoquer ce rendez-vous annuel avec la Vierge. Quand elle partait, à jeun pour se conformer aux règles de l'Église qui voulaient que pour communier on n'ait pris aucun aliment solide depuis minuit, l'aube, en ces jours les plus longs de l'année, pointait à peine. Il n'y avait personne, à cette heure, sur la route aux mille tournants qui, par le Pin, la

Pierre de Montcras, les Yvories, conduit de Prévelles à Torcé. Personne, si l'on excepte quelque chat en maraude, quelque bouquin en quête de hase, batifolant comme un grand fou au plein mitan de la route, ou bien les inévitables garennes, pour lesquels tout chemin est avant tout aire de jeux. Les prés étaient encore suffisamment garnis pour que les vaches s'égaillent encore, masses blondes étoilées de blanc, au gré de leur fantaisie, de leur préférence pour le trèfle nain ou le ray-grass, tandis que telle intrépide s'essayait à atteindre, poussant de l'épaule, tirant du col, un jeune brin de noisetier au milieu de la haie.

Si absorbée qu'elle soit dans ses pensées, elle n'était pas sans remarquer pourtant qu'aux alentours de la côte de la Grange, quand se profilent les fines aiguilles des deux clochers, la terre avait changé d'aspect, tellement que les sillons en paraissaient plus droits, car nul caillou n'était venu contrarier l'action du soc. Déjà les moissons avaient blondi, par ici, car ensemencées plus tôt que les nôtres.

Mais elle n'était pas femme à se laisser aller à supputer de la fortune d'un fermier rien qu'à l'importance du troupeau. Et si parfois l'alignement par trop négligé des rangées de meulons de foin n'échappait pas à son œil critique, ce n'était pas l'occasion d'en conclure à la négligence du cultivateur. Pèlerine sans faiblesse, elle égrenait son chapelet, dizaine après dizaine, au fil des kilomètres. Telle Marie dans les montagnes de Juda, sur le chemin de Nazareth à Hélion, elle rendait à la Vierge, son humble façon, son hommage de paysanne.

Ses dévotions achevées, la messe basse entendue, elle revenait, très vite car ce n'était pas jour de flânerie, même si dans son cœur chantait encore le Magnificat. Non sans rapporter pour la famille, pour les voisins proches, dans le panier noir qui ne la quittait jamais, quelques pieds de minuscules basilics, plante traditionnelle de la Juillette, dont la senteur épicée rappellerait à chacun, discrètement, pendant plusieurs mois, que quelqu'un avait pensé à lui ce jour-là devant la Vierge de Torcé.

...La maison de Mémé, c'était aussi une ruche où s'affairaient, l'été, dans la chambre fraîche transformée en atelier de couture, deux ouvrières, sous la direction de ma cousine Juliette, la fille du charpentier. Un « métier », sorte de tréteau fait de quatre chevrons coulissants, réglables en tous sens, permettait de confectionner, en une semaine, ces couvre-pieds de cretonne fleurie ou de satinette, garnis de trois ou quatre kilos de pure laine de brebis, que tout ménage rêvait de s'offrir au moins une fois dans sa vie. Ces couturières étaient des filles du bourg, délurées, coquettes, parfumées au « Soir de Paris », et la maison, parfois, s'emplissait de fous rire – allez-vous me dire pourquoi ? – à l'évocation, à mots couverts, « de ce qui se passerait sous ce couvre-pieds »…

Le métier occupant le centre de la pièce pour que les ouvrières puissent tourner autour, je me tenais coi, assis sur une petite chaise, dans un angle, pour les regarder faire, bien sûr, mais surtout pour les entendre chanter des chansons de Paris diffusées par les chanteurs de foire, ou jouées dans les bals :

Ramona, j'ai fait un rêve merveilleux
Ramona, nous étions partis tous les deux…

Simone essayait quelques pas de one-step :

Ah ! qu'il était beau mon village
Mon Paris, notre Paris…

Ou bien c'était Suzanne qui se trémoussait tout à coup sur quelques mesures de charleston :

Aujourd'hui la mode
C'est chouette et commode
La vie est en raccourci
En plus p'tit, en plus p'tit
C'est pas grand-chose
Ça leur suffit…

Et moi, très loin de la Bédivière grâce à Benech et Dumont, à cinq ans, en regardant, sur un journal de mode dont j'ai oublié le nom, des dames en chapeaux cloche et robes à ceinture basse ornées de fanfreluches, très échancrées sur des poitrines plates, je m'essayais à chanter avec elles ces chansons faussement exotiques au refrain langoureux et au goût de mystère.

…Dites, ce n'est pas le bonheur, ça ?

Le dur chemin de l'école

Laissez passer le petit saint Jean
Retournant voir sa maman aux champs...

C'est un jeu ridicule, en vérité, auquel se livrent mes congénères – je n'ai pas encore dit mes camarades – qui traînent leurs galoches neuves dans la poussière de la cour de récréation, à la queue leu leu, en une sorte de chenille où le dernier se fait prendre entre quatre bras qui s'abaissent soudain, sur une ritournelle lancinante autant que stupide qu'ils nasillent à satiété. Dans l'autre cour, dont nous sommes séparés par le bâtiment d'école, on entend les criailleries des filles, guère plus engageantes :

Dans ma main droite j'ai un rosier (bis)
Il fleurira au mois de mai (bis)...

Je ne sais pas jouer à ces jeux d'enfants de mon âge. Pour apprendre, il me faudrait saisir la main qu'ils me tendent, à chacun de leurs passages près de moi, quand ils me frôlent jusqu'à me bousculer parfois. Mais je n'ai pas envie d'apprendre. Je n'aime pas leurs chansonnettes enfantines. Je n'aime pas leurs jeux. Je ne les aime pas. Je n'aime pas l'école. Madame Laze, la maîtresse, l'a bien deviné, qui m'en a fait reproche devant tout le monde, certain matin frisquet où les autres couraient pour se réchauffer. « Quand on est gros et gras comme gars Lebourdais, on n'a pas froid ! » Et elle a ajouté, comme si cela ne suffisait pas à ma honte : « Gars Lebourdais, il n'aime pas l'école ! » Elle ne m'aime pas cette bonne femme-là. Je le sens. Je ne l'aime pas non plus. Voilà.

Au fait, est-on obligé d'aimer l'école ? Aimer cette communauté forcée avec des garçons et des filles du bourg que je connais à peine. Aimer cette promiscuité avec certains de la campagne qui sentent la vache, avec d'autres qui ne se lavent pas tous les jours et dont le cou, au ras du col de la chemise, s'orne d'un collier de crasse grisâtre qu'on retrouve aux poignets, là où finit la blouse noire que toutes les mamans se sont crues obligées d'acheter pour que leur enfant soit « comme les autres » à la rentrée. Toutes, sauf la mienne. Je suis le seul à être vêtu d'une blouse de satinette claire, à petits carreaux bleus et blancs, avec un pli aux manches en prévision de l'allongement de mes bras. Il paraît que cela se porte beaucoup à Mamers, là où habite Juliette, notre couturière et cousine. Une blouse de fumelle, m'ont dit les autres...

Aimer l'école, quand on laisse les siens avec chaque jour une tâche nouvelle, en ce début d'automne 1929 qui sent la pomme mûre et les feux de fanes de pomme de terre. Quand je rentre le soir il est trop tard pour se mêler aux ramasseurs de pommes, ou pour charger des citrouilles qu'on jette pêle-mêle dans le tombereau, bang, bang, et qui rebondissent comme des ballons. Et comme je n'ai pas encore de leçons à apprendre, comme je ne sais pas lire, ainsi qu'un vrai écolier, j'erre, désœuvré, en attendant le souper.

La plupart des enfants qui m'entourent ont six ans, comme moi, mais beaucoup ont fait leur première rentrée l'an dernier. Ils sont rompus à la discipline stricte, impitoyable, sans réplique, de Monsieur Laze, cet ancien capitaine qui mène son bataillon, divisé en deux compagnies de 45 élèves tous âges confondus, à la baguette de coudrier et au sifflet à roulette. 8 h 30 – 10 h, 10 h 15 – 11 h 30, 13 h 30 – 15 h, 15 h 15 – 16 h 30. Ils ont acquis des rudiments d'alphabet et de calcul, se sont essayés à écrire quelques mots sur l'ardoise, qu'ils effacent d'un revers de manche, ou d'un coup de chiffon noirâtre et puant, précédé d'un crachat ignoble, à qui fera le plus gros. Moi je n'en suis pas là.

Fort heureusement, les aménageurs qui ont appliqué, après maintes tergiversations liées au coût de l'opération, tout en reconnaissant que « les indigents sont actuellement privés d'instruction », la loi du 10 avril 1867 article 1er faisant obligation aux communes de construire une maison d'école pour tous les enfants, avaient prévu, vers 1882, de planter un tilleul au centre de chaque cour de récréation. Ce sera, finalement, mon refuge.

Pendant des semaines je vais « accoter le tilleul », comme dira mon père en se moquant. Obstinément adossé à ce tronc lisse et rassurant qui sent le bois frais, les poings serrés dans mes poches, je vais observer les autres. Surtout les grands, qui occupent une bonne moitié de la cour, séparée de notre domaine par une ligne fictive qu'ils ne doivent franchir sous aucun prétexte. Un jour, peut-être, j'aurai comme eux les doigts de la main droite maculés d'encre violette. Jamais ceux de la gauche, car on se charge ici, à coups de baguette et à force de punitions diverses, de guérir les gauchers de leur mal honteux de petits rustres sans éducation. Leurs chaussures, galoches noires, sabots d'orme ou de frêne plus résistants que l'aulne et le platane, sont inspectées sur le rang, chaque matin, avant de rentrer en classe. Elles doivent avoir été cirées au départ de la maison. Quitte, dans certaines familles, à noircir la brosse avec la suie qui tapisse le fond de la marmite, pour économiser le cirage « Crème Éclipse » de l'épicier. Leurs mains aussi sont examinées, dessus, dedans, avec au besoin envoi à la pompe du jardin pour frotter leurs gerçures noires de petits paysans, avec une pincée de sable en guise de savon. Heureux suis-je, moi, d'avoir une Maman qui enduit mes mains de glycérine, chaque soir, avant de me dire bonsoir dans mon lit !

Un luxe, la pompe de la maison d'école, comparée à nos puits de la campagne. Pratique pour laver une plaie au genou, en faire sortir les minuscules gravillons, avant désinfection à l'eau oxygénée par la maîtresse promue infirmière. Souveraine, l'eau froide appliquée sur le visage avec un mouchoir sale, tandis qu'un camarade infirmier actionne doucement le levier de la pompe, en cas de saignement de nez intempestif. Dix minutes de gagnées, en tout cas, sur la leçon d'arithmétique…

Presque tous les grands sont en vareuse de coton gris, ou de velours côtelé, comme les hommes. Seuls certains, dont on dit que leur famille est plus riche, sont en jolie blouse noire, avec une ceinture en moleskine imitant le cuir, élégance suprême.

Pierrot, le fils des instituteurs, qui n'a pas à affronter les rigueurs du temps pour venir à l'école, est le seul à avoir la tête nue, avec une longue mèche châtain dans les yeux. Les autres, sur leur crâne tousé [1] à la tondeuse par Filo Évrard, notre maire et perruquier, portent le petit béret basque, enfoncé jusqu'aux

(1) Tousé : tondu, cheveux coupés ras.

oreilles. Celui-là même qui recueille les œufs de pies et de corbeaux chaque printemps, quand ils vont les dénicher tout en haut des peupliers pour les apporter triomphalement à l'école, afin de recevoir le sou octroyé généreusement par le conseil municipal soucieux de la destruction des nuisibles. Ou encore la petite casquette ronde dont ils tournent la visière sur la nuque pour ressembler à Chiron ou à Nuvolari quand ils jouent au Circuit[1]. Un devant, faisant moteur, ses poings en guise de pare-chocs, avec, cramponné à sa veste, au niveau des hanches, un pilote qui pousse ou retient à volonté. Vroumm !... Alors, gare au « petit » égaré au bord de leur piste. Il est brutalement tamponné par le bolide...

Casquettes ou bérets, il faut les enlever midi et soir pour saluer le maître quand il nous laisse partir, en rangs, sur un « à r'voir Messieu » dont le eû s'étire en un bêlement lamentable. Les enlever encore pour saluer toute personne rencontrée sur notre passage. La Politesse, comme la Probité, comme l'Obéissance, font partie des leçons de Morale – drôle de nom – que les grands récitent tout haut chaque matin, sitôt rentrés, après l'appel de leur nom.

Pour nous, ce moment-là est encore un peu privilégié. C'est l'heure des confidences qu'à tour de rôle on fait à la maîtresse assise au milieu de nous. Grâce à nous, le couple Laze est au courant des mille riens entendus dans les familles, qui font la vie d'un village. A eux de trier le vrai du faux, le pire du meilleur.

...Le couple Laze, qui marche de long en large, bras dessus, bras dessous, à chaque récréation. Lui, grand, carré d'épaules, sanguin, drapé dans sa blouse grise que la chaîne d'or de sa montre égaye quelque peu, un lorgnon cerclé de fer coincé sur son nez violacé. Elle, petite, un peu ronde, qui lève vers lui un visage couperosé : « Dis, Papa ? » Ils sont complices, on le sent, ces époux déjà vieux, liés par un savoir commun, même si on assure « qu'il est plus savant qu'elle ». Savoir et savoir-faire durement acquis à l'École Normale, forgés par une discipline de caserne – rassemblement au coup de clairon, marche au pas, sorties surveillées – qu'ils sont chargés de transmettre sans faillir aux enfants de la République qui leur sont confiés.

---

(1) Circuit : en Sarthe, les 24 H du Mans.

Complices, il faut qu'ils le soient, les maîtres de village, parachutés souvent en milieu inconnu, sans attache directe avec une population méfiante qui ne les admet vraiment que lorsqu'ils ont emmené une génération de gamins du B A Ba au Certificat d'Études Primaires. Encore resteront-ils pour beaucoup « les Maîtes d'école », ceux que leur Savoir maintient à l'écart, même s'il leur confère une indiscutable notoriété. Complices, ils ont besoin de l'être, se complétant souvent, l'autorité de l'un rectifiant les faiblesses de l'autre, la patience de l'un, parfois, tempérant les colères de l'autre. Rivés au village, en fin de compte, par le contact journalier, charnel, avec ces gamins et gamines dont ils devinent la famille rien qu'à l'odeur qui les imprègne toute l'année. Filles de couturière, d'épicier, au discret parfum de savonnette, odeur de chèvre et parfois de bouc des enfants de journaliers, relent de purin de certains fils de fermiers dont la chambre, quelquefois, jouxte l'écurie.

Voici que Monsieur Laze a embouché son sifflet. Le chronomètre brille au bout de sa chaînette. Il attend, l'œil fixé sur la trotteuse, la seconde précise – pas une de plus, juste le temps, pour les grands, de ramasser leurs billes d'une main preste – qui rassemblera garçons et filles en deux files dandinantes et dociles, absolument muettes tout à coup. Il me faut rejoindre les autres. Peut-être allons-nous enfin faire ensemble des choses intéressantes, après avoir chanté en un chœur passablement discordant l'unique chant du répertoire :

La plus gentille maison
C'est celle de Jeanneton
Ce n'est pourtant qu'une chaumière
Pour clôture une barrière...

...Oui, des choses intéressantes, car nous avons un livre : *La Journée des Tout-petits*, édité à Loudéac, pour apprendre à lire selon la méthode Boscher. Mais Madame Laze est une maîtresse chevronnée, qui ne suit que partiellement les cinquante-quatre leçons du livre. Pour chacun de ses quinze « petits » – il y a quarante-cinq élèves répartis en trois niveaux – elle va dessiner à l'encre rouge, à même les pages du livre, des figures qui correspondent mieux à sa propre méthode : une tête pour le T, une voiture – en l'occurrence une charrette – pour le R, un croissant de lune pour le N. Et commencent, sur un rythme syncopé, de longues et dissonantes mélopées dont profitent les gens du bourg quand les fenêtres sont ouvertes : c'est la tê-TE, c'est la voitu-RE, c'est la lu-NE, etc.

Dès les premiers jours de classe, nous avons été priés d'apporter, contre un petit gâteau sec, les fruits de nos vagabondages en campagne : marrons d'Inde et bûchettes. Tout comme les grands sont très fiers de fournir les longues baguettes de noisetier que Monsieur Laze leur assènera quelque jour sur le crâne, au besoin... Enfilés par cinq, par dix, sur un fil de fer, ces matériaux bon marché vont nous aider à acquérir les prémices du calcul, quand nous nous rassemblons en essaim autour de la maîtresse, devant le tableau noir.

L'écriture est plus longue à venir. D'abord de pleines ardoises de bâtons. L'ardoise de bois noir quadrillée de lignes rouges, incassable, et son complément le fragile crayon d'ardoise dans son porte-crayon de métal rouillé, seront nos premiers outils. Des bâtons tremblés, penchés, tordus, boiteux. Rassemblés par deux, par cinq, avant d'avoir le droit de les transcrire sur un mince cahier revêtu du sévère protège-cahier noir « Le Cénoman » sur lequel Madame Laze va écrire notre nom, sous nos yeux, dans une Ronde magnifique. Des bâtons encore, au crayon de bois, en veillant à ce qu'ils soient parallèles aux lignes diagonales. Enfin des I, puis des U, avant de se risquer à des O pansus comme des outres, des E qui foncent tête baissée ou bien penchés en arrière comme des patineurs.

L'hiver est venu, pendant tout ce temps. Je me suis enfin mêlé aux autres, pour la vie désormais. Même aux plus déshérités d'entre nous, ceux dont la tête, périodiquement, sur l'injonction de la maîtresse, empeste le pétrole, le vrai, pas le pétrole Hanh.

Ceux dont les maîtres découvrent fortuitement qu'ils viennent à pied, le matin, avec le ventre vide, et qu'ils font déjeuner discrètement à la cuisine, d'un bol de chocolat, pendant la récré de dix heures.

Comme les autres, je récupère les images trouvées dans les paquets de macaronis Bozon-Verduraz. Images d'uniformes et d'étendards de l'Empire, que Madame Laze, qui en fait collection, nous échange contre un petit-beurre qu'elle puise dans une grande boîte en fer-blanc posée en permanence sur mon bureau. Que ne ferait-on pas, non pour notre maîtresse, mais pour un petit-beurre !

Comme les autres, je porte des *chausses* de coton noir ou marron retenus à mi-cuisse par une jarretière de caoutchouc noir. Les grands restent en chaussettes toute l'année pour ne pas ressembler à des filles, si bien qu'ils souffrent d'engelures aux genoux. Et comme ils grandissent vite, leur culotte trop courte laisse souvent passer un pan de chemise, une de ces liquettes fendues sur les côtés, que les couturières du village taillent très longues pour bien envelopper les fesses, dans deux chemises usagées de leur père (1).

Encore quelques mois, et nous pourrons écrire à l'encre, batailler avec la plume traîtresse, en veillant déjà – coup de règle oblige – à allonger les doigts sur le porte-plume en bois pour former pleins et déliés. Nous nous vengerons en en rongeant le bout jusqu'à ce qu'il devienne pinceau. Le fumet de l'encre fraîche Blanzy-poudre ne nous quittera plus. Nous connaîtrons la hantise de la tache, ferons connaissance avec la gomme et son odeur fade jusqu'à l'écœurement, que l'on passe et repasse en la mouillant de salive, jusqu'à faire un trou. La honte, alors, de la page arrachée, du zéro en « tenue de cahier » !

C'en est fait désormais. Grand-mère Blin se promènera toute seule, avec moins d'entrain, sur des parcours moins longs. Ce n'est plus à elle de m'enseigner. L'école a pris le relais. C'est un concurrent redoutable pour les Mémés de ce temps-là. En revanche, je me sentirai davantage de points communs avec ma sœur et mes parents. Pour ma sœur, qui vient tout juste de terminer sa scolarité, je deviens un interlocuteur sérieux. On est encore au temps où les livres de classe passent de main en main dans les familles, et la trace de ses doigts est encore toute fraîche sur les siens. Il me faudra attendre des années, et un changement de maîtres, pour connaître la joie d'étrenner un livre, d'en palper du doigt la tranche lisse, d'en respirer avec délices l'odeur fade d'encre neuve, de courir aux dernières pages pour voir « comment ça finit ». Quant à mon père, cette école où je fais mes premières armes, il la connaît dans ses moindres recoins. L'enseignement de Monsieur Laze diffère peu de celui qui lui a été dispensé, ici même, par Monsieur Monceaux, en 1895. A une guerre près. Ses livres de lecture, *Les Enfants de Marcel*, et *Le Tour de France par deux enfants* sont imprégnés de la défaite de

---

(1) Le slip est totalement inconnu à cette époque.

1870-71. Le mien, *Histoire de trois petits Français*, racontera les malheurs d'une famille de mineurs de charbon déportée à Swickau, en Allemagne, pendant la guerre de 1914-18. Avec des passages tragiques où l'on verra en action des Uhlans, bavarois pillards et incendiaires. De quoi perpétuer dans notre esprit la haine du Boche. *Le chant du Départ* est toujours au programme de la grande classe. Les épopées napoléoniennes ne sont pas loin. Bientôt, nous déclamerons ensemble Victor Hugo, le soir après souper :

Mon père, ce héros au visage si doux,
Suivi d'un seul hussard qu'il aimait entre tous
Parcourait à cheval, au soir d'une bataille,
Le champ couvert de morts...

Souvent d'ailleurs, mon père reprend de lui-même la conclusion, à propos d'un incident évité de justesse :

La balle passa si près que le chapeau tomba
Et que le cheval fit un écart en arrière...
« Donne-lui tout de même à boire », dit mon père.

Ah ! Ces poésies, dont les vers chantent en rimes colorées, que les grands récitent à haute voix, tous ensemble, en un chœur parlé qui passe à travers la mince cloison, tandis que nous bavons d'application, penchés sur nos lignes de bâtons :

Nul troupeau n'erre ni ne broute
Le berger s'allonge à l'écart
La poussière dort sur la route,
Le charretier sur le brancard. (1)

Comme elles sont proches de nous ! Et qu'il est bon d'apprendre, tout d'un coup, pour pénétrer tout seul le mystère de ces livres qu'ils emportent le soir, sans autre protection que leurs bras, à moins qu'ils ne les calent, dans leur musette de toile bleue, entre la chopine de cidre et la petite marmite de fer dont l'émail rouge s'écaille un peu plus à chaque chute, tout près de la tartine de rillettes du déjeuner enveloppée d'un torchon gras. Lire pour Savoir. Écrire, oui, pour exprimer, d'abord en phrases de cinq mots laborieusement bâties autour d'un verbe, notre vie de tous les jours : *le chien garde les vaches. Maman trempe la soupe.* Même s'il faut, entre temps, ânonner la table de multiplication, prélude à des tortures plus raffinées encore !

(1) Midi au Village.

Et juin qui arrive là-dessus. Notre tilleul envahi par les abeilles. Notre cour occupée par les Grands, juchés sur des escabeaux pour cueillir les fleurs odorantes dont la vente aux gens du bourg, à condition qu'ils fournissent l'emballage, permettra peut-être d'acheter un boulier pour la petite classe, et pour la grande une carte d'Europe qu'on accrochera au mur, solennellement, comme un trophée chèrement gagné, où l'Autriche-Hongrie ne s'étalera plus en large tache violette, pour laisser place à des petits pays coloriés de vert dont nous nous plairons à épeler les syllabes toutes neuves : Tché-co-slo-va-quie, You-go-sla-vie...

Tout compte fait, l'école, ce n'est pas si mal. Ceux qui sont en troisième année, dans notre classe, ont un livre de lecture : *Jeannot et Jeannette*. Un vrai livre, qui raconte de vraies histoires. L'Histoire, on commence à en parler. Nos ancêtres les Gaulois, les cinq syllabes amusantes de *Vingt*-cin-gé-to-rix, Clovis et son vase de Soissons, Jeanne d'Arc et ses Voix. Voilà des choses dont les grand-mères ne parlent pas. Bientôt, je me mêlerai aux discussions familiales autour de l'orthographe d'un mot, qui finissent souvent par un recours à ce que Papa nomme le Juge de Paix : *le Petit Larousse* de 1923, soigneusement recouvert de papier gris. Et le verdict de Claude Augé sera ressenti comme un arrêt de Cour Suprême.

En attendant voici venues mes premières Grandes Vacances. Un retour aux mille occupations de mon âge. Conduire les vaches au pré, maintenant que je peux soulever la lourde barrière de l'entrée. Conduire la chèvre au champ – la pauvre !– et l'attacher à l'ombre, en tenant compte de la marche du soleil. Vient le temps de la moisson. A moi, désormais, d'étaler les liens de seigle derrière la faucheuse, la seule machine que nous possédons. Une Mac-Cormick achetée conjointement par Georges et Stéphanie, dès 1917, pour suppléer aux bras manquants. Équipée d'un appareil permettant au conducteur, muni d'un râteau spécial, et au prix d'un pénible déhanchement, de confectionner des javelles laissées derrière la machine, à condition de disposer d'un attelage docile. Il faut ensuite quatre ou cinq ramasseurs pour déplacer les javelles avant que ne repasse la faucheuse qui tourne autour du champ. Encore un travail de femmes. Quelquefois plusieurs voisins s'entraident pour utiliser tous les bras valides.

Chez nous, c'est l'occasion de mobiliser les aïeuls, en les disposant sur le périmètre du champ. Penchés vers le sol, au ras des épis, tels Gargantua à l'orée d'une forêt, il leur faut saisir la javelle à pleins bras, le bout de la faucille rejoignant la main gauche, sans souci de ce qui se cache dessous : chardon, couleuvre ou même vipère. Sans s'attarder à regarder le lièvre qui détale, surpris au gîte, ou à faire le compte de la compagnie de perdreaux qui volette quelques dizaines de mètres, au passage de la machine. Les mains tachées du sang des pétales de coquelicots écrasés, piquetés d'échardes de paille et de dards de chardons ; la tête bourdonnante de chaleur et de senteurs diverses où se mêlent l'âcreté du fumeterre, que nous appelons saigne-nez, la puanteur du laiteron, et l'odeur entêtante de la menthe ou de la carotte sauvage. Déplacer ainsi vingt ou trente javelles sans se redresser, attentif à la faucheuse qui se rapproche toujours trop vite.

C'est la résistance de la jument qui règle le travail. S'il fait trop chaud, mon père la laisse souffler un peu, la tête dans la haie tous les quatre ou cinq tours. Pour lui, pas de repos : il tourne autour de la machine, graissant les points sensibles, affûtant les petites dents de la lame à la pierre à aiguiser. Alors on voit les dos se redresser. Grand-père gagne l'ombre d'un pommier, s'évente avec un immense chapeau de jonc qui le fait ressembler à un Mexicain. La petite gouline blanche de la tante Marie, toute froissée de sueur, manœuvre là-bas, à peine plus haute que le blé, pour se rapprocher d'une coiffe qui va et vient : « V'là-t-i pas que… » Mais Mémé n'a pas de temps à perdre en bavardages. Il y a toujours quelques épis à glaner et à glisser au creux d'une javelle, pour qu'ils ne soient pas perdus. Il y a, certains jours de canicule, ces énormes crapauds bruns, surpris dans leur forêt de paille, apeurés, qui cherchent désespérément à s'abriter dans la moisson où, inévitablement, la faucheuse les happera dès son prochain passage. Il faut donc les rejeter doucement, en s'aidant du sabot et de la faucille, vers le chaume où ils trouveront le salut sous une javelle. Il y a même des infortunés, éventrés au passage de la lame, qui se traînent encore en perdant leurs tripes. Et Mémé, charitable, les finit à petits coups de faucille, jusqu'à ce que, d'eux-mêmes, ils ferment les yeux… Demain, les fourmis se chargeront de faire retourner à la terre ce que leur auront laissé les corbeaux.

Pour moi, c'est le moment d'abreuver tout ce monde, de faire le tour du champ – « Cours, tè, tu vas bin ! » – avec un litre de cidre frais tiré, que les hommes surtout attendent avc impatience malgré la noisette âcre tenue sous la langue en permanence, pour faire saliver. A cinq heures on dételera la jument trempée de sueur et énervée de taons qui lui mangent le poitrail. Nous en profiterons pour faire collation, d'une miottée au cidre et de salade à la crème, cueillie le matin même à la rosée. Et tandis que Maman va traire les vaches, le front prenant appui sur leur panse chaude, les hommes, un grand mouchoir noué sur le genou gauche pour protéger leur pantalon, vont lier les gerbes, courbés sans fin sur les rangées. Un vigoureux coup de genou, une double torsion des deux bouts du lian, un léger coup de pied pour rouler la gerbe et permettre de recueillir les épis échappés au liage et hop ! à la suivante.

Deux heures se passent encore. Le soleil allonge les ombres de la haie jusqu'à ce qu'elles couvrent tout le champ. Les vaches au pré pour la nuit, les femmes reviennent mettre les gerbes en quignons (1), car il faut toujours prévoir un brusque changement de temps. Le blé est mis debout, par neuf gerbes, pour tenir l'épi à l'air libre. L'orge et l'avoine, engerbés plusieurs jours après le fauchage pour favoriser le séchage de la paille et de l'herbe, sont disposés en *treiziaux*, douze gerbes couchées en croix et empilées, et une formant chapeau. Alignés en rangées, il est bon de compter les tas pour comparer la récolte à celle obtenue quatre ans plus tôt dans le même champ. Mais je ne suis pas encore en mesure de faire la règle de trois : 9 gerbes multipliéés par 80 et divisées par 12 égalent 60 douzaines dans le champs.

A la fin de la moisson, le total des douzaines donnera une idée, à raison de quarante douzaines à l'heure, du temps de battage à prévoir.

Quand s'éteint, dans la nuit sonore de juillet, le raclement des sabots du dernier moissonneur sur le chemin pierreux de la ferme, le champ dénudé devient le domaine de tous les petits animaux nocturnes, de tous les rapaces surgis des profondeurs du bocage, qui se livreront jusqu'à l'aube une lutte sans merci.

Désormais, le temps, pour moi, va se conjuguer au futur. C'est bientôt la rentrée ! Vivement jeudi ! Vivement dimanche ! Vivement les vacances de Pâques ! Vivement que je passe dans la Grande classe ! Vivement le Certificat ! Vivement…

Mon Dieu ! Se peut-il qu'un jour on dise : « Déjà ! »

---

(1) Quignons : petits tas de gerbes.

Le temps du caté.

Vint le temps du *Catéchime*. Trois années, ce n'est point trop cher payé pour faire sa Première Communion, quand cela se résume à deux heures chaque jeudi et à une messe basse chaque mois. J'étais d'ailleurs préparé, par l'ambiance familiale, à cette nouvelle rentrée. Je connaissais, à huit ans, ce qu'il convient de savoir à cet âge des choses de la Foi. Du moins le croyais-je. Qu'il y a un Bon Dieu, qui a créé toutes choses. C'est pour nous paysans, une évidence puisque nous savons que, de toute façon, rien ne se fait tout seul. Un Dieu bon qui nous aime et qui veut que notre âme aille un jour dans le Paradis. A condition de Lui obéir sur la terre, de ne pas être méchant avec les bêtes et avec les gens. De faire toujours ce qu'on nous commande… Si on ne fait pas tout cela, quand nous mourrons nous irons en Enfer, nous brûlerons pour toujours. C'est clair, non ?

Eh ! bien pas tant que ça. Voilà que, sur le livre de catéchisme que l'abbé Chotard, curé-doyen de Tuffé, nous remet dès le premier jour, ce Dieu est en trois personnes. « Qui ne font qu'un seul Dieu parce qu'elles n'ont toutes trois qu'une même nature et qu'une même divinité ». C'est un Mystère.

Ce petit ouvrage à l'usage du diocèse du Mans n'est d'ailleurs, en 1932, que la copie conforme de celui de Georgette Fontaine en 1900. Celui promulgué par Jean-Baptiste Bouvier, évêque du Mans, le Dimanche du Bon Pasteur 29 avril 1838 et édité en 1864 par Leguicheux-Galienne, imprimeur au Mans, 15 rue Marchande.

Dès la leçon préliminaire on apprend que « la religion de Jésus-Christ comprend des Vérités à croire, des devoirs à pratiquer, et des secours spirituels pour nous aider à croire et à pratiquer ». A la deuxième, à la question : tous les hommes croient-ils à l'existence de Dieu ? La réponse est « Oui, et dans tous les temps et dans tous les pays on a regardé comme des insensés et des imposteurs ceux qui ont refusé d'y croire… » Que penser, alors, des trois quarts des gens de Prévelles, qui sont nos proches et si précieux amis de toujours, mais qu'on ne voit jamais à l'église ? Que penser de mon Père, et de mon Grand-père ? Seraient-ils insensés, c'est-à-dire, d'après le *Petit Larousse*, « extravagants, fous, menteurs » ? C'est là qu'il est, on le sent bien tout de suite, le véritable Mystère. En faudra-t-il de la patience et de la conviction au bon père Chotard, non pas pour nous faire comprendre, mais pour nous inculquer, jeudi après jeudi, pendant trois années, çes questions-réponses rabâchées ! Aidé en cela par les familles, surtout par les grand-mères dont la plupart peuvent encore réciter mot à mot le catéchisme entier. Pour que nous sachions enfin, au moment de passer l'Examen, qu'il y a, outre les trois Mystères, deux sortes de Grâces, deux sortes d'Indulgences, deux sortes d'Anges, trois sortes de Péchés, trois Vertus théologales, sept Péchés Capitaux, sept Commandements de l'Église, dix Commandements de Dieu…

Fort heureusement, nous avions nous aussi, nos questions-réponses, bien anodines, c'est sûr, soufflées en cachette par certains papas, mais récitées en catimini car sacrilèges : « Qu'est-ce que l'Enfer ?

– L'Enfer est un petit chemin de fer qui va de France en Angleterre… »

Le Curé Chotard – ici on ne dit pas Monsieur le Curé, pas plus que Monsieur le Maître ou Monsieur le Boulanger, l'appellation « Monsieur » étant d'ailleurs, je l'ai déjà dit, péjorative, n'avait certes pas la tâche facile. Ce n'était pas de lui dont parlaient certains, évoquant la belle vie qu'on prêtait facilement aux membres du clergé :

Si tu veux être heureux un jour, marie-toi.
Si tu veux être heureux une semaine, tue le cochon.
Si tu veux être heureux toute ta vie, fais-toi curé.

Encore moins pouvait-on dire de lui qu'il était « feignant comme un curé ». Curé-doyen de Tuffé, chef-lieu du canton, il desservait en outre Saint-Hilaire, Prévelles et Saint-Denis-des-Coudrais. En dehors des tâches ménagères assurées par une vieille gouvernante en gouline, il n'était aidé que par un bedeau-sacristain, électricien de son état, par une religieuse rescapée de la grande tourmente de 1905, et par les deux institutrices d'une petite école de filles qui vivotait de sacrifices et de subsides parcimonieusement accordés par quelques bourgeois désargentés. Entouré de confrères guère mieux lotis que lui-même, il payait surtout de sa personne. La grande misère des curés de campagne, il connaissait. Un territoire de deux mille hectares, dont il se faisait un devoir de visiter chaque maison au moins une fois l'an ; même celles dont le haut de la porte claquait à l'approche de sa longue silhouette noire : « V'là l' Curé, on n'a qu' faire de li ». Des kilomètres de petites routes et de chemins de ferme – la soutane ne se prête guère à emprunter les raccourcis et à franchir les échaliers – qu'il parcourait à pied, à moins que, le dimanche, pour tenir l'horaire, il ne prenne un taxi trop cher pour sa bourse. Ou qu'il ne prenne place, de rares fois, dans la carriole d'un fermier revenant du marché, si celui-ci était seul. En effet, il n'y a qu'une banquette, l'arrière étant réservé aux emplettes, et l'on ne peut décemment coincer un curé tout contre la fermière... Serrés à trois de front, sous la couverture brune remontée sur les genoux, que dirait le monde ?

Son attente, sur la place, était pour nous, enfants de la campagne, une occasion unique de vagabondages, sous la conduite de nos camarades du bourg. De faire quelque découverte insolite parmi le fatras de ferraille et d'immondices amoncelés derrière l'église, dans l'odeur de pissat. Nous étions leurs invités, en quelque sorte, et prêts à partager leur dernière fredaine. La bonde du lavoir qu'on enlève subrepticement pour qu'il se vide, le caillou qu'on jette sur la niche de quelque chien hargneux qui enrage aussitôt, et j'en passe...

Mais dès qu'on apercevait la soutane noire à l'entrée du bourg, nous nous précipitions pour sonner la cloche, et, à six, huit mains agrippées le long de la grosse corde, nous laisser balancer. Commençait dans l'église nue et glaciale – que nous importait qu'elle fût romane et d'une sévère beauté ?– jonchée de crottes de rats nichés dans la sacristie et nourris de farine par le boulanger tout proche, le supplice de fastidieuses leçons, récompensées par des bons points roses permettant de gagner quelque pieuse image de Sainte Vierge délicate et de petit Jésus blondinet, dont certaines, j'en suis sûr, vieillissent encore dans un livre qu'on n'ouvre jamais. Enfin, sur un « Je suis chrétien, voilà ma gloire » triomphant, le père Chotard nous libérait, et reprenait la route pour Saint-Denis où l'attendait une autre bande, avant de rentrer à son presbytère délabré.

Nous, nous avions deux heures devant nous avant de rentrer. Pour pousser, par exemple, une reconnaissance jusqu'à la carrière proche d'où l'on tirait un sable gras utilisé pour le moulage des pièces de fonte de la fonderie de Tuffé. En passant, on jetait un œil au faiseux de goutte. Pas trop longtemps car celui-ci, qu'on appelait le père Basile, ne nous faisait pas beaucoup de conversation, allez savoir pourquoi ? Dans son antre enfumé qui sentait le cidre chaud, un simple appentis accolé au lavoir communal, encombré comme à l'exprès de l'alambic, de bûches en vrac, de barriques vides et d'une table boiteuse sur laquelle ses registres voisinaient avec les restes d'un frugal déjeuner, il allait et venait, petit homme gris, discret et mystérieux, poussant ou retenant le feu, versant quelques seaux d'eau puisée à même le lavoir dans la grande cuve contenant le serpentin. Tout en bas, le pèse-liqueur dansait en permanence comme un pantin qui serait saoul. Dans un petit baquet luisait, cristalline, la précieuse liqueur, objet de tant de convoitise pour la plupart des adultes, et que les plus hardis d'entre nous affirmaient dur comme fer avoir goûtée en l'absence du maître du céans...

Dans ce pays de pommiers, l'eau-de-vie fait partie de l'indispensable quotidien. Aurait-on idée de boire son café pieds nus [(1)], comme à Paris ? Ou comme ceux qui ne connaissent pas la rincette servie par dessus la purée légère qui garnit le fond de la tasse encore chaude ? Qu'il est de bon aloi d'avaler d'un trait, sans ciller, en parlant d'autre chose...

A la forme de la « carafe à la goutte », à la couleur du contenu, à la manière dont il va « donner la goutte », on peut deviner le caractère du maître de maison. Chez le sobre, l'économe, la carafe, très vieille, décorée de fines ciselures, est fermée d'un bouchon verseur, presque toujours un coq dont le bec déverse à grand bruit un parcimonieux filet. Laissez pisser ! C'est de la bonne, de la vieille eau-de-vie sans âge défini, mûrie dans un fût

(1) Pieds nus : nature.

d'acacia dont on refait le plein chaque année. Dès que vous soulèverez poliment votre tasse, la source de liqueur ambrée s'arrêtera net, et votre hôte vous dira simplement : « Comme vous voudrez, j' vous force point ! » Lui-même se servira ensuite une brève giclée, comme on fait une chose sans importance. Ou bien c'est la maîtresse de maison qui vous sert, quand vous vous levez pour partir – a-t-elle vraiment besoin de vous refforcer ? [1]–, un verre minuscule de « petit doux » de sa fabrication, où l'on retrouve, à travers l'arôme de feuilles de pêcher, d'écorce d'orange ou de pousses d'épine noire, la chaleureuse douceur du vieux calva.

Chez le prodigue, le dispendieux, le litre de goutte est simplement déposé sur la table, avec les tasses et la boîte en fer « Au planteur de Caïffa » qui sert de sucrier depuis des lustres, et se servir soi-même est signe de bonne convivialité. Lui-même, chez les autres, pendant qu'on le sert, cherche des yeux la comtoise : « Voyons, c'est pas l' tout, quelle heure qu'il est ? »

Hélas, chez celui « qui aime ça », la bouteille est petite, la « Blanche » bien que généreusement baptisée, a encore le goût âpre de l'alambic, et vous décape le gosier pour un bon bout de temps…

Mais la loi sur le Privilège des Bouilleurs de Cru, puisqu'il faut l'appeler ainsi, a évalué trop petitement les besoins en accordant seulement un franchise de dix litres d'alcool pur, soit seize litres d'eau-de-vie à 60° par an à chaque récoltant, pourvu qu'il justifie de posséder cinq arbres fruitiers de plein vent. D'abord parce que – c'est le premier argument qu'on avancera en sa faveur – l'eau-de-vie c'est médicinal. On ne compte plus les angines guéries par un bon brûlot, les plaies cicatrisées comme par miracle avec le dessus de chauffe à 80 degrés, dont on garde toujours une petite bouteille dans l'armoire, à côté de la bouteille d'eau bénite, *en cas* ; les rhumatismes soulagés par une friction d'alcool camphré. Et je passe sur le file-en-trois, sur l'eau de coings ou de chartreuse, souverains contre les aigreurs d'estomac, sur la goutte sèche prise le matin à jeun, dès le réveil, pour *tuer l' vê*. Sur le veau naissant ranimé *in extremis* grâce à une gorgée de goutte – moitié pour lui, moitié pour moi – giclée dans son gosier pour le

(1) Refforcer : insister pour convaincre d'accepter quelque chose.

faire trucheter[1] fort à propos. Sans compter la Basse, la dernière sucée, pailletée de cristaux de vert-de-gris, qu'on garde précieusement pour nettoyer les vitres...

Voyez, la goutte, en somme, il en reste fort peu pour le plaisir de l'homme, pour cette chaleur qu'elle vous communique par tout le corps aussitôt qu'elle descend dans un gosier qui attend sa rude caresse. Pour le goût de pomme mûre et de bois d'arbre mélangés qu'elle laisse sur son passage. Pour le plaisir de la femme aussi, qui ne dédaigne pas le morceau de sucre humecté dans la tasse encore chaude. Et même pour le plaisir des jeunes enfants qui lichent le fond des tasses dès que les adultes ont le dos tourné pour reconduire le visiteur sur le pas de la porte. Voilà pourquoi, dans le métier de faiseux de goutte, l'art de la dissimulation compte autant que le savoir-faire. Voilà pourquoi, lorsque les gars de la Régie sont présents pour surveiller la chaudière, le bois brûle si mal, perturbant sans arrêt le ballet de l'alcoomètre dans sa petite source soudain tarie. Pourquoi cette chauffe-là ne donnera rien de plus que ce qu'elle est en droit de donner, et encore. Vu que « ce client-là n'a jamais de bon cidre ! »

Voilà pourquoi le père Basile, en bon professionnel qu'il était, n'avait nul besoin de nous comme témoins. Voilà pourquoi des ombres rôdaient autour du lavoir, le soir entre chien et loup, alors que les laveuses étaient parties depuis longtemps. Mais personne n'a jamais dévoilé où se cachait la petite bonbonne contenant le produit de la fraude. Dans les roseaux du ruisseau ? Sous le pont de la route ? Dans le lavoir même ? Dans la haie du jardin tout proche ? Dans tous ces endroits à tour de rôle ? Que nous importe aujourd'hui ?

Ou bien c'est « le père Ludo » que nous allions voir. Ludovic Barbé, à cette époque, n'était pas encore célèbre. C'était simplement l'un des derniers, sinon le dernier, des bimbelotiers de France, mais nous n'en savions rien. Seul dans son atelier jouxtant la petite épicerie-mercerie où officiait Marie, une autre figure typique des anciens commerçants-artisans de village, il ne quittait jamais son tour pour accueillir le visiteur. Surtout pas pour nous. Il levait simplement un sourcil, les yeux fixés sur l'œuf en terre blanche qui, sous ses mains diligentes, se formait en moins

(1) Trucheter : éternuer.

de temps qu'il n'en faut pour l'écrire : « Eh ! bin, mon gars, qué qu' tu m' dis d' biau de c' temps-là ? »

Mais pour ce sédentaire, dont la vie entière, de 14 à 80 ans, allait se dérouler dans ces quelques mètres carrés où un monceau de terre blanche, deux tours, des étagères où séchaient avant cuisson des centaines d'œufs et de coucous, et divers ustensiles laissaient peu de place pour se mouvoir, pour cet amoureux de la nature contrarié, cela voulait dire : « Toi qui cours les chemins, libre comme l'air du temps, dis-moi si les merles ont niché de bonne heure cette année, si les nids de pie sont haut perchés, signe précurseur d'été sans ventées, dis-moi si cette année encore le rossignol chante dans telle haie que j'ai bien connue, il y a vingt ans... Dis-moi... »

Et nous de lui conter, sans malice, les menus événements qui jalonnent la vie d'un petit campagnard, tandis que nous regardions ses mains, mouillées en permanence, presser le bloc de terre blanche en forme de pain de sucre, l'allonger en hauteur, l'étirer, le creuser en une sorte de coupe entre pouce et index, refermer les bords de la coupe, resserrer sa base, et détacher l'œuf, délicatement, avec une petite spatule de buis. Mouiller ses mains dans l'augette posée près de lui, presser de nouveau. Des centaines de fois par jour les mêmes gestes précis, tandis que son pied droit enfilé dans un vieux sabot de bois actionnait le tour. Des centaines de milliers d'œufs en terre cuite, que les fermières mettaient dans les nids des poules en liberté pour les inciter à revenir pondre au même endroit, ont été fabriqués ainsi.

La technique de fabrication des coucous de Prévelles ne différait guère de celle des œufs, mise à part leur forme ovale. Ce n'est qu'après un séchage sommaire qu'il fallait les reprendre un à un, leur coller une tête et des ailes en terre, les percer opportunément avec de petits instruments de buis. Les essayer un à un. Et une partie du village pouvait reconnaître au son, que ce jour-là Ludo faisait des coucous, ou bien des turlots, c'est-à-dire des rossignols. Ou encore de minuscules poules percées en sifflet. Il fallait encore les cuire à petit feu pendant vingt-quatre heures au moins, par fournées de 6 000 pièces. Alors Barbé passait la nuit entière près de son four, sous un hangar de fortune.

Nous étions loin de penser, mes camarades et moi, que nous étions les derniers témoins de cette activité qui nous semblait toute naturelle et qui a fait le renom de Prévelles. Pas plus que nous ne comprenions pourquoi nos livres de géographie de la Sarthe mentionnaient Prévelles comme centre de poterie, au même titre que Malicorne.

Excellent homme, Ludovic Barbé. Discret, de bon conseil, un tantinet secret. N'avait-il pas les plus beaux melons du bourg ? Allez donc lui demander la recette... « Oh ! mon gars, c'est bin commode. Tu les piques (1) et quand ils débordent le carré, tu coupes le bout avec ta pelle ! » Voire... J'en ai connu qui ont essayé en vain, et on le soupçonnait fort de planter ses cantalous dans un terreau de sa fabrication dont la composition resta toujours un mystère et dans lequel il faisait entrer secrètement certain composant organique qu'il n'allait pas chercher bien loin. Secrète aussi, la technique de culture des arums de Madame Barbé, plante rarissime à Prévelles, savamment disposés dans l'entrebâillement des rideaux de la fenêtre de la salle à manger, côté rue. L'ensemble mis en place, elle sortait dans la rue, resserrant à deux mains les pointes de son fichu sur sa poitrine, pour juger de l'effet produit. Qui lui en faisait compliment gagnait en estime. Au demeurant la meilleure couturière de Prévelles, celle qui habillait – fort bien – les mariées, et prêtait les fleurs pour décorer l'église, et pour la photo. Son métier, elle l'avait appris sur le tas, allant de ferme en ferme, dans sa jeunesse, en journée pour coudre, en transportant sa machine à coudre à manivelle dans une brouette. Prenant ensuite la tête d'une équipe de couturières, tandis que son mari succédait à son oncle Eugène Lapoutoire.

Sur le chemin du retour du catéchisme, en milieu d'après-midi, quand les gens sont encore en pleine activité, nous avions quelquefois l'occasion de rencontrer le cantonnier, si son travail, signalé à son chef par un petit panonceau fiché en terre à la sortie du bourg, l'amenait sur notre route. Lebert était aussi causant que Basile était discret. Jamais pressé, mais toujours à son ouvrage. Non pas, comme certains de ses collègues, pour battre sa faux plus longtemps que nécessaire, assis à l'ombre, les pied dans le fossé. Au long des 7 kilomètres de routes communales, n'avait-il pas au fil des années, nettoyé et redressé au cordeau tous les fossés ? Les bermes, par ses soins, n'étaient-elles pas lisses comme un gazon, les haies de bordure élaguées au croissant ? Quant aux

(1) Piquer : en Sarthe, planter.

talus, il en connaissait chaque aspérité pour les avoir rasés à la sape chaque automne, cramponné sur la pente grâce à des souliers à semelle de bois. En plus, c'est lui qui cassait un à un, avant de les épandre dans les « nids de poule » de la route, les cailloux ramassés dans les champs et déversés tels quels sur les bermes par les fermiers. Tandis qu'on le regardait manier la massette, le caillou coincé tout contre son soulier, le visage protégé par un masque de fin grillage, nous parlions. Je me souviens d'une vieille rancune qu'il conservait à l'égard du conseil municipal qui, en juillet 1926, avait refusé de lui rembourser trois cents francs le tombereau à bras si pratique qu'il avait lui-même commandé au charron, sous le prétexte que la vieille brouette communale était encore en état de servir... Jamais il n'a digéré cet affront.

Qui rencontrions-nous encore ? Les gendarmes, au printemps, en tournée de surveillance des pommiers... La destruction du gui sur les arbres fruitiers était obligatoire. Et les fermiers, juchés dans les arbres, armés de croissants et de faucilles, tels de modernes druides, de faire tomber les jolies touffes rondes aux pieds des femmes qui les ramassaient à pleins tabliers pour régaler les chèvres. A la date fixée par arrêté préfectoral, les gendarmes, roulant à vélo le long des chaintres et des chemins creux, repéraient les infractions, s'informaient sans pitié du nom des propriétaires négligents qui devaient obtempérer sous peine de contravention. On soupçonnait même, en ce domaine, certaines personnes de servir d'agents de renseignements...

Comme sur toutes les routes de France il y avait le marchand de Caïffa, avec dans son tricycle le célèbre café. Mais sur nos routes de bocage voué à l'élevage bovin il y avait encore, à vélo, le marchand de météorifuge, proposant dans toutes les fermes son breuvage verdâtre à base d'ammoniaque, fabriqué à Bellême, à employer avec précaution pour faire *teuiller* un animal gonflé par l'absorption d'herbe trop tendre. Le marchand de pommes à cidre, à l'automne, un courtier qui devait réunir le même jour une quinzaine de fermiers amenant chacun une tonne de fruits, quelquefois moins, à la gare de Prévelles. Le Singer, courtier en machines à coudre qui, toujours à bicyclette et sur plusieurs cantons, assurait le service après-vente de la célèbre marque dont les affiches s'étalaient aux endroits les plus inattendus mais bien en vue, sur le pignon des hangars bordant la route. Le marchand de mort-aux-rats, qui faisait un peu peur car il distribuait un poison mortel à base de strychnine.

Et encore les épiciers ambulants. Tel celui-ci, venu de Paris créer sa boutique à Tuffé et que les gens, qui voyaient des espions partout, eurent du mal à adopter à cause de son nom à consonance corse : « Est-i s'ment Français ? » Un concurrent de Pêcheux-Jousset, de Saint-Aubin-des-Coudrais. Chacun d'eux avait sa clientèle attitrée, car l'un vendait du sucre « Sommier » et l'autre du « Lebaudy Frères », qui fond plus vite dans le café froid. L'un proposait des sardines à l'huile françaises, les plus fines, mais l'autre fournissait en plus la clé pour ouvrir la boîte. L'un distribuait pour chaque franc d'achat un timbre « Union » et l'autre des « Timbror ». Collées soigneusement sur un carnet spécial, ces vignettes permettaient de gagner de la vaisselle ou du linge de table. La ménagère cliente des deux avait deux calendriers à accrocher, par deux clous énormes, sur le mur de la salle commune, à côté de ceux offerts par le facteur les cinq dernières années. Bien pratiques, ces petits calendriers avec une ligne pour chaque jour permettant de noter les dates de saillie pour toutes les femelles de la ferme : Frisette le 15 mars, la Bique le 10 novembre. Chez les anciens, c'étaient des prévisions météorologiques qu'on inscrivait d'une écriture lâche, d'après certaines observations : au 20 mars, brouillard, gelée blanche prévue le 20 mai. Parfois, dans ces maisons-là, on se prenait d'amitié pour un paysage, pour une frimousse d'enfant reproduits sur le carton, au-dessous du nom de l'épicier. Si bien qu'au 31 décembre on gardait l'ancien calendrier à côté du nouveau. Et puis on l'oubliait pendant des années. La fumée de chaque jour, le rayon de soleil qui, venu de la fenêtre, trace son itinéraire immuable sur le mur, finissaient par donner au chromo la teinte bistre imprimée sur le mur. Et quand, enfin, on en prenait conscience ou bien quand une bru à la main preste décidait de faire un grand ménage, il restait à la place du calendrier un rectangle grisâtre qui tirait l'œil.

Personne ne savait le nom dc « la Marchande de Saint-Aubin », une marchande de toile à draps qui ne gagnait sa vie, tout comme le charron, qu'une année sur deux, c'est-à-dire les années où les pommes étaient abondantes, les recettes de cette récolte aléatoire étant affectées à des dépenses d'équipement, telles que le remplacement d'une paire de roues de tombereau, ou l'achat de quelques draps.

Il y avait Madame David. Grande, osseuse, un petit chignon serré derrière la tête, et des dents à manger le Diable. Sur le dos un énorme baluchon enveloppé d'une toile de jute nouée aux quatre coins. « Avez-vous des peaux de lapin pour moi, dites, la Maîtresse ? » Tâtait en connaisseuse les peaux qui séchaient en son attente, bourrées de paille, à un fil tendu sous le hangar. Sortait quelques sous d'un grand porte-monnaie, à moins que la fermière n'achète en échange un de ces grands mouchoirs à carreaux, en principe réservés aux hommes, mais utilisés en foulards par les femmes pour se protéger la tête de la pluie ou du soleil. Rechargeait le baluchon d'un grand coup de reins et, toute en sourire, repartait à travers champs pour une grande tournée qui la ramènerait au bourg où elle avait laissé sa camionnette, car elle demeurait à Saint-Michel-de-Chavaignes. Au-delà de Connerré, autant dire quasiment le bout du monde.

Sur la route, on rencontrait aussi les *coureux*, les *millaux*, dans leurs roulottes bariolées montées sur de drôles de petites roues de bois cerclées de fer. On ne leur donnait pas d'autre nom, sans penser une seconde qu'ils avaient un prénom et un nom de famille, orthographié au hasard des déclarations de naissance en Duville, Durville ou Deville, tout comme mes ancêtres s'appelaient indifféremment Bourdais, Lesbourdais ou Lebourdais. On les laissait passer, tapis dans le fossé par crainte, justifiée ou non, de recevoir un coup de fouet, ou de nous faire mordre par les chiens hirsutes qui flanquaient l'attelage. Rassemblés en grappes autour du conducteur dans la porte d'entrée toujours ouverte, des garçons dépenaillés et basanés, des filles effrontées en longues jupes bariolées nous tiraient la langue. On courait voir l'endroit de leur dernier campement, à l'intersection de deux chemins, reconnaissable au sol jonché d'immondices autour de quelques fumerons. Enfants de paysans, sans autre perspective que la glèbe de nos parents, nous nous amusions à respirer derrière eux des miasmes de voyage…

Quand je rentrais à la maison, l'après-midi était déjà bien entamé. Ah ! Les enfants que leur famille n'envoyait pas au catéchisme avaient bien de la chance ! Ils pouvaient, s'ils n'étaient pas contraints de travailler, organiser leur jeudi à leur gré, entreprendre de grands jeux avec les voisins. Se rendre utiles. Mais ce n'était pas aux enfants de choisir leur emploi du temps. Le fait que la famille soit ou non « de c' coûté-là », s'il ne modifiait pas de beaucoup, hélas !, leur comportement individuel, conditionnait leurs jeudis et leurs dimanches. Si les leçons étaient sues, les devoirs du soir bouclés, ne restaient plus, après le catéchisme, que quelques heures pour regarder vivre la ferme.

Le cœur de Ninon

Le p'tit cœur de Ninon
Est si petit
Est si gentil
Est si fragile...

L'archet effleure à peine les cordes du violon, car le poignet qui le dirige a gardé une souplesse étonnante. On ne sait par quel prodige les larges doigts de la main gauche trouvent leur place au bon endroit, sans chevaucher deux cordes en même temps. Tout comme on s'étonne de voir le violon calé sans peine, en douceur, entre ce menton lourd et cette épaule trapue, revêtue du même coton noir que celui qui habille les paysans. Une épaule mieux faite, à coup sûr, pour porter des poutres de charpente sans souci de leurs angles raboteux – Hô, Hisse !– que pour servir de support à un violon.

C'est que l'artiste qui interprète le *Cœur de Ninon*, cet automne-là, n'est pas un musicien ordinaire. C'est mon oncle Louis, le charpentier de Prévelles, qui a retrouvé ce soir les réflexes du violoneux de 1910. Et s'il délaisse, pour quelques veillées consacrées à la musique, les calculs de surface de voliges de peuplier et de volume de madriers de chêne qui couvrent de multiplications compliquées des pages entières de son gros carnet gris à tranche rouge, s'il ajuste son pince-nez en se penchant un peu pour déchiffrer la partition posée devant lui, plutôt que le *Manuel de Cubage des bois au réel et au cinquième*, c'est bien par exception. C'est que l'honneur de la famille est en jeu... Dans deux mois, une de nos cousines de Bonnétable se marie, et ma sœur Georgette est de la noce. Passe encore qu'elle ne sache pas beaucoup danser, car elle n'a que dix-huit ans, et comme ce n'est pas une dévergondée, elle ne « sort » que depuis peu de temps. Et encore, volontairement, sa bicyclette est-elle démunie de lanterne, de façon à l'obliger à rentrer avant la nuit noire par crainte d'un procès [1].

Mais du moment qu'elle a de la voix, comme on dit, il ne serait pas convenable qu'elle refusât de chanter quand viendra son tour. Et le tour de chanter revient souvent, car en plus des trois grands repas sur deux jours, qu'il faut animer pendant des heures, les *nociers* chantent à chaque arrêt, à chaque étape du défilé qui les conduit, clarinette et accordéon en tête, de la mairie à l'église, de l'église à la plus proche auberge, où l'on fait connaissance entre familles, où l'on se restaure d'une brioche et d'un café ou d'un verre de rouge – le premier d'une longue série – puis d'un bistrot à un autre, si on ne veut pas être regardé de travers derrière la porte vitrée. De la maison de l'instituteur, on passe à celle du parrain, puis on rend visite à de très vieux amis de la famille qui nous attendent pour déboucher une bien vieille bouteille de Bordeaux exhumée de son linceul de sable, tout au fond du cellier. Dans chaque maison on laisse, en signe de partage, quelques boules de pain bénit à la messe de mariage, ou une brioche en couronne. Tout ceci étant prétexte pour déployer à loisir un défilé longuement mis au point à l'avance par les jeunes des deux familles.

Donc, pour faire figure honorable, chaque invité doit se composer un véritable programme de chansons, selon ses possibilités et son tempérament. Celui qui a un bon répertoire a de bonnes chances d'être de tous les mariages de la contrée. Plusieurs semaines à l'avance, des cahiers d'écolier dont les pages ruissellent de rimes faciles en trois couplets et autant de refrains, circulent de mains en mains. On se prête, on se vole quelquefois les partitions en petits formats achetées dans les foires aux chanteurs ambulants, et on se garde bien de se dévoiler à l'avance pour créer l'effet de surprise. On a même une peine véritable lorsque quelqu'un entonne avant nous un chant qu'on avait soigneusement mis au point.

Sur les conseils de l'oncle, Georgette chantera *L'Océan*, *Ferme tes jolis yeux*, *la Jolie Bohémienne*, *Un jour viendra*, et

(1) Procès : en Sarthe : contravention.

deux fox-trot tout récents : *Serait-ce un rêve*, et *Il faut encore autre chose*. Deux partitions que l'oncle est allé choisir lui-même chez Kerner, au Mans. Exprès. Par le train. Vous vous rendez compte ? Ce n'est pas que dans les quelques deux cents titres qui composent la collection de l'ancien violoneux il n'y en ait pas de convenable pour une jeune fille, comme *Le plus joli rêve*, *Maman est si jolie*, mais il a mis un point d'honneur à ce qu'elle chante des « nouveautés » sans tomber dans les rengaines que tout le monde fredonne : *Rosalie, elle est partie*, ou *Quand on s'aime bien tous les deux*. Voilà pourquoi, deux soirs par semaine, après souper, le tonton charpentier retrouve son violon, le caresse doucement du plat de la main, mine de rien, avant de le sortir de sa boîte, et retrouve aussitôt sa jeunesse en même temps que son archet. Voilà pourquoi, hors programme, nous avons droit à tant d'autres airs surgis de sa mémoire ou de celle de mes parents, dont ma mémoire va enregistrer à son tour pêle-mêle, quelques mesures.

Le p'tit cœur de Ninette
Je vous le dis tout bas...

L'oncle s'attelle, ici, à un morceau difficile. Il s'y reprend à plusieurs fois, couche doucement sa joue épaisse sur le bois verni, et sa moustache frôle la poussière qui blanchit l'instrument. C'est qu'il est loin le temps où, au milieu d'une aire de grange, juché sur une barrique pour être vu car il est de petite taille, il jouait mazurkas et quadrilles pour des jeunes en blouse bleue et chaussés de sabots de bois. Le temps de ses douze ans, de ses premières leçons de violon qu'il allait prendre à six kilomètres, à pied, muni de sa boîte noire plus haute que lui. Trop fluet pour suivre son père, ouvrier charpentier, on l'avait placé chez Lapoutoire, le bimbelotier. Et en compagnie de Ludovic Barbé, il avait appris à tourner coucous et ménageons de terre blanche. Ce fut le début d'une solide amitié et d'un cahier de chansons où les deux compères transcrivirent de concert, pêle-mêle, à tour de rôle, couplets sentimentaux (*le Violon Brisé*, *Souvenirs Charmants*) et des refrains paillards comme *les cocus du Paradis* ou cette inénarrable *Chanson Sérieuse* :

Amis, vous voulez qu'à la ronde
Chacun ait son tour à chanter.
Je veux que l' Diable me confonde
Si je sais par où commencer.

Je suis fâché d'être aussi bête,
Vraiment, j'en suis convaincu,
Ne trouvant plus rien dans ma tête,
Ma foi, je vais vous chanter mon c... (bis)

Six couplets que Louis Liberge chantera aux repas de noces, minuit passé, quand les enfants somnolent, affalés sur les bancs, la tête dans le giron des mamans.

Ce cahier à l'odeur de grimoire, qui n'est plus que dentelle, aujourd'hui, à force d'avoir circulé de mains en mains, sur les tables maculées de Sauce Parisienne et de Sauce Verte accommodant la tête de veau ou le turbot de Loire, et d'avoir essuyé au passage des ronds de Bourgogne et de Saint-Émilion. Ce cahier qui le suivra, plié en quatre dans la poche intérieure de son costume, parfumé au Cheramy de L. T. Pivert grâce au bristol offert chaque Noël par l'ami Paul Grémy, le coiffeur-chapelier de Bonnétable. Ce cahier qui aidera plus tard Monsieur Liberge, doué d'une assez jolie voix et d'une verve intarissable, à animer les fins de banquets de Quatorze juillet de Comités Républicains.

En ce début de siècle, le chemin de Louis Liberge semble bien tracé : il sera avant tout musicien de village, violoneux. De Saint-Célerin à Beillé, de Bonnétable à Tuffé on peut reconnaître encore, aujourd'hui, sur des photos jaunies de groupes de noces, sa figure toute ronde et sa moustache dont les bouts frisottent, tortillés cent fois par jour entre pouce et index. Le samedi et le dimanche, si la noce dure deux jours, le « petit musicien », comme on l'appelle, est sur la brèche, car c'est un animateur infatigable jamais à court de jeux de mots et de refrains entonnés *a capella* et repris en chœur par l'assistance. En plus, chaque quinzaine, le dimanche après-midi, il joue seul les bals du Café de la Gare. Sur une petite estrade entourée d'une balustrade en lattis de bois vert clair, la tête au plafond bas, il enchaîne polkas, mazurkas, scottish et quadrilles. Six couplets et six refrains, séparés par une pause indispensable pour faire payer au cavalier les deux sous réglementaires.

C'est pendant ces après-midi dansants qu'il fera la conquête d'une serveuse nommée Juliette Lebourdais, venue de sa ferme familiale non pour danser, mais pour servir les clients du café, pour vingt sous par jour. Dire que la maman Stéphanie, la fermière, accepta de bon cœur cette idylle avec « un musicien » serait peut-être exagéré. Mais enfin le jeune homme était brave, et de plus, comme beaucoup de jeunes de son âge, il avait chanté le Parce Domine et le Stabat Mater au lutrin, pour les grand-messes et les Vêpres solennelles, et Monsieur le Curé en faisait un garçon digne de confiance... D'autant qu'il avait forci et abandonné la bimbeloterie pour la charpente, dans l'entreprise Falise. Patron et ouvriers faisant équipe, sans aucune préséance. Couvreurs l'été, scieurs de long l'hiver, les yeux mangés de sciure ou bien les reins broyés, suivant qu'on est dessous ou sur la bille de bois. Et chaque arrachement de leurs bras, chaque passage de la scie a laissé sur le bois frais une trace qui se voit encore aujourd'hui sur les vieilles charpentes.

Dure vie que celle de scieur de long, au début de ce siècle. De l'aube au crépuscule, pour quarante-cinq sous par jour l'été, quarante sous l'hiver où les jours sont plus courts, non nourris. Par tous les temps. Heureux, l'hiver quand le chantier est proche d'une ferme et quand le paysan offre une place à son feu le midi et la rôtie au cidre pour réchauffer le corps. Avec pour seul compagnon, dans les bois, la *bezou*. Le rouge-gorge. Le plus terne des passereaux de nos régions, mais le plus fidèle. Grâce à lui, selon un pacte conclu avec l'Homme voilà des millénaires, celui-ci n'est jamais seul, même dans les lieux les plus inaccessibles. Dès qu'il s'arrête pour souffler, pour frotter ses reins douloureux, le rouge-gorge est à ses pieds, guettant de son œil rond quelque ver qu'il est le seul à apercevoir. Le père de Louis Liberge, un vieux philosophe qui mettait une sorte de fierté à paraître plus pauvre que son patron, au point de refuser, m'a-t-on dit, de mettre une casquette neuve pour aller au travail, avait une réelle tendresse pour la bezou. « C'est, disait-il, l'oiseau du pauvre, du pâtiras. Tous les autres nous abandonnent, l'hiver. Il reste pour être avec nous ! » C'est peut-être en souvenir de son père que mon oncle Louis avait apprivoisé chez lui un couple de rouges-gorges qu'il nourrissait de miettes au pied même de la table, les soirs d'été, et dont il était le seul à connaître où se cachait le nid, sous la remise, entre deux bottes de foin.

Vie très dure sans doute, mais condition plus élevée que celle de paysan. Les artisans ont un métier, nous, on est des paysans. On leur confie notre intimité à protéger des intempéries et à meubler, nos outils à fabriquer et à entretenir. Ils sont les confidents des petits et des grands événements familiaux. On leur commande le petit lit dans lequel on couchera l'enfant à naître. Pour nous, les scieurs de long vont débiter sur place le guignier arraché en lune dure pour le protéger des vers. Celui que, tout jeune, pour se faire la main, greffa jadis notre arrière grand-père, un dimanche après-midi. Les madriers sont mis à sécher à l'ombre, dans la grange. Quinze ans plus tard, le menuisier en tirera une armoire ou un buffet, chevillés pour des siècles. Il sera ainsi le premier du village à apprendre que « la fille de la Tuilerie – ou de la Brosse – parle de se marier », mais n'en dira rien à personne. Il sera encore le premier à être prévenu d'un décès, avant le Curé, et sortira à cette occasion, couvertes de poussière fine, les planches épaisses, dites en bois de pouce, qui attendent discrètement, rabotées depuis des années, au fond de sa boutique. Qui proviennent quelquefois de tel pied de chêne que lui vendit le défunt, voilà très longtemps : « Ça te convient bien, il est trop beau pour faire de la charpente ! »

Au charpentier on offre le chêne tordu et noueux maintes fois élagué en bordure du chemin creux, celui dont on dit qu'il n'a poussé que la nuit, sans voir le ciel. Et, miracle, le charpentier lui trouvera une place, croisillon, lien, contre-fiche, linteau, ou encore margelle arrondie d'un vieux puits à couverture de planches superposées, dites *en épeirage*. On vendra au charron un arbre unique qui domine une haie depuis un siècle, ormeau, frêne, acacia, dont il tirera roues et brancards de charrettes. Au sabotier le noyer centenaire qui ne donne plus de noix mais dont les racines accrochent le soc à chaque passage de la charrue. Et encore l'aulne de vingt ans qui servait d'ombrage au troupeau, près de la mare. Tout cela après avoir assuré leur remplacement par plantation, greffage, ou tout simplement protection d'une jeune repousse. Avec le fendeur-reillageur les perches de châtaignier deviendront lattes, treillage et cercles de barriques. Tout ces gens pourront vous dire, vingt ou trente ans plus tard, regardant passer une charrette, caressant une moulure d'un doigt léger ou goûtant le cidre d'une ce ces longues futailles qu'on appelle par ici pipes, fabriquées à la demande pour contenir 500, 600 ou même 800 litres, l'origine de l'arbre qu'ils ont travaillé de leurs mains.

C'est encore grâce à l'artisan et à l'ouvrier du village que les fêtes locales peuvent s'organiser, pour peu qu'ils consentent à donner de leur temps pour installer estrades, reposoirs et mâts de cocagne, pendant que les paysans soignent leurs bêtes. Mais ce sont les paysans qui en assureront le succès, s'ils ont envie de descendre au bourg le dimanche après-midi.

En 1932, à 53 ans, l'oncle pèse plus de cent kilos. Il a acquis le regard un peu lointain des gens de métier. Il porte le large pantalon resserré aux chevilles, dit « à la hussarde ». Le crayon rouge, le mètre, la jauge et le compas, serrés dans sa petite poche de côté, s'entrechoquent et cliquettent à chacun de ses pas. On s'étonne de le voir grimper allégrement aux échelles de châtaignier qui plient sous son poids, et marcher en équilibre sur les sablières. Mais c'est lui le patron de l'entreprise. En 1920, poussé, il est vrai, par sa femme et sa belle-mère, il a dû faire un choix déchirant : abandonner la musique et prendre la succession de son patron. Et depuis le violon est muet ; il gît, cordes distendues, dans sa boîte noire qui paraît insolite sur le coin d'une table, à demi recouverte de vieux journaux et de coupons de tissu. Les partitions de polkas, de scottish, les valses de Dumont et Benech en petits formats jaunissent, chiffonnées, dans le tiroir du buffet. Cependant, pour ses clients, fermiers ou petits rentiers de la région, il est encore gars Louis. Pour Monsieur le comte de Launay, son fournisseur de bois de grumes, qui lui a confié en outre l'entretien des toitures de ses fermes, il est Monsieur Liberge, un homme de confiance. Pour ses quatre ouvriers, anciens domestiques de ferme qui délaissent la culture quelques années, le temps de se faire un petit pécule pour s'installer à leur compte dans un petit bordage et auxquels il a appris, à tour de rôle, à se servir du mètre, de la jauge graduée en pouces [(1)] et en lignes [(2)], à tracer des traits au cordeau trempé dans l'ocre, il est « le Patron ». Un patron à la fois sévère et bon enfant, qui n'hésite pas à réclamer à boire sur un chantier, et qui se servira le dernier, après que « ses gars » se seront rassasiés.

Tous quatre, ils constituent l'hiver les deux dernières équipes de scieurs de long du canton, peut-être même du département. Il faut dire qu'il n'y a pas encore d'assurance « Intempéries » et le sciage, quand le bois n'est pas encore gelé, est le seul moyen d'occuper les ouvriers l'hiver, malgré la concurrence des scieries mécaniques.

---

(1) Pouce : ancienne mesure de longueur. 0,027 mm. Il faut 12 pouces pour faire un pied (33 cm).

(2) Ligne : *idem* ; 2,25 mm. Il faut 12 lignes pour faire un pouce.

Fidèles à la tradition, patrons et ouvriers fêtent tous les ans la Saint-Joseph, le 19 mars. On débauche un peu plus tôt, ce soir-là. Les ouvriers font un brin de toilette, et à l'heure dite, viennent chez le Patron avec femme et enfants. Ils font éclater quelques pétards, avant d'installer au-dessus de sa porte le bouquet traditionnel des maîtres-artisans, quelques roses en celluloïd, quelques feuillages de laurier-palme montés sur un lattis de bois et entourés d'un ruban tricolore. Pour ma tante, c'est une rude épreuve, car la tradition veut qu'elle régale son monde : tête de veau vinaigrette, poule rôtie, crème au chocolat, brioche. Le tout arrosé du meilleur cidre de la cave, et, vers la fin, d'un vin du Midi que l'oncle fait venir directement de chez Marie Roux, en tonnelets de soixante litres.

Un gros rouge que les clients, tous buveurs de cidre, apprécient également quand ils viennent régler leurs factures, le dimanche matin, en revenant de la raserie chez Filo Évrard. Ils le sirotent à petites gorgées, leurs mains désœuvrées posées à plat sur les cuisses, tandis que l'oncle aligne en dessous de leur nom, en belle ronde appliquée, sur une grande feuille à en-tête de scies et de compas, les heures de débitage, d'ajustage, de levage, de lattage, d'entourage et d'épurage de pignons de hangars. Quand il ne reste que l'addition à calculer, ils se tassent un peu sur leur chaise, frottent leurs genoux de leurs mains étendues, et leur pantalon trop court découvre un peu plus leurs jarrets maigres. C'est alors qu'intervient ma tante, jusque-là restée discrètement à la cuisine. Elle remplit leur verre, s'enquiert de la famille, du bétail, des récoltes. Rien n'est plus digne de pitié qu'un client en attente de facture à payer. Il faut détourner son attention des chiffres qui s'alignent, des billets provenant de la vente du veau, la veille, qu'il faudra ressortir du maigre portefeuille élimé qui gonfle à peine le côté gauche du petit veston noir. Billets qui n'ont pas encore eu le temps de prendre l'odeur subtile, moitié camphre, moitié linge humide, de l'armoire. Billets qu'on a à peine eu le temps de sentir à soi. Il faut lui faire oublier le décor un peu plus cossu que la salle commune de sa ferme, le buffet à deux corps « comme en ville », la table ronde en guignier verni sur laquelle il n'ose appuyer ses coudes par crainte de la déplacer sur ses roulettes, le temps de mouver longuement son sucre et de boire son café à la petite cuillère, avec des petits clappements de bonheur. Quand il pliera soigneusement en quatre la belle page d'écriture dûment revêtue des timbres-quittances réglementaires, il faut qu'il soit content, comme d'une chose bien faite, comme il est satisfait, en rentrant dans sa cour, de voir ses toitures nettes, ses outils bien abrités sous le hangar neuf. La facture elle-même sera rangée avec les papiers de famille, dans le tiroir de l'armoire, où ses héritiers la trouveront un demi-siècle plus tard...

...Si le pauvret
Parfois coquet
Est peu docile
C' n'est pas la faute, non
Au petit cœur au petit cœur
De Ninon...

Ce soir l'oncle n'a cure de tout cela. Plus question d'arbalétriers, d'échantignoles, de coyaux, d'écoperches. Il a oublié que demain la tuilerie de Rouperroux, à quinze kilomètres de Prévelles, fait livrer un chargement de tuiles plates. Un lourd tombereau attelé de deux percherons pommelés, le charretier marchant à pied. Dételés, attachés à la roue du tombereau, les chevaux mangeront leur avoine dans une musette fixée au licol. Le déchargement, par poignées de cinq tuiles qu'on se jette de mains en mains, est rude pour les paumes. Ma tante entassera les tuiles après avoir préparé le déjeuner du charretier, qui repartira aussitôt après, assis sur le brancard, un cheval haut-le-pied attaché derrière le tombereau vide. Il a oublié les années qui passent, la concurrence des scieries de Tuffé et surtout de Bonnétable, celle de certains journaliers agricoles qui « bricolent » en campagne, de ci, de là, sans payer patente. Il oublie que ses ouvriers commencent à parler de lois sociales, à lorgner sur les salaires, pourtant bien maigres, de la fonderie de Tuffé, sur les journées de travail plus courtes. Il a tout oublié, et nous aussi.

De toute façon, chez nous, la Chanson est dans l'air, comme dans certaines maisons l'Argent est de toutes les conversations, et que dans d'autres, le Travail, la Terre, le prix des bêtes, occupent toutes les pensées. Quand je m'éveille, le matin, l'écrémeuse tourne dans la laiterie toute proche, et au doux ronronnement de la machine se mêle la voix de Maman, quand c'est elle qui tourne la manivelle, soixante tours par minute :

J'écoutais chanter les brises
Avec mon petit cousin...

Dominant le tout, il y a un bruit de seaux en fer-blanc que l'on remue, puis :

Et je les trouvais exquises
les cerises du voisin.

Quand c'est Georgette qui actionne la machine Alfa-Laval, à la même cadence, on entend :

La valse du bonheur
C'est la chanson du cœur...

Certains jours, dans la petite pièce en bas-côté contiguë à la laiterie qu'on appelle la lavanderie, elles improvisent un duo en lavant la vaisselle dans un demi-seau d'eau tiède posé à terre :

Elle avait une jambe de bois
Et pour que ça ne se voie pas
Elle avait mis par dessous
Des rondell's en caoutchouc...

Parle-t-on de telle famille qui s'est mise en frais de toilette pour assister à une cérémonie ? Plutôt que de critiquer, il y a quelqu'un pour entonner :

Elle avait mis sa belle robe grenat
Et lui son pantalon beige... etc.

On peut sourire de ces rimes faciles, de ces musiques sans prétention signées Gabaroche ou Christiné, et leur préférer la *Chanson des Blés d'Or* ou *Cœur de lilas*... Celles-ci figurent, de toute façon, dans le répertoire. Pourtant chez nous, le travail n'est pas moins pénible qu'ailleurs, c'est rigoureusement le même que partout, les mêmes gestes répétés ; les animaux ont le même régime, la traite des vaches se fait à la main avec, pour Maman, un handicap qui lui interdit pratiquement de se servir de sa main droite. Mais il faut avouer que travailler en chantant, quand on en a envie, facilite bien des choses.

Est-il besoin de préciser que la radio est encore inconnue de nous ? Dans les maisons, pour meubler le silence, il n'y a que le lent tic-tac de l'horloge comtoise, le crissement du grillon, parfois le crépitement du feu de cheminée, le ronflement plus intense d'une flamme bleue sortie du bout d'un tison « Le feu ronfle, i va venir du monde ! » Et, l'été, le subtil bourdonnement des petits essaims de mouches pour qui chaque miette de pain égarée sur la table, chaque résidu de cuisine, ou seulement l'odeur aigrelette du lait caillé, les effluves des fromages qui jaunissent sur la claie de bois suspendue au plafond, près de la porte d'entrée, constituent un régal. Au point que, par le haut de la porte resté ouvert, une hirondelle s'enhardit parfois à faire une incursion rapide et silencieuse, le temps d'un éclair sombre. On ne s'en aperçoit qu'au moment où, surprise, elle pousse un petit cri en rebroussant chemin d'un coup d'aile. Et puis, venu du dehors, le caquetage des poules en liberté dans la cour, qui viennent jusque sur le seuil pour dire qu'elles ont pondu dans la grange. On en reconnaît quelques-unes à la voix, les plus hardies, les plus voraces : « Tiens, c'est la Crête-double qui a pondu ! » Et encore l'appel impérieux du coq qui insiste, là-bas, pour partager avec elles le festin qu'il vient de déterrer, de ses ergots nerveux, au pied même du tas de fumier.

Silence du dedans, silence du dehors, où chaque bruit est connu, identifié, familier, perçu comme un ordonnancement naturel des choses : cri aigu – joie ou plainte, saura-t-on jamais ? – du pivert qui « aboie la pluie » ; hennissement ; bêlement de l'unique chevreau qui attend sa tétée ; geignement d'un animal qui se couche, qui *teigle* quand il avale de travers ; rires d'enfants sur la route ; appels de la fermière qui rassemble ses vaches ; monologue du fermier qui calme son attelage pressé de franchir le seuil de l'écurie. Silence qui ne pèse pas cependant, car il n'est pas forcément synonyme de silence du cœur ni de l'esprit. Il leur laisse tout loisir, au contraire, pour s'évader, pour s'élargir aux dimensions que l'on veut. Sans que quiconque vienne y mettre un frein.

...C' n'est pas la faute, non
Au petit cœur, au petit cœur
De-e-e Ninon...

Au diable le métier, la paye des ouvriers à assurer dimanche matin, à un sou près, en raclant les fonds de tiroirs.

Tant pis si les trilles sont un peu trop lents, si les doigts raidis ont du mal à suivre l'archet. Il y a vingt ans de moins dans les yeux de l'oncle, dans ceux de mes parents. La Guerre n'est pas passée. Et affluent des souvenirs de bals, d'assemblées, de mariages mémorables, rappelés tout à coup par un air qui fuse sous l'archet. Merveilleux pouvoir de la musique populaire qui abolit le temps. De la chansonnette aussi, qui me fait, aujourd'hui encore, retrouver en un instant la table familiale en bois blanc, où la place de mon père se reconnaît aux mille griffures qu'il fait en débitant son pain au couteau, en grosses bouchées. La lampe à pétrole au milieu, sans abat-jour pour éclairer plus large, avec sa mèche qui fume un peu car elle a été montée au maximum. Au bout, la *boîte à couserie* de Maman, débordante de petites pelotes de fil « Au chinois », de gros coton à repriser, de boutons dépareillés, de bouts de laine inutiles. Le litre à cidre que les deux hommes ont entamé pendant la veillée. Les partitions en petits formats éparses sur la table. Et l'oncle Louis fredonnant, tout en couchant le violon dans sa boîte, un de ses succès empruntés à Dranem :

C'est un cucurbitacée
Qu'a des côtes, qu'a des côtes
C'est un cucurbitacée
Qu'à des côtes sur les côtés !

L'ordre des choses…

La ferme, chez nous, c'était un cheval, quatre vaches, cinq les années où l'herbe avait été abondante, une chèvre, une truie-mère, et cinq cochons à la graisse[1]. Quelquefois six ou sept, si cette année-là les pommes de terre avaient « bien donné ». Là-dessus, vivaient mes parents, ma sœur et moi.

Les cours de ferme de ce temps-là, du moins celles de nos petits bordages, ont beaucoup de points communs. L'étable et les toits à porcs – on ne peut guère appeler porcherie ces réduits où croupissent quelques animaux privés de lumière – ont presque toujours été bâtis proche de la maison d'habitation, quelquefois en prolongement de la même toiture. Ceci afin de limiter l'emprise des bâtiments sur une surface agricole déjà trop restreinte, réduire, sauf dans les terres sablonneuses et filtrantes, la surface à empierrer, diminuer le nombre de pas, et faciliter la surveillance en permettant une intervention rapide, de jour comme de nuit, au moindre incident signalé par un bruit insolite, un cri inhabituel, le meuglement le plus discret de la vache maîtresse – il y en a une dans chaque étable – qui appelle à l'aide à sa façon. Si bien que, presque partout, le visiteur doit souvent, avec de parvenir à la maison, enjamber un ruisselet de purin échappé de la fumière toute proche, serpenter entre les bouses étalées qui jalonnent le parcours emprunté par les vaches, se frayer un passage précautionneux parmi les canetons que rien n'effraie, et deviner à

(1) A la graisse : à l'engraissement.

l'odeur, en face de chaque porte, s'il s'agit de l'étable, de l'écurie ou encore de l'herberie [1].

En revanche l'œil averti aura discerné, bien avant de scruter l'intérieur de la maison, si la ferme est prospère ou non...

En dehors des soins aux animaux et des lessives pour lesquelles les deux femmes s'entraidaient, c'était ma sœur qui jusqu'à son mariage en septembre 1937, assurait les gros travaux de la cour. Et aussi le transport de l'herbe, trèfle, blé d'Inde [2], fanes de pommes de terre, feuilles de betteraves et de choux, à pleines brouettes. Aidée toutefois, pendant quelques années, par le vieil âne de Grand-père. Celui-ci, ne pouvant se résoudre à vendre son compagnon de labeur en quittant son bordage d'Aulaines pour une maison à Bonnétable, nous le confia. Un brave bourri qui, pour une pomme, pour un sucre, pour un croûton de pain, aurait passé n'importe où. Qui savait, le brigand, ouvrir une barrière en soulevant l'anneau de fermeture avec les dents, pour aller chaque nuit prendre sa saoulée de trèfle violet dans le champ du voisin. Qui répondait au nom de Floquet. Ou du moins qui aurait pu répondre, si la parole avait été donnée aux ânes à quatre pattes.

Le mariage de Georgette allait changer beaucoup de choses à la maison. Non point par la personnalité du marié lui-même, garçon courageux et extrêmement gentil, mais par sa situation. N'était-il pas cependant le prétendant idéal puisqu'au moment où il fit ses premières visites officielles à la maison, il était soldat au 146e Régiment d'Infanterie à Toul, précisément le régiment dans lequel son futur beau-père avait fait son temps en 1905 ? Je le vois encore en bleu horizon, portant calot, fourragère et bandes molletières, et racontant ses longues marches d'endurance sur les routes de Lorraine. Désormais, ils étaient deux à Savoir...

Mais ne voilà-t-il pas que Georgette allait s'en aller en ville, et, pire encore, à Paris ? Certes, lorsque, plus tard, ils descendraient du train une fois l'an, lui chapeauté de feutre mou, elle en manteau d'été beige clair, avec à son bras un léger sac à main, on serait fiers, nous autres, de traverser le bourg en leur compagnie, mais en attendant, elle allait devoir nous quitter... Et, en cette fin de septembre 1934, deux jours après la noce, au retour de la gare

---

(1) Herberie : remise fermée où l'on entrepose à l'abri la ration d'herbe ramassée pour la journée. L'hiver, à l'abri du gel, on y garde la récolte de pommes de terre.

(2) Blé d'Inde : maïs.

où l'on avait conduit les jeunes époux au train de neuf heures avec la carriole bondée de bagages et des légumes pour une semaine, on a pleuré, à la Bédivière, comme si nous avions conduit Georgette à sa dernière demeure. Nous pleurions encore, Mémé et moi, l'après-midi, en ramassant à pleins paniers des pommes de Fréquin rouge sur l'herbe rase de notre pré à vaches. Jusqu'à ce que Mémé, la bonne, la brave, la vaillante Mémé, à genoux sur son tortis de paille, dans la lumière d'automne, au milieu du tapis de pommes luisantes parsemées de feuilles pourpres, ne s'avise tout à coup du peu de sérieux de notre attitude. Indigne, en tout cas, du titre de « chrétiens » pour qui « l'Homme doit quitter son Père et sa Mère ».

« On va s'arrêter. C'é pas ben que quérier [1] comme ça pour rin ! Moé, quand le Père Blin m'a amenée en carriole de La Bosse à Prévelles j'avais pas envie de quérier, parce que je savais que je serais heureuse avec ton Grand-père que t'as point connu ».

« Hélà ! Mon Dieu ! »

Et la petite coiffe se redressa, auréolant de blanc le visage fripé où les yeux fraîchement lavés brillaient d'une espérance nouvelle : « Tu verras comme c'é biau d'être jeune ! »

Désormais, année après année je ferai connaissance avec Paris, grâce à celui qui se révéla être pour moi un grand frère en même temps qu'un merveilleux cicérone. Le Paris des touristes, oui, mais aussi celui du travail, des Halles Centrales, des Grands Magasins – il était liftier à la Samaritaine – et des petites rues. Vous avouerai-je mon ravissement de circuler en métro, de respirer son odeur chaude et un peu écœurante qu'on ne trouve nulle part ailleurs ? De suivre le beau-frère dans le dédale des interminables couloirs et au long des escaliers qu'il dévalait en souplesse pour aboutir, au bout d'une course aussi effrénée que s'il se fût agi de sauter dans le dernier train en partance, à un portillon automatique fermé devant lequel un poinçonneur impassible et submergé de confettis était à l'affût ? De découvrir ces stations toutes pareilles, si différentes d'une gare classique, aux noms évocateurs de grands Hommes de l'Histoire de France et des campagnes Napoléoniennes, inondées de lumière, aux murs couverts d'immenses affiches qui vantaient, dans une débauche de couleurs, des produits dont on n'avait pas idée à Prévelles ? De

(1) Quérier : pleurer.

me laisser bercer, les oreilles pleines du ferraillement des roues et des multiples aiguillages, pendant que se déroulaient à l'infini, à travers la vitre, les murs sales des tunnels parsemés à intervalles réguliers d'ampoules falotes éclairant dans un halo jaunâtre les fameuses bandes publicitaires Dubo, Dubon, Dubonnet ? De frémir, croyant sentir passer un courant d'air froid, chaque fois que, entre deux stations, le beau-frère m'annonçait tout à coup qu'on était *sous* la Seine ? Enfin, petit campagnard habitué à la solitude, de me sentir amalgamé pour une demi-heure à une foule grouillante et moite, pleine d'odeurs diverses, où l'on pouvait détailler à loisir telle attitude, tel costume, tel visage blafard dont les yeux absents me regardaient sans me voir ?

Le soir on regagnait leur minuscule deux-pièces, au huitième étage d'un immeuble en briques rouges, au fond d'une cour, propriété de Monsieur et Madame Cognacq-Jay, les employeurs. *Deux Créateurs, Une Œuvre. La Samaritaine répartit tous ses Revenus entre son Personnel et ses Œuvres Sociales*, disait la publicité dès 1929. De fait les employés bénéficiaient déjà de huit jours de congés payés. 76 marches à monter, en tout cas, avec au bout des bras les emplettes de la journée en paquets ficelés, ou bien le cabas rempli de légumes, ou encore le seau plein de boulets de charbon tirés de la cave située au deuxième sous-sol. De quoi garnir la lourde cuisinière de fonte brute scellée dans le sol de la cuisine. Mais il y avait l'eau sur l'évier, et pour la première fois j'accédais à un cabinet de toilette. Et puis, de la fenêtre, en se penchant un peu sur le zinc de la gouttière on découvrait, par delà une forêt de cheminées et de toitures sales, dans la cacophonie des klaxons des voitures qui tournaient autour de la Place d'Italie, la cime de la Tour Eiffel.

Cependant à la Bédivière il avait fallu redistribuer le travail. En attendant que je forcisse pour prendre la relève, Mémé avait repris du service. J'aidais moi-même au retour de l'école, mais plusieurs années encore la traite des vaches échoirait à Maman malgré son handicap de la main. Papa, comme beaucoup d'hommes de sa génération, s'est toujours cru incapable de le faire. Raymonde, la fille de nos voisins, vint chaque semaine pour la lessive. Pour cent sous par jour elle alla rincer, l'été parmi les lentilles d'eau, l'hiver au milieu d'une flottille de glaçons cassés avec le battoir, la brouettée de linge préalablement essangée à la brosse dure et bouillie pendant une heure, dans un petit chaudron de fonte, avec une poignée de lessive Trèfle ou de Saponite. Les chaussettes, les pantalons, les gilets noirs, les blouses, étaient plongés directement dans la mare et lavés au savon noir, et à la force du poignet maniant brosse et battoir.

Ces mares dites des « Fosses », communes aux cinq foyers de la Bédivière, remplies uniquement par ruissellement des eaux de pluie le long de ce chemin raviné parcouru des milliers de fois dans une vie de femme, elles en ont rincé des baquets de linge ! Elles en ont abreuvé des vaches, qui venaient l'été trois fois par jour, obéissant à l'injonction criée de l'arrière à la meneuse en tête du troupeau :

« Va boire, Gentille ! » Et Gentille, suivie de Caille Rondelle, Cibelle, ou encore Toto, du nom du marchand qui l'avait vendue, tournait un peu l'oreille et virait à droite, en entraînant la bande, à moins que, fatiguée ou ayant simplement envie de mal faire, elle n'encoure le risque de se faire battre les flancs en semant la confusion dans le troupeau.L'été, pendant qu'elles se désaltéraient, dans l'eau jusqu'aux mamelles, en filtrant les lentilles d'eau à travers leurs babines, on chassait stupidement à coups de bâton, quelques grenouilles malchanceuses accablées de chaleur sur la vase. L'hiver, on faisait glisser au loin sur la glace des morceaux de cristal plus fins, disait-on, que ceux de Baccarat, dont personne n'avait d'ailleurs la moindre idée. Les filles tressaient en natte, ou en chaise de poupée, en un tournemain, une poignée de joncs arrachés à la rive.

Jusqu'à la fin du siècle dernier, chaque petit bordage y faisait rouir sa récolte de chanvre. Enfin, pour le plaisir, on y pêchait des grenouilles et de problématiques fritures au goût de vase. J'ai vu maints dimanches se réunir les hommes pour manier le carrelet, après avoir roulé leurs jambes de pantalon au-dessus du genou, jamais plus haut. Les uns battant l'eau trouble avec des perches, les autres pesant de tout leur poids, jambes fléchies jusqu'à se mouiller le postérieur, pour ramener pêle-mêle en surface quelques tanches, des carpes dites « bossues » bourrées d'arêtes, et même quelques salamandres hideuses et d'inoffensifs tritons.

Dès la nuit tombée, le lieu était assez étrange, silencieux comme tous les endroits écartés où l'arbre, l'eau et la végétation aquatique favorisent naturellement la présence d'animaux inoffensifs mais plus ou moins bien acceptés. Fréquenté par les chouettes qui vous frôlaient de leur vol tranquille pour hululer brusquement plus loin. Ou bien c'était quelque orfraie qui vous avait vu de son perchoir souillé de fiente installé sur la tête d'une souche creuse : Hou Hou Hou Hou Hou oû oû...

De quoi faire dresser les cheveux sur la tête, quand on a dix ans, et même au-delà ; agiter l'eau avec une trique pour faire du bruit, crier après les vaches, les rassembler, vite, leur faire remonter le chemin au galop, apeurées, non par l'oiseau lui-même, bien sûr, mais par la menace du bâton. Gênées dans leur course par leur panse remplie, leur mamelle, le lourd petit veau dans leur ventre, elles rentraient dans l'étable au petit trot, poussives, toussant, le nez dans la crèche, tandis qu'on leur passait la chaîne autour du cou. Sans la moindre rancune, les braves bêtes.

Dès le printemps, derrière nous, les Renazelles entamaient leur litanie, si bien traduite par Grand-mère Blin quand tous les deux, voilà quelques années, nous fréquentions cet endroit. Vous l'ai-je déjà contée ?

Il y a la première, la plus hardie, ou la plus angoissée, saura-t-on jamais : « J'ai-per-du-mon-cha-pe-let-qui-l'a ? »

C'est dit très vite, d'une voix unie, caverneuse, une voix qu'on n'entend nulle part ailleurs, venue du fond des âges, semble-t-il. Sûrement du temps où les bêtes et les gens se comprenaient, en tout cas, puisque ma Mémé l'a appris, quand elle avait cinq ans, de sa propre grand-mère qui le tenait de...

« Qui-l'a ? – qui-l'a ? – qui-l'a ? »

C'est une autre petite voix qui fait écho, à l'autre bout de la mare. La mélopée est lancé. Elle va être reprise, sur une seule note, par des dizaines de choristes relayés, dans leurs moments de silence, le temps d'écouter la nuit, de humer l'odeur des foins coupés la veille, par tous ceux qui trouvent refuge au creux des vallons, près de tous les trous d'eau de la contrée, dans un concert étrange et discordant où l'on discerne toujours, comme un leitmotiv : Qui-l'a-qui-l'a-qui-l'a.

Petites Renazelles chères à mon enfance, qu'on nomme Guernazelles en Touraine, Guernouillettes plus loin, vulgaires grenouilles ou petites rainettes vertes, si fragiles au creux de notre main quand on parvient à vous débusquer et à vous détacher délicatement, palpitantes et toutes froides, de la feuille qui vous abrite, quand donc les hommes répondront-ils, autrement qu'en vous jetant en pâture mortelle tous les poisons de leurs coupables industries, à la question que vous posez, pour l'enchantement de nos nuits d'été, depuis que le monde est monde : Qui-l'a ? – qui-l'a ? – qui-l'a ?...

Pour en revenir à la répartition du travail journalier, à Maman, donc, en plus de la traite, les soins à la basse-cour, dont une cinquantaine de poules Leghorn, toutes plus sauvages les unes que les autres, qui allaient cacher leurs œufs dans les endroits les plus inaccessibles. A elle les interminables ravaudages pour réduire, par de fines reprises au quadrillage parfait, les énormes trous causés aux chaussettes de coton rêche par les sabots de bois ; de faire durer chemises et pantalons jusqu'à la fin d'une saison avant de se résoudre à y faire coudre à la machine, par l'une ou l'autre des six couturières de la commune, des morceaux de tissu plus ou mains ressemblants qui étaient encore comme neufs quand le vêtement rendait l'âme.

A elle aussi la cuisine à base de légumes cuits sur le petit caignard à braise au coin de la cheminée, ou même directement dans la marmite, sur le feu de brindilles. Oh ! Maman ! La bouillie faite de pommes de terre « Saucisses » écrasées dans du lait entier, épaissie de quelques onces de farine de blé, avec sa peau onctueuse et dorée pour laquelle on se serait battus, Georgette et moi ; avec son gratin accroché, juste ce qu'il faut, au fond de la marmite, et qu'on raclait avec une cuillère de fer, quelle merveille ! Les oignons finement émincés qui t'avaient arraché tant de larmes avant de frire dans la grande poêle, à petit feu, si doucement, si longuement, en prenant une teinte dorée si appétissante que le vent, depuis la cheminée, le faisait savoir à tout le voisinage, quel régal, je m'en souviens, pour Papa, qui ne pouvait s'empêcher de dire à la jument, au moment de tourner au bout du champ : « Presse-toi, Biche, ça sent bon ! Huô ! Encore un tour ! »

Papa, c'est aussi cette voix de basse, qui vient d'une petite remise qui sépare la maison de l'écurie et qu'on appelle, sans doute pour cette raison, le colido (le corridor).

Ah ! si j'avais des diamants des couronnes
Je les mettrais à tes pieds pour avoir
Un doux regard tendre, aimable personne
Plein de ce feu que lance ton œil noir...

Il y a un silence, pendant lequel on entend la varlope d'alisier qui glisse sur une planche, ou bien la plane qui, d'un seul geste, arrache un long copeau d'une perche de châtaignier serrée dans l'étau de bois de l'établi.

...N'entends-tu pas dans le vallon
Le chasseur sonner du clairon ?

Cela ne va jamais plus loin que cette évocation de *La Biche au bois* et de sa chasse romantique. Un silence encore, le temps de caresser du bout des doigts le bois clair où subsistent quelques aspérités, quelques fibres mal rabotées. Et la voix reprend sans transition un refrain immortalisé par Bérard :

Chargez ! Sabre au poing, bride aux dents
Vaillants dragons, fils des tempêtes !

Il me faudra des années pour en savoir davantage, quand j'aurai le loisir de fouiller dans la « boîte à paquetage » et de feuilleter le cahier de chansons oublié là depuis 1907. Car Papa n'est pas un chanteur. Du moins le croit-il, dans la mesure où il n'aime pas se donner en spectacle en entonnant en public, à l'occasion, un refrain à reprendre en chœur.

Combien il devait être gai, pourtant, AVANT, aux dires de ceux qui l'ont connu jeune homme ! AVANT, c'est avant quatorze, comme ils disent. Avant cet été fatal où le prétexte de l'assassinat d'un prince héritier à Sarajevo – qui avait entendu parler de Sarajevo, AVANT ? – les avait arrachés à leurs familles pour les précipiter dans la boue et le sang.

« Très bon soldat, énergique et brave. Très grièvement blessé à son poste le 14 septembre 1917 » dit la brève citation portant attribution de la Croix de Guerre et de la Médaille Militaire. Mais sans son ami Malherbe, de Boëssé, sans ses camarades du 315e R. I. qui l'avaient arraché à la mort avec le ventre ouvert par un éclat de torpille, y aurait-il eu un APRÈS ?

Cependant les jours où la terre travaille sans nous, ou bien quand il fait trop mauvais temps, il reprend dans la joie son vieux rêve d'adolescent. A l'établi, les pieds dans les coquilles [1] jonchant le sol, enivré de l'odeur fraîche du châtaignier des Terres Rouges débité à la scie à refendre abondamment graissée au pissoué de cochon [2], il est le charron et le charpentier de la ferme. L'origine du moindre poteau de bois, de chaque poutre de la

(1) Coquilles : copeaux de bois enroulés en spirale laissés par le rabot.

(2) Pissoué : masse graisseuse non comestible prélevée à l'abattage sous le ventre du porc mâle. Conservée par fumage, elle constituait l'accessoire idéal pour lubrifier les scies, mèches à bois, etc.

grange, lui est familière. « C'était un chêne de tel endroit, que le père Falise a abattu et débité en telle année. Il avait comme scieurs de long Untel et Untel... » A travers l'histoire d'un humble morceau de bois, c'est l'histoire de Prévelles depuis un siècle qui défile, de ses artisans sans gloire, de ses paysans sans terre, de ses ouvriers sans avenir. Histoire à laquelle il sera mêlé toute sa vie, avec le regret de ne pouvoir concilier, au sein du conseil municipal, des tendances contradictoires qui opposent souvent, en un combat fratricide autant que dérisoire, certains de ses meilleurs amis. Histoire dont il a conscience, lui, après Stéphanie, de n'être qu'un maillon. D'être celui qui transmet, et qui passera. Histoire que j'essaie de vous conter aujourd'hui.

Ce n'est pas un charretier. A d'autres la fierté de tirer, à l'occasion, d'un bref commandement, un attelage d'un mauvais pas, l'audace d'*étraquer*, de dresser chaque année un poulain, de le modeler à sa volonté, pour le vendre ensuite docile, prêt à travailler, et gagner ainsi quelques billets de mille francs. Lui, en cinquante ans de travail, usera trois juments, dont je ne connaîtrai que Biche, la mal nommée, une très belle percheronne gris pommelé, si brutale qu'elle brisa maintes fois ses harnais par ses fausses manœuvres. Au demeurant très attachante et peu exigeante sur la qualité de la nourriture pourvu que son râtlier soit plein.

Le cheval est comme l'homme. Il façonne son habitat à sa guise, suivant qu'il préfère manger à terre ou dans son râtelier. Il use les murs les plus résistants s'il lui plaît de donner du sabot chaque nuit à la même place, à la même heure. Il a ses tics, ses peurs et ses manies, ses petites et ses grandes joies. Dans les petites exploitations comme les nôtres, c'est à l'homme de s'adapter, de faire équipe avec lui, pour en tirer le meilleur parti. Alphonse et Biche vont faire route ensemble près de vingt ans, avec des jours de grande colère, quand, d'une trop brusque détente là où il n'eût fallu que douceur, elle fera deux morceaux de la charrue accrochée à un roc, ou bien lorsqu'elle mutilera de jeunes pommiers en sève à coups d'attelles de collier ; qu'elle lui écrasera les doigts tout contre un brancard. Mais aussi des moments de bonheur simple à la regarder « gagner l'avoine », lourdement, se rouler à terre sitôt lâchée dans le pré, avec des geignements voluptueux. Mais toujours avec une complicité proche de la tendresse.

Un jour Biche fut malade. Elle faisait peine à voir, se retournant sans cesse pour regarder ses flancs douloureux. Se couchant et se relevant au risque de se blesser aux aspérités du bat-flanc. On demanda le vétérinaire. Non pas le maréchal-expert, le hongreur, *l'affranchisseux*, efficaces cependant contre les affections courantes chez les vaches, mais Monsieur Devaux, médecin vétérinaire, diplômé d'Alfort. Le cheval est un animal noble, et on ne saurait le guérir avec les moyens employés pour les roturiers. Je vois encore ce praticien rédigeant, sur papier à en-tête, comme un médecin, une longue ordonnance où il parlait de poudre à diluer dans un barbotage. Et c'était la consternation à la maison, tandis que charrette et tombereau attendaient, inutiles, sous le hangar.

Elle était très vieille, et j'étais grand, quand mon père se décida à la vendre. Il la conduisit lui-même à sa dernière écurie. Nous vîmes avec tristesse sa croupe blanchie par les ans disparaître vers Bonnétable par un chemin qu'elle connaissait bien. Mais cette fois elle n'allait pas vers la crèche des Bordelières où Grand-père la régalait d'une carotte blanche et de deux litres de son prélevés sur la ration des lapins, mais vers le râtelier vide du boucher chevalin. Quand mon père revint, nul ne lui posa de question. De toute façon il n'était pas homme à pleurer sur un cheval, même s'il sentait que, peut-être, les vingt meilleures années de sa vie professionnelle venaient de s'achever.

Il n'est pas sain de laisser vide une écurie. Le cheval, dans nos petites fermes, tient une telle place qu'on s'attend toujours, en sortant le matin de la maison, à entendre son joyeux hennissement dont on ne cherche pas à savoir s'il vient de sa tête ou de son ventre, et que de passer devant le cottin [1] vide nous serre toujours le cœur. Mouton arriva dès le lendemain. Un gros mal élevé de cheval boulonnais, dur à la peine, mais agressif et mordeur, sauf à l'encontre de ses maîtres, allez savoir pourquoi. Dans les attelages de fortune, à l'occasion des battages, il avait une manière bien à lui d'adresser des sourires à la cantonade qui faisaient tenir à distance les charretiers les plus téméraires. Son ancien maître, qui l'avait acheté jeune poulain, tout juste sevré, l'avait pris en amitié, et, entre autres familiarités, il partageait avec lui sa petite collation de dix heures. Deux sucres et une lichette de pain que le bougre allait chercher lui-même dans la

(1) Cottin : box (P. S. tome 1).

poche de la veste. Quand un matin il mit le bridon dans les mains de mon père j'ai vu deux larmes frôler sa longue moustache et s'écraser, lourdes comme deux perles, sur le devant de son veston noir. Et Mouton, qui avait tout compris, se mit à encenser en faisant cliqueter son mors et en projetant au loin de longues giclées de bave verdâtre.

Cette complicité de l'homme et de la bête, on la sent chaque fois que les circonstances exigent un effort supplémentaire, quand le tombereau s'embourbe, quand le petit extirpateur, que d'aucuns appellent herse canadienne, a de la peine à brasser la terre. Mais aussi dans la vie quotidienne, quand les bêtes sont abreuvées et pansées avant que l'homme n'ait songé à lui-même. Elle concerne tous les animaux, du moins ceux qui sont capables de comprendre. Pour s'en convaincre, il suffit d'avoir vu, à la lueur incertaine d'une lanterne à pétrole dont la flamme décrit tout juste un rond jaunâtre sur un coin de litière souillée, trois hommes s'affairer, manches de chemise relevées, autour d'un petit veau en train de naître. Des heures durant, on a surveillé discrètement, car le moindre bruit intempestif interrompt le travail qui taraude les flancs de la mère. Mais au moment ultime on va quérir le voisinage, même si on est en froid depuis des mois, car ce service ne se refuse pas. Et tandis que les hommes tirent sur les cordes nouées aux poignets du veau, à les briser, que l'un d'eux soulève sa tête pantelante, on entend la fermière, assise sur le bord de la crèche, caressant le mufle desséché, là où la peau a la douceur du velours. « Allons, ma Castille, c'est fini, va ! » Je suis sûr que l'autre, dans son épuisement, comprend que ces gens ne sont là que pour l'aider. D'autant que, le travail terminé, la fermière va faire chauffer dans la marmite cinq à six litres de bon cidre, y rompre en grosses bouchées un quignon de pain grillé à la flamme et lui porter cette rôtie réconfortante dont elle ne fera qu'une lampée. Dans d'autres maisons ce sera une énorme tartine de pain grillé étendue de beurre salé. Tandis que la vache se pourlèche à n'en plus finir, on s'affaire autour du nouveau-né, que les hommes ont ranimé de rudes frictions de paille. Son sort sera réglé en quelques minutes. Suivant qu'il est mâle ou femelle, qu'il porte ou non les lunettes fauves caractéristiques de la race normande, que la mère est bonne ou mauvaise laitière, on va le laisser à l'air libre pour l'élever, ou au contraire le cloîtrer dans un endroit obscur, l'attacher court avec une cagoule sur les yeux pour l'engraisser. On va le museler d'osier ou de fil de fer pour qu'il ne consomme aucun aliment solide, et le gaver de pleins seaux de lait entier, auquel on ajoutera au besoin, le moment venu, six œufs par jour. Il n'entendra aucun des bruits familiers de la cours. Après douze semaines, ou davantage, un étranger vêtu d'une blouse bleue le fera lever, lui écarquillera la paupière, lui palpera longuement le dos, et un dialogue s'engagera avec le maître ou la maîtresse, suivant les maisons :

« Fera-t-i blanc, au moins ?

– Tu sais ben qu'ici les viaux n'ont point de sang. Tu peux bin m'en remettre un peu ! Sû l' journal, les viaux ont renchéri à Château-Gontier...

– Ah ! Le journal ! Le papier endure tout. Vends-le au journal, ton viau ! »

Et de faire mine de s'en aller, de revenir, de palabrer encore avant de refermer la porte. Et voilà... Cet œil pâle que le marchand a fixé un instant pour se convaincre, au vue de la conjonctive, de la qualité de la viande que le consommateur de veau exige « blanche », c'est-à-dire parfaitement anémiée, ne verra jamais la prairie émaillée de pissenlits et de pâquerettes. Ce menton baveux ne plongera pas dans l'herbe neuve, quand les vaches, rivées à leur crèche tout l'hiver, retrouvent d'un seul coup l'ivresse de la première sortie, un après-midi d'avril. Ce corps déformé par des amas de muscles inutilisés et des bourrelets de graisse ne gambadera jamais à l'appel de la maîtresse : « Hô ! Hô ! Viens-t-en, viens ! », chaque matin d'été quand la rosée est encore là et que l'heure de la traite rassemble le troupeau. Cet animal ne fera jamais partie de la petite communauté où bêtes et gens se partagent, bon an, mal an, les récoltes des champs. Communauté qu'on découvre, précisément, dès qu'on pénètre dans ces cours ouvertes sur les champs, et qu'un simple lattis de châtaignier sépare de la route. Qu'on entend bruire, chacun à sa façon, derrière chaque porte disjointe dont la peinture se délave un peu plus chaque hiver.

Étranges pouvoirs que ceux des paysans. Le pouvoir d'appeler à la vie, d'aider à naître, d'aider à vivre, de chérir, de soigner, de sauver parfois. De laisser vivre, ne serait-ce qu'un jour de plus, l'insecte qu'on n'écrase pas inutilement, l'oiseau des champs dont on protège le nid dans les hautes herbes. Mais aussi le pouvoir de laisser mourir volontairement. Ou encore de tuer, à coups de talon, de fourche, de serpe, de faucille ou simplement de bâton, la bête jugée malfaisante, le serpent, le chat trop friponnier [1] ou trop âgé, la portée de chatons mal venue, les bouches en trop. La même main qui a caressé le jeune chevreau le sacrifiera sans trembler, simplement parce que l'heure est venue. Que c'est dans l'ordre des choses.

En attendant, l'heureux événement suscitera la curiosité dans le voisinage, sera prétexte à maintes visites. Au moment de son départ, le visiteur sera pris à témoin : « Tiens, viens don voir mon viau ! »

Et on entrera dans la touffeur de l'étable bien close, au plafond si bas que les hommes, dès qu'ils dépassent la taille du maître, décrochent les toiles d'araignées avec leur casquette. Sans bruit, comme dans une chambre de malade. Sous le regard inquiet de la mère, sans ménagement, le nouveau-né sera mis sur ses pattes chancelantes, en tirant sur sa queue. Au passage, le maître fera lever telle laitière dont le pis imposant s'étale dans une bouse fraîche : « Voyons, tu vas core être propre ! » Et de retourner prestement de la fourche la litière souillée, à seule fin que, pendant cet intermède, le visiteur ait le loisir de jauger le râtelier bien garni, la panse rebondie de la bête, les énormes veines qui saillent sous la peau de son ventre. A lui de faire preuve de compétence, s'il veut conserver l'estime des fermiers. De remarquer la longueur de la veine à lait, la profondeur de la fontaine, là, sous le ventre, d'insister sur la finesse de la peau, et sur sa couleur ambrée, signe infaillible que la vache est « bonne à beurre » [2].

La chèvre fauve, attachée court près de la porte, le regarde passer avec une feinte indifférence. Qu'il ne s'y trompe pas. Elle n'attend que sa taquinerie pour le cosser amicalement, car elle a deviné en lui, peut-être, un complice.

Ainsi, chaque petite ferme a ses petites fiertés à faire découvrir à autrui, ses petits bonheurs à faire partager. Chez nous, ce n'est qu'un bordage parmi les autres, et mes parents sont en tous points semblables à ces dizaines de petits cultivateurs de notre région dont la production annuelle assure tout juste l'entretien de la famille. Pas toujours l'avenir.

---

(1) Friponnier : gourmand et fripon.
(2) Bonne à beurre : dont le lait est riche en matières grasses.

Le temps des semailles

« C'est le moment crépusculaire
J'admire, assis sous un portail,
Ce reste de jour dont s'éclaire
La dernière heure du travail... »

Il est neuf heures. Le soleil oblique de ce matin d'octobre allume un reflet orange dans le lorgnon de Monsieur Laze, à chacun de ses passages devant la fenêtre. Avant qu'on ne rentre en classe, il a écrit au tableau noir, de son écriture toute raide – est-ce ainsi qu'écrivent les Capitaines ? – les strophes du « Semeur », de Victor Hugo, après avoir, dès huit heures, allumé lui-même le poêle. Et, en marchant de long en large, sa longue baguette de coudrier tenue comme une houlette de berger, il déclame pour nous, de la belle voix grave qui, voilà quinze ans, commandait : « En avant, Marche ! »

Nous, ce sont cinquante gamins et gamines de huit à treize ans, répartis en trois divisions, par tables de cinq, avec une allée au milieu de la classe. Et encore, certaines bonnes années, est-il obligé d'installer quatre ou cinq élèves en plus à une petite table ronde dans l'allée centrale.

Pour nous mettre en train, nous venons de chanter :

Les Alpes dans l'espace
Dressent leurs purs sommets...

D'une année sur l'autre le répertoire ne varie guère, car il y a mieux à faire, ici, que d'apprendre des chants nouveaux.

Le poêle ronronne discrètement. Dehors, la première frime achève de fondre sur les toits de tuiles qu'on aperçoit par la fenêtre. Monsieur Laze a bien choisi sa poésie, c'est le vrai moment de semer le blé. Un vrai temps de semailles, comme on dit. Hier jeudi, à la Bédivière, nous avons rentré les dernières betteraves, et le champ, débarrassé de ses récoltes, paraît dévasté. Tout autour, la haie frissonne déjà au petit vent d'est, et les érables se sont couverts d'or pâle. Les premiers freux, ceux que nous appelons les *couâs*, ou encore les « hirondelles d'hiver », ont fait leur apparition. Ils attendent, serrés sur les branches d'un poirier, le moment favorable pour s'abattre dans un carré de blé. Partout, on entend les gens qui s'affairent dans les champs. Au bruit, on devine combien il y a de chargeurs de betteraves derrière le tombereau, chez Léonie, ou chez Liberge, suivant la direction du vent.

...Je contemple, ému, les haillons
D'un vieillard qui jette à poignées
La moisson future aux sillons...

Chez nous, c'est Grand-père qui sème le blé, juste devant la charrue, à petits gestes courts et rapides. Le blé que mon père a chaussumé [1] pour prévenir le charbon [2], cette maladie cryptogamique qui fait éclater le grain en poussière noire au moment du battage. La chaux vive ronge la peau de ses mains, s'incruste dans les crevasses, aux jointures, et les fait saigner. Mais Grand-père en a vu d'autres. Ce soir il va simplement remplir ses crevasses de poix de cordonnier, bien gluante, qui lui laissera tout l'hiver les doigts marqués de cercles noirs. Les grains, gonflés par le bain d'eau chaude, s'étalent en grêlons autour de lui, tandis qu'une poussière blanche, échappée de sa main, s'accroche à ses sourcils, à sa moustache de Gaulois, à son veston, et le fait peu à peu ressembler à un maçon ou à un meunier. Arrivé au bout du champ, il secoue son bras gauche, las d'avoir porté le semoir fait de paille de seigle tressée en panier ovale, qu'on appelle paillon. D'un revers de manche il essuie sa moustache où s'accrochent quelques fils de la Vierge.

« Huô, Biche, tourne ! » Biche n'a guère besoin de guides. Pourvu qu'on la laisse prendre, dès qu'elle a le nez dans la haie, une goulée de feuilles de noisetier qu'elle transformera en marchant, gênée par son mors, en bouillie verdâtre. Elle est repartie.

---

(1) Chaussumer : arroser de lait de chaux.
(2) Charbon : carie du blé.

Et la charrue la suit, et mon père suit la charrue, la porte, la dirige au bon endroit pour reprendre le sillon, la laisse rentrer doucement. La manœuvre s'est faite toute seule, on ne soupçonne pas ce qu'il faut de force et de doigté pour diriger l'ensemble cheval-roues-soc, afin d'*entremper*, d'engager le soc juste à l'endroit choisi. Il faut des semaines d'apprentissage pour y arriver. Quelquefois, pour lui tout seul, Papa chantonne à mi-voix, quand tout va bien, quelques mesures du « Clairon », de Déroulède :

L'air est pur, la route est large
Le clairon sonne la charge...

Moi aussi, plus tard, peut-être...

« Tonnerre de Brest ! »

Ça n'est pas tombé loin ! La baguette a sifflé à mon oreille, avant de s'abattre sèchement sur la table, laquelle, heureusement, depuis 1883 qu'elle est en service, n'en est plus à un coup près. Les taches d'encre violette ont remplacé depuis longtemps la peinture noire d'origine, certaines gardent même la trace de petits couteaux vengeurs. Quant aux bancs étroits, sans dossier, ils ont usé tant de culottes que les bords en sont arrondis et que les nœuds de la planche de peuplier font saillie.

...Il paraît que je rêvais. Que j'étais dans la lune, pardon, dans notre champ de Derrière. C'était mon tour d'enchaîner, pourtant, si j'avais suivi au tableau :

Il marche dans la plaine immense
Va, vient, revient, lance la graine au loin...

Heureusement, ce n'était que « Tonnerre de Brest ! » On peut s'en tirer. Ce qui est grave, c'est : « Tonnerre de Dieu ! » Là, on n'y coupe pas de cent lignes à écrire serré, à raison de vingt-cinq lignes par page de cahier, copiées dans le livre d'histoire, le soir après la classe. Monsieur Laze barre le tout d'un « Vu » au crayon rouge, distraitement, sans un mot. Il ne reste plus qu'à traverser le bourg presque désert, à la nuit tombante, et s'entendre dire par quelque facétieux : « Tiens, P'tit Louis, t'as don eu de l'amuse [1]. Faudra prendre un falot ! »

Alors mieux vaut se tenir le buste droit, les bras croisés sur la table, les pieds sur la barre, comme un bon élève. Prêt à intervenir pour la dernière strophe :

---

(1) Amuse : retard involontaire.

Pendant que, déployant ses voiles
L'ombre où se mêle une rumeur
Semble élargir jusqu'aux étoiles
Le geste auguste du Semeur...

J'y suis, dans la Grande classe. Finalement je n'aurai fait que deux ans avec les Petits, je suis un bon élève. Même si le travail dans la Grande classe, le mardi 15 septembre 1931, jour de la rentrée, a commencé par un page de bâtons à l'encre, qui me valent 5 en tenue de cahier ! Et au fil des jours, des opérations sur les pommes, sur les haricots, les bourrées. En a-t-on multiplié des citrouilles, divisé des poires, soustrait des feuilles, avant d'attaquer le premier vrai problème le mardi 27 octobre 1931, jour de mes huit ans :

« Maman a acheté un vêtement pour 245 francs, un chapeau pour 40 francs, et des chaussures pour 84,50 F. Combien a-t-elle dépensé ? »

J'ai eu dix !

Enfin on accède au matériel scolaire, équerre, double décimètre, compas. Source de dépenses pour les familles, que ce petit équipement fourni par le maître, tout comme les cahiers, plumes et buvards, auxquels il ajoute chaque trimestre, sur notre carnet individuel de fournitures, une somme forfaitaire pour encre et craie. Alors on achète au compte-gouttes, d'abord un outil pour deux élèves. Ainsi en est-il avec André Breton, mon voisin de table : « Je te prêterai mon équerre, tu me prêtera ton compas ! » Superbe préparation à la vie en commun et au partage... Et sous ces cahiers nouveaux, de dessin, d'histoire, pour copier de pleines pages de résumés à apprendre par cœur !

Cahier de cartes de géographie, assorti de crayons de couleur vendus à l'unité, un bistre pour les montagnes, un bleu pour les rivières et pour la mer. Jamais je n'aurais pensé la mer si bleue ! Moi, j'ai de la chance, car mon parrain m'offre cette année-là pour mes étrennes – chez nous les cadeaux aux enfants se donnent au premier de l'an, en se souhaitant la bonne année, et non à Noël qui est une fête religieuse – une superbe trousse d'écolier.... que je n'emporterai jamais à l'école.

C'est encore le temps des devinettes, images d'Épinal où, dans le contour d'un nuage, dans le feuillage d'un arbre, on peut trouver en obliquant le dessin, où se cache le personnage manquant. Ce sont « les aventures d'Oscar Brisetout », qui traverse des rivières et des forêts en flammes, et triomphe de dix autres dangers à bord de sa 201 Peugeot, lancée en 1930. Ma première bande dessinée, quelques exemplaires donnés au maître par le concessionnaire Peugeot et distribués parcimonieusement comme récompense. C'est que l'école n'est pas riche, et elle accepte tous les cadeaux. A côté de la carte murale des mesures de capacité et de volume, on trouve un grand tableau de toutes les machines agricoles Puzenat, avec en légende : « Papa les a toutes ! » Chez nous, nous n'avons encore que la faucheuse à herbe.

Le 24 juin 1931, on a fêté le Cinquantenaire de l'École laïque. Il y a eu un grand rassemblement de tous les élèves du canton à Tuffé. J'ai vu de près Monsieur Gaston Gourdeau, député de Mamers. Un vrai député, avec une belle barbe. Monté sur une estrade, il nous a parlé de Jules Ferry en serrant dans sa main un petit mouchoir blanc. Après quoi, le conseil municipal de Prévelles ayant estimé que « l'École laïque est le meilleur soutien de la République » et voté une subvention de cinquante francs, on nous a offert une brioche.

Le conseil municipal, justement, n'en finit pas de faire des frais à la commune. En 1929, déjà, il avait fait installer, dans un des cafés, une cabine téléphonique, petite armoire de chêne ciré que mon père alla chercher à la gare de Prévelles avec la charrette. Sujet de polémique car, en février 1924, la municipalité précédente avait refusé cette installation, « le Bureau et gérant grèveraient le budget d'une trop lourde charge ». On peut désormais téléphoner au vétérinaire, au médecin, au lieu de se déplacer à six ou dix kilomètres. En 1930, pour vingt francs par habitant, il décide de faire installer l'électricité au bourg, et en 1932 l'école et la mairie seront éclairées d'une seule ampoule par pièce. Mais par souci d'économie, il a refusé l'éclairage public de la rue [1]... La nuit, chacun reste chez soi...

Électricité et téléphone, voici le progrès en marche. Encore deux ou trois ans, et on commencera à électrifier les écarts. Du moins on tentera de le faire. Et nous, les écoliers, nous participerons à l'enquête préalable, à notre façon.

Il faut dire qu'à Prévelles il n'y a ni garde-champêtre, ni tambour-afficheur. Pour quoi faire ? A la mairie, on affiche, les uns

(1) L'éclairage public ne sera réalisé qu'en 1962.

sur les autres, les arrêtés préfectoraux portant ouverture de la chasse, de la pêche, le fauchage et le faucardement du bassin de l'Huisne. Tout un pan de mur est tapissé de superbes affiches en couleurs, comme dans une gare : « Engagez-vous, rengagez-vous dans les Troupes de la Métropole », ou bien, sur fond d'oasis et de méharis, « dans les Troupes coloniales ». Mais personne ne lit ces affiches. D'ailleurs personne ne vient à la mairie, sinon pour l'état civil, ou pour renouveler chaque année le permis de chasse. Ou encore, deux fois l'an, pour les séances de vaccination antivariolique et, tout récemment, antipoliomyélitique. Alors, dans un décor d'étagères poussiéreuses, on voit de jeunes mamans endimanchées et quelque peu anxieuses présenter des poupons braillards à un gros médecin à l'allure de charretier, et des fillettes déjà grandes batailler avec plusieurs vêtements superposés pour dénuder un peu – si peu ! – un fragment d'omoplate toute blanche.

Faute de machine à écrire, comment communiquer avec la population ? Comment rédiger, en autant d'exemplaires que de foyers, les circulaires communales ? A quel prix le faire porter, et avec quelle fatigue pour le père Pousse, notre facteur, qui abat chaque jour, même le dimanche, venant de Tuffé de ferme en ferme, avec la moustache en bataille, et les jambes serrées dans des molletières de troupier, ses trente kilomètres à travers champs, en s'aidant d'une énorme canne à bout ferré ? Heureusement il y a les écoliers. Les grands élèves, pendant les récréations, copient de leur plus belle écriture, à raison de cinq ou six exemplaires chacun, un texte écrit au tableau. C'est n'est pas un travail qu'on leur confie, c'est un honneur qu'on leur fait. On se répartit ensuite la distribution, à qui en aura le plus. « J'apporte un papier...

– Merci mon p'tit gars ! »

Ce peuvent être les dates de vaccinations, ou bien le recensement des voitures, chevaux, mules et mulets, dont la liste est rigoureusement tenue à jour en mairie, à la fois pour établir l'impôt communal et pour servir « en cas de guerre ». Un jour, ce sera un référendum, une question posée à tous les foyers dans un certain périmètre autour du bourg : « Voulez-vous l'installation de la lumière électrique ? – oui – non ». Hélas pour les promoteurs, il y aura plus de non que de oui ! Dans notre secteur, sur quinze demandes, il n'y aura qu'un oui, celui de mon père. Lui qui avait vu dès 1905, dans l'Est de la France, les fermes équipées de l'électricité produite par « le charbon de terre », en avait apprécié les avantages. Mais pour tant d'autres, et surtout pour les anciens, à quoi bon ces commodités dangereuses, sources de dépenses, qui peuvent tomber en panne, mettre le feu, attirer le tonnerre, que sais-je ?

Il faut s'imaginer, en 1933, la campagne absolument vierge de poteaux électriques et téléphoniques, à l'exception de ceux plantés le long du chemin de fer Mamers-Saint-Calais, munis d'isolateurs en porcelaine blanche. Et voilà que grâce à des ouvriers italiens – des *Étrangers* – de l'entreprise Garczinski-Traploir, des poteaux de ciment vont se dresser tout à coup dans les champs, plus haut que la cime des poiriers. Les attelages devront désormais en faire le tour. Seules les chouettes vont trouver commodes ces nouveaux postes d'observation. On va sacrifier, sur le passage des lignes, des souches vénérables, des pommiers en plein rapport. Mais les hirondelles vont se réunir par familles entières sur les fils tout neufs. Et mon père, seul de son quartier, pourra montrer le jour de la *Mécanique*, tous ses locaux équipés d'ampoules de 15 ou 25 *bougies*. Ce qui lui attirera la remarque dépitée d'un de ses vieux amis : « Bin quand mînme que t'arais des ampoules partout, c'est pas ça qui t'empêchera d'avèr eune panne ! »

Cependant, à l'école, le programme est rigoureusement le même qu'avant 1914, ainsi je peux me servir des livres que ma sœur utilisait dix ans plus tôt. Tel le livre de *Géographie-Atlas du Département de la Sarthe*, par J. Vallée, édité en 1890 par Ernest Lebrault 4, rue Auvray au Mans. Dans les principaux faits de l'histoire du Maine, une large place est faite à la guerre de 1870-71. Avec cette conclusion, propre à exalter notre patriotisme naissant : « Quand l'heure sera venue, les fils de ceux-là sauront venger toutes ces défaites et prouver qu'il coule toujours dans leurs veines un sang bien français ».

Tout cela est naturel. La Guerre est présente dans nos jeux, dans nos lectures, dans nos maisons. Rencontre-t-on un inconnu à l'allure suspecte, on pense à un espion, surtout s'il parle peu. De tel enfant à visage ingrat, au caractère difficile, on dira « qu'il a une tête de Boche ». A chaque fête il y a le groupe des Anciens Combattants, *ceux qui savent, qui y étaient*, qui ont droit plus que d'autres à notre considération. Et ceux qui n'y étaient pas, parce que trop jeunes, ou trop faibles, évitent de les contrarier. Il y a même les comptines et les chansonnettes utilisées dans certains jeux :

...Arrivé sur le Mont-Blanc
J'ai laissé couler mon sang
Si je meurs je veux qu'on m'enterre
Sur les marches du Panthéon
Et je veux qu'on mette sur ma bière
Mon épée et mon ceinturon...

Même si le mot est encore inconnu de nous, dans notre petit groupe on n'échappe pas au racisme, déjà. Je me souviens d'un camarade qui s'appelait Jean Grudet. A cause de ses cheveux crépus, ras, et de sa peau brune couverte de cicatrices de boutons de varicelle, nous l'appelions, les jours où l'orage grondait entre nous, le Negro, le Mulâtre. Acculé au coin du mur des cabinets, il n'avait que ses poings durs et sombres pour répondre à nos sarcasmes.

Pourtant je me rappelle aussi que cette tribu elle-même n'était pas tout à fait homogène. A côté des enfants de fermiers, tous pareils, il y avait ceux du bourg, fils et filles de couturières, d'épiciers, du charron, du maçon, du boulanger. Un peu moins frustes que nous, mieux au fait des événements, car leurs parents lisaient le journal. Les exploits de Pélissier, André Leduc, Antonin Magne sur les étapes du Tour de France, de Marcel Thil ou de Primo Carnera sur les rings de boxe, c'est grâce à eux que nous les commentions. Nous, nous n'avions à conter que des histoires d'animaux et de chasse au lance-pierres fait de bandes de caoutchouc découpées dans de vieilles chambres à air de vélo et fixées, avec du fil dérobé aux mamans, sur un fourchet de bois léger. Certains avaient d'ailleurs acquis une réelle habileté en ce domaine, et chaque jeudi leur fournissait l'occasion d'augmenter leur tableau de chasse de quelque mésange, d'une infortunée bezou. Ce qui donnait lieu le vendredi matin à de glorieux comptes-rendus dans la cour de récréation. Et pour preuve de leur bonne foi, d'exhiber l'engin de mort tiré d'une poche bourrée de ficelles, de billes, de l'inévitable moine [1] ou de châtaignes cuites. Avec le risque d'une confiscation immédiate et définitive en cas d'intrusion inopinée du maître.

(1) Moine : toupie conique en bois, lancée par une ficelle.

Il y avait celui qu'on ne voyait que quelques jours par an, aux environs de l'Ascension, de l'Assemblée. J'ai oublié son prénom, mais son nom de famille m'est resté en mémoire, parce que son père tenait une baraque de fête foraine, un tir à la carabine où, pour quelques sous, on pouvait casser le tuyau d'une pipe en plâtre, perforer un carton, ou mieux encore, grâce à un pincée de poudre introduite préalablement dans une cavité, *faire péter le canon*. A côté, sa mère avait une loterie, où l'on gagnait des cornets surprises contenant quatre dragées au sucre, ou un sifflet. Et surtout elle tenait *un jeu de catins*, jeu de massacre, constitué d'une vingtaine de grotesques poupées à bascule, disposées sur des gradins. Il y avait là toute une noce en costume 1900, des gendarmes, des Pierrots, et surtout un Prussien tout vert, coiffé du casque à pointe. Le jeu consistait à les faire basculer en arrière à l'aide de balles de chiffons passablement crasseuses. Il avait un certain succès, surtout chez les adultes qui, l'après-midi, excités par un bon déjeuner, ne résistaient pas au plaisir de s'acharner sur la tête du Boche jusqu'à lui faire mordre la poussière. Leur succès déchaînait à chaque fois une cascade de rires gras. Le fils Guilbert restait quelques jours parmi nous, avec ses yeux clairs, ses taches de rousseur et son sourire, et repartait vers une autre fête locale, une autre école, de nouveaux visages.

Il y avait les enfants d'ailleurs. Ceux des fermes des communes voisines plus proches de Prévelles que de leur bourg respectif. Quelquefois aussi – faut-il le dire ? – quelque forte tête, ou considéré comme tel par ses parents, envoyé à Prévelles pour être maté par la méthode Laze. Bien entendu, il se révélait être un élève ordinaire, et pour nous un copain parmi d'autres.

Il y avait les Parisiens. Le salaire trop bas des journaliers agricoles, des bûcherons en forêt, des manœuvres de la fonderie de Tuffé, les trop faibles revenus des petites fermes contraignaient certaines familles à prendre des nourrissons. Dès la fin du siècle dernier, telle épouse d'ouvrier charpentier du bourg se déplaçait périodiquement à Paris pour aller quérir, dans des familles de tailleurs israélites, des bébés qui ont grandi, à raison de trois ou quatre en même temps, parmi les petits Prévellois. Plus près de nous, ils étaient encore nombreux ceux que leur mère, souvent une femme seule, plaçait à la campagne pour aller travailler pendant qu'ils profitaient de l'air pur. Ils étaient élevés comme les enfants de la famille d'adoption, ni plus, ni moins, sans autre distinction, parfois, qu'une certaine recherche dans les vêtements importés de Paris. Un jour, les parents changeaient de situation et, presque sans prévenir, ils arrivaient au train de midi pour les emmener au train de quatre heures. Nul n'entendait plus parler d'eux, après un court échange de lettres. On pleurait beaucoup dans les familles, puis on cherchait un autre nourrisson.

Parmi ceux-là, je me souviens de Georges Leroy. Jojo était mon meilleur copain ; avec Marcel, le fils de nos voisins, qui l'hébergeaient, nous avons baguenaudé dans tous les champs de la contrée, pas toujours à notre place il faut le dire. Je n'oublierai jamais l'avoir embrassé le jour de son départ, en allant à l'école, et avoir pleuré après, comme on pleure encore à neuf ans. Jamais je ne l'ai revu.

Après lui, chez nos voisins, il y a eu Paulette. La fille la plus naturelle, la plus gentille, la plus coopérative que l'on ait jamais connue, Marcel et moi. Parée, par nos soins, d'oripeaux de viornes en fleurs arrachés à quelque haie, elle fut notre mariée, à chacun notre tour, pour une heure, marchant à notre bras, très digne, tandis que derrière elle le garçon d'honneur soutenait de son mieux les trois mètres de traîne qui accrochaient au passage brindilles et feuilles mortes. Attelée, un autre jour, d'une ficelle passée autour des épaules, elle était le poulain rétif et indiscipliné que réclamait notre vocation de futurs charretiers. Insouciante des ronces – les fameux *collets de bergère* – qui cerclaient de rouge ses mollets nus, car les filles de ce temps-là ignoraient encore le jeans. Elle fut tour à tour bergère et chèvre, cocher et cuisinière... S'en souvient-elle encore, là où l'ont entraînée les vicissitudes de la vie ? Aux grandes vacances, sa mère, une Parisienne en robe claire, venait passer quelques jours à Prévelles, avec une collection d'illustrés : Mickey, Gédéon le petit canard. Et un phono dont j'avais le droit de tourner la manivelle pour qu'il nasille à satiété :

Voilà les gars de la Marine
Quand on est dans les cols bleus
On n'a jamais froid aux yeux...

Puis elle emmenait Paulette pour un séjour de rêve, au bord de la mer disait-on. Et, pour Marcel et moi, les vacances n'avaient plus le même attrait...

Et puis il y avait ceux qui étaient de nulle part. Ceux qui n'avaient rien à eux, pas même un plumier, quelquefois. Tel celui-ci, qui faute de pouvoir s'acheter un petit boulet de fonte pour jouer aux billes, se contenta toujours d'un silex arrondi ramassé sur la route. Ceux qui devaient rendre leurs livres, si détériorés qu'ils soient, à la fin de chaque année scolaire, sans en emporter un seul. Ceux qui, la veille de leurs treize ans, en pleine année scolaire, rassemblaient les quelques babioles leur appartenant, déposaient leurs livres sur le bureau du maître et quittaient les études pour toujours. Ceux dont les fournitures scolaires étaient soigneusement comptabilisées sur un carnet portant au crayon rouge, sur la couverture, les lettres A.P., Assistance Publique. Eux savaient la différence. L'absence de foyer, d'affection parfois, ballottés d'une nourrice à une autre, d'une commune à l'autre, au gré des changements décidés par l'Administration, ou parce que la gardienne était devenue trop âgée pour s'occuper d'eux. Visités, une fois l'an, par un Inspecteur dont la seule entrée dans la classe les rendait cramoisis. Alice, Jean, Joseph, Renée, Michel, Henriette, Marcel, et tant d'autres que nous avons côtoyés dans cette école de Prévelles, il faudrait pourtant vous en convaincre : si vos petites vestes à rayures grises et vos longues tresses que nous nous amusions stupidement à tremper dans l'encrier situé derrière vous vous trahissaient, hélas, si nos maladresses d'enfant trop heureux vous ont choqués parfois, nous vous aimions bien pourtant, à notre façon. Nous ne pouvions pas savoir, en ce temps-là, que votre cœur souffrait de blessures qui ne guériraient jamais complètement.

La différence, ils la ressentaient jusque dans les distractions, rares c'est vrai, mais combien appréciées quand elles sortaient de l'ordinaire offert par la nature. Ils n'avaient pas, eux, de parents pour les emmener au cinéma, trois fois par hiver, dans l'arrière-salle du Café de la Gare. Un modeste cinéma ambulant dont les prospectus, distribués une semaine à l'avance, nous remplissaient d'excitation. Bien entendu, le « Grand Cinéma de l'Armée, direction E. Bourné », était muet. Son projecteur fonctionnait à l'acétylène produit sur place dans un réservoir rempli de carbure. Les pellicules de ce temps-là étant fabriquées, disait-on, en celluloïd, le risque d'incendie devait être réel, mais qui s'en souciait ? L'appareil de projection lui-même était actionné par le patron, ruisselant de sueur, la pipe au bec, imperturbable, à l'aide d'une petite manivelle qu'il tournait très vite, sans à-coups. Fort heureusement pour lui, les arrêts étaient fréquents, soit que la pellicule cassât, soit qu'il faille changer de bobine. Alors les spectateurs, assis sur les bancs de bois, s'ébrouaient. Telle fermière, levée depuis six heures du matin, bâillait bruyamment en s'exclamant : « Ah ! Bin dame, ça m'endôt ! »

Bien entendu, les films étant sous-titrés, l'action se déroulait assez lentement pour permettre à tous, même aux gamins assis aux premiers rangs, le nez au ras du tableau – simple drap accroché au mur – de déchiffrer les dialogues à haute voix, chacun à son rythme. D'où une cacophonie sans pareille, ponctuée des Heûlâ ! des femmes, et de nos Hella ! montant crescendo à mesure que l'action se précisait. Les hommes accompagnaient volontiers leur famille, mais restaient pour la plupart à taper la manille coinchée dans la salle du café, se contentant de venir jeter un œil quand « ça chauffait trop ». Et ça chauffait, pour nous, avec Laurel et Hardy, avec Charlot, un peu moins avec les mélodrames en cinq ou six parties dont nous ne retenions que les allures des *Apaches*, leurs fines moustaches et leur démarche chaloupée. Retenus dans nos démonstrations, d'ailleurs, par la présence du couple Laze. Les Maîtes d'École !

Quand les mots « Fin de la dernière partie » s'éteignaient sur le tableau, et que le bruyant cliquetis de l'appareil s'arrêtait, l'assistance, encore sous le charme, mettait un certain temps à réagir. Mais les jeunes, pressés de ranger les bancs sur les côtés de la pièce pour dégager une piste de danse, poussaient les mamans dans la salle de café enfumée où elles finissaient de s'emmitoufler dans de vieux manteaux étriqués avant de demander, bourrues, en enfilant leurs mitaines, penchées sur l'épaule des joueurs de cartes : « Voyons, les bonhommes, c'é t' fini c'te partie ? »

Pendant ce temps, Bourné avait installé une batterie rudimentaire baptisée pompeusement, sur le prospectus, « Jazz-band infernal ». Au son de son vieux banjo marqué de mille griffures infligées par les ans et les multiples voyages, il faisait danser les jeunes jusqu'à minuit. Nous, maman, Georgette et moi, bras dessus, bras dessous, en barrant toute la route, nous rentrions à la maison. Nous trouvions Papa endormi, les braises enterrées sous les cendres, prêtes à être ranimées au petit matin, et pour réchauffer notre lit, des briques tièdes devant l'âtre devenu, pour quelques heures encore, le domaine des grillons sortis à la recherche de quelques miettes de pain.

Hormis une famille d'acteurs ambulants, où j'ai vu pour la première fois, déguisés en nègres, avec la figure et les bras frottés de bouchons brûlés, des enfants jouer la comédie, et la « Grande Représentation Récréative Gratuite, organisée par la famille Bénévent, de passage à Prévelles, pour un jour seulement », où ces respectables et très dignes commerçants se forçaient pour faire quelques pitreries à seule fin de placer leur merveilleux onguent dont chaque famille conservait en permanence un petit pot dans son armoire, *en cas*, il n'y avait pas de plaisir à acheter.

« Quand on n'a pas de plaisir on en trouve ! » disait mon oncle Louis, qui passait effectivement pour un fameux boute-en-train. Le plaisir on se le fait à soi-même, quelquefois, en en donnant aux autres. L'enfant invente ses jouets, feuilles, ficelle, pommes, petites citrouilles transformées en vaches avec sept bouts de bois. Le papa fabrique un « corne » avec une écorce de saule roulée en trompette. On se fait une canonnière avec un bout de sureau dont on a enlevé la moelle. En famille, pour amuser les petits enfants tout en les réchauffant avant de les coucher, on met les pincettes à cheval sur une ficelle tendue dont on maintient les bouts serrés au creux des oreilles. On laisse les branches des pincettes s'entrechoquer avec les landiers. On obtient un énorme concert de cloches, appelé chez nous « les cloches de Corneville ». Le chanteur, aux veillées, aux repas de battage ou aux banquets du 14 juillet, se fait plaisir et en donne aux autres. Encore faut-il avoir la volonté de sortir de soi-même pour aller vers les autres. Il me semble qu'à cette époque on avait le courage de le faire, en toute simplicité.

Aller vers les autres, aussi, pour faire la fête. Ainsi, il y avait, ces années-là, des « Entrée de Bidoche », le Mardi gras, et des cavalcades à la mi-carême, organisées avec les moyens du bord, carrioles et charrettes transformées en chars. Sous l'égide de l'un ou l'autre café, venait qui voulait se déguiser, pour le plaisir. Avec bien sûr un bal masqué le soir, pour lequel les couturières rivalisaient d'imagination.

Un jour, comme le bal battait son plein, tard dans la soirée, arrivèrent des personnages qui firent sensation. Deux uniformes comme on n'en avait jamais vus s'encadrèrent dans l'entrée étroite de la salle de bal. Pantalon moulant d'un blanc immaculé, courte vareuse bleu foncé barrée d'un baudrier blanc, gants blancs. Peu importe que l'immense bonnet de police noir à bande blanche fût en carton bouilli. La visière vernie, la jugulaire étroitement serrée sous le loup qui masquait le visage firent passer un court frisson dans l'assistance et rafraîchirent un instant l'atmosphère rigolarde : « Ah ! Les *gendermes* ! » Tout de suite les deux personnages, rigoureusement identiques, s'enlacèrent pour danser. Ils dansèrent ensemble, ne parlèrent à personne, et personne ne devina, avant l'heure où les masques tombèrent, qu'il s'agissait de l'épouse de notre charron et de sa sœur, dans un déguisement emprunté à « Flit l'insecticide parfait », dont la réclame s'étalait pourtant dans tous les journaux. Sauf dans ceux qui étaient lus à Prévelles...

Ensuite venait l'Assemblée, fixée le jour de l'Ascension, dernier vestige de l'assemblée des Potiers. L'occasion, pour Mémé de faire venir oncles et cousins, deux pleines carrioles, une pleine tablée qui se régalait de pot-au-feu, d'œufs au lait et de cerises conservées en bouteilles, dont le bouchon était cerclé d'un fil de fer avant cuisson. Les extraire sans les écraser, à l'aide d'un fil de fer recourbé, demandait beaucoup de patience à la cuisinière. Les oncles parlaient de chevaux et de chasse, les cousins de la pousse de l'herbe et du prix des vaches. Moi je retrouvais des petits cousins de mon âge que nous ne fréquentions guère, séparés par cinq kilomètres de collines et de vallons. Et pour quelques heures je devais leur concéder mon territoire et « mes » deux grand-mères qu'ils ne voyaient pas plus de deux fois l'an...

A quatre heures, cependant, il ne fallait pas manquer le concert donné par la Musique Libre de Bonnétable, à ne pas confondre avec la Musique Municipale, qualifiée de « Musique au Duc ». En fin d'après-midi le bal, sous la chaumière de toile surpeuplée, faisait danser les jeunes au son de la clarinette et du piston de Médard et Boulay. Il y faisait une chaleur torride, car les organisateurs hésitaient à soulever les bâches par crainte des resquilleurs. Parfois, le préposé aux entrées qui, sacoche en bandoulière, barrait la porte de son bras tendu, nous laissait passer, fascinés par les musiciens ruisselants. Et l'on voyait les gars, manches de chemise roulées au-dessus du coude, faire virevolter à pleins bras des filles écarlates dont la robe trop sage, mouillée aux aisselles, nous envoyait à chaque tourbillon des relents de parfum, de sueur et d'écurie.

Comparé à ces fêtes spontanées ou traditionnelles, le 14 juillet, appelé familièrement « quatorze » tout court, faisait un peu figure d'institution, d'une fête d'obligation (1) laïque, avec un caractère quelque peu solennel. C'était la Fête de La République. Ponctuée, tôt le matin, par quelques explosions. Un volontaire, en l'occurrence un ouvrier charpentier, était spécialement chargé du service du « Canon », un engin archaïque, sorte de mortier qui, en faisant exploser une pincée de poudre, était censé rappeler le canon de la Bastille. Tout fier de son office symbolique, à plusieurs reprises dans la journée, en des endroits différents et surtout à la porte des cafés, l'intrépide gars Guste faisait parler la poudre. Les conseillers municipaux étaient requis eux aussi, pour assurer certains services, concours de tir à la carabine, jeux pour les enfants de l'école. La veille, ils avaient été sollicités pour la distribution des Prix. Assis en demi-cercle près du bureau, dans la classe des grands, ayant troqué leurs vêtements de tous les jours contre un pantalon de coton rayé et un veston noir tout neuf encore brillant d'apprêt, ils avaient écouté les meilleurs couplets du répertoire officiel. Puis ils avaient vu défiler devant eux, à l'appel de leur nom, les 90 élèves endimanchés et rouges d'émotion, pour leur remettre leur prix, depuis la simple Récompense des petits, quelques feuillets entre deux cartons rouges, jusqu'à l'important Prix de Certificat d'Études doré sur tranche. Et, pour employer le langage d'époque, une vibrante *Marseillaise* avait clôturé la cérémonie.

Ils étaient encore là le soir pour la mise en place de la Retraite aux flambeaux, simples branchages prélevés dans les haies, munis de lanternes vénitiennes et confiés aux enfants. Ils avaient fort à faire pour séparer les branches emmêlées pendant les manœuvres, éteindre les menus incendies. Et c'était une foule en liesse qui défilait dans l'unique rue, mairie-cimetière et retour – chez nous les défilés, comme les processions, aboutissent toujours au cimetière –, derrière l'unique clairon quand on en trouvait un, et quelquefois les musiciens du bal, accordéon et saxophone. Alors, loin dans la campagne, ceux qui n'étaient pas descendus au bourg, les vieux, les piétras (2), ceux qui, assis sur leur seuil, attendaient que la nuit soit tout à fait noire pour aller

---

(1) Fête d'obligation : les quatre fêtes religieuses, Noël, Ascension, Assomption, Toussaint qui, même situées en semaine, doivent, depuis le Concordat de 1802, être ~~chômées et~~ fêtées comme un dimanche.

(2) Piétras : qui marche en boitant.

au lit, entendaient par bouffées, avant la *Marseillaise* finale, des bribes de refrains qui n'avaient plus rien de révolutionnaire :

J'ai perdu le Do de ma clarinette (bis)
Ah ! Si Papa il savait ça, tra la la...

ou bien

Ah ! j' l'attends, j' l'attends, j' l'attends
Celui que j'aime
Que mon cœur aime...

Pourtant demain, c'est sûr, il y aurait des déçus. Ceux que le vent dominant avait frustrés, et qui diraient : « La pieue va châ, le vent est tourné, j'é point entendu la R'traite ! »

Pour rencontrer les autres, il y avait les veillées. Mes parents ne les aimaient pas beaucoup, ayant toujours quelque chose à faire, quelque journal à lire. Ils faisaient cependant exception, deux ou trois fois l'an, à charge de revanche, pour aller chez nos voisins Blot. Le père Blot, ancien cheminot reconverti à la terre, était abonné au *Bonhomme Sarthois*, hebdomadaire de La Ferté-Bernard, ancêtre du *Réveil Républicain*. Pendant que les adultes faisaient force parties de brelan, je me délectais des « Propos du Bonhomme », écrits entièrement en vieux parler sarthois, où Maître Quéru, le père Chantoiseau et la mère Chédouet commentaient l'actualité à leur façon. Et j'admirais le talent de l'auteur, capable de maîtriser si bien le français pour le traduire en patois.

La rubrique des faits divers était pleine d'enseignement sur la vie dans la région.

Vol de lapins à Aulaines au préjudice de Monsieur Gasse, à Bois-Cré. Préjudice 75 francs. – Vol : Mme B. Clotilde, 29 ans, ménagère à Cherré a porté plainte pour vol de l'alliance de son mari qui était déposée sur la cheminée. Une enquête a été ouverte. – A Boëssé-le-Sec un enfant se noie dans une mare pendant que la mère conduisait les vaches aux champs. – En voulant se laver les pieds dans une mare, M. Louis L. à Tuffé, a glissé et s'est noyé. – 400 francs d'amende et un mois de prison avec sursis pour mouillage de lait. – 15 jours de prison avec sursis à un Allemand sans papiers. Sûrement un espion...

Que voilà donc un bon journal, et qui renseigne si bien ! Quasiment mieux que *l'Écho Régional de l'Ouest*, grand journal que lisaient mes parents et qui faisait le tour du voisinage. Comme quoi les petites nouvelles prennent parfois le pas sur les grandes, chez les gens de notre condition.

Un grand-père « en ville »

Quand on quitte Bonnétable par l'Avenue de la Forêt, en direction de La Ferté-Bernard, on laisse à droite, avant le village d'Aulaines, une rue presque neuve, que des aménageurs en mal de modernisme ont baptisée Rue du Professeur-Calmette. Je l'ai connue, cette rue, sous le vocable plus poétique de Chemin du Thym. Chemin de sable, encaissé entre deux haies vives où alternaient des touffes d'aubépine, de « bonnets d'Évêque » propices aux nids de merles, et des petites cépées de ces chênes rabougris qu'on appelle ici chêne noir, dont les feuilles sèches, l'hiver, frissonnent au moindre vent d'Est. Il débouche encore, ce chemin – pour combien de temps ? – tout près du cimetière d'Aulaines, sur une route étroite qui rampe, telle une couleuvre, sur le flanc d'une colline. Au-delà, sur la gauche, il traverse des champs qui m'ont toujours paru très grands pour aboutir, après maints détours, sur Prévelles. Un parcours impossible à décrire qui mettait notre maison à cinq kilomètres de Bonnétable au lieu de huit par la route départementale.

Ce parcours, je l'ai fait plus de cent fois, d'abord dans notre grosse carriole tirée par la Biche, la percheronne qui ne courait jamais et s'accommodait fort bien du chemin le plus court, même s'il cahotait quelque peu. De plus nous étions, sur ce chemin rural quasi désert *à l'abri des chârtes*, c'est-à-dire des autos. On avait la route pour soi tout seul. J'ai encore dans l'oreille le bruit des silex rouges écrasés par les roues ferrées, amplifié par la carriole faisant caisse de résonance, au point qu'il fallait élever la voix pour soutenir une conversation.

Plus tard je l'ai fait à pied avec mon père, en m'efforçant de suivre ses longues enjambées de fantassin, qui savait par expérience, depuis son instruction militaire en 1905 « qu'une troupe faisant le pas de quatre-vingt centimètres et marchant à la cadence de cent-vingt pas à la minute parcourt sans fatigue quatre mille huit cents mètres en cinquante minutes » (*Le livre du Gradé d'Infanterie*, Berger-Levrault). Mon père qui n'est pas en promenade mais a dû laisser son travail pour aller en ville faire des commissions indispensables chez le grainetier, le sabotier ou le cordier.

Je l'ai fait ensuite à bicyclette, malgré la traîtrise de gravillons plus coupants que le verre. Lorsque, le soir, le vent soufflait la bougie de la lanterne, ou bien quand ils avaient noyé le carbure par une trop forte arrivée d'eau et qu'il était impossible de faire jaillir l'acétylène, ou encore s'ils n'étaient pas munis de la plaque en métal léger, alternativement jaune et blanche, fournie chaque année par les contributions indirectes contre paiement de la taxe sur les vélocipèdes, les gens prenaient le risque d'une crevaison, sachant les gendarmes en faction sur la grand'route, aux environs de La Mare-Pineau. Ce périple, après avoir longé la cour d'une ferme dont la volaille s'éparpillait à plaisir à notre approche, se terminait, quand le chemin devenait impraticable, dans nos champs, le long d'une rote étroite qui épousait les méandres de la haie. Il obligeait à soulever la lourde bicyclette par dessus les échaliers.

Je l'ai fait également en compagnie de Grand-père Georges, qui marchait à petites foulées rapides, en s'aidant un peu – si peu – d'une canne faite d'un brin de noisetier plessé, recourbé au creux d'une haie pour épaissir la clôture, et coupé quelques années plus tard pour servir à volonté de plantoir ou de bâton. Grand-père mettait une petite heure pour aller de chez nous aux Bordelières, à l'entrée de la ville... S'il ne bavardait pas avec Michel Brassé, le fendeur-treillageur du « Fourneau », ou avec le garde forestier de « Theulet ». S'il ne s'attardait pas, en traversant son taillis des Terres Rouges – un hectare de bois quelconque, mais qui avait plus de valeur pour lui que toute la forêt de Clossay pour Monsieur le Duc – à musarder entre les trous et les monticules de terre qui lui donnent un air de champ de bataille, et ne sont pourtant que les vestiges ô combien pacifiques de l'extraction à ciel ouvert de l'argile nécessaire aux anciens potiers de Prévelles. A supputer du volume de tel pied de chêne, du nombre de gaules de châtaignier dont on ferait des piquets de clôture dans quelques années, de la largeur du rectangle de taillis qu'il lui faudrait abattre à la hache, l'hiver suivant pour obtenir les trois ou quatre cordes [1] de rondins nécessaires pour que « Elle » – ainsi appelait-il Grand-mère – ait toujours une réserve de bois sec, fendu, pour alimenter son petit feu de propriétaire, sans fumée, sans trop de cendres à repousser de la pelle et de la balayette. Il lui arrivait parfois de marmonner comme pour lui seul, en prenant un peu de recul devant un baliveau de quinze ans, de belle venue, dont l'écorce lisse et blanche avait la fraîcheur du marbre, et dont la cime cherchait à atteindre celle des plus grands : « Dans cinquante ans, tè, tu feras une belle poutre de grange ! »

Et avec dans ses yeux bleus une lueur qui était peut-être un message, il ajoutait pour moi : « Mais moé, j' verrai point ça, y a longtemps que j' s' ré mô ! »

Il reprenait la route vers Cîteaux, de son pas guilleret, non sans avoir mis dans la poche de son veston noir une belle pomme de pin, quelques faines, quelques marrons d'Inde. Pour rien. Pour sentir sous sa main, tandis qu'il marchait, quelque chose qui venait de *son* bois.

C'est une route facile pour le marcheur, sans imprévu, qui amène en pente douce vers Aulaines, en passant sous le petit pont étroit et sonore du chemin de fer dont il me faisait admirer à chaque fois la construction de pierres apparentes et la voûte de briques, joli travail des maçons de 1872. Au coin du cimetière d'Aulaines, on prenait donc le Chemin du Thym. Si Grand-père, pressé de retrouver son jardin, était peu sensible à la poésie du lieu, à l'intimité rassurante de l'étroit passage qui obligeait les roues des charrettes à raser le pied des talus, nos pieds appréciaient, après les cailloux de la route, la douceur du sable retrouvé en marchant dans la trace laissée par les chevaux au milieu de la bande herbeuse. Ainsi, même la nuit, on ne risque pas de s'égarer.

Pour nous, paysans de Prévelles, Aulaines, quand on l'abordait par la route départementale, c'était déjà un peu la Ville, un faubourg de Bonnétable. Avec des maisons presque bourgeoises,

(1) Corde : en Sarthe, mesure de bois de chauffage équivalente à trois stères.

crépies de blanc cassé, bien alignées le long d'une rue unique et large. Des maisons de rentier, disait-on, ou tout au moins de gens aisés. C'était visible aux fenêtres garnies de rideaux immaculés, retenus par des embrasses empesées, derrière lesquels on pouvait entrevoir des dressoirs et des buffets montés (1) en guignier, tout luisants de cire d'abeilles.

L'été, assis sur des chaises posées à même le trottoir, on voyait des grand-mères habillées en petit dimanche, coiffées de frais, les mains croisées sur leur tablier noir, et des hommes en manches de chemise, portant la casquette ronde à visière vernie. Aulaines, vue ainsi, avait perpétuellement un air de fête.

Mais par le Chemin du Thym, on avait une autre vision des choses, plus réaliste, plus laborieuse. C'étaient, comme ailleurs, des jardins biscornus, avec leur fouillis de fleurs et de branches folles, leurs alignements de choux, leur unique sillon d'asperges, leur seul pommier de Reinette, et, par ci, par là, signe de terrain maigre disait-on, leur carré de topinambours. Avec les inévitables cabanes à lapins et leur minuscule tas de fumier. Pourtant, en avançant vers la ville, il y avait des jardins tout neufs, tirés au cordeau, entourés de grillage galvanisé et non plus de ces treillages de châtaignier qui se penchent un peu plus chaque année sur le fossé de la route, retenus seulement par un lacis de lierre. Grand-père en connaissait quelques-uns pour les avoir tournés et retournés à la bêche depuis plusieurs années.

C'était l'époque des premiers retours à la terre, de l'arrivée des Parisiens, tout heureux, après une vie d'employé – de gratte-papier disaient les mauvaises langues – de venir se reposer en province. Aux abords des petites villes, sinon des bourgades, des propriétaires avisés vendaient par morceaux des champs dont la valeur progressait à vue d'œil. Et fleurissaient un peu partout les *Villa Sam'Suffit*, *Ma Lolotte*, *Mon Rêve*, ou encore *chez Tantine*, dont l'architecture insolite coiffée du rouge flamboyant des tuiles de Bourgogne et les persiennes de fer aux couleurs criardes tranchaient sur la grisaille habituelle des volets à cœur et des tuiles de potier dont seule la mousse, suivant l'orientation du toit, la provenance ou la cuisson de l'argile, faisait la différence jusque là.

C'était la grande époque des cimentiers venus de leur Italie natale, avec leurs raides constructions de béton armé, pour révo-

(1) Buffet monté : buffet à deux corps.

lutionner la maçonnerie traditionnelle française faite de moellons assemblés à la chaux et au sable. L'époque des lourds parpaings pleins en mâchefer, des premiers murs en briques creuses, vite montés, aussi vite démolis disaient les sceptiques. C'est ainsi que la grande Bonnétable, en s'étirant mollement sur le champ du Chêne, en bordure de ce qui n'était pas encore l'Avenue de la Forêt, préparait déjà, insidieusement, l'annexion pure et simple de la sage petite Aulaines.

En revanche, ces nouveaux venus, pour la plupart novices en bricolage et en jardinage et quelque peu argentés, constituaient une manne inespérée pour les artisans et aussi pour les petits agriculteurs, auxquels ils achetaient le fumier à prix d'or dans l'espoir un peu vain de voir leur jardin de sable et de rocaille égaler les meilleurs jardinets de la contrée. De même pour les journaliers.

Grand-père qui, en 1925, avait quitté son bordage et son alambic pour une maison toute blanche à l'orée de Bonnétable, était de ceux-là. Son louchet plus luisant qu'une faux sur l'épaule, il partait en journée dès huit heures, ayant déjà fait deux heures accomplies dans son propre jardin. « J'irais bin plus tôt, mais les Parisiens i n'en finissant point de se lever ! »

C'était une clientèle facile pour qui savait y faire, et qui payait bien.

« Monsieur Fontêne, voulez-vous me planter un cognassier ici, et là un pommier ? Plus loin, voyez, j'ai prévu de mettre un petit sapin... Coupez-moi encore cette branche, voulez-vous ? »

Monsieur Fontêne voulait bien, il piochait, bêchait le sable tendre, fumait, plantait, arrosait, tuteurait, greffait les Doyenné du Comice et les Beurré d'Amanlis, taillait sans vergogne, formait arcures, quenouilles et espaliers, émondait, arrachait, replantait, empochait chaque soir ses dix francs et, le dimanche venu, venait tout joyeux conter sa bonne fortune à mon père : « C'est moins rude que d'aller en journées dans les fermes ! »

Ces nouveaux venus, appelés sans distinction « les Parisiens », s'ils mirent souvent des années à s'intégrer dans le monde campagnard contribuèrent cependant, avec les enfants de paysans émigrés en région parisienne et revenant au village deux fois l'an, à ébranler les vieilles coutumes. On rit tout d'abord de leur parler en s'essayant nous-mêmes à grasseyer les R du fond de la gorge. Puis on commença, devant eux, à abandonner certains mots de patois trop difficiles à comprendre. Quelques mots d'argot les remplacèrent : « Va m' qu'ri eune râtiaou » devint « Dégote-moè un râtiau ». Des commerçantes se mirent à *parluiser*, la bouche en cœur, en essayant vainement d'adoucir leur langage de filles du Maine. L'élégance naturelle des Parigots, leur façon décontractée de s'habiller, pantalon de flanelle souple, gilets de laine clairs, fit qu'on eut honte, tout à coup, d'aller en ville en brodequins poussiéreux ou en galoches, avec la culotte de velours côtelé ou de coton rayé et le traditionnel gilet noir neuf plus raide que du carton.

Les jeunes fermières, d'habitude soucieuses de préserver « leur biau teint » en se couvrant visage et bras pour affronter le soleil s'essayèrent timidement à montrer leurs avant-bras pour aller au marché. Bientôt la chemise Lacoste allait faire son apparition, héritée du célèbre tennisman. Jusque là les hommes portaient en toute saison les mêmes liquettes de coton, blanches à petites rayures noires ou marron, avec ou sans col, celui-ci fermé, sur les chemises fines, par un *tibi* de celluloïd ou d'acier assorti aux boutons de manchettes qui servait en même temps de fixe-cravate, et nécessitait quelquefois de se mettre à plusieurs pour l'agrafer... Très longues, on en ramenait le pan arrière entre les jambes, l'hiver, pour tenir chaud. L'été certains roulaient les manches jusqu'au coude. Jamais au-dessus, cela faisait mauvais genre. On n'ouvrait pas toujours le col, car « on était exposé à tous les temps ». Et voilà les Parisiens affublés de ces chemises molles, toutes blanches donc salissantes, qui vous arrivaient au nombril, avec des manches larges coupées si court qu'on voyait leurs muscles en forme de verres de lampe, et si blancs... Pourtant les gars, les premiers, les adopteront pour aller au bal, et on verra longtemps sur leurs biceps le cercle de peau plus claire qui n'avait pas bronzé pendant la semaine.

Très vite, Monsieur et Madame Fontêne s'étaient liés d'amitié avec un délicieux ménage de retraités, totalement étrangers à la région, que le seul hasard, semble-t-il, avait conduits à Bonnétable. Grand-mère ne tarissait pas d'éloges sur le mari, si bien élevé, portant la mouche et les lorgnons cerclés d'or. Et puis, pensez donc, ancien employé à la Banque de France : « Il avait compté de l'ergent toute sa vie ! » Quant à l'épouse, petite femme rondelette, au timbre haut perché, plutôt bavarde – on disait *bien en parler* – c'était une ancienne modiste. Aussi ne sortait-elle jamais sans se coiffer de minuscules bibis dont elle possédait tout un assortiment. Pas fière, elle admirait Grand-père pour sa force tranquille, s'initiait au jardinage, et à la moindre occasion remplissait le jardin de son rire clair. Ils furent invités à boire le café, à manger, le mardi gras, une de ces épaisses crêpes aux pommes, dorées dans le saindoux comme Grand-mère savait les cuire dans sa poêle à long manche posée à même la flamme, sur le porte poêle. Ils apprécièrent la rincette d'eau-de-vie vieille versée dans la tasse encore chaude. Et Grand-mère goûta chez eux, non sans appréhension et pour la première fois de sa vie, assise sur une chaise à haut dossier, dans leur petite salle à manger encombrée de bibelots inutiles, un thé de Chine qui n'avait rien de commun avec le thé Cisbey dont les anciens avaient toujours une boîte en réserve dans l'armoire, *en cas*...

Un jour Grand-père arriva chez nous tout excité : « P'tit Louis, faudra v'ni dimanche avec nous cez les Parisiens. I v'nant d'ajeter l' radio ! I nous ont invités ! » Et, Grand-père en gilet noir et Grand-mère avec une coiffe toute neuve, on alla voir, autant qu'écouter, en grignotant quelques biscuits, un simple haut-parleur installé sur la cheminée de la salle à manger. Monsieur Cancalon disparut dans la pièce voisine, se livra à je ne sais quelles manœuvres et, après maints crachotements et des couinements qui vrillaient les oreilles de Grand-mère, on entendit, merveilleuse surprise, des chansons « comme à l'Opéra de Paris ». Grand-père connaissait, pour y être allé une fois en service commandé, pendant son service militaire à la Tour-Maubourg. Nous étions muets d'admiration, et nos hôtes ravis de leur bonne fortune. Cependant le son manquait de netteté. Parfois des craquements sinistres couvraient la voix, ou bien celle-ci baissait jusqu'à devenir inaudible. Monsieur Cancalon disparaissait de nouveau, les couinements reprenaient, puis tout rentrait dans l'ordre, et l'opérateur revenait s'asseoir, l'air entendu : « C'est normal, aujourd'hui il y a de la friture dans l'air. » Et Grand-père, opinant du chef :– Ah ! bin dame, ça !...

Chers Monsieur et Madame Cancalon, je vous dois ma première émotion d'auditeur ! Grâce à vous, aussi, Grand-père a appris à confronter ses propres prévisions météorologiques, basées sur les lunaisons, l'observation du ciel, du vent et de cent autres détails, avec celles de la Météorologie Nationale. Et la cloche de Bonnétable, qui servait d'étalon, depuis toujours, pour régler nos pendules à cinq minutes près, perdit de son importance grâce à la voix de Radiolo et à l'horloge parlante : « Au quatrième top il sera exactement... »

Mais les Fontaine se lassèrent vite des séances de T.S.F., s'excusèrent poliment, Grand-père parce qu'il ne tenait guère en place et perdait trop de temps à ne rien faire, assis autour d'une table, Grand-mère parce qu'elle préférait le spectacle naturel de la route, entrevu tout en ravaudant, derrière ses rideaux, les pieds sur sa chaufferette : « La Radio, c'est toujours pareil. Et ça berlaude (1) pour dire rin ! »

Autant Georges était vif et entreprenant, autant Clémentine aimait le calme, les petites habitudes, le train-train quotidien ; ses petits plats de bœuf-mode doucement mitonnés dans la cocotte en terre sur le réchaud à charbon de bois ; son savoureux pot-au-feu dans la marmite de fonte descendue de la crémaillère dès l'ébullition et posée sur les braises pour qu'il frémisse des heures durant ; sa cafetière d'émail rouge devant l'âtre, le ventre dans les cendres, dès l'arrivée du visiteur.

Pour certains petits travaux, et aussi pendant la moisson, Maman lui demandait de l'aide. Elle arrivait au train de neuf heures, avec dans son panier découvert – en ville, on ne se sert plus du panier noir à couvercle – un tournant (2) propre, et, achetés pour moi chez Coïc le pâtissier, un chou à la crème ou un éclair au chocolat. Coûteuses gâteries dont elle-même s'était privée toute sa vie. On lui confiait, suivant la saison, des travaux à sa mesure, vaisselle, ménage, préparation des pommes de terre de semence, ramassage des pommes ; et encore, chaque printemps, *aller dans la soue*. Avec la truie.

Occupation à peine croyable aujourd'hui. Nos porcs, sans race définie, avaient toutefois un point commun avant l'arrivée des porcs anglais Yorkshire : des oreilles très longues, tombant jusqu'à terre, qui leur cachaient les yeux. Ce qui rendait les truies maladroites avec leurs petits, assez faibles eux-mêmes par suite d'une nourriture trop carencée. Aussi, pour éviter les écrasements, se croyait-on obligé, les premières semaines, de veiller sur la nichée jour et nuit, par factions de quatre heures. Chez nous, mon père y passait ses nuits, couché tout habillé à même la paille,

---

(1) Berlauder : parler à tort et à travers.
(2) Tournant : tablier de travail sans bavette, qui fait le tour de la taille.

et les femmes se relayaient le jour, assises sur la resse retournée qui abritait les porcelets entre les tétées, à repriser, tricoter ou simplement lire le journal, dans la pénombre trouée seulement par un rayon de lumière filtrant entre deux planches disjointes de la porte. Avec, imprégnant jusqu'à leurs vêtements, l'odeur fade de lait et de fumier mélangés.

N'exagérons rien cependant. La truie ne souille jamais, sauf accident, le nid de ses gorets. Elle est en général, quand elle est bien nourrie, d'une touchante douceur pour ses petits qu'elle entend protéger contre toute agression, au moindre bruit intempestif. C'est là que les choses se gâtent lorsque, agacée, stupide, aveugle, elle s'affole, réveille d'un cri son petit monde, disperse les infortunés au risque de marcher dessus, fouit dans la paille à coups de groin rageurs destinés à effrayer l'ennemi.

J'ai vu Grand-mère à l'œuvre, assise sur un coin de la resse sous laquelle les porcelets, rassemblés à la hâte, couinent de faim et de frayeur. En face d'elle, à la toucher, la truie, assise en chien, énorme, avec ses tétines douloureuses et rougies de petites morsures, étalées dans la paille. La gueule ouverte, bavant, éructant une haleine fétide, elle clame sa colère, sa fatigue peut-être, sa peur aussi, en grognements gutturaux ininterrompus. Se tenir coi. Garder un œil sur le loquet de la porte, en cas de malheur, une main à portée du court gourdin à lui fourrer dans la gueule, le cas échéant, mais qui doit impérativement rester caché pour ne pas l'effrayer davantage. Attendre. Cela dure des minutes parfois. Puis la voix de Grand-mère, grave, monocorde, rassurante peut-être. Une voix qu'on ne lui connaît pas.

« Là, bin voyons, t'es belle pourtant, pourquoi que tu te fâches comme ça ? »

Et de risquer, en veillant aux distances, une caresse appuyée sur le groin que la colère a vidé de son sang. Qui frémit de surprise. Qui pourrait se dérober d'un mouvement sec et obliger la main à rencontrer les mâchoires ouvertes. Mais il y a la voix familière dont l'animal perçoit la moindre intonation. Non, cette fois encore, le pire sera évité. La main remonte jusqu'au front poisseux et rude, insiste, gratte à la naissance des oreilles. Et, miracle, la truie s'apaise peu à peu, secoue ses oreilles qui claquent, comme pour chasser de mauvaises pensées. Et Grand-mère : « Allez, couche-toi ma belle, que je te donne tes petits. » A genoux dans la paille, la voilà qui masse longuement les tétines tuméfiées. La truie a baissé le ton, les cris deviennent grognements, puis soupirs énormes. C'est le moment. Grand-mère prend un risque, soulève la resse, et douze petites boules roses trottinent vers la mamelle offerte. « Tiens, les v'là ! » La truie s'étale brutalement sur le flanc, soulève ses pattes pour que tous prennent place, vite. Chacun a la sienne, choisie une fois pour toutes, mais il faut aider les faibles, les étourdis, les empêcher de hurler à leur tour sinon tout est à refaire. Calmer en silence les voraces qui voudraient deux tétines à la fois. Les grognements de la truie sont devenus mélopée, ils se précipitent en ultimes avertissements quand le lait gicle dans les gosiers et mousse, quelques secondes, autour des petits mentons baveux. Et aussitôt, tandis que la famille s'endort sur place, on voit un petit qui s'en va tout seul jusqu'à l'énorme gueule entrouverte, qui fourre son groin rose jusque sous l'oreille, et qui murmure pour eux deux quelque chose qui est peut-être un merci… L'homme, alors, n'a plus qu'à se faire oublier.

J'ai vu vingt fois cette scène. J'en ai vu de semblables, en d'autres circonstances, avec d'autres animaux en furie, chiens, vaches, chevaux. Et j'ai compris ce qui fait en partie la force des paysans : l'observation et la maîtrise de soi. Nos ancêtres, surtout les éleveurs, savaient l'une et l'autre.

Observer le vent, le soleil, la lune, la nuit, le jour. Prévoir à la forme, à l'évolution d'un nuage, à la couleur du ciel, à cent autre choses, le temps à venir. Décider en conséquence. Agir. Ou au contraire, ne rien entreprendre. Dormir.

Observer, chez tel animal, la position des oreilles, chez tel autre le mouvement de la queue, du sabot, certain frisson, certain port de tête, et tant d'autres détails. Décider s'il faut donner de la voix pour se faire craindre ou au contraire s'adoucir. Fuir, peut-être.

Observer le partenaire, l'interlocuteur, le marchand, l'intrus, l'étranger. Jauger tel froncement de sourcils, tel tic, tel mouvement des mains ou des paupières. Décider s'il faut hausser le ton ou s'effacer, céder ou faire semblant. Malheur à celui qui agit sans avoir observé, ou à celui qui, ayant vu et jugé, tergiverse et n'agit pas.

Grand-père était plutôt de ceux qui agissent trop vite, toujours pressé d'en avoir fini, et mon père de ceux qui réfléchissent trop longuement. Aussi s'était-il formé entre beau-père et gendre plus encore que des liens de famille, une vraie complémentarité. L'un poussant à l'action, à la découverte, l'autre retenant.

Sur les sables d'Aulaines, les récoltes sont plus précoces qu'à Prévelles. Aussi certains matins de juin Grand-père arrivait-il un peu essoufflé, sa vieille musette à grenades marquée « 115e de ligne » sur le dos. Il en sortait fièrement son premier concombre, poussé sous une cloche en verre.

« Fauches-tu ? » Non, mon père binait encore ses betteraves. Pour lui l'herbe n'était pas assez haute, le trèfle était trop tendre et encore gorgé d'eau... Et Grand-père, un peu déçu : « A la Meneurie, ils ont bientôt fini ! » N'importe, il était prêt à troquer la faux contre la binette, pourvu qu'on *avange*. Et mon père, sans rien dire, tirait la faucheuse du fond du hangar.

Nos terres, un peu « hautes », un peu séchantes, étaient peu favorables à la prairie naturelle. Par chance, nous possédions près de Tuffé quelques parcelles minuscules dispersées dans une grande prairie commune appelée généralement « la Prée ». Laquelle, au gré des successions et des donations-partages, était devenue sur le cadastre un fouillis de figures géométriques enchevêtrées que seule une simple pierre affleurant le sol aux emplacements connus des initiés délimitait sur le terrain. Des parcelles mieux faites pour la faux que pour la machine, à raison d'un faucheur par *hommée* de 33 ares et par jour. Trois charretées de deux mille [1] assurées bon an mal an d'un foin d'herbes sauvages où dominaient ici la Reine des Prés, plus loin la Centaurée, ailleurs des brassées de Pâturin ou de Minette, nous permettaient d'hiverner cinq vaches au lieu de quatre. Mais quel travail c'était d'aller faire le foin ! Cela prenait une bonne semaine, quelquefois deux pour peu que le temps fût défavorable.

Pour ne pas abuser des droits de passage sur les parcelles voisines, il était interdit de couper l'herbe avant le quatorze juillet, c'est-à-dire quand elle était presque mûre. Si bien que certaines années au tout début des vacances, je pouvais y participer. Nous partions faucher avant l'aurore car l'herbe chaude se coupe mal. Mon père sur la faucheuse, à moins qu'on ne hisse celle-ci sur la charrette, moi à bicyclette et Grand-père à pied, cinq kilomètres à travers des champs et des prés connus de lui depuis sa jeunesse.

---

(1) Deux mille : une tonne.

C'était lui qui dérayait, qui frayait le premier passage dans l'herbe mouillée, les yeux fixés au loin sur un feuillage préalablement planté sur la borne. C'était lui également qui fauchait à la faux les grands iris jaunes et les herbes folles qui croissaient dans le lit du ruisseau et qu'on retirait gorgées d'eau pour les mettre à sécher, afin que rien ne soit perdu. Mon travail consistait à suivre la faucheuse, muni d'une fourche, pour dégager les paquets d'herbe qui s'amoncelaient devant la lame. Dans cette terre tourbeuse, humide une grande partie de l'année, les taupinières foisonnaient, provoquant des bourrages et de brusques arrêts qui jetaient la jument de côté. Alors, à genoux dans l'herbe, il fallait dégager la lame de la terre poisseuse, repartir pour s'arrêter de nouveau vingt mètres plus loin. Mon père, entre deux jurons, évoquait les années « d'avant quatorze » où déjà, aux mêmes endroits car les taupes sont casanières, la faux tenue serrée devait contourner, survoler les monticules de terre, à gestes précis, sous peine d'être endommagée à chaque instant.

Le lendemain, en carriole, on allait éparpiller les andains, secouer à pleines fourchées les paquets de minette et de houlque laineuse, tandis que la jument retrouvait d'elle-même le trou dans la haie qu'elle affectionnait comme une seconde écurie. Tout le jour elle broyait d'énormes quantités d'herbes diverses choisies pour elle parmi celles qu'elle aimait le mieux.

Heureusement pour nous ce travail était plein d'imprévus, de rencontres de gens venus de dix kilomètres à la ronde. Avec un parler légèrement différent du nôtre, nos accents aigus de *frére*, *bârriére*, devenus chez eux accents graves, *frère*, *bârrière*. On renouait, au hasard des allées et venues entre les parcelles, des relations amicales relâchées par un cycle complet de saisons. Non point pour musarder, ni même pour vider ensemble quelque bouteille – nous sommes gens de chiche convivialité – mais simplement pour s'enquérir de la famille, de l'aïeul qui venait autrefois et qu'on ne voyait plus.

A midi on déjeunait sur le pouce, assis dans l'herbe, le dos calé contre un ormeau de la haie – à chacun le sien – d'un œuf dur, d'un morceau de biquet en gelée, d'une poignée de cerises aigres. Le terme « sous le pouce » serait d'ailleurs mieux approprié. Le pouce sert à caler la *frippe* sur le pain tenu serré au creux de la paume gauche. Et pour faire plus propre – on ne dispose pas d'eau pour se laver les mains – on intercale entre le pouce et le morceau un petit bout de croûte prélevé sur la tartine. Chaque bouchée est portée à la bouche entre le pouce droit et le couteau. Je le fais comme je l'ai vu faire. Le tout arrosé de cidre tenu au frais dans une bonbonne abritée dans la haie, sous une fourchée d'herbe. Enfin, parce qu'en juillet le soleil travaille pour nous, sans nous, on faisait une sieste.

Jamais vous ne connaîtrez ce bonheur-là. Notre corps broyé par les mêmes gestes mille fois répétés, par le poids des fourchées d'herbe soulevées et secouées à la force des bras, ce corps épuisé qu'on laisse aller, sur une brasse de foin tiède, à l'ombre de l'ormeau qui vous attend chaque année, depuis toujours semble-t-il. Non. Depuis qu'un homme, voilà près d'un siècle, a étêté, d'un seul coup de serpe donné à hauteur convenable pour qu'il croisse en boule, le jeune brin surgi parmi les églantiers. Et que d'autres hommes, tous les huit ou dix ans, coupent à la hache les branches qui sans cesse renaissent du tronc bosselé de cicatrices. La soif qui tout à l'heure brûlait notre gorge irritée par la poussière, est apaisée pour un temps, et on regarde, vers la Chaperonnière, l'air chaud qui brasille au loin, dans lequel s'agitent des gens qui semblent ignorer que, jusqu'à quatre heures, il faut laisser la Nature en paix.

La Nature, ce sont les grillons – sont-ils vingt, sont-ils mille ? – qui crissent à l'infini, immobiles, noirs, à l'entrée de leur trou, comme le diable doit être à l'entrée de l'Enfer. Ce sont les petites corneilles de l'année qui s'essayent, par familles de quatre ou cinq, moitié sautant, moitié volant, à chasser les sauterelles qui foisonnent dans les parcelles plus claires où, dès le foin enlevé, l'herbe repousse déjà, inlassablement. Rappelées d'un cri impérieux, tragique, presque humain, par un adulte perché à la cime d'un peuplier.

Ce sont les châtaigniers en fleurs dans les bois de Launay chauffés à blanc, qui distillent leur haleine douceâtre, un peu écœurante. La brise du nord-est nous l'apporte par vagues, mêlée aux odeurs de foin et d'herbe fraîchement coupée, parmi lesquelles un nez averti reconnaît le Pâturin, la Reine des Prés, la menthe sauvage, la Centaurée, et tant d'autres.

Ce sont les mouches qui nous agacent, qui exaspèrent aussi la jument dont on entend fouailler la queue et cogner le sabot, dans son écurie de feuillage toute proche.

C'est le frisson léger des feuilles d'ormeau sur nos têtes, qui découpe le ciel en mille scintillements d'étoiles d'or sur fond d'azur pâle. C'est cet air chaud qui fait redouter le moment où il faudra sortir de l'ombre. Tout bruissant du *tacatac* des faucheuses à chevaux, du ferraillement des premières faneuses, des appels de ceux qui se hèlent d'une parcelle à l'autre.

Mon père, levé depuis l'aube, ronfle à pleine gorge, insensible au bruit comme aux mouches. Grand-père, qui a toujours été piètre dormeur, bâille longuement, cale ses reins douloureux au tronc rugueux de l'ormeau, cure consciencieusement une dent creuse de la pointe du couteau et de la langue, et commente le spectacle à voix basse. Voici les premières charrettes de la journée qui cahotent sur la charrière [1], en caravanes de deux ou trois. Les charretiers, qui ont dîné en hâte avant de partir, somnolent, assis sur le brancard, jambes pendantes, les guides tenus mollement car les chevaux qui vont au foin n'ont pas besoin qu'on les conduise. Et le soleil de midi, associé aux cahots de la route, vient à bout des hommes les plus résistants. Ceux-là viennent des hauts de Saint-Célerin, à dix kilomètres. On le devine à la couleur des charrettes. C'est qu'on ne choisit pas sa couleur préférée en passant commande d'une charrette à son charron. Chacun d'eux a, comme images de marque, sa façon de tailler le bout des ridelles, d'adoucir le chanfrein d'un brancard et, bien entendu, sa couleur exclusive qui va du bleu roi, enjolivé ou non d'un mince filet rouge vif, au jaune moutarde, en passant par tous les marron ; subtils mélanges de colorants, d'huile de lin, de blanc de céruse et d'essence de thérébentine, essayés à larges coups de pinceau à même la porte de leur boutique, qui finit par se transformer en véritable tableau d'art abstrait. Peintures qui sont pour eux autant de secrets. Comme ils gardent secrètes les formules de leur colle à bois, de leur bain de trempe dans lequel, m'a-t-on dit, certains incorporent un peu de leur propre urine, et du mastic à base d'huile de lin et de blanc d'Espagne qui servira parfois de graisse d'aveugle pour masquer un défaut du bois avant de le peindre…

Commence alors le fastidieux travail du chargement du foin en vrac, en d'énormes fourchées sous lesquelles un homme, coiffé d'un large chapeau de paille, disparaît un instant. On dirait un champignon qui marche. Reprises là-haut par une femme au

(1) Charrière : chemin d'exploitation à travers champs.

visage cramoisi, coiffée d'un mouchoir à carreaux, et dont les jambes nues s'enfoncent dans le foin brûlant. A elle de disposer les fourchées en équilibre – tout un art – une à gauche, maintenue sous le pied, une à droite, une au milieu. De se garder des glissades traîtresses, du foin sauvage et chaud qui vous entraîne dans la chute de toute une rangée. De faire en sorte que la charretée ait *de la gueule* quand elle sortira de la prée sous les yeux des hommes, en vacillant entre les bosses du terrain, énorme, ventrue, ficelée exactement au milieu par la grosse liure de chanvre, surmontée quelquefois d'une petite tête achevant de rôtir entre soleil et foin. Tandis que le charretier retiendra prudemment par la bride serrée le cheval pressé de rentrer.

Parfois, une saute de vent agitait les feuilles d'ormeau. Un rien, simple frisson venu de l'Ouest. Mais là-bas les gens tentaient de maintenir le foin sur leur charrette, de l'aplatir à grands coups donnés du dos de la fourche. Un tourbillon aspirait des fourchées entières qui montaient en torche, très haut, au milieu des martinets en folie. Au sol, le vent attaquait les gros meulons, *les vœilles*, que certains avaient montés patiemment, à petites fourchées, pour que le foin finisse de sécher. Un instant, leur chapeau oscillait, hésitait ; puis une mèche folle se détachait. Brusquement l'ensemble roulait sur lui-même, courait quelques mètres pour s'égailler dans la parcelle voisine. Grand-père riait sans retenue, impitoyable pour les timorés qui se croyaient obligés d'attendre quelques jours avant d'engranger un foin presque sec. Insensible à leur déconvenue lorsqu'ils trouveraient leur récolte éparpillée, trempée peut-être. Fidèle à son principe d'en finir tout de suite pour passer à un autre travail. Mais déjà le vent s'attaquait à une autre meule : « Tiens, r'garde bin c'te-là... »

Mon père faisait quelques pas dans le soleil, tête et pieds nus, humait l'air incertain et plus brûlant que jamais : « Après ça le temps va changer. Faudra faire les veillots assez gros...

– Oui, et rentrer ça *viquement*, dès demain. »

On repartait, comme ivres de soleil et de peine, pour mettre le foin rebelle en meulons, le rouler en fourchées larges et plates qui se coiffaient l'une sur l'autre comme autant de chapeaux. Jusqu'à ce que, la tâche terminée, la fraîcheur apaisante du soir nous ramène épuisés mais contents d'une journée inhabituelle.

Avec Grand-père pourtant, mes souvenirs ne sont pas uniquement de travail, mais aussi de fête, liés aux fêtes de Bonnétable.

Foire Saint-Nicolas en décembre, tellement fréquentée par les gens de Prévelles que l'école était presque vide ce jour-là. Odeurs de marrons grillés, à chaque recoin de rue, premières cacahuètes, vendues en vrac, à la jointée, que le marchand glissait dans la poche entrebâillée. Forains occasionnels encombrant les rues de paquets de couvertures et de rouleaux de cordages. « Tous des voleurs », disait mon père, à qui on ne vendait pas du jute pour du chanvre, et dix mètres pour douze. A l'exception du « Gars de Falaise », un habitué de la région, et de Passe, le taillandier du Mans célèbre pour le tranchant de ses outils, aucun ne trouvait grâce à ses yeux. Vrais ou faux Auvergnats, chapeau de feutre noir et foulard rouge sur la blouse bleue, qui piquaient sur une planchette douze couteaux en faux acier véritable, de quoi équiper d'un seul coup plusieurs générations, ou bien proposaient des pierres à aiguiser tellement efficaces que la faux qu'ils se passaient allégrement sur la langue avant affûtage tranchait le papier après... Accordéoniste assis sur un pliant à même le trottoir, une valise ouverte devant lui, abrité sous un grand parapluie rouge d'où pendaient des partitions en petits formats retenues par des pinces à linge, tandis qu'une femme trop fardée chantait dans un porte-voix :

Amusez-vous
Dépensez tout
La vie passera comme un rê-ê-ve...

Pour s'approcher, si l'on voulait retenir quelques bribes, il fallait jouer des coudes.

Baraques foraines en double rangée sur le champ de Foire, avec au milieu une allée suffisamment étroite pour que les courants montant et descendant se frottent au passage. La femme la plus grosse du monde : 207 kilos, quatre cent quatorze livres – utile précision – avec une tête « comme une autre » qui dépasse au-dessus d'un rideau suspendu à hauteur convenable pour qu'on ne voie pas son buste. Points de Vue, sortes de gros hublots alignés le long d'une paroi, dans lesquels, après avoir acquitté le droit d'entrée, on regarde des photos en relief de la guerre de 14-18. Un stand dit « de Sciences Naturelles » où l'on peut voir grandeur nature un bonhomme le ventre ouvert, avec un cœur rouge, un estomac rose et des boyaux violets. La Sphère infernale et ses motocyclettes faisant la Croix de la Mort. Serpents, animaux dits Féroces, montrés par d'intrépides explorateurs en saharienne kaki, coiffés du casque colonial en liège, preuves qu'ils arrivent du désert, flanqués de petits singes qui s'épouillent consciencieusement, assis sur un poteau. Macaques encagés derrière un rideau crasseux. Ah ! ces rideaux mystérieux qu'on va ouvrir généreusement devant vous tout à l'heure – Grand-père, restons là ! – qu'on ouvre un peu, si peu, après des flots de paroles beuglées dans le porte-voix gouttant de salive, pour qu'on voie… rien du tout : « Entrez, Messieurs dames, les enfants ne paient que demi-place, et c'est justement l'heure du repas du boa ! » Vous le verrez manger l'infortuné lapin blanc – toujours le même – qu'on brandit par les oreilles, le temps de laisser passer une meute d'explorateurs en puissance, que la rencontre annuelle avec deux ou trois aspics et autant de couleuvres a familiarisés avec les reptiles, mais qui voudraient bien se faire peur au moins une fois.

Et puis la foule qui piétine, frigorifiée. Sa houle qui vous pousse et vous repousse le long de la Grande Rue. Ses haleines de café et de tabac, ses remugles de corps mal lavés, de *colle à cheveux* Gomina Argentine, de bestiaux parqués tout au fond du Champ de Foire. Avec, par ci, par là, quand on n'est pas encore à la hauteur des grands, l'odeur de naphtaline d'un fessier râpeux qui vous frôle, ou d'un costume de velours côtelé qu'on vient de sortir de l'armoire…

De Bonnétable, j'ai encore retenu son prestigieux comice agricole. La fête de l'année par excellence, pour toute la région. Bien situé, le dernier dimanche d'août, à un moment de calme entre les travaux des champs, il drainait, pour un après-midi, la population de plusieurs cantons. Les Tramways de la Sarthe et le Mamers – Saint-Calais organisaient même des trains spéciaux, avec retour dans la nuit.

Non pas que le concours agricole en lui-même, le matin, nous passionnât beaucoup, nous gens de Prévelles. Les superbes chevaux Percheron, les plantureuses vaches Normande ou encore les grosses Maine-Anjou, étaient trop gourmands pour nos petits carrés de trèfle et nos maigres rations de betteraves. Leurs propriétaires, qu'on appelait irrévérencieusement les *grous maîtes* ne comptaient pas beaucoup de relations parmi les bordagers de Prévelles, tout juste aptes à leur fournir au besoin, de bons domestiques et de robustes servantes. Tout au plus, avec Grand-père qui les connaissait tous, s'amusait-on à les voir évoluer, le fouet agile, derrière la croupe de quelque pouliche tenue au bridon par un commis endimanché, les jambes bien prises dans de hautes guêtres prêtées par le patron, tout fier de l'importance du rôle éphémère qui lui était dévolu : présenter l'animal – qu'on avait tiré de sa prairie le matin même, lavé, astiqué de la brosse et de l'étrille avant de lui tresser la queue en un moignon enrubanné – sous son meilleur angle, afin de masquer ses éventuels défauts. Le faire trotter vingt mètres d'un bref claquement de langue sans l'effrayer, pour qu'il revienne se camper, l'oreille fièrement pointée, devant Messieurs les Membres du Jury, eux-mêmes éleveurs dans un autre canton, qui, à charge de revanche, étaient censés récompenser le meilleur élevage sans pénaliser le moins bon.

Pour moi, le comice agricole commençait vraiment à midi, quand Grand-mère, en coiffe brodée de grosses fleurs, Grand-père en chemise blanche et pantalon rayé de gris, nous recevaient autour de la table ronde recouverte d'une nappe blanche ornée des mêmes motifs rouges que les immenses serviettes qu'on se nouait derrière le cou et qui nous enveloppaient jusqu'aux genoux. Grand-père avait débouché un Saint-Émilion que j'ai toujours connu très vieux car, en dehors des déjeuners du comice et du Jour de l'an, on ne le servait que comme fortifiant, additionné d'un flacon de Quintonine, à raison d'un verre à liqueur avant déjeuner, lorsqu'un membre de la famille se trouvait *en faiblesse*. Et après le bouillon gras, dans lequel Grand-père ajoutait un demi-verre de vin rouge, le bœuf bouilli à la croque-au-sel, avec son accompagnement de chou tiré du pot-au-feu, la poule aux carottes – un délice –, la salade de chicorée frisée, on mangeait, dans de très précieuses assiettes héritées des grands-parents Gosnet, et accompagnée de la traditionnelle brioche en couronne pur beurre, une millée comme vous n'en goûterez jamais, comme je n'en mangerai jamais plus, généreusement saupoudrée de sucre pilé sur la table avec un fer à repasser. Et puis encore, orgueil de Grand-père et plus craquant qu'une citrouille, le premier Cantalou de la saison.

A ce déjeuner, qui durait fort longtemps, on parlait peu du travail, mais de toute une lignée de grands-oncles et de petits-cousins, plus ou moins perdus de vue simplement parce qu'ils habitaient à dix kilomètres à la ronde, qu'ils ne se déplaçaient, comme nous, qu'à pied ou à bicyclette, et qu'on ne s'écrivait pas.

Déjà il était temps, pour mes parents, d'atteler la carriole et de rentrer traire les vaches. Je suis sûr pourtant, que Maman eût aimé flâner, comme autrefois, dans la ville en liesse. Mais le travail commandait. Éprouvaient-ils quelque nostalgie en découvrant parfois, jetés pêle-mêle dans le fossé de la petite route, près de l'entrée d'un champ, deux bicyclettes abandonnées de leurs jeunes propriétaires ?

Ma sœur était avec les jeunes de son âge, pour une soirée de bal exceptionnelle, avec « la permission d'onze heures ». Grand-mère était aux prises avec un monceau de vaisselle. La flânerie, c'était pour nous, Grand-père et moi. Avec lui j'ai appris à me glisser dans une foule, pour voir le détail insolite, l'envers du décor, l'arrière des baraques foraines, pour regarder vivre ces gens-là au repos. La première fois où les autos tamponneuses s'installèrent sur la place du Petit-Marché, ravi, il a pris le volant, pour son plaisir autant que pour le mien. Puis nous faisions le tour du château pour admirer les somptueuses limousines Delage, Delahaye, Hotchkiss des invités de Monsieur le Duc. Nous étions au premier rang quand celui-ci, conseiller général et maire de Bonnétable, passait en tête du cortège officiel, derrière la musique municipale, entre deux haies de spectateurs. La nuque raide, entendait-il seulement, Monsieur le Duc, le *Salut au 85*^e^ ou bien *le Tram*, claironnés à pleines joues par des musiciens écarlates, menacés du coup de sang à chaque reprise, à cause de leur cravate nouée en ficelle autour d'un col ruisselant ? Soucieux qu'il était de saluer, d'une brève inclinaison de tête, les visages connus aperçus dans la foule.

Grand-père s'honorait d'être de ceux-là, et me le faisait remarquer : « Tu vois, i m'a vu... » C'est vrai qu'ils s'étaient rencontrés quelques fois. Monsieur le Duc, un brave homme au fond, ne dédaignait pas, à l'occasion, la conversation de ce vieux manant d'humeur égale et respectueusement malicieux, qui connaissait mieux que lui-même chacune de ses fermes, et même la bonne ou la mauvaise fortune de tel fermier ; beaucoup moins loquace, en revanche, sur le zèle de tel garde, sur l'activité de tel braconnier notoire.

Le comice, c'était aussi, sur le champ de Foire, un fabuleux spectacle de variétés gratuit offert, disait-on, grâce à la générosité de Monsieur le Duc, sur un podium entouré de gradins. Spectacle terminé par un lâcher de lapins de garenne capturés vivants et jetés en pâture à une foule excitée qui les piétinait sans merci. Mais le jour où les organisateurs, pressés par les nécessités économiques, entourèrent « le Rond » de bâches et installèrent des guérites aux entrées, Grand-père les voua aux gémonies, et nous nous contentâmes, tout en écoutant le speaker nasiller un palmarès fastidieux, de chercher l'endroit propice, entre deux bâches, pour entrevoir la sortie du clown blanc, ou la robe pailletée d'une artiste. Les artistes, on les côtoyait plus tard dans la rue, regagnant la gare à pied. Démaquillés, fatigués, encombrés de bagages insolites et d'instruments de musique, ils avaient perdu toute leur gloire.

On n'en finirait pas de décrire cette fête populaire entre toutes qui faisait de Bonnétable un pôle d'attraction pour tout l'arrondissement. C'était encore, pour le public des champs revenu en masse sitôt l'ouvrage fait et le souper expédié, pour les commerçants ayant fermé boutique, un feu d'artifice prestigieux, plein de soleils et de fontaines lumineuses. Et la foule s'écoulait lentement jusqu'au cinéma de plein air gratuit, projeté d'une fenêtre de café sur le mur situé de l'autre côté de la rue. Une dernière fois, on s'écrasait pour voir Laurel et Hardy, tandis que, tout près de nous, le bal Boulay-Médard faisait tourner les jeunes.

Demain, on parlerait encore du comice dans tous les foyers, non pas à cause de son palmarès, mais incontestablement comme de la plus grande fête de l'année. Comme on parlera longtemps, ces années-là, d'une fête d'aviation, la première sans doute de la région, qui attirera, dans une prairie à Monsieur le Duc aménagée en piste d'atterrissage, une foule avide de voir évoluer monoplans et biplans et même, pour les plus riches, de passer leur baptême de l'air. De frémir aux exploits de Williams, le parachutiste – qui devait se tuer quelques années plus tard au cours d'un meeting –, en équilibre sur une carlingue ou au trapèze sous un biplan évoluant à basse altitude. Sauf pour les Poilus de Quatorze c'était, pour la plupart des participants, leur première occasion de voir un avion de près. Mon père, lui, n'alla pas. Il s'était déjà déplacé, en 1908, pour aller voir les premiers vols de Wilbur Wright à Auvours...

« Payer un billet pour entrer dans le pré de Houssay que je connais comme mes poches, ah ! bin non ! Quand les aroplanes s'ront en l'air, je les verrai comme tout l' monde ! » avait décrété Grand-père. Et par un long détour à travers champs, d'arriver jusqu'à la haie de clôture renforcée pour l'occasion par quelques barbelés, pour assister de loin, à travers le rideau de charmilles, en compagnie de quelques douzaines de resquilleurs, au travail des mécaniciens au sol, en particulier au lancement des hélices par la force des bras.

...Grand-père, depuis longtemps déjà tu voyages sans contrainte par delà les continents et les époques. Me diras-tu ce que mes yeux ne peuvent pas voir encore ?

Cul-tôt

C'est ainsi que je m'acheminais, de plus en plus vite, en ce début des années trente, vers l'adolescence. Pas assez vite encore, cependant, pour qui est impatient d'accomplir les travaux réservés d'ordinaire aux adultes. Mais on peut tout de même s'initier petit à petit à la conduite du cheval, par exemple pour des hersages faciles et sans danger, quand la chaintre est assez large pour permettre à l'animal de tourner sans se prendre les pieds dans les traits de chaînes. Un cheval étonné tout d'abord de sentir une main plus légère au bout des guides, d'entendre une voix nouvelle et pas encore muée lui commander au bout du champ : « Allez, youc ! Tourne ! » Situation dont il comprendra vite tout le parti qu'il peut en tirer : adopter une démarche plus dolente malgré les « Aïe », les jurons criés pour être entendus de loin, et les rênes cinglées vigoureusement sur des flancs que seul trahit un léger frisson de la peau. La jeune pousse arrachée au passage malgré le guide opposé tiré à pleines mains. A moins que ce ne soit l'attelage entier qui déboule au petit trot et prenne la direction de la barrière pour aboutir à grand bruit dans la cour parmi les poules effarées, et stopper net à l'entrée du hangar où l'on remise d'ordinaire les harnais.

Il y a toutes les petites tâches qu'on se voit confier, qui empiètent, pour notre plaisir parfois, sur les temps de jeu : les corvées d'eau, de bois – avec interdiction absolue de se servir de la serpe, hélas ! Il y a aussi tout ce qu'on voudrait accomplir, de préférence sans être vu, tels les essais de fauchage à la faux, qui glisse tout d'abord avec un joli sifflement, pendant quelques mètres, mais qu'un mouvement maladroit va immanquablement ficher en terre. Il y a la basse-cour à nourrir, même si on ne peut s'empêcher d'effaroucher le coq, exprès pour le mettre en colère.

C'est le temps, pour les filles, de recoudre d'innombrables boutons. De frotter au balai de paille de riz des places dix fois trop larges. De laver une à une, deux fois par jour, dans un demi-seau d'eau tiède, en s'aidant de la lavette, de la poignée de chiendent, encore appelée *bouchon de brière*, et quelquefois d'une pincée de cendres, les vingt-cinq pièces de fer-blanc de l'écrémeuse, en plus de cette vaisselle graisseuse que toute la famille s'efforce pourtant d'économiser, par exemple en buvant à tour de rôle dans le même verre, ou en mangeant dans le même saladier posé au milieu de la table, avant de le sécher consciencieusement avec force bouchées de pain.

C'est aussi le temps, sous prétexte qu'on sait se tenir debout sur un grand vélo rouillé dont la chaîne qui grince répond au pédalier qui couine, avec dans les fesses le bout d'une selle trop haute et plus dure que le bois, de filer au bourg pour des commissions diverses qui gonfleront au retour le sac de moleskine pendu au guidon.

« Et pis t'amuse pas, t'entens bin, y a d' l'ouvraige pour té en arrivant ! »

Comme si c'était possible ! Pour peu que le maréchal soit à ferrer un cheval rétif qu'il corrige, furieux, d'une volée de coups donnée du plat de son brochoir sur les flancs de l'animal aux yeux effarés, dont un aide tord les naseaux sans pitié avec un nœud de corde qu'on appelle d'ailleurs tord-nez. Tandis que le fermier, une courroie passée sur les épaules, s'efforce de lui maintenir un pied levé. Tous trois appelant à la rescousse, en chœur ou à chacun leur tour, les cent mille Bons Dieux de la Terre et du Ciel... Lorsque, pour chauffer à nouveau le fer refroidi, le maréchal retourne à son antre plus noire qu'on imagine l'Enfer, on le voit tirer la poignée du soufflet à grands coups féroces, et à chaque fois son mégot, hâtivement rallumé, rougeoie autant que le fer lui-même.

Ou bien qu'un rétameur se soit installé sur la place après avoir, le matin, collecté en campagne tous les ustensiles de zinc, d'étain, de fer-blanc ou émaillé, troués, dessoudés ou rouillés, qui gisent à terre en monceau hétéroclite et pitoyable, près de son petit foyer à charbon de bois. Il faut bien attendre le temps qu'il faut, pour les voir ressortir en une seconde au bout de ses pinces, de la bassine pleine d'étain fondu tout moiré de couleurs inquiétantes, flambant neufs et ruisselants de perles argentées !

Ou bien encore qu'une noce, en fin d'après-midi, se dégourdisse les jambes après le déjeuner, en dansant *la Flaupe* en plein carrefour, au son de l'accordéon de gars Julien :

Ah ! fallait voir comme il la secouait sa flaupe, sa flaupe.
Ah ! fallait voir comme il la secouait tant qu'il pouvait...

Et puis, chez nos commerçants, on est *comme cez cè*. Et les ménagères ne prennent pas toujours garde au gamin qui attend, l'œil fureteur, tandis qu'elles tâtent d'un index rude, après avoir humé longuement, d'un nez aussi soupçonneux que poilu, les cinq ou six *fromages en boêtes* – ainsi appelait-on les Camemberts – que l'épicière complaisante soumet à leur appréciation : « Est-t-il fait au moins ? Autrement, ça n'a goût de rin ! »

Ou bien qu'elles pressent, méfiantes, le ventre gonflé de quelque hareng saur : « C'est-i des œufs ou ben d' la laite ? »

A cette époque il y avait quatre épiciers au bourg, ou plutôt quatre épicières, car les épouses tenaient seules la boutique, les maris étant artisans ou occupés ailleurs. Lorsque, par exception, ils étaient amenés à servir les clients, ils étaient si maladroits, si pataudss, coincés entre comptoir et étagères, cherchant vainement dans les petits tiroirs en bois la gousse de vanille sertie dans son tube de verre, le flacon d'arôme Patrelle pour colorer les potages, qui commençait à détrôner les traditionnels chapelets de gousses de petits pois séchés au four, ou encore les mèches de coton pour lampes Pigeon ; répandant – oh ! sacrilège ! – le gros sel dans le plateau étincelant de la Roberval, renversant le litre de présure au moment de remplir la petite bouteille fournie par la cliente, et finalement se trompant plusieurs fois dans l'addition alignée à la diable, d'un épais crayon mouillé de salive, au dos du paquet de sucre Bouchon, que leur épouse appelée à la rescousse, révulsée par tant de gâchis, les envoyait se faire pendre ailleurs.

Maman, soucieuse de « faire gagner tout le monde », ne fût-ce que quelques centimes, m'envoyait alternativement chez l'une et l'autre. Chaque boutique avait son rangement particulier, son odeur, son ambiance ; chaque épicière avait sa façon de recevoir.

Chez l'une il n'y avait pas de sonnette, la porte s'ouvrait en deux parties, comme toutes nos maisons de campagne, sur une salle de café dont l'épicerie occupait seulement un coin, près de l'entrée. L'épicière, occupée à sa cuisine, se faisait souvent attendre. Des hommes entraient, s'asseyaient lourdement à l'unique table et, pressés, tapaient du poing sur le chêne ciré : « La patronne, eune chopine ! » Et aussitôt elle arrivait, tout en s'essuyant les mains à son tablier, petite femme sans cesse en mouvement, toujours souriant, toujours trottinant. Descendait à la galope, pour atteindre la cave, un raide escalier de bois vermoulu. Remontait au trot avec la minuscule bouteille, attrapait des verres dans le grand buffet vitré. Dressait le tout devant les hommes en un tournemain, et sans attendre la monnaie, se tournait enfin vers moi. M'offrait son sourire encadré de cheveux précocement gris : « Et tè P'tit Louis qu'é don qu'i t' faut ? » Chez elle, on achetait la lessive Trèfle, parfumée à la violette, le bidon de cinq litres de pétrole Luciline pour l'éclairage, les sardines à l'huile Cocary, de Douarnenez.

La deuxième boutique jouxtait l'atelier du mari, menuisier, et avait une odeur indéfinissable faite de bois, de térébenthine, de peinture, et d'un peu d'épices. Une grande dame arrivait dès le premier tintement de l'énorme sonnette, très intimidante, très digne, portant majestueusement le deuil d'un grand fils mort à 24 ans, quelque dix ans plus tôt. Avec un fort accent qui n'était pas de chez nous, elle répondait à mon salut : « Bonjourrr mon p'tit. » Et le R qui roulait au fond de sa gorge de fille du Nord m'est resté dans l'oreille. C'était, entre autres, notre marchande de sabots, et son mari était le menuisier de la famille.

La troisième épicière, dont les volets étaient recouverts de panonceaux-réclames de cirage « Lion Noir » et « Crème Éclipse » en fer émaillé, avait disposé dans sa boutique un banc à l'usage exclusif des clientes. On venait ici aux nouvelles, dans l'odeur chaude du café qu'elle grillait elle-même quand son mari consentait à tourner la manivelle du grilloir, au fond du hangar proche de l'épicerie. On se donnait rendez-vous le mardi « cez Marie » pour attendre au chaud, ou à l'ombre selon la saison, le coconnier revenant du marché de Bonnétable. Lapins et poulets, dans les paniers de viornes recouverts d'un filet à mailles larges, profitaient de l'aubaine. On confiait à Marie la garde de son panier, le temps d'une course urgente, ou bien la lettre à donner au facteur. Et Marie, en perpétuel désaccord, allez savoir pourquoi, avec son brave homme d'époux, vous prenait à témoin malgré vous de ses mésententes conjugales, tout en faisant glisser un à un, d'un index agile, les grains de café de la grande cuillère de métal dans le sac maintenu ouvert sur le plateau de la balance. Larme comprise. Pendant ce temps, un commis voyageur venu d'Écommoy, ou d'ailleurs, attendait, impassible, poli, patient juste comme il faut l'être, le crayon levé, le bloc en attente : « Des barrettes à cheveux en métal, avec dessus en corne, en cartes de six, je vous en mets combien, Madame ? »

En plus de l'épicerie, il y avait de tout chez Marie. Des billes, des amorces, des fusils à flèches de bois, même des fils à fouet, irremplaçables pour lancer les moines de buis multicolores dont elle avait également un assortiment varié. Et encore du fil « Au Chinois », des passe-laine et des aiguilles à coudre. Des Françaises car « les Boches, disaient les couturières, refusaient d'entrer dans le tissu ». Et puis les savonnettes des « Princes du Congo » au parfum envoûtant, vendues par trois dans des étuis au couvercle enluminé d'un Prince portant turban et boucles d'oreilles.

Je ne peux pas dire que j'aimais beaucoup aller dans la quatrième épicerie. Juste parce que Maman exigeait, par économie (?) qu'on achetât le café par quart (125 grammes) et qu'on trouvait là le conditionnement désiré, sous la marque « Vainqueur », à l'effigie du Poilu de 1914. Ici, les parfums d'épicerie étaient atténués par les odeurs du tabac, du « gris », du « bleu », du « à priser » vendu en jolis petits cubes de papier marron, des cigarettes « Élégantes », et du *tabac carotte* en longs boudins noirs que l'épicière sortait en vrac d'un tiroir pour en prélever quelques décimètres qu'elle pesait, à cinq grammes près, avec une minuscule balance à plateaux de corne en forme de coupelle. Le client, servi en priorité, avant moi, fourrait dans la poche de son veston noir cette horreur, ni aliment ni bonbon, simplement enveloppée de papier journal, après en avoir prélevé au couteau une épaisse rondelle qui lui gonflait la joue pendant une bonne heure, en lui laissant une bave brunâtre au coin de la moustache.

C'était encore elle, l'épicière promue buraliste qui, d'une écriture lâche débordant largement entre les lignes, délivrait sur de minuscules papiers bistre détachés de registres sévères à couverture brune, l'« Ordre à tous agents de la Force Publique de laisser passer, du domicile du récoltant jusqu'à l'atelier public, un fût de cent-dix, (ou de deux cent vingt) litres de lie de cidre ». Lesquels, au fond d'un tombereau, recouverts de sacs de jute et de quelques fagots de bois sec, deviendraient à peu près sûrement – allez savoir – cent cinquante (ou trois cents) litres de pur jus... Le requérant, une fois le papier plié en quatre au tréfonds de son porte-monnaie, s'en allait l'âme aussi sereine que s'il se fût agi d'un viatique pour l'Éternité.

Non pas que les enfants fussent mal reçus dans cette maison, bien au contraire. Là aussi on trouvait les pochettes-surprises en cornets de papier rouge garnis de trois dragées amères et d'une babiole en celluloïd, le réglisse Zan en spirales et en bâtons. Là aussi on pouvait aligner, sur un étroit comptoir encombré d'une pile de *Journal de Bonnétable*, les dix sous de nos dernières aiguillettes, ou le produit de la vente, à raison de un sou pièce, de notre dernière chasse aux escargots gris, et recevoir en échange quelques bonbons multicolores vendus à l'unité, puisés dans des bocaux de verre alignés à hauteur convenable pour être à l'abri des vandales, à commencer par les propres enfants de l'épicière, nos copains d'école... Et encore, accrochés à la fenêtre aux alentours du Mardi Gras, les masques de carnaval, qu'on appelait figures de plâtre, sans doute à cause de leur lointaine origine ; grotesques faciès de carton bouilli qui, tout jeune, me terrorisaient littéralement, et qu'aujourd'hui encore je ne peux regarder sans frémir. Mais c'était là, je le sentais, le domaine des Hommes. Quelle que soit l'heure, il y en avait toujours trois ou quatre, affalés sur les bancs autour de l'unique table, devisant de tout et de rien, sans souci des heures qui tombaient lourdement d'une très belle comtoise au timbre grave, coincée, mélancolique, entre le placard à verres et une pile de cartons d'épicerie. Le « Scaferlati ordinaire » fraîchement entamé circulait sur la table parmi les flaques de vin rouge, et chacun y puisait à tour de rôle d'énormes pincées de foin brunâtre qu'il s'efforçait d'empaqueter dans une mince feuille de papier « Riz la Croix ». Chez certains aux doigts malhabiles, cela prenait du temps. Enfin, lorsque la chose, abondamment pouillée de salive, avait pris forme de cigarette, le client redressait son buste las, et en titillant de la paume droite la molette de son briquet jusqu'à ce que la corde d'amadou consente à rougeoyer, il hélait la buraliste cabaretière, la mèche fumante au bout des doigts : « Quiens, la mère, r'mettez-nous don ça... »

Car l'épicière, le plus souvent, était seule à la boutique. Son mari parcourait la campagne dans une grande carriole bourrée d'épicerie à laquelle il attelait lui-même, sans aide, avec un seul bras – l'autre était resté quelque part sur le Front, et sa manche vide flottait, ramassée tant bien que mal dans la poche de son veston –, un cheval plus docile qu'un mouton qui lui obéissait à la voix.

Ici, c'était encore le pied-à-terre, le Quartier Général, d'un personnage pittoresque dont la longue silhouette dégingandée était connue à des lieues à la ronde. Son langage trivial, volontairement émaillé de jurons, n'en faisait pas un modèle d'éducation, et pourtant il fascinait les enfants pour lesquels il réservait d'ailleurs – sans doute le devinaient-ils d'instinct – un trop plein de tendresse inemployée dans sa recherche incertaine de bonheur et d'équilibre.

Cul-tôt. Dans notre petite communauté beaucoup ne lui ont jamais connu d'autre nom. On a même entendu des Parisiens l'appeler Monsieur Cutaud. Pourquoi pas ? Lui-même, depuis le temps, ne s'en offusquait pas. D'autres, plus âgés que moi, vous conteraient son enfance et sa jeunesse de petit mitron jusqu'à cette chute malencontreuse du haut d'une charrette de foin mal arrimée, en ce début de siècle où les rebouteux étaient encore le moins mauvais recours pour rhabiller [(1)] entorses, foulures et tours de reins, mais impuissants dans les cas graves comme la fracture du bassin par exemple. Un accident qui l'avait handicapé pour la vie, et classé définitivement parmi les infirmes et les estropiés. Cul-tôt. Littéralement Derrière-tordu. Cul-tôt répondait à son sobriquet comme d'autres à celui de le Borgne, le Biron, le Nabot, le Bossu, la Petite-Main, le Piétra, le Coffi. Qu'ils le soient par hérédité ou par accident, ou encore après des années de souffrances. Sans appel, mais aussi sans mépris. Presque naturellement, parce que cela s'est toujours vu. Si l'intéressé assume son handicap, on lui fait sa place, et on n'en parle plus. Sa place à lui, c'était d'avoir continué, vaille que vaille, son métier de commis boulanger. C'était aussi de servir de courtier à certains marchands de bestiaux. De collecter, à l'occasion de pérégrinations mémorables sur un vélo ferraillant, des chargements de peaux de lapins. Tout s'achetait à cette époque. Et surtout de rendre comme par hasard d'innombrables services à telle petite vieille, à tel solitaire. De dépanner quiconque était plus mal en point que lui-même. Et d'avoir ainsi, au fil des années, consti-

(1) Rabiller ou rhabiller : réduire, raccommoder.

tué autour de lui tout un réseau de relations amicales, à travers force coups de gueule et maints sarcasmes à l'encontre de tous et de chacun, qui n'étaient peut-être, finalement, qu'une sorte d'exutoire à une souffrance cachée.

la souffrance... Ceux qui prétendent que nos ancêtres étaient plus solides que nous, qu'il y avait moins de maladies, bref que c'était le bon temps, sont des insensés ou, pire, des oublieux. Car la souffrance, comme la joie, a de tous les temps fait partie de la vie des hommes. Simplement, on la combat avec plus ou moins de réussite, on lui fait face avec plus ou moins de courage. Le courage, à cette époque encore, c'était plutôt de la résignation devant la fatalité. Restait à supporter son mal, *sa douleu.*

« C'ment qu' ça va ?

– Oh ! moé ça va, més c'est la Mère, alle a la douleu.

– Ah ! ben, où don que ça la quient ? »

La *douleu*, chacun a la sienne, séquelle de blessure ou rhumatisme, simple malaise qui ne résiste pas à une purge ou à une diète de vingt-quatre heures, ou symptôme de maladie grave qu'on ne décèlera que trop tard. Sans compter toutes celles que les hommes ont ramenées de la Guerre, et qui leur rappelle de temps à autre qu'ils sont encore vivants. C'est elle qui nous aide à prévoir le temps, l'approche d'une saison, aussi sûrement que les baromètres qu'on peut voir dans l'antichambre des maisons bourgeoises : « J'ai la douleu, la pieue n'est pas loin ! »

Oui, ces gens-là avaient vécu, vivaient avec la douleur, la souffrance dans leurs os, dans leur chair, ou dans celle de leurs proches. La douleur du tout-petit qu'on regarde mourir, pendant des jours et des jours quelquefois, de la diarrhée verte, ou bien de méningite, de diphtérie – le croup –, de la colique, d'on ne sait trop quoi, ou tout simplement de malnutrition. Jusqu'à ce qu'un matin on arrête le balancier de l'horloge, qu'on ne remettra en marche qu'au retour de l'enterrement, en ouvrant les volets. Son minuscule terre-plein, surmonté d'une petite croix d'où pendillent tristement deux angelots en celluloïd rose témoignera pour de longues années dans le large « carré des enfants » du cimetière du village, que la famille a elle aussi payé son tribut.

La douleur saine, mais qui vous broie tout de même les épaules et le dos quand on est jeune et qu'on entreprend des travaux d'adulte. « C'est le métier qui rentre » disent les vieux avec un sourire condescendant. Ou bien le simple mal de dents qui vous rend fou à tout âge pendant une semaine, jusqu'à ce qu'on ait le courage de les faire arracher, sans anesthésie.

La douleur sans remède, qui vous ronge le jour, vous réveille la nuit, vous tire du lit, pieds nus dans les sabots, pour marcher un peu dans la cour ou sur la route déserte, en queue de chemise, et vous fait regagner le lit après une friction de graisse de laurier, de vinaigre chaud, d'embrocation, ou d'onguent rouge prescrit pour le cheval par le hongreur, ou pire encore, après s'être posé un cataplasme fait d'un linge mouillé d'urine d'homme et de savon noir. La fièvre dite de deux jours un [(1)] si facile à contracter au contact journalier des animaux, qui vous laisse sans force pendant des mois.

La douleur qui vous accompagne depuis si longtemps, quand on est vieux, qu'on ne saurait plus dire avec exactitude quand elle a commencé, mais dont on sait bien qu'elle vous cassera un jour. Heureux quand on n'est pas devenu une tare pour ceux qui restent, une honte pour la famille, comme de s'en aller de la poitrine [(2)], c'est-à-dire de la tuberculose. Sans compter la terrible *morsubite* – personne ne parle d'infarctus, encore moins de cholestérol – qui fauche les gens dans la fleur de l'âge.

Pourtant, aux environs de 1930, on n'est plus aussi démuni, on se soigne... Pour les maladies des enfants, par exemple, on n'en est plus seulement au temps des neuvaines exécutées par Anne Liberge, dite Nan-net, à laquelle, au début du siècle, on apportait une petite brassière pour qu'elle en revête la statue de saint Léon-le Fort, sur l'autel de la Sainte-Vierge, dans l'église de Prévelles. Au temps des toucheux, pour faire disparaître les orgelets et pour empêcher les écrouelles, chez les enfants lymphatiques, de se vider de leur pus en laissant des cicatrices indélébiles à la gorge.

Aux remèdes de bonne femme, dont la liste serait longue, on adjoint des spécialités achetées chez le pharmacien. Surtout celles dont la formule a été trouvée par un prêtre : Jouvence de l'abbé Soury, gouttes de l'abbé Chaupitre, dont les femmes se murmurent à l'oreille le mode d'emploi. Il y a le Baume Bénévent qui est « bon pour tout ». On s'en va trouver l'abbé Coutard, le célèbre « Curé de Torcé », dont le sirop contre la coqueluche et surtout la pommade à base de poix et de camphre pour guérir les

(1) Fièvre de deux jours un : brucellose ; ainsi nommée parce qu'elle se manifestait parfois par intermittence.

furoncles, font des merveilles. Enfin, on a davantage recours au médecin.

A Prévelles, en 1930, on ne se déplace plus à six kilomètres pour aller le quérir à pied ou même à bicyclette ; parlementer, derrière la belle porte cochère ouverte sur un jardinet de bourgeois, avec une servante en tablier blanc qui promet, quelle que soit l'heure, que « le Docteur ira après ses consultations ». A Prévelles, depuis un an, on téléphone, c'est-à-dire qu'on s'en va au café-épicerie dont la patronne a bien voulu accepter, moyennant une infime rétribution, d'être la gérante de la cabine téléphonique. Mais on n'ira pas s'enfermer tout seul dans la petite armoire en bois de chêne massif reléguée dans l'arrière-boutique et encombrée de vieux journaux et de cartons vides, à attendre, l'oreille collée à l'écouteur noir, que la gérante dise à notre interlocuteur : « Ne quittez pas, on vous parle. » Vu « qu'on ne sait point causer là-dedans. » C'est d'abord à l'épicière-cabaretière-gérante qu'on va expliquer ce qui nous amène. C'est elle qui, sous nos yeux, actionnera la petite manivelle de l'appareil mural, dans la salle de café où les clients vont, un instant, faire silence pour tendre l'oreille et saisir des bribes de conversation. D'abord avec la standardiste, puis avec l'épouse du médecin, qui demandera force détails et se fera indiquer le plus court trajet pour se rendre chez le malade par la route (sic). Dans deux heures, grâce aux témoins, tout le village saura, bien avant qu'on n'ait reconnu la 5 CV Trèfle du Docteur Brument, ou que les sabots du petit cheval du Docteur Besnier n'aient frappé les cailloux du chemin, que « ça ne doit point aller chez Untel, puisqu'ils ont demandé le Médecin. »

Chère Madame Lallier ! En cinquante ans de gérance de la cabine téléphonique de Prévelles, en avez-vous reçu, bien avant tout le monde, de ces confidences angoissées, parfois cocasses, franchement drôles quelquefois, que vous deviez transmettre au lieu et place de l'intéressé ! Savez-vous que grâce à vous, le praticien demandé, les choses faites dans l'ordre, un peu de calme se faisait dans les esprits ? Même si une activité intense régnait dans la maison : on attendait le Médecin.

Il arrivait sur les cinq heures, posait son chapeau sur la table, à côté de sa grande sacoche de cuir toute bardée de fer. Se dirigeait directement vers le lit, dans le coin le plus sombre de la salle commune, seule pièce relativement chauffée de la maison, l'hiver ; là où, dans le demi-jour, le malade, dont on avait changé chemise et draps et relevé le buste par un énorme oreiller de plumes attendait, anxieux, le verdict de l'homme de science. Celui-ci se faisait apporter, d'un bref commandement, une cuillère à bouche pour examiner la gorge, une serviette pour poser son oreille sur la poitrine du malade. « Dites 33, 33 ». Il tirait un chronomètre d'or de son gousset, prenait le pouls. Le silence, battu, seconde après seconde, par la comtoise... L'examen terminé, il demandait encore une cuvette d'eau et un savon pour se laver les mains, et enfin qu'on lui apportât du papier afin d'écrire, recto verso, de la plume épaisse de son stylo noir, des rangées de hiéroglyphes que seul le pharmacien saurait traduire en quantités d'alcoolats à diluer dans l'eau distillée Q. S. pour quinze ou vingt cuillerées à soupe ou à café, ou en milligrammes de poudre à incorporer à l'axonge pour obtenir une pommade servie dans un petit pot de porcelaine blanche ou dans un emballage de bois léger semblable aux boîtes à camembert.

C'est alors qu'il fallait prendre la route, quelle que soit l'heure, le temps, le travail en cours. A moins qu'on se contente, pour l'immédiat, de la fiole miracle que le médecin, prévenant, tirait quelquefois de son sac. Au vu de l'ordonnance, le pharmacien disait invariablement : « Avez-vous des courses à faire, parce que ça risque d'être long ? » Et il montrait les quatre ou cinq clients, assis sur des chaises, mornes, les mains inactives sur les genoux, attendant qu'on en finisse avec leurs préparations. On échangeait des nouvelles à voix basse :

«Ça va don point mieux ?

– I mange-t-i ? »

Manger étant le symbole de la vie qui renaît, de la maladie qui recule. Il allait falloir tuer le temps, dans la ville où on n'avait rien à faire, en pensant au malade bien sûr, mais aussi au soir qui tombait, aux bêtes attendant à la barrière du pré... A l'heure dite on franchissait de nouveau la porte de l'officine : « Asseyez-vous, j'ai presque fini. »

Et tout en épelant laborieusement les mots latins sur les étiquettes des innombrables bocaux impeccablement rangés sur les étagères, à demi remplis de substances mystérieuses, on regardait s'affairer l'homme de l'art, derrière son haut comptoir de bois sombre. Triturer d'étranges mixtures dans un mortier de verre, en remplir des alvéoles qui devenaient cachets énormes, véritables petites boîtes blanches à avaler *tout de course* cependant. Verser, en élevant le flacon à hauteur des yeux, des liquides aux couleurs étranges dans une petite bouteille blanche graduée en centimètres cubes. Recouvrir, enfin, le fin bouchon de liège clair d'un petit carré de papier assorti à l'étiquette, blanc, vert, ou rouge : inoffensif, dangereux ou poison. Ses doigts agiles plissaient méthodiquement le papier autour du bouchon, à petits gestes minutieux, l'entouraient d'un joli nœud de fil de lin. Tout un art. Comment lui tenir rigueur de la trop longue attente ? S'ensuivaient encore de longues explications sur la manière de faire prendre les cachets, de poser le cataplasme, de faire accepter à l'enfant l'âcreté du sirop.

Sur le chemin du retour, on faisait mentalement le compte de la journée. Une journée ruineuse, sans comparaison avec les maigres recettes de ce temps-là. Les dépenses de santé ont toujours été dramatiques pour les petites gens.

Finalement, quand on faisait prendre au malade la première dose de sirop, dans une épaisse cuillère d'étain aux bords raboteux et déformés, ou lorsqu'on diluait dans l'eau sucrée les vingt gouttes de poison mesurés à l'aide du compte-gouttes à embout de caoutchouc acheté à part, sur prescription médicale, combien d'heures s'étaient écoulées depuis la première alourdition (1) de la grand-mère, la première couche souillée du bébé, ou depuis la chute de l'homme de l'échelle du grenier ?

Voilà ce qu'on ne sait pas – pas encore – à dix ans, quand on regarde claudiquer Cul-tôt dont la haute silhouette, bardée du tablier bleu de mitron tout maculé de pâte séchée, s'encadre tout à coup dans la porte étroite du petit café-tabac-épicerie, et qu'avec des yeux faussement mauvais il jette, par dessus notre tête, aux buveurs attablés : « Bande de feignants, voute femme alle a don point besoin de vous ? »

---

(1) Alourdition : étourdissement.

Communion solennelle

« Chrétiens, mes Frères, en ce saint jour du Dimanche consacré au service de Dieu, nous sommes ici assemblées en Son Nom… »

Le dos appuyé à l'autel, avec des épaules qui accusent leur âge sous la chasuble ternie que raidit l'humidité ambiante, l'abbé Chotard s'adresse aux fidèles de Prévelles, en quelques phrases immuables tirées d'un mince livre à tranche rouge appelé *Propre du Temps*, avant de leur lire l'Évangile, seul texte de la messe qu'ils entendront en français.

« Mes Frères », ce sont six vieilles femmes – car il n'est guère plus de neuf heures, et les plus jeunes sont encore à soigner les bâtes de la ferme – égaillées au gré de leur inspiration et de la tradition familiale, aux mêmes places depuis des décennies, dans la partie droite de la nef – côté Épître. La lumière du matin, filtrée à travers les petits losanges blancs de l'étroite fenêtre, fait de leurs coiffes, vues de l'autel, autant d'auréoles autour de leurs visages ridés levés vers le prêtre. Un peu comme celles des Saintes Femmes qu'on voit sur les vitraux, dans les églises de riches. Leur gros Eucologe relié de noir est resté ouvert sur leurs genoux à une page marquée d'avance par une image pieuse, et leurs doigts aux phalanges déformées par le travail serrent machinalement un gros grain de leur chapelet noir. On ne voit pas leurs pieds cachés sous les lourdes jupes dont le noir – elles sont toutes veuves depuis longtemps – roussit un peu plus chaque année. Et c'est peut-être tout ce noir qui me fait dire qu'elles sont vieilles car en réalité elles n'ont guère plus de soixante ans. Attentives, elles guettent la formule invariable qui va terminer l'énumération habituelle de toutes les intentions pour lesquelles l'Église recommande de prier : « Enfin pour les fruits de la terre, et pour la prospérité du Pays. A ces différentes intentions, récitons ensemble : Notre Père… »

Ce sera le signal d'une mélopée un peu confuse, où vont s'entrechoquer les voix graves des grand-mères psalmodiant religieusement la prière, et les timbres claironnants des enfants – du moins de ceux qui savent et sont fiers de le montrer – assis de l'autre côté de l'allée centrale.

Car à gauche de la nef, côté Évangile, là où se mettent les hommes pour les enterrements, il y a quinze garçons et filles serrés les uns contre les autres – plus on est serrés plus on s'amuse – qui attendent, narquois, que le prêtre leur tourne le dos, face à l'autel, pour reprendre, entre *Dominus Vobiscum* et *Orate Fratres*, les innocentes plaisanteries qui les feront tout à coup pouffer de rire derrière leur main. Quitte à être foudroyés de regards plus chargés encore de peine véritable que de reproches, derrière les petites lunettes à monture de fer des grand-mères.

Et puis il y a nous, les enfants de chœur. Trois, quelquefois quatre drôles, ni plus ni moins dignes de cette fonction que les autres, mais dont les familles ont considéré comme un honneur ce service à rendre à Monsieur le Curé. Ce qui est loin d'être une corvée. Revêtir la soutanelle, rouge d'ordinaire, noire pour les sépultures, sur laquelle on enfile la cotta de fin tissu blanc bordé de dentelle, fermée au col par un cordonnet, allumer et éteindre les luminaires de l'autel – on n'en allume que deux sur six par mesure d'économie – répondre, en latin s'il vous plaît, à la prière du prêtre, actionner au moment opportun que seuls nous sommes censés connaître, la clochette de bronze qui mettra les fidèles en mouvement, verser le vin et l'eau, à chacun son tour, dans le calice, voilà qui vaut bien quelques sarcasmes et quelques épithètes désobligeantes entendues ici ou là, y compris à l'école… Qu'importe si le bronze de la clochette est recouvert de vert-de-gris, si le bénitier que nous balançons à bout de bras en précédant le prêtre dans l'allée centrale pour l'*Asperges me* est vide car fêlé depuis longtemps par le gel, si la bourse dans laquelle tombent les piécettes percées en nickel au moment de l'offertoire est mangée par les mites. Qu'importe si nos cottas sont plus grises que blanches car imprégnées en permanence d'humidité glaciale, si les rats noirs qui pullulent dans la sacristie ont rongé le bas de nos soutanelles pour faire leur nid. Qu'importe si notre latin n'est qu'approximatif, si nous oublions parfois de prononcer le U en OU, si nous confondons allégrement *Sancta, Sancte, Sancti, Sancto, Sanctum*. Qu'importe tout cela ? La liturgie de Prévelles est à la mesure de nos moyens. Nous sommes de bien piètres chrétiens dans une bien pauvre église de campagne. La lampe du sanctuaire est éteinte depuis des lustres faute de prêtre résident. Le rideau de coton verdâtre du confessionnal cache mal les immenses toiles d'araignées qui tapissent le fond de ce qui n'est rien d'autre, dans cet accoutrement, qu'un cagibi. Depuis des années l'harmonium poussif a été déménagé dans une carriole de fermier pour couiner sa peine dans une paroisse voisine. A quoi servirait-il puisqu'il n'y aurait plus personne pour s'en servir ? Sauf, peut-être, aux enterrements, ou bien pour la communion solennelle, quand une dizaine de jeunes chanteuses venues à bicyclette de Tuffé avec leur institutrice pour vêpres et Salut font vibrer le cœur des mamans en chantant le *O Salutaris*, et réchauffent l'air encore frais, entre les murs dont le badigeon de chaux vive s'écaille en larges places, aux accents du *Tantum Ergo*.

Bien sûr, nous ignorons que la statue en terre cuite de saint Lierre, ou saint Hilaire, patron de la paroisse, qui monte la garde à l'entrée du chœur, exécutée, peut-être, par un potier local, a une certaine valeur comme antiquité. L'idée que cette sévère chapelle, édifiée au douzième siècle pour que des générations de tisserands et de potiers plus encore que de laboureurs y fassent leurs dévotions pourrait avoir un certain cachet si elle était bien restaurée ne nous effleure même pas. Pourtant, même des enfants le ressentent, une mystérieuse certitude habite le cœur de ces femmes qui, à genoux maintenant sur les bancs étroits de peuplier, tournent une à une des pages noircies et cornées par l'usage, en jetant de temps à autre un bref regard sur le dos du prêtre « pour voir d'où il en est ». Et tandis que l'un de nous agite vigoureusement la clochette quand celui-ci murmure, pour lui seul semble-t-il, en tenant entre ses doigts la grande hostie très blanche : *Hoc Est Enim Corpus Meum*, la plus prestigieuse des cathédrales n'abrite pas de Dieu plus grand.

Hormis le dimanche de Quasimodo – il n'y a pas de messe le jour de Pâques –, aucune ne va communier. Ce n'est pas l'usage. Sitôt l'*Ite missa est* elles se dirigent vers la sortie, à petits pas car leurs galoches résonnent sur les dalles. Avant de se signer l'une d'elles plonge machinalement la main dans le bénitier incrusté dans le mur, près de la porte. Elles se touchent mutuellement le bout des doigts. Reste d'une vieille habitude apprise dès l'enfance : faire le *Nom du Père* en franchissant la porte d'une église. Si l'on est plusieurs personnes, une seule mouille directement ses doigts et on se donne l'eau bénite. Brève rencontre de deux regards, sourire fugace, fugitif attouchement de quatre doigts humides, signe de paix, de discrète attention à l'autre. Tel qui entre, se mouille abondamment la main et éclabousse ses proches en se signant n'est qu'un rustre et un malappris.

Dès qu'elles auront franchi le seuil, elles en viendront aux civilités, se serreront la main d'une façon un peu molle, comme on ferait une chose de peu d'importance, tout en échangeant des nouvelles. Madame Dorin, une paroissienne venue à pied de Saint-Denis-des-Coudrais, bavardera quelque temps avec ma grand-mère avant de regagner son manoir, jusqu'à la prochaine messe, dans quatre semaines.

Quant à nous, les acolytes, une fois dépouillés de nos habits de fonction, gratifiés chacun de deux sous prélevés sur le maigre produit de la quête, nous prendrons place avec les autres pour réciter la leçon de catéchisme. Après quoi le père Chotard repartira en taxi pour la grand-messe de Tuffé qui sera sa troisième, non sans avoir trompé sa faim – il est à jeun depuis minuit – avec une petite bouteille de café au lait conservée au chaud dans la poche intérieure de sa douillette.

Quatre années durant, entre neuf et treize ans, pressé, mais non contraint, par mes parents et surtout par ma mémé, encouragé après chaque cérémonie par quelques aiguillettes parcimonieusement distribuées par le Père Chotard et par de généreux parrains, les jours de baptêmes, j'exercerai cette charge honorifique. Ma tirelire, un pivert en terre cuite violemment colorié de rouge et de vert fabriqué à Bonnétable, se remplira plusieurs fois de pièces de vingt et quarante sous. Et par dessus tout je serai en bonne place pour observer, comme on sait le faire à cet âge, les grandes personnes dans les moments graves de leur vie. Celles où, justement, elles laissent voir leur peine ou leur joie à la faveur d'une liturgie prévue pour la circonstance.

Il me faut au passage décrire ces souvenirs de pratiques en grande partie révolues, mais qui ont encore marqué les gens de ma génération autant que ceux qui les ont précédés. A ceux qui estimeraient que, dans ce récit, un trop large place est faite à la religion, je répondrai qu'on ne fait pas son histoire. On est dedans. D'autres l'ont commencée avant nous. Elle nous imprègne, nous modèle, tour à tour cocon protecteur ou chape de plomb. Bien des jours passeront avant qu'on n'aie le loisir d'en influer le cours. Et nul ne peut nier que la religion catholique, telle qu'elle se présentait alors dans nos régions, imprégnait encore chaque individu de son influence. L' « incroyant » qui se vantait partout de manger en famille de la tête de veau, régal des grandes occasions, le Vendredi Saint, jour de jeûne entre tous, uniquement pour faire injure aux curés, prouvait ainsi qu'il était conditionné en réalité, tout comme les pratiquants, par un environnement religieux où dominaient les obligations et les interdits.

Les baptêmes d'abord. Précédés souvent par l'ondoiement administré à domicile, qui mettait provisoirement le nouveau-né à l'abri des Limbes sinon de l'Enfer, à cause du péché originel d'Adam et Ève, ils rassemblaient seulement quelques proches, après la messe, le travail auprès des animaux retenant les autres à la ferme à cette heure encore matinale.

Je revois, dans le coin le plus humide, le plus sombre de l'église, tout encombré d'oripeaux ternis et de bancs vermoulus, notre petit groupe entourant les fonts baptismaux en faux marbre noir : le prêtre en surplis, coiffé de sa barrette à trois cornes, ses fidèles servants tenant l'un le bénitier, l'autre la coquille Saint-Jacques où gît un morceau d'ouate qu'on oublie toujours de changer. L'enfant sur les bras de sa maman, tout de blanc vêtu par dessus ses langes, salive un grain de gros sel sur le bavoir tout frais repassé en fixant de ses yeux neufs la flamme du gros cierge tenu conjointement par le parrain et la marraine endimanchés, qui projette sur la scène sa clarté jaunâtre et ses ombres mouvantes. Sans doute discerne-t-il, autrement que nous, ce qu'est la Lumière.

« Récitez le *Je crois en Dieu...* » A la demande du prêtre, nous récitons avec les femmes. Le parrain, s'il est jeune, ne va presque jamais au-delà de « Je crois en Dieu le Père tout-puissant ». C'est déjà l'essentiel. Il nous rattrape vers la fin, en bredouillant « à la Vie éternelle, ainsi soit-il ». Le mauvais moment est passé pour lui. Puis, dans la petite sacristie où l'on se tient debout, comme en visite de politesse, car il n'y a aucun siège, c'est la formalité des signatures, un peu écourtée car les paroissiens de Tuffé attendent leur pasteur, les gamins attendent dans la rue qu'on leur jette des dragées avec quelques sous, et dans leur étable des génisses attendent encore d'être soignées.

Les sorties de mariage sont plus solennelles. Il y a des gardiens restés à la ferme et on prend le temps de se congratuler dans la sacristie qui déborde de monde jusque derrière l'autel ; les épouses morigènent leurs maris engoncés dans leur costume tout neuf qu'ils ont immanquablement blanchi en s'appuyant sans façon aux murs chaulés : « Voyons, où qu' t'as core été t' fourrer ? Te v'là tout saveté à c't-heûre ! »

Dehors, un photographe de Bonnétable les attend avec son échafaudage de bancelles, prêt à immortaliser ce beau jour. Gars Julien est là avec son accordéon chromatique, ou bien c'est Médard qui les emmènera derrière sa clarinette au timbre aigrelet :

Le pharmacien l'a dit à la bouchère
Et la bouchère l'a dit au cantonnier...
Le père Camus l'a dit à la fanfare
Et c'est comme ça que tout le pays l'a su.

Tout le village le sait, qui sort sur le pas des portes, sauf le maréchal qui ne peut lâcher son fer rouge, et Ludovic Barbé rivé à son tour de bimbelotier. Comme pour les baptêmes, nous sommes pendus à la grosse corde de la cloche qui nous *érusse* quelque peu les mains, aidés parfois par un nocier ravi de se dégourdir après une heure de relative contrainte, pour faire savoir, pendant un quart d'heure et jusqu'au pied de la colline, que Prévelles est en fête. Cette cloche de Prévelles, si dure à mettre en branle pour nos bras d'enfants car jamais graissée en temps utile, à laquelle on accédait par une échelle de meunier si vermoulue qu'elle nous était interdite par prudence, elle tinte encore à mon oreille, au point de me faire dire parfois, en écoutant par hasard un angélus de village : « Tiens, on dirait la cloche de Prévelles ! »

...Cette cloche que Monsieur Blot, électricien et sacristain à ses heures, venu à bicyclette de Tuffé, maîtrise avec tant de sérieux en tenant ferme la corde pour *tirer des coups*, au milieu de l'Office des Morts. Il est le seul à savoir le faire aussi bien en dosant traction et retenue. Et, merveille, la cloche lui obéit avec une régularité de métronome. Ces jours-là l'église est presque pleine, car la veille un homme payé par la famille du défunt est passé dans toutes les maisons : « Je viens vous prier de l'enterrement à Untel. » Peut-être avait-on entendu sonner le trépassement : sept coups pour une femme, neuf pour un homme, précédés et suivis d'une volée. Alors, puisqu'on est invité, on y va. Il ne serait pas convenable de rester chez soi. La foule s'est rassemblée à l'entrée du bourg, au bout de la route que le défunt a empruntée tant de fois de son vivant. Un voisin, le seul qui ait gardé son petit veston noir pour ne pas salir son costume, a amené le cercueil dans sa carriole. C'est une service qu'on ne refuse pas à la famille. Le cheval, attaché dans la haie, va attendre ses maîtres, qui emprunteront la carriole pour retourner à la ferme après la cérémonie.

Quand nous arrivons, porte-croix, porte-bénitier, prêtre et sacristain – celui-ci reconnaissable aux jambes de son pantalon qui dépassent de son surplis – petite cohorte insolite en noir et blanc au milieu du bourg silencieux, nous trouvons le cercueil sur le brancard, recouvert d'un drap mortuaire délavé sur lequel d'innombrables cierges ont pleuré. Les femmes qui l'entourent ont caché leur visage sous d'amples voiles noirs. Noires aussi les longues jupes qu'on a portées à la hâte, sitôt le décès, chez le teinturier du canton qui affiche sur sa vitrine « Deuil en vingt-quatre heures ». Qu'elles garderont désormais, pour leurs sorties, pendant deux ans au moins. On a cousu à grands points, au-dessus du coude gauche du costume étriqué des hommes – c'est quelquefois celui de leur mariage – un large brassard de crêpe noir. Tandis que la cloche nous appelle, nous précédons le défunt dans son dernier voyage, porté par quatre journaliers agricoles promus croque-morts, dont l'un fait office de fossoyeur et de maître de cérémonie.

Rien de plus lamentable que l'Office des Morts, autrefois. Prière qui se voulait libératoire pourtant, mais à laquelle personne n'a jamais rien compris, qui n'a jamais été expliquée, et dont la morne mélopée ajoutait encore à la détresse du moment.

Assis sur de petits tabourets rouges, de chaque côté du prêtre, nous n'avons rien d'autre à faire qu'à observer, l'hiver, l'haleine des officiants quand ils alternent à pleine voix versets et répons. Les fidèles prostrés, les mains sur les genoux. Et écouter, entre deux psaumes, le sanglot étouffé d'une femme, le brouhaha des conversations des hommes demeurés sur le seuil, dans la rue, car il en est qui se sentiraient déshonorés en le franchissant. Enfin, à un signal du sacristain, l'un de nous ira quérir quelques braises rouges chez le boulanger voisin. Le prêtre, grattant de la petite cuillère au fond de la navette en argent terni, fera mine de déposer quelques grains d'encens dans l'encensoir ouvert. Hélas, chez nous, aucune fumée odorante ne sortira jamais de l'ustensile balancé en cadence, où les charbons rougeoient pourtant. Car la navette est vide en permanence…

Sans le savoir, je vivais la fin d'une Église. Des annales pleines de mystiques pasteurs, des siècles de glorieuses certitudes, des décennies de cléricalisme sans partage venaient mourir là, dans ces gestes dérisoires d'un vieillard épuisé dont la soutane lustrée accentuait les fatigues accumulées, qui accomplissait machinalement des rites immuables appris quelque quarante ans plus tôt dans un milieu d'initiés, comme si rien n'avait changé. Comme on joue à *faire semblant*. *Faire semblant* d'encenser quand, au vu de tout le monde, il n'y a pas d'encens. *Faire semblant* d'asperger le cercueil quand le bénitier est vide. *Faire semblant* de chanter quand le monde a le cœur à pleurer… Qu'importe tout cela, aujourd'hui ?

In Paradisum deducante Angeli... « Que les Anges du Seigneur vous conduisent au Paradis »…

La très belle prière chantée de l'Église, que le prêtre est seul à comprendre, hélas, est accueillie avec un mélange de soulagement et de regret. C'est, vraiment, le signal du dernier départ. C'est le moment de brandir la Croix comme un étendard, en tête du cortège. Cette Croix processionnelle du 17e siècle, paraît-il, avec son manche en cuivre argenté sur âme de bois, aujourd'hui disparue, que les générations précédentes ont promenée au long des douze kilomètres de chemins ruraux, à l'occasion des processions de Rogations, comme elle est lourde, mon Dieu ! La foule suit, tant bien que mal. Aux hommes de la famille on a distribué les cierges éteints – quatre ou six suivant la « classe « de la cérémonie – qui entouraient le cercueil, et ils ne savent qu'en faire. Odeur douceâtre de fumée grasse. Et les buveurs sortent précipitamment du café tout proche pour se joindre au cortège.

A mi-chemin du cimetière, entre la boutique du charron et l'entrée de la cour d'une ferme, un porteur murmure « Hô », comme pour un attelage. Ils posent le brancard, s'épongent le front sous leur casquette de paysans. Là-bas, la cloche, encore, dit un au revoir assourdi. Et l'enclume du maréchal lui répond, car la vie, déjà, a repris ses droits dans le village. Des conversations s'ébauchent, on regarde les alentours. L'été les grenouilles de la mare toute proche s'égosillent, ivres de soleil. L'hiver le givre fait briller les glaçons. « Allê-ê ! » Au signal on repart. Encore cent mètres.

Il en est des cimetières comme des villages, dont ils sont en quelque sorte le prolongement, même s'ils n'en font plus partie intégrante comme autrefois.

Chez nous, à l'exception de familles plus aisées qui *se font bâtir une méson*, la plupart des hommes retournent doucement, en toute simplicité, à l'argile même dont ils sont pétris. L'argile qui coule en veines sanglantes sur les parois des talus fraîchement découpés. L'argile qui jointe les silex et les cailloux calcaires qu'on appelle ici cosses, dont sont bâtis certains murs anciens. L'argile, mélangée de foin grossier ou de paille malaxés ensemble avec les pieds pour obtenir une pâte collante, dont on fait les murs de torchis en la plaquant sur un lattis de châtaignier fendu.

La Terre Rouge que les potiers de Prévelles, de Saint-Denis, d'Aulaines et de Bonnétable ont pétrie et façonnée en tuiles plates, en pots à lait et à rôtie, potines et plats « culs noirs ». La Terre Blanche que Lapoutoire, puis Barbé ont transformée en coucous, rossignols et ménageons de poupées pour l'amusement des enfants de toute la France. La Terre Jaune qui affleure partout dès qu'on remue la terre arable, et qui fait les outils si lourds aussitôt qu'il a bruiné.

L'argile qu'on nomme « Beurre », si douce à nos mains lorsque, enfants, on la roule en boudins, en billes, en bonshommes que le soleil craquellera en quelques heures. La même qui nous broiera les épaules, plus tard, quand elle « se refuse que fer » et repousse le soc de la charrue jusqu'à le faire sortir brutalement de terre et glisser en surface, tandis que le cheval, surpris, fait quelques pas à toute vitesse avant qu'on ne l'arrête d'un juron.

...L'argile enfin, à la fois accueillante et glacée, qui attend notre cortège, monticule jaunâtre au bord de la fosse creusée la veille. Notre mission se termine : *Requiescant in pace.* « Que les âmes des fidèles reposent en paix ».

Le fossoyeur attend à l'écart, appuyé sur sa pelle, caché derrière une sorte de petite chapelle de zinc qui veut donner à une tombe un aspect plus cossu. Pour notre retour vers l'église, on porte la croix sur l'épaule, comme un brave et honnête outil qui vient de servir. Et nous sommes, mon camarade et moi, deux honnêtes travailleurs, heureux d'avoir séché deux heures d'école. Le sacristain électricien, heureux de deux heures mieux rétribuées que la confection d'épissures en haut d'un escabeau, devise avec le prêtre, satisfait lui-même d'avoir accompagné ce corps à sa dernière demeure devant une assistance recueillie, pas trop apitoyé car il a prié pour le repos de l'âme et c'est là le principal. Tous contents de nous, en somme. Les passants nous saluent. Bientôt le bourg va s'animer, les gens vont secouer leur angoisse en la partageant. La proche famille et les cousins éloignés vont se retrouver au café voisin pour se restaurer avec le traditionnel bœuf-mode arrosé de vin rouge.

A quelques détails près, les obsèques civiles, au moins aussi nombreuses, surtout parmi les hommes, se déroulent de la même façon, la cérémonie religieuse étant remplacée par un discours du maire prononcé au bord de la tombe. Ceint de son écharpe, il chausse ses lorgnons, s'éclaircit la voix, sort de la poche de son veston un papier plié en quatre que lui a remis l'instituteur secrétaire de mairie. Et le vent aigrelet qui règne ici en maître, comme dans la plupart des cimetières, emporte par morceaux, aux assistants dispersés entre les tombes, les louanges du défunt : « Issu d'une famille paysanne... Gagné sa vie très tôt... Fondé un foyer... Inculqué à ses enfants l'amour de la terre... Grande Guerre... Tranchées... Patrie... Fervent Républicain... »

« Républicains » ou « Chouans », parents et amis de mon enfance, vous dormez côte à côte, désormais. Vous avez surmonté, j'en suis sûr, les dissensions anodines qui vous ont empêchés parfois de goûter pleinement la joie d'habiter un village placide où la lutte des classes était pratiquement inconnue. Parce que vous saviez déjà, à cette époque, les faire taire pour travailler ensemble, et qu'au fond une grande amitié vous unissait. Quelquefois sans que vous vous en rendiez compte.

Trois jours de retraite à Tuffé rassemblaient les enfants du canton. Premiers déplacements à bicyclette, en bandes désordonnées. Premiers contacts avec des garçons délurés, fils de commerçants, d'artisans ou d'ouvriers du chef-lieu, mordus de *fotballe*, qui savaient discuter moteurs de voiture avec le jeune abbé venu de La Chapelle-du-Chêne pour notre édification et pour parfaire notre éducation religieuse. Abbé qui deviendrait plus tard le Chanoine Lelièvre, ancien déporté de Büchenwald. Méditations, dans le jardin du presbytère que longe la Chéronne bordée d'imposants roseaux jamais taillés. Bonnes Actions, Petits Sacrifices – se priver d'une friandise, participer à un jeu qui vous déplaît – soigneusement comptabilisés à l'aide de petites croix au crayon sur un papier rempli de colonnes remis le premier jour. Bribes de cantique qui me reviennent parfois :

O Saint-Esprit donnez-nous vos lumières
Venez en nous pour nous éclairer tous...

Estompées aussitôt – pardonnez-moi, Seigneur ! – par le souvenir d'une rengaine scoute apprise en dix minutes avec le bouillant abbé et braillée à tue-tête par la bande de gamins déchaînés, sur la route menant au parc des Millery :

Il était une charrette, tirez les gars (bis)
Qui n'avait jamais roulé
Tirez les gars sur la ficelle
Qui n'avait jamais roulé
Tirez les gars ça va marcher...

Notre église éraignée [1], un samedi après-midi, par les grand-mamans de communiants ; rafraîchie de grands seaux d'eau jetés à la diable sur le carrelage et poussés dehors par les grandes filles, à coups de balais de paille de riz ; fleurie par quelques dames de bon goût. Rajeunie, un dimanche matin plein de lumière, par des voix mal assurées, soutenues pourtant par une petite foule toilettée de frais :

Le voici l'Agneau si doux
Le vrai pain des Anges...

Premiers nœuds à la gorge, première prise de parole en public face au peuple, pour les Actes, et surtout pour l'émouvant Pardon aux Parents. Première rencontre charnelle avec un dieu qu'on garde longtemps collé au palais, car on nous a dit et redit qu'il ne faut pas Le toucher avec les dents sous peine de péché. Premier émoi devant une fille, plus impressionnante qu'une mariée, dans sa longue robe immaculée, tandis qu'on lui tient le coude pour

---

(1) Éraigner ou araigner : enlever les toiles d'araignées.

quêter dans les rangs des fidèles, à petits pas comptés, en veillant à ne pas chiffonner son voile…

Passage obligé devant l'un des deux photographes. Chaque famille a le sien attitré. Il était là pour le mariage des parents, il est encore là aujourd'hui. On attend son tour, l'estomac tordu, à force de jeûne, de recommandations des mamans, d'exhortations des prêtres, pour poser dix minutes devant un décor de fausses colonnettes, simple toile accrochée au pignon de l'église. Pataud comme un jeune chien, et on en a conscience, dans le strict costume bleu marine, seule couleur autorisée avec le gris foncé, choisi un peu grand car il doit durer *jusqu'aux culottes longues*, chez Robert, Nouveautés-confections, à Bonnétable. Les pieds broyés par les souliers vernis noirs, trop neufs. Avec ce brassard énorme, trop voyant, qui pendouille au bras gauche, et ce cierge d'un mètre cinquante, alourdi de rosaces – tout l'orgueil des familles est dans le poids de la cire – ridicules excédents de bagages pour qui aurait la prétention de monter au ciel ainsi accoutré.

Au ciel, au Ciel, au Ciel
J'irai la voir un jour…

Aller au ciel, n'en déplaise aux sceptiques, on y croit encore sans trop de peine, à cette époque. D'autant qu'à notre âge cette éventualité nous apparaît si lointaine qu'on peut sans hésitations réciter à deux voix, l'après-midi, aux vêpres solennelles, le très ferme *Acte au Sacré-cœur* : «…Enfants de l'Église catholique, apostolique et romaine, nous voulons vivre et mourir dans son sein. Pour toujours nous renonçons à Satan, à ses Pompes et à ses Œuvres… »

L'église est pleine. Les papas sont là, oui, assis tout au fond, le dos au mur blanc, car arrivés en retard, après la rincette d'eau-de-vie vieille et la visite de l'étable. Tant bien que mal ils se sont assis de biais dans le dernier banc, et sur leur genou qui saille sous le pantalon étriqué de leur costume trois pièces, ils ont accroché leur casquette comme sur un portemanteau. Cette casquette démesurée, à la visière de carton, à la calotte bourrée de papier journal pour lui garder sa forme octogonale, qui ne les quitte que le soir, quand ils vont au lit. Qu'ils n'enlèvent jamais, même pas pour saluer, sauf pour écouter *la Marseillaise*, au soir du 14 juillet. Un peu congestionnés par le faux col amidonné qui fait des plis d'accordéon sous les effets conjugués de la chaleur et de la sueur qui ruisselle de leurs nuques fraîchement tondues, ils inclinent la tête en fixant des souliers qui gardent la trace de leur passage derrière l'écurie. Vaincus par le travail de leur estomac autant que par l'éloquence du prédicateur qui cible sur eux son homélie. Sur leurs blasphèmes innombrables, sur leurs manquements à la messe dominicale. Sur le bon exemple qu'ils devraient pourtant donner à leurs enfants, si purs, si innocents, si... Et les mamans, qui trouvent dans le saint prêtre un allié de poids, sont émues. Et les mémés sont contentes, même si « c'é pus aussi biau qu' dans le temps passé ».

En l'honneur de la Sainte Vierge les bermes et les talus des routes ont été pillés. On a même pénétré dans les prés de fauche, à pas précautionneux, pour y prélever les pâquerettes les plus hautes. Il y a dans chaque hameau des femmes expertes, tout comme certains hommes tortillent l'osier et la viorne aussi bien que les vanniers. Avec une brassée de fleurs des champs elles ont vite fait de confectionner des couronnes si grosses qu'elles tiennent à peine dans la main quand nous les brandissons au-dessus de nos têtes :

Prends ma couronne
Je te la donne
Au ciel n'est-ce pas
Tu me la rendras (bis)

On est à la fin d'un grand jour. Demain, ce fugitif parterre achèvera de mourir, dans une odeur de foin humide, sur les marches de l'autel de la Vierge. Comme meurt un peu l'enfance, avec la Première Communion. Aujourd'hui, une page enluminée s'est tournée doucement. Attendue, perçue vaguement comme un affranchissement, une délivrance.

« Le v'là grand, il a fait sa Communion c't année ! »

Il ne reste plus qu'une étape à franchir avant d'entrer dans le monde des adultes, à treize ans : « A c't-heure, faut qu'il aille au Certificat ! »

Treize francs, quarante-six centimes

« Trouves-tu treize francs quarante-six centimes ? »

Nous sommes à la fin d'une chaude matinée de juin 1935. La grande cour carrée de l'école de garçons de Tuffé, que les bruits des champs doivent envahir certains jours car elle est exilée au bout du village, se remplit d'élèves venus de tout le canton, qui sortent par petites coteries de l'épreuve d'arithmétique-géométrie. On ne dit pas encore les maths. Et leurs maîtres d'école, rassemblés près de la porte se précipitent vers eux, la mine préoccupée : « Trouves-tu 13 fr 46 ? »

En plus de l'angoisse dans leur regard et dans la voix, il me semble remarquer pour la première fois, sur le visage de nos instituteurs de Prévelles, une tendre sollicitude. Un peu de peur aussi, peut-être. C'est que pour eux, plus encore que pour leurs collègues chevronnés, l'enjeu est d'importance : c'est la fin de leur première année scolaire complète à Prévelles. Leurs quatre premiers candidats au Certificat d'Études Primaires, sélectionnés après maints examens « blancs », ne doivent pas subir d'échec sous peine de voir la compétence de leurs maîtres mise en doute par une population méfiante qui ne se gêne pas pour regretter âprement les anciens instituteurs et leur pédagogie basée sur la discipline, avec à la clé force gifles, punitions et coups de baguette. « Avec eux, au moins, fallait que ça rentre » disent certains parents. Nous ne sommes pas forcément du même avis.

13 francs 46, c'est le prix de vente d'un mètre de tissu par un honnête marchand drapier, sachant qu'il doit réaliser, tous frais payés et Dieu sait qu'il en a qui s'additionnent, un bénéfice connu

d'avance. Et allez savoir par quel miracle, « j'ai bon ». J'étais, paraît-il, et cela explique l'inquiétude des maîtres, le seul qui risquait un zéro éliminatoire. Le seul qui, une heure plus tôt, n'a répondu qu'à une question sur dix en calcul mental. Multiplier de tête, en quelques secondes, un nombre par 0,15, 1,5, 15 ou 150 a toujours fait partie pour moi des records impossibles, donc inutiles... Alors, contentons-nous de ce cinq en arithmétique péniblement engrangé qui, s'il m'enlève toute chance d'obtenir la mention Bien secrètement espérée, me permettra au moins d'accéder aux épreuves de l'après-midi. Puisque je m'en tire avec 13 francs 46, tant pis pour moi si je ne saurai jamais le prix de revient total de ce champ rectangulaire mesurant... etc., sachant qu'on l'a payé tant l'are et qu'on entoure d'un triple rang de barbelés – à moins que ce ne soit d'un grillage – fixé sur des piquets espacés de 1 m 75, sujet du problème de géométrie. Au cours de ma carrière d'agriculteur, plus tard, je ne me souviens pas d'avoir clôturé autant de champs, planté autant de piquets que cette année-là, et surtout pendant les deux mois précédant l'examen, dans ces heures d'études intensives chaque soir après la classe et chaque matinée de jeudi. Jamais de ma vie je ne verrai couler autant d'eau dans des bassins percés qu'un malheureux robinet, quelquefois deux, ont tant de peine à remplir. Et ces omnibus qui se traînent au long d'un trajet semé d'embûches sans doute, rattrapés en fin de parcours par des rapides lancés à leur trousses, quel cauchemar !

J'aimais bien pourtant la sérénité de ces heures de labeur dans le silence inhabituel de la classe quasi déserte, troublé de temps à autre par le vol têtu d'un bourdon lourdaud venu pour s'instruire par la fenêtre ouverte sur le carré de petits pois en fleurs, et par les tintements rythmés, trois par trois, de l'enclume proche. Tout cela pour en arriver à ce diplôme délivré « pour servir et valoir ce que de droit ». Porte ouverte à toutes les carrières administratives envisageables pour des gens comme nous. Les autres, ceux qui sèchent lamentablement à toutes les interrogations, ceux dont les casiers, sous les petits pupitres doubles qui ont remplacé progressivement, malgré les réticences de certains conseillers municipaux, les longues tables à cinq places, recèlent en plus du lance-pierres, un fouillis hétéroclite de cahiers chiffonnés et de livres avachis, d'où pendille en permanence une ficelle prête à entraîner le tout sur le carrelage, les autres, ma foi, ne feront *que* des paysans, des *tourne-bouses*. Sauf à trouver plus tard, revenus du service militaire, un instituteur complaisant et dévoué qui, sur son temps libre, les aidera à combler leurs lacunes pour passer avec succès un concours « niveau C.E.P. »

Mais c'est l'heure de la délivrance, la fin de l'angoisse. Du petit pain au chocolat si maternellement offert par notre institutrice. Chère Madame Gaudin ! Vous ai-je jamais avoué que, l'estomac noué et la gorge sèche, je n'ai pu en avaler une bouchée ? Pourtant c'était acquis, désormais. Les épreuves de l'après-midi : comment l'œuf de grenouille devient-il grenouille ? Et deux ou trois questions d'histoire, étaient faciles pour quiconque pouvait, comme nous, réciter sans coup férir tout le programme depuis 52 avant J.-C. jusqu'au 28 juin 1919, en passant par la liste des Capétiens, des sept traités de paix clôturant les guerres de Louis XIV, et celle des batailles du Premier Empire. D'aligner toutes les familles de plantes, des Cucurbitacées aux Papavéracées. Et qui n'ignoraient pas, c'était important, que les Betsiléos peuplent la région de Fianarantsoa. Tout ce savoir acquis sans autre matériel pédagogique que quelques livres, des cahiers, beaucoup d'encre et des cartes murales Vidal-Lablache sur lesquelles nous suivions à tour de rôle, du bout de la baguette de noisetier, le tracé sinueux des fleuves et des frontières. A force de leçons apprises par cœur, récitées jour après jour. Le tout sanctionné de bonnes notes et de mauvais points strictement comptabilisés se soldant, à la fin de chaque mois, par une bonne ou mauvaise place au classement. Le premier de la classe se voyant attribuer diverses fonctions plus ou moins honorifiques telles que de surveiller ses condisciples pendant une absence momentanée du maître, en marquant au tableau, à ses risques et périls, les noms des plus indisciplinés. De tenir à jour le cahier de prêt des livres de la bibliothèque et celui des mauvais points. Ou bien encore en compagnie du second, d'aller chaque samedi après-midi chercher dans le chantier des charpentiers une pleine poubelle de sciure fraîche qui, imbibée d'eau, était jetée après la classe à même le carrelage pour boire la poussière. Juste avant que sept ou huit garçons et filles, désignés à tour de rôle les uns pour déplacer les tables, les autres pour balayer, ne se mettent au travail.

Belle occasion, cette corvée de sciure, pour traîner un peu dans le bourg en plein travail, et surtout observer les quatre scieurs de long, deux par deux, de les entendre ahaner, tout éclaboussés de bran de scie, à chaque va-et-vient de l'instrument. De reconnaître à l'odeur la nature du bois mis en œuvre.

Presque deux ans déjà qu'ils ont remplacé Monsieur et Madame Laze, ces jeunes maîtres issus de l'École Normale. Arrivés à Prévelles, après un court séjour à La Ferté-Bernard, avec un savoir tout neuf et des méthodes qui mettront plusieurs années à s'imposer. A commencer par le renouvellement complet des livres scolaires dont certaines éditions dataient d'avant 1914 et avaient servi à plusieurs générations. Initiative jugée ruineuse par beaucoup de familles, surtout celles ayant plusieurs enfants scolarisés. Source de menues joies pour nous, que d'avoir à étrenner des livres plus attrayants.

Joie de supporter des horaires moins stricts. Cinq minutes de plus à la récré de trois heures, le temps de délivrer des amis prisonniers du camp adverse, cela compte, non ? Et ces folles parties de balle au chasseur, où le nouveau maître est alternativement adversaire redoutable ou précieux partenaire, on voudrait qu'elles durent... Tant pis si les parents grognent un peu en voyant rentrer leur progéniture trop tard pour conduire les vaches aux champs, la sortie d'école s'étant faite avec vingt minutes de retard – programme oblige. Une collaboration plus franche aussi. Par exemple le désherbage du jardin par les volontaires les plus courageux, récompensé par l'écoute, au poste de T.S.F. de la salle à manger, un des premiers installés à Prévelles, du départ des vingt-quatre heures du Mans ou de l'arrivée d'une étape du Tour de France. Mon premier voyage à La Ferté-Bernard, dans la Traction avant Citroën surchargée, pour aller voir le film *Danton* dans un vrai cinéma. Et enfin la découverte d'une discipline plus librement consentie avec l'abandon progressif des punitions lourdes.

Autre événement d'importance : la remise en fonction de la bibliothèque scolaire, dont les livres gisaient pêle-mêle, dans leur placard humide, depuis des années. Elle avait pourtant une histoire, cette bibliothèque, créée par délibération du conseil mùunicipal en date du 11 mai 1877 : « A la suite d'un entretien entre le Maire et l'Instituteur, lequel l'a prié de faire voter une certaine somme pour créer une bibliothèque scolaire, la lecture de livres sérieux et les services nombreux que rendrait aux élèves et jeunes gens qui ne lisent point, faute d'arguments, une bibliothèque où pourraient venir puiser gratis leur passe-temps ceux qui ne peuvent se procurer de livres faute d'argent. »

Le conseil vota une somme de cinq francs « en raison que son budget est déjà obéré ». Complétée en 1888, par une concession ministérielle de 21 volumes, puis par deux concessions départementales de huit volumes dont six brochés « pour les faire relier au chapitre des Dépenses Imprévues, ce qui est déjà un grand sacrifice ». Dans sa séance du 25 septembre 1888, le conseil demandait « une concession ministérielle ou départementale de quelques volumes se rapportant autant que possible à l'agriculture ». Malgré l'évidente bonne volonté des élus, on retrouve ici la pauvreté de moyens dont j'ai déjà parlé, conséquence des trop faibles ressources des contribuables de la commune.

Et puis les années passant, et les maîtres successifs préférant sans doute voir leurs élèves penchés sur leur livre de grammaire plutôt que sur les aventures de personnages imaginaires, la bibliothèque sombra dans l'oubli.

Sous l'impulsion de Monsieur Gaudin, le nouvel instituteur, nous allions la faire renaître en y consacrant de nombreux jeudis à répertorier, recoller, recouvrir de papier d'emballage des ouvrages qui avaient pris au fil des ans, visités seulement par les mites et les petits poissons d'argent, l'odeur caractéristique des choses oubliées. Initiation au plaisir d'ouvrir un livre volontairement, pour lire, et non par obligation, pour apprendre une leçon. Découverte d'auteurs inconnus. Surprise en voyant l'émotion de mon père retrouvant *le Scolopendre* ou *Les Robinsons de Terre ferme*, des livres qu'il avait lus quelque quarante ans plus tôt, à cette même bibliothèque. Alexandre Dumas, Alphonse Daudet et tant d'autres seront désormais pour moi d'inséparables compagnons. Michel Strogoff et d'Artagnan m'accompagneront aux champs avec les vaches. Je délaisserai pour eux les courses de « cercles » faits de vieilles roues de bicyclette. Et ma passion dévorante pour la lecture, plaisir solitaire s'il en est, fera définitivement de moi un piètre partenaire aux jeux de société.

Parce qu'à cette époque les instituteurs de village cumulaient souvent les deux fonctions, on verra aussi de la nouveauté dans le travail du secrétaire de mairie. Même si cela peut paraître dérisoire aujourd'hui, c'était alors un énorme progrès que d'utiliser la polycopie pour multiplier les circulaires à distribuer aux administrés. Grâce à la « Pierre humide à reproduire », de fabrication sarthoise, achetée avec la recette de notre cueillette de tilleul, nous fûmes libérés des fastidieuses copies en autant d'exemplaires que de destinataires. Et si, par mesure d'économie pour la commune, nous avons continué à retourner toutes les enveloppes reçues en mairie pour les faire resservir, Monsieur Gaudin sera un des premiers secrétaires, à utiliser, à ses frais, une machine à écrire de marque Mignon, à curseur, aujourd'hui pièce de musée. « Comme si il n'avait pas le temps d'écrire à la main » dirent certains vieux conseillers municipaux dont la vie n'avait pas – pas encore – changé depuis un demi-siècle…

Pêle-mêle, me reviennent ces détails minuscules mais significatifs d'un changement dans la vie d'une école de village, et par contrecoup dans la vie du village lui-même, apporté par la venue d'une nouvelle génération de maîtres, toute différente de celle qu'on a appelée « les Hussards noirs de la République », tandis que je pense à Tuffé en ce matin du 21 juin 1935, tout rempli de soleil et de flocons duveteux venus des peupliers alignés sur les bords de la Chéronne. Tuffé qui, à cette époque, comme une vraie cité ouvrière, vivait autour de sa fonderie, au rythme de sa fonderie, plus que de celui de sa campagne. La sirène, quatre fois par jour appelait ou renvoyait chez eux des ouvriers au visage charbonneux. La musette sur le dos, ils pédalaient par tous les temps sur des vélos rouillés, pressés de *tirer leur journée* pour troquer leur bleu contre un veston noir de paysan et retrouver avec bonheur leur grand jardin ou leur petit bordage que l'épouse s'échinait à faire valoir en leur absence.

Rien d'extraordinaire pourtant, dans la production des *Fonderies Émailleries Léon Jacques* créées pendant la Grande Guerre par un industriel parisien soucieux, sans doute, de soustraire son entreprise aux obus de la Grosse Bertha [(1)]. Vouées à la fabrication de petit outillage en fonte brute, de petit matériel de ferme tels que les coupe-racines, d'ustensiles ménagers en fonte émaillée comme les porte-savon, porte-parapluies, dessous de plats, et d'appareils sanitaires ou de chauffage.

Quelqu'un écrira-t-il un jour comment, dans la première moitié de ce siècle, on fait d'un bourg agricole en dormi près des plantureuses prairies du Val d'Huisne, un petit centre industriel ? Comment se forge, d'une génération à l'autre, à partir d'une

(1) Devenues par la suite Fonderies Seine-et-Sarthe. Aujourd'hui Decotec.

lignée de paysans tranquilles et guidés par la tradition, une mentalité de travailleurs salariés sourcilleux sur leurs droits, exigeants sur les horaires de travail, mais conscients de collaborer à une œuvre collective où chacun a sa place ? Soucieux de se distraire ensemble, dès cette époque, dans des équipes sportives. Des travailleurs qui ne disent plus, parlant de leur travail « moi, chez moi, je fais cela, mais nous, à l'usine on fait cela » ?

Un monde différent du nôtre en tout cas, même si on comptait parmi ces ouvriers une dizaine de Prévellois, dont une mère de famille aux doigts jaunis et rongés par l'acide qui, toute sa vie, avec l'entrain de la gouaille d'une ouvrière de la région parisienne, prit le train chaque matin avec, pendu à son coude, un cabas de moleskine noire contenant un vague déjeuner enveloppé d'un torchon. Un monde qui nous attirait moins, semble-t-il, que celui de Bonnétable. Tuffé, c'était l'Usine, et Bonnétable le Château. Mystérieuse moutonnerie du monde rural qui se laisse attirer par certains lieux que les considérations géographiques n'expliquent pas toujours.

Cependant, chaque jeudi, quelques fermières de Prévelles allaient au marché de Tuffé par le train, pour vendre beurre et œufs. Maman était de celles-là, et quand il me fallait aller au coiffeur, je l'accompagnais. Il y avait, dans la petite salle d'attente du Mamers–Saint-Calais, une vraie foule encombrée de pleins paniers de lapins, œufs et poulets, et encore des coins de beurre délicatement enveloppés de linge fin et de serviettes de table – à qui aurait la plus blanche – dans des corbeilles spéciales toutes rondes, à deux anses, appelées précisément paniers à beurre. On montait tout cela, péniblement, par les portières étroites du tacot, sous le regard bonasse du mécanicien de la locomotive appuyé sur sa rambarde de fer. On s'installait, les paniers entre les jambes, sur des banquettes faites de lattes de bois peintes en marron, aussi dures que des bancs de jardin, le dos appuyé à un dossier raide fait de deux planches formant cloison, sous des plafonniers enfumés remplis d'huile brune dont une goutte, par ci, par là, au hasard des cahots, s'écrasait sur le plancher gras. Les pieds tiédis, l'hiver, par de longues bouillottes remplies d'eau chaude au départ de Mamers. On retrouvait là un clerc de notaire, ou une secrétaire se rendant chaque jour à leur travail à Tuffé. Paul Grémy le chapelier de Bonnétable, tout encombré d'immenses cartons pleins de casquettes ou de chapeaux de paille ; Coïc le pâtissier avec un mannequin plein de brioches en navette et un grand faitout rempli de pâte à choux. Et parce que c'était le matin, qu'on était de sortie, parce qu'il y avait de l'argent à faire, on s'interpellait d'un compartiment à l'autre. Puis le train prenait de la vitesse et le claquement des roues, les vibrations des vitres dans leurs rainures disjointes et les a-coups de la traction empêchaient toute conversation.

Le convoi brinquebalait entre les petits champs, se faufilait entre deux haies, coupait des chemins creux, non sans se signaler à l'avance par d'innombrables coups de sifflet. Au bout de sa cour de ferme, au ras du ballast, une fermière attendait notre passage pour libérer son troupeau, toute enveloppée de vapeur blanche ou de fumée noire selon le jour. A la gare de Tuffé on s'entraidait pour porter les marchandises à bout de bras, jusqu'à la place où gars Charles, en bourgeron de lin tout luisant d'empois attendait ses clientes à l'ombre de l'église, armé d'une sonde pour détecter, le cas échéant les fraudes éventuelles.

Après un rapide passage sur la bascule, chaque motte était jetée à la diable dans des grands cageots d'osier pour être plus tard conditionnée en colis vendus sous l'appellation de « beurre fermier malaxé ». Les trente livres de telle grande ferme écrasaient la petite motte de trois kilos du bordager. L'été, le monceau informe de beurre pâlot, tout suintant de petit-lait, provenant de vaches chichement nourries d'herbe dure venait s'aplatir contre la motte luisante et comme dorée à l'or fin du beurre de citrouilles ou de minette, amoureusement arrondie et lissée à la grande cuillère de bois, puis enrichie de fines arabesques sculptées à la petite spatule de buis, qui avait passé la nuit au fond du puits, au bout d'une corde, pour la tenir au frais [(1)].

Certaines fermières, qui avaient autant de renom pour la qualité de leur beurre que s'il se fût agi d'un cru fameux dans un pays de vignobles, enrageaient.

Devant un panier plein de poulets, deux ou trois couples suivant le nombre de coquelets dans une couvée de treize œufs, qui fixaient la scène de leur œil arrondi, gars Charles s'arrêtait, faussement perplexe : « Il ont queul âge, cés côs-là ?

– C'é pas des côs, c'é des poulets. Des poulets à faire routi.

1) Rappelons que seules les boucheries commençaient à s'équiper en chambres froides fonctionnant à l'électricité, généralement sous la marque Frigidaire, d'où l'appellation

Aussi jeunes que ça, j'é point le moyen d'en manger, moé » répondait sèchement la fermière piquée au vif, toute droite dans sa blouse de satinette mauve à ramages violets.

Mais Gars Charles, fidèle au principe de tous les acheteurs, qui consiste à dénigrer systématiquement la marchandise pour affaiblir le vendeur, saisissait par une patte un volatile qui, tenu la tête en bas, dégorgeait invariablement le trop plein de son jabot, un mélange aigrelet de blé et de lait caillé. Soufflait sur la plume pour dégager un coin de peau claire où pointaient quelques *sicots*, signe que la croissance de la bête n'était pas achevée. Rejetant l'infortuné avec ses frères, il bougonnait : « J' vous dis qu' c'é point un poulet, ça, c'é un vieux cô ! »

Pas de vaines palabres, pourtant. On n'est pas haricotier par ici, et les Sarthois n'apprécient guère cette comédie. Le cours des Halles Centrales, qui se faisait parfois attendre plusieurs heures, jusqu'à ce qu'arrive la fameuse « dépêche de Paris », servait de base pour fixer le prix à payer. A côté, sur une pile de cageots, son épouse avait disposé une cassette en bois bourrée de piécettes et de billets bleus, et payait cash, car sous leur apparence quelque peu revêche, c'étaient d'honnêtes commerçants qui, levés dès l'aube, consacraient leur soirée à conditionner et expédier en gare de Connerré-Beillé une marchandise hétéroclite pas toujours facile à valoriser.

Deux crieurs de journaux parcouraient la petite place, évitant soigneusement de se rencontrer : – *L'Ouest-Eclair*, le plus complet, le mieux informé…

– *La Sarthe, Régional de l'Ouest*, répondait l'écho… Et les fermières risquaient cinq sous « pour savoir le nouveau ».

Outre Paul Grémy le chapelier, et le pâtissier avec ses croissants énormes que le Bon Dieu inventa à deux cornes pour les enfants qui n'ont pas faim, il y avait encore de sérieux marchands de Nouveautés-Confections et de tissus au mètre, providence des couturières de village. A onze heures, au pied du poilu de 1914-18, le tambour venait faire les annonces : fauchage et faucardement du bassin de l'Huisne et de la Chéronne, ouverture de la prée et de la chasse, divagation des chiens. « Le Maire, Bontemps ! » Et sur un alerte roulement de tambour le père Choplin changeait de quartier.

Mais, hormis pour les joueurs de manille rivés chaque jeudi à la même table de l'hôtel du Coq Hardi, le marché de Tuffé n'était pas un jour de flânerie. Le train de onze heures trente ramenait son cortège de blouses et de fichus parmi lesquels tranchaient encore quelques goulines de grand-mères. Au fond du panier vide, un linge fraîchement blanchi fourni par le marchand attendait la motte de beurre de la semaine suivante.

A la gare de Prévelles, le chef de train, un ancien ouvrier agricole, criait à la cantonade : « Voyageurs pour la Mare-Pineau ? »

Quelquefois, une tête s'encadrait à une portière étroite, la vitre baissée à la hâte.

– Oui, moi !

Et à l'intention du mécanicien qui avait jeté un œil, Gars Roux – ou un autre – commandait en sautant en voltige dans le fourgon de queue :

– En route et Arrêt !

Bien utile, finalement, cet arrêt facultatif en pleine campagne, au coin de la forêt de Clossay, où le train stoppait net son élan pour permettre aux gens des Maraisières ou des hameaux environnants de descendre ou de monter à même le ballast sablonneux, parmi les prêles et les chardons vivaces. Refusé pourtant, par délibération du conseil municipal estimant, le 4 juillet 1903 « que la halte ne rendrait aucun service à la commune tant agricole, industriel et commercial, et qu'elle aurait plutôt comme résultat de détruire le commerce local ». Déjà !

Une chance pour Prévelles que le passage sur son territoire d'une ligne à voie normale mettant Paris, Le Mans, et à l'opposé, Mamers, sous-préfecture, à la portée de tout le monde, et permettant le départ du courrier deux fois par jour. Une chance dont profitait Maman, une fois par an, pour aller seule au Mans faire ce qu'on appelle aujourd'hui du lèche-vitrines. Et dès que j'eus dix ans, elle m'emmena avec elle, en récompense de je ne sais quels menus services. Il faut dire que bon nombre de garçons de cette époque prenaient le train pour la première fois pour se rendre à la caserne, à vingt ans…

On sourit aujourd'hui rien qu'à évoquer ce qui passait alors – même dans la famille – pour une coûteuse et inutile expédition. La fièvre de la veille où il fallait serrer double ration de feuilles de betteraves, cuire deux chaudrons de pommes de terre pour assurer les rations du lendemain. J'étais alors, sans regret, mis à contribution. Le soir, une toilette exceptionnelle dans un baquet rempli d'eau rapportée du puits par Mémé et mise à tiédir tout l'après-midi au soleil d'août. Pas question de flâner en chemise de nuit : « Te salis pâs, à c't-heûre ! »

Maman debout à cinq heures pour traire les vaches, trop angoissée pour avaler autre chose qu'une petite tasse de café au lait et préférant de toute façon passer un temps fou à démêler, devant une minuscule glace ronde, un flot de cheveux châtain qu'elle réunissait ensuite en un lourd chignon tenu par de multiples épingles, avant de se chapeauter de gris foncé. De la classe, peut-être pas vraiment, mais bonne allure, sans nul doute, ma Maman remontant à petits pas l'avenue Thiers, sitôt sortie du « grous train » et du brouhaha de la gare, où nous avions croisé de jeunes dames très maquillées, aux sourcils totalement épilés qu'un mince trait de crayon remplaçait. Avec à son bras son grand dadais de garçon en costume de communiant bleu marine, chaussettes noires montant au genou, sagement coiffé – il était spécialement allé au coiffeur – malgré une mèche rebelle qui lui descendait dans les yeux. Lui faisant admirer au passage Notre-Dame de la Couture, avant de l'emmener à la Cathédrale. Et de s'offrir à deux, pour cent sous chacun, à l'hôtel de la Rose, un bœuf Parmentier si copieux, à la croûte si dorée – chez nous il n'y avait pas de fourneau et toute la cuisine se faisait sur le caignard ou à la poêle – que l'eau m'en vient encore à la bouche… Entourés de paysans de la région, dont les carrioles dételées encombraient la cour et la place Saint-Vincent.

Visiblement, Maman était à l'aise « en ville ». Furetant entre les comptoirs des grands magasins, Saint-Rémy, Aux Dames de France, qui affichaient sur leurs portes, chose extraordinaire, Entrée Libre. On pouvait donc entrer sans acheter ?… Risquant un pèlerinage à la clinique Delagenière où un personnel à la mémoire fidèle lui faisait compliment de sa bonne mine. Veillant cependant à ce que je voie tout, des boulets de bombarde des bords de Sarthe aux vestiges visibles de l'enceinte gallo-romaine, de l'impressionnante statue de Chanzy à celle, plus moderne, de Wilbur Wright, même si « un homme tout nu comme ça c'est bien laid ! » Et d'arpenter, après la visite du musée de la Reine Bérengère, les moyenâgeuses rues du Vieux Mans aux relents de graillon, avec leur ruisseau d'eau de vaisselle coulant au milieu. Et de descendre, entre deux hautes murailles, pour gagner les quais – ma première vision d'une vraie rivière est celle de la Sarthe vue du Pont en X –, les 72 marches du Tertre Mégret. Et de remonter, fourbus, par le Tunnel. Et de nous étonner devant les tramways électriques – les anciens disaient *à la trique* – conduits par des femmes coiffées de casquettes. Ils filaient le long des rues en se signalant aux piétons à son de cloche : din-din, din-din. Irremplaçables leçons d'histoire du Maine et de la France, qui donnent envie, le soir, d'ouvrir les manuels d'école, de consulter le Larousse, d'interroger Papa qui s'est déplacé en 1908 à 20 kilomètres, à pied, pour voir voler Wilbur Wright. Et d'avoir le courage de lire en entier l'énorme, le rebutant, le fastidieux *Français et Allemands en 1870* emprunté pendant un mois à la Bibliothèque scolaire – nous y revoilà – pour essayer de comprendre comment on a pu, malgré de valeureux généraux comme Chanzy, voir des Prussiens jusque dans la Sarthe, jusqu'à la Bosse, jusque chez Grand-mère ?

L'enseignement scolaire débouchant sans transition sur la vie professionnelle, l'école se devait de faciliter ce passage. Les exemples, les sujets de calcul, de rédaction et de grammaire – ah ! l'admirable « Dumas, livre unique de Français » ! – étaient pris dans la vie même, et préparaient une approche de certaines professions accessibles à tous. Les leçons de morale, et surtout d'instruction civique chaque samedi, étaient une véritable initiation à la vie en société.

Nos jeux eux-mêmes ne s'inspiraient-ils pas des travaux de saison, des minuscules incidents de la vie locale ? Si, le plus souvent, les filles étaient déjà ménagères, cuisinières, marchandes ou encore « maîtresse d'école », nous étions volontiers chevaux, locomotives, ou même batteuses, tout emmêlés de ficelles formant courroies. Une noce dans le bourg nous donnait l'idée de défiler par couples par tout le hameau, derrière un musicien de fortune soufflant dans ses deux mains réunies en clarinette, alors qu'une seule suffit pour un clairon. Le passage d'une chasse à courre, une ou deux fois l'an, et surtout la semaine des Conscrits, nous mettaient en transes.

Les Conscrits, pour les anciens, c'était le symbole de la France éternelle qui se renouvelle, à chaque génération, par ses jeunes garçons dont le passage à la vie adulte ne se conçoit pas sans un séjour à l'armée, reconnue, malgré ses tares, comme le dernier échelon à gravir pour être tout à fait un homme. Les jeunes voyaient dans le conseil de révision une étape nécessaire qui, pour un moment d'humiliation plus ou moins ressentie, celle de déambuler nu comme un ver – n'oublions pas la grande pudeur de cette époque – devant tous les maires du canton, une tablée de vieillards à l'œil égrillard, et une flopée de militaires chamarrés de décorations tape-à-l'œil chargés de les toiser, les peser, les palper comme vulgaire bétail, leur offrirait la perspective d'une semaine folle où toutes les extravagances, toutes les beuveries même leur seraient permises sinon offertes. Chaque printemps, ils étaient ainsi une dizaine, en comptant ceux des communes voisines venus par sympathie, à arpenter la commune par tous les chemins et sentiers praticables, pour visiter chaque maison.

Un matin donc, un clairon enroué, celui de l'homme assez disponible, moyennent une petite rétribution et quelques rincettes, pour perdre ainsi une semaine de travail, réveillait les échos du bocage. Des sonneries déformées par des décennies de fausses notes, mais qui s'en offusquait ? A la suite, une voix entonnait, trop haut perchée pour être suivie par le chœur essoufflé :

Les voici, les voilà
Tous les gars d' la classe
Les voici les voilà
Tous ces cochons-là...

Il y avait un silence entrecoupé de quelques jurons, le temps de franchir un échalier, à la queue leu leu ; puis le petit groupe se reformait en escouade. A l'arrière, l'un d'eux portait sur l'épaule, comme il l'aurait fait d'une faux, un drapeau immense dont les franges dorées frôlaient le sol derrière lui :

Jamais les Prussiens n'auront
Les gars de la France
Jamais les Prussiens n'auront
Les gars du canton.

L'irruption de le petite cohorte ne manquait pas de semer la panique dans les cours de ferme, tout autant que les bandes masquées du Mardi Gras. La volaille apeurée se réfugiait au fond des hangars, sous les charrettes. Les chiens eux-mêmes, renonçant à tirer sur leurs chaînes allaient se blottir dans le tonneau défoncé ou dans le tronc d'arbre creux qui leur tenait souvent lieu de niche. En revanche elle attirait sur le seuil une fermière hilare qui, tout en s'essuyant les mains à son tablier bleu, disait à la fille de la maison accourue pour lorgner les gars : « Va viquement qu'ri ton pére ! »

Et la maison s'emplissait de rires épais, de plaisanteries si stupides, si grossières parfois qu'il vaut mieux les avoir oubliées, et ne garder que la vision de ces gaillards – les « ajournés » et les « réformés » préféraient souvent rester chez eux – embrassant comme du bon pain toutes les femmes de la maison, gobant, d'un mouvement du menton des cerises à l'eau-de-vie au fond de leur quart d'aluminium maintenu par un ruban tricolore passé en bandoulière, et entonnant au moment de repasser le seuil :

Y en a pus d' comme nous (bis)
Si y en a, y en a guère
Y en a pus d' comme nous (bis)
Si y en a, y en a pas beaucoup.

Leurs costumes étroits et démodés, à larges revers, et leurs casquettes démesurées, comme en portaient tous les jeunes, s'ornaient de cocardes et d'affichettes tricolores achetées au sortir de la mairie du chef-lieu à un camelot ravi de l'aubaine : Bon pour le Service, Bon pour les filles. L'un portait un panier d'osier dans lequel chaque fermière déposait des œufs dont la vente permettrait, en plus de quelques dons en argent, de s'offrir un banquet auquel on inviterait « les filles de la classe ».

Chez nous, Papa aimait déboucher pour eux, fait exceptionnel réservé aux visiteurs de marque, ou pour les grandes occasions, une bouteille de « pinard » qu'il apportait sur la table dans sa robe de poussière. Puis il allait quérir, au fond du placard où il était relégué, son vieux quart en fer-blanc terni, ramené tout bosselé des tranchées. Et, entre Poilus, on trinquait. Les gars, un peu graves soudain, choquaient leur quart trop neuf où le Saint-Émilion s'allumait de reflets insolites, contre le-quart-qui-avait-vu-Verdun…

Leur étendard, au bout de sa hampe de deux mètres, était resté dehors, appuyé au mur de la maison. Le porte-drapeau de service s'en saisissait et essayait de la brandir crânement en tête du braillard cortège qui repartait vers d'autres maisonnées.

Allez savoir pourquoi ce spectacle, souvent peu recommandable, nous remplissait d'excitation ? Les jours de congés scolaires, nous les suivions de loin, conscrits en herbe hurlant par les chemins :

As-tu vu Bismarc-ke
Sur la route de Champignon
Qui fumait sa pi-pe

Au bout d'un canon ?
Le canon éclate
Bismarck est foutu...

Pour mémorable qu'elle soit, la fin de la strophe, où l'on voit notre Poincaré national réglant son compte à ce Bismarck tant honni des Français, est sans intérêt pour notre histoire.

Allez savoir pourquoi les chasses à courre, survivance de la Féodalité, exerçaient sur ces populations résolument républicaines un attrait sans pareil ? Le passage, une ou deux fois par hiver, des « Bourgeois » en livrée aux couleurs de Monsieur le Duc, trompe de chasse en bandoulière, haut guêtrés, coiffés de la traditionnelle bombe et caracolant dans nos rotes et nos chemins, mettait en mouvement la moitié de la commune. Et les gens, pendant une semaine, de se saluer en disant : « As-tu vu la bique-chèvre ? (1) »

La bique-chèvre, en l'occurrence un malheureux chevreuil, rarement un cerf, échappé de sa forêt de Bonnétable et promis à une mort quasi certaine malgré sa fuite désespérée à travers les guérets argileux, qui avait pu la voir, sinon un braconnier embusqué sur le passage habituel de ces animaux, dans ce bocage quadrillé de 70 kilomètres de haies vives entourant quelque 750 parcelles pour 400 hectares de terre, et parcouru de douze kilomètres de chemins creux ? Là encore l'événement allait nous fournir matière, dès la sortie du soir et jusqu'à la nuit noire, à l'organisation de chasses haletantes à travers champs, à la poursuite du plus débrouillard, du plus rapide, du plus rusé d'entre nous décidé à déjouer, à travers haies et buissons, la cavalcade tonitruante de ses camarades promus chiens, chevaux ou sonneurs de cor. Au diable les leçons !

Il fallait pour cela que se rejoignent, en un point déterminé, la plupart des garçons d'un petit quart de la commune. Il me semble revoir encore, par un de ces soirs de mars où la brune tarde déjà à venir, quand l'érable et le saule pleurent par les plaies toutes fraîches que le bûcheron a faites pendant l'hiver, l'amas de livres et de gibecières jetés à la diable à l'entrée du chemin du Beza. Il y a là tout l'attirail de l'écolier de campagne qui parcourt matin et soir plusieurs kilomètres à pied et doit emporter son déjeuner à réchauffer sur la cuisinière des maîtres qui veulent bien s'en char-

(1) Bique-chèvre : chevreuil ou biche.

ger par complaisance. Au hasard on trouve pêle-mêle le sac en tissu bleu cousu à la main par une tante de Louisot, dans lequel celui-ci range méticuleusement, à côté de sa petite marmite d'aluminium et de la chopine où brunit un restant de cidre, des livres et des cahiers qu'il n'ouvre pas souvent, trop occupé qu'il est, chaque soir, à chasser la mésange à la fronde. Cette marmite d'émail rouge qui gît sur des livres à couverture de papier d'emballage taché de gras, à l'entrée d'un sac de cuir fauve élimé par des années de service, c'est celle de Gustave. Il y a encore l'attirail de Denis, de Léon, de Lucien, d'Émile, de Marcel, que sais-je encore ?

Du fond du chemin, ou bien des terres de la Bécassière, ou encore de l'Haltière, ou de la Croix-Baudière, allez savoir avec l'écho, nous parviennent des cris rauques qui peuvent se confondre avec des aboiements. Puis un air de chasse, joué dans un cor de fortune fait de deux mains rapprochées autour de la bouche. Assurément, la Meute a vu la Bique-chèvre... Voilà les terres qui se teintent de gris foncé. Cout-cout-cout, disent les merles troublés dans leur recherche d'un taillis confortable pour passer la nuit. Et le petit vent du soir qui musarde par là égaille à sa fantaisie les buvards constellés de taches d'encre violette échappés des cahiers, et les petites images de chocolat Poulain qui marquaient, dans chaque livre ouvert, la leçon du lendemain. Le voilà qui feuillette un cahier de récitations, dont la couverture porte le timbre antituberculeux « deux sous pour la santé ». Qui s'arrête, enfin, à une page marquée par le rabat du protège-cahier noir. Une page où Gustave, le matin même, a copié de son écriture toute ronde qui ignore les déliés :

Oh ! Vieille école sans beauté
Un peu fruste, très solitaire
Il me semble qu'un grand mystère
Habite en ta tranquillité.
Et que de clairs oiseaux font palpiter leurs ailes
Entre tes murs, ainsi que dans un nid
D'où jailliraient des étincelles...
(Philéas Lebesgue)

« La marche du siècle »

Les deux hommes, chacun de leur côté, ont arrêté leur attelage, écarté les branches folles qui formaient entre eux un écran, et en avançant d'un pas dans la haie, ils sont parvenus à se serrer la main entre deux bruns de noisetier. Les deux chevaux, heureux de l'aubaine, allongent le cou parmi les feuilles qui les aident à chasser les mouches, et font cliqueter leur mors en mâchonnant indéfiniment quelques repousses de l'année.

Trois cents mètres seulement, à vol d'oiseau, séparent les deux fermes. Mais les multiples haies qui barrent le paysage en tous sens interdisent toute communication et empêchent même de se voir de loin. Aussi, lorsque le hasard du travail amène deux voisins à abouter[1] face à face, en profitent-ils pour faire un brin de causette, pas trop longtemps toutefois pour ne pas laisser refroidir les chevaux en sueur. Il en est ainsi, en cette matinée de juin 1937 où mon père, qui butte ses pommes de terre rencontre son voisin qui passe la houe entre ses sillons de betteraves. Ils se connaissent depuis toujours, ont eu tous deux le même parcours simple des paysans de ce temps-là, rigoureusement identique pour tous, qu'il soit réglé d'avance par leur appartenance à telle ou telle famille, ou conquis non sans fierté après une période de travail chez les autres. Tant bien que mal ils ont suivi tous deux le même enseignement. Celui que la troisième République a mis en place dans les plus petites communes. Si leur livret militaire,

(1) Abouter : arriver au bout, aller jusqu'au bout.

à la rubrique Degré d'Instruction, porte pour l'un la mention «sait lire et écrire » et pour l'autre « certificat d'Études Primaires », tous deux ont usé leurs forces en même temps dans les tranchées de Lorraine et de Champagne.

Peu importe qu'au fil des mois l'aube, chez l'un, revête la colline toute proche successivement de rose, de vert, de mauve ou de gris et que l'autre, en ouvrant sa porte chaque matin, n'aie à contempler, de l'autre côté de sa cour pierreuse, que le mur de torchis de sa grange décrépite par les ans. Leurs vaches Normande, dont aucune n'est semblable à l'autre pourtant, réclament rigoureusement les mêmes soins. On cuira pour les cochons, dans le réduit minuscule et écarté qu'en Sarthe on nomme *cabane* ou *cabouin*, la même chaudronnée de pommes de terre additionnée, suivant la saison, de fleurs mâles de citrouille, de feuilles d'ormeau ou de betteraves, de marc de pommes, ou bien encore, l'hiver, de poux [1] de trèfle conservés au sec. On y ajoutera une ration d'orge concassé et quelques litres de lait écrémé pour parfaire l'engraissement. Leurs terres sont « en pré » ou « en labour », telles que les ont laissées leurs prédécesseurs. Dans ce dernier cas, leur assolement est quadriennal : plantes sarclées, blé, orge, trèfle violet. Parce que, croient-ils, il n'y a pas d'autre mode de culture possible par ici. On ne pratique plus de jachère, appelée encore *franc-guérêt*, qui consistait, à la fin du siècle dernier, à laisser la terre nue pendant une année pour qu'elle se repose. On a jugé le procédé trop contraignant car il faut sans cesse la travailler pour détruire les mauvaises herbes, et on préfère, malgré la dépense occasionnée, employer quelques engrais quand on manque de fumier. Combien on jalouse ce riche fermier de Tuffé qui a les moyens, dit-on, de faire venir chaque année un wagon de Scories Thomas, et dont les domestiques assurent, fièrement, qu'ils ont cassé une charrette toute neuve en la surchargeant de foin !

Tous les deux, comme la plupart de leurs voisins, ne se posent guère la question de rentabilité de leur travail ; le mot rentable, même, ne fait pas partie de leur vocabulaire. Ils accomplissent tous les ans, à la même époque, certains travaux fastidieux mais nécessaires tels que couper des épines, qui repoussent chaque printemps plus drues, ou piocher la terre au pied de chaque pom-

(1) Poux : balle, enveloppe de la graine de trèfle.

mier de plein vent, même si l'arbre ne produit des fruits qu'un an sur deux. Ils récoltent ce que veut bien faire pousser la nature, et non ce qu'ils voudraient voir pousser. Ils savent que depuis toujours il y a des années à fruits, à blé, à herbe, d'autres où « c'est point l'année ». Il y a même des *années à rin*, quand la gelée a eu raison des semis de blé, quand les hâles du printemps ont durci la terre et rougi l'herbe debout, et qu'un mois d'août pourri a eu raison des pommes de terre et des fruits. Ils savent « que l'homme ne vit point avec le beu » : le temps qui est favorable à la nourriture de l'un peut être catastrophique pour l'autre…

Si son ami se réfère sans cesse aux prévisions météorologiques de *l'Almanach Manceau* établies dix-huit mois à l'avance, mon père ne jure que par les dictons, les Gouverneurs et les Rogations : les six premiers jours de chaque semestre donnent mois par mois la tendance du temps et les trois jours précédant l'Ascension de même, le lundi pour la fenaison, le mardi pour la moisson, le mercredi pour les vendanges. Mais pour l'un comme pour l'autre, la lune, presque autant que le soleil, a une très grande influence sur une infinité de choses, d'où l'obligation de consulter le calendrier avant d'entreprendre tout travail important, certains devant être exécutés en croissant, en lune tendre (Nouvelle lune, premier quartier), d'autres en décoût, en lune dure (Pleine lune, dernier quartier).

Pour prévoir le temps dans l'immédiat, à peine, commencent-ils à faire confiance au baromètre anéroïde plutôt qu'à leur instinct et à leur sens de l'observation.

Ils ont surtout, chevillée dans l'âme, cette sorte de résignation qui leur fait accepter l'événement pour ce qu'il a de bon à prendre dans l'immédiat, comme ils acceptent la succession inévitable des saisons. Le printemps qui les pousse dans les champs dès que la terre vire du brun au gris, dans un envol de papillons jaunes, alors que la bise mord encore les joues, et que les blés, tenaillés par la faim d'azote, passent brusquement du vert pâle au jaune clair. Trop tôt chassé par l'été aux mille senteurs de prairies et de moissons, le printemps ne leur laisse guère le loisir d'apprécier certaines soirées de mai si douces pourtant où l'on entend pour la première fois les renazelles. L'été lui-même prend fin avant que leurs muscles rompus par moissons et battages, ne soient prêts, quand les hirondelles se rassemblent pour nous quitter, à redoubler d'efforts pour ensemencer de nouveau et se prémunir contre l'hiver. Celui-ci les retrouve chaque année, invariablement, comme leurs voisins, en train de frapper sans retenue sur les coins de fer, à coups de maillet sonores, pour les forcer à rentrer dans d'énormes souches de chêne ou d'ormeau afin de les transformer en bois de feu. Alors, les deux semaines par mois pendant lesquelles les phases de la lune sont propices à la fabrication de la charcuterie, il n'est pas d'après-midi où l'on n'entende de loin les cris d'agonie d'un cochon, tandis que se répand, quand l'air est calme, l'odeur caractéristique de couenne roussie et d'entrailles fumantes, prélude à une semaine de bonne chère et d'agapes familiales. Chaque saison avec ses petits bonheurs renouvelés et gratuits pour qui sait les prendre, attendus d'année en année au même moment. Pas le bonheur de vivre pauvre, mais le bonheur de vivre, même pauvre. Bonheur qui leur suffit, en somme, après celui d'être sortis vivants de l'enfer de 14-18.

Il n'est de différence, peut-être, que dans l'utilisation de leurs loisirs. Aux multiples veillées occupées essentiellement à d'interminables partie de brelan et de manille coinchée, mon père préfère la tranquille confection de paniers de viornes et de corbeilles de paille de seigle, ou la lecture du *Petit Parisien*, les coudes étalés sur la table. Il n'apprécie guère la fréquentation des foires, ou des ventes aux enchères publiques, chaque automne, où certains passent leurs après-midi en discussions oiseuses autour d'instruments aratoires usagés, et se perdent en vaines supputations sur le prix des vaches. Mais il consacre tout le temps qu'il faut à sa charge de conseiller municipal, et par dessus tout il croit à l'amitié, qui est une grande dévoreuse de temps.

Jamais leurs moissons ne sont tout à fait blondes. Non pas que par ici le blé ou l'avoine viendraient moins beaux qu'ailleurs, parce que la terre serait moins fertile, mais le vert de la haie toute proche, l'ombre des pommiers plantés en rangée au milieu des champs les empêchent de revêtir le roux flamboyant des plaines céréalières. Quand ils engrangent leurs énormes gerbes au cul plus gros que l'épi, liées à la main par un lien de seigle – il y a tout juste deux lieuses à Prévelles pour une quarantaine d'exploitants – l'odeur qui envahit la cour n'est pas seulement celle de la paille, mais également, celle de toutes les herbes sauvages de la création.

Et puis chaque champ conserve le souvenir de la culture précédente. Pour perpétuer certaines espèces, semble-t-il, la nature fait en sorte que le grain oublié, préservé miraculeusement de la pourriture, épargné par les corbeaux, la charrue et la herse, lève dans la récolte suivante. On ne le détruit pas, on le laisse monter en épi, car « tout fait ventre » et « ça garnit la terre », comme ils disent.

Remplir la terre. Faire en sorte que jamais elle ne soit nue, aride, sans une touffe de dactyle pour le lièvre, quand il se frayera une voie à travers la forêt des épis mûrs. Que les petits perdreaux qui trottineront à la queue leu leu dans la moisson montante trouvent chaque matin leur perle de rosée – chacun la sienne – qui les attend au creux de la touffe de laiteron qu'aucun désherbage chimique n'est venu contrarier.

« Et Dieu dit : Emplissez la Terre et soumettez-la » (Genèse 1-28).

Inconsciemment, sont-ils si loin de la Genèse ?

Depuis quelques années ils subissent pourtant des événements inimaginables, révoltants même, pour des gens comme eux. Par exemple la mévente du blé. Inimaginable. Peut-on penser qu'une récolte puisse ne pas trouver preneur par suite, dit-on, d'importations massives venues d'Amérique ? Que des greniers soient encore pleins, et la bourse vide, au moment de récolter la suivante ? Il est révoltant d'être contraint de vendre l'orge et de donner du blé aux animaux alors qu'il est fait pour nourrir les hommes. Du bon blé pourtant, ces années-là, qui s'en allait en poussière, chaque quinzaine, à chacun de ses passages au tarare, tandis qu'on ramassait de pleins seaux de charançons voraces pour les détruire à l'eau bouillante. J'ai vu, de la cave au grenier, notre maison envahie de ces bestioles de la consistance d'une puce, heureusement inoffensives pour l'homme. On en trouvait collés au plafond, grimpant aux murs et aux armoires, dans les lits, et jusque dans le pain. Pendant des jeudis entiers j'ai tourné la manivelle de l'antique tarare en bois, aujourd'hui centenaire, fabriqué par Vérité à Bonnétable.

Rouîîî, Rouîîî, disait la roue dentée en ripant sur le petit pignon de fonte qui entraînait les pales de peuplier disjointes du ventilateur. Cla-cla-cla-cla-cla, répondaient inlassablement celles-ci, à chaque tour de manivelle, en soufflant la poussière grise sur mon père qui s'affairait pour garnir la trémie à l'aide du boisseau de bois, à entasser le grain nettoyé, à pelleter les milliers de charançons opiniâtres qui trottinaient inlassablement à la recherche d'un coin sombre. Lorsque, à force d'ennui, de fatigue peut-être, le rythme dc la mélopée se ralentissait, diminuant du même coup la force du vent purificateur, le papa promu chef de chantier me ramenait brusquement à la réalité : « T'endôs pas, bon sang ! »

Avait-il deviné qu'en cet instant précis, le Moulin de Maître Cornille m'importait plus que le devenir de cette récolte gâchée et sans valeur marchande, vouée de toute façon à être donnée aux poules ?

Faut-il rappeler qu'à cette époque il n'existait à notre connaissance aucun insecticide ? D'ailleurs pouvait-on envisager d'empoisonner du blé sauf, par petites quantités, pour détruire les rats ? Aucun produit pour combattre les doryphores, venus d'Amérique avec des importations de pommes de terre. C'est en vain que *l' Syndicat*[1], pourtant très en avance sur les questions techniques, préconisait d'étendre de la laine en suint ou du chanvre vert sur les tas de céréales, dans les greniers, pour éloigner les charançons. En vain que le père Denis, un jour de colère, grilla ses pommes de terre, plus vite que les doryphores, un jour chaud de juillet, en les arrosant de purin.

« La grande misère de nos Ormes », titrait *l'Agriculteur Sarthois* en 1935, sous la signature de Max Blais, en parlant de ces arbres si communs en Sarthe, menacés par un autre insecte, le Scolyte.

Dans le même temps, le varron transformait la peau des bovins en passoire et les rendait anémiques en se gorgeant de leur sang. Fléaux de la nature, contre lesquels les gens étaient aussi démunis que leurs ancêtres contre les hannetons, soixante ans plus tôt, et qui les faisaient guetter avec impatience les progrès de l'industrie chimique. Et voilà qu'en plus on leur refusait la possibilité de nourrir les hommes !

Chaque numéro de *l'Agriculteur Sarthois* rend compte, dans les années 34-35, de cette longue crise agricole, malgré ou plutôt à cause d'une excellente récole de blé en 1933. Les magasins et silos qui regorgent, les cours en baisse constante, les délais de livraison qui s'allongent, les démêlés avec les représentants de la toute-puissante Meunerie, les efforts tenaces de la Coopérative agricole naissante, la C.A.D.S., créée en mai 1932, pour s'implanter et gagner la confiance des agriculteurs en les convaincant

(1) « Syndicat » : journal *l'Agriculteur Sarthois*, ancêtre de *l'Agriculture Sarthoise*.

qu'après retenue de quelques parts sociales, ils seront payés intégralement de leurs livraisons, tout comme avec les commerçants traditionnels... Le prix des produits agricoles en baisse de trente à cinquante pour cent en deux ans. Que de motifs de désespérance !

Et les paysans de plaider leur cause à longueur de colonnes, de se défendre d'être les fauteurs de « la vie chère », pour employer le slogan de l'époque. Dans le même temps *l'Agriculteur Sarthois* préconise l'emploi du superphosphate et des Scories Thomas pour augmenter les rendements...

Un vent nouveau s'était levé, venu d'autres catégories sociales tout aussi défavorisées mais qui avaient su relever la tête et résolu de secouer le joug. Au printemps 1936 le Front populaire avait remporté les élections de députés. Léon Blum devenait Président du Conseil. Pour la première fois on avait un ministre des Sports et Loisirs. Scandaleuse initiative pour bon nombre de paysans sans vacances et peu attirés par le sport : « C'est comme ça que l'argent s' mange !...»

Une formidable espérance, pourtant, gagnait le pays tout entier. Avec, parfois des extravagances, des idées de « Grand Soir ». Tel cet ouvrier parisien en vacances pour la première fois et visitant le château de Bonnétable le jour du comice agricole : « Quand le Peuple sera propriétaire de tout ça, ce n'est pas un jour par an que le château sera ouvert, mais toute l'année ! »

A ce même comice, les chanteurs de rues, qui font feu de tout bois, chantaient la Carmagnole du Front Populaire :

Dansons la Carmagnole
C'est pour le Front
Que nous chantons...

Comme ils chanteront l'année suivante :

Du courage, du courage
Frère d'Espagne il ne faut pas faiblir
Non, pas faiblir
Tout ce carnage, tout ce carnage
A ton honneur doit finir...

Pour d'autres, et en particulier pour le monde paysan, la perspective de 1 500 000 grévistes, en plein été, débouchant sur les accords Matignon (semaine de quarante heures, congés payés, etc.) allait ruiner le pays. La fuite des capitaux vers l'Étranger, la dévaluation du Franc, étaient ressentis comme des signes de catastrophe imminente.

Le 27 mars 1937, *l'Agriculteur Sarthois* s'interrogeait sur « les dangers de la généralisation précipitée des quarante heures » et demandait « que des mesures soient prises pour embaucher des chômeurs et non des petits agriculteurs » afin d'enrayer l'exode rural.

« Faites payer les Riches » entendait-on après le recensement des deux cents familles les plus riches du pays, parmi lesquelles certains ne manquaient pas de faire remarquer, déjà, des noms n'ayant pas une consonance très « Vieille France ».

Une bonne nouvelle, cependant, pour le monde agricole ? La création, le 15 août 1936, de l'office du Blé. Non pas un palliatif, comme en 1935 quand le gouvernement d'alors avait entrepris la dénaturation de certains blés pour les rendre impropres à la consommation humaine. Désormais les transactions ne se feront plus de gré à gré entre acheteur et vendeur, à la Halle de Bonnétable, par exemple, chaque mardi. Le prix du blé sera fixé d'avance, avec la garantie de l'État. Mais cela entraînera des contraintes... Du 15 avril au 15 mai les cultivateurs devront déclarer en mairie les superficies ensemencées en blé. Avant le 30 septembre ils devront déclarer leur récolte. Ces chiffres seront affichés en mairie. En outre, toute livraison de blé devra être accompagnée d'un « titre de mouvement », d'un laissez-passer délivré par les Contributions Indirectes. Comme pour l'alcool... En contrepartie, l'État s'engage à commercialiser au prix fixé la totalité des quantités déclarées, exception faite des semences et des quatre quintaux par an et par personne nécessaires pour pratiquer avec le boulanger l'échange blé – pain qui a remplacé progressivement la fabrication du pain à la ferme. La fin des soucis de commercialisation ?

Hélas, cette ingérence de l'État dans l'intimité du grenier et dans le secret des transactions traditionnelles fut très mal perçue dans notre entourage, même si, en plus de la garantie d'un écoulement normal, le prix du blé devait passer de 153 à 180 francs le quintal pour la récolte de 1937.

L'État ? Le Gouvernement ?

« I nous promettant d' la chiai, nous donneront-i s'ment du fromage ? » s'interroge le vieil ami de mon père ; et sa moustache de Gaulois frôle un brin d'épine noire constellé de petites prunelles naissantes.

– Il ont ben dit qu'i prendraient des m'sures, rétorque mon père guère plus convaincu. En désignant l'Est, vers Paris, dans un mouvement de menton par dessus son épaule, tout en tirant une ultime bouffée d'un mégot mouillé : « Mé va savère avec EUX... »

EUX, ceux qui font les lois. Les Messieurs en chapeau. Et aussi tous ceux qui les appliquent sans risques personnels. Les Fonctionnaires. Ceux qui ne travaillent pas de leurs mains. Les *gratte-papier*, qui vont proliférer, forcément, avec toutes les lois sociales, « comme les rats dans les tranchées, pendant la guerre ». Ce sont ces hommes politiques nouveaux auxquels notre Joseph Caillaux, justement, vient de faire refuser les pleins pouvoirs par le Sénat, en juin 1937. Ce sont ces syndicats jamais contents, qui poussent les ouvriers à la grève et au laisser-aller. Ceux qui n'acceptent pas cette idée évidente « qu'il y aura toujours des riches et des pauvres, puisqu'il y en a toujours eu ». Autant s'en accommoder pourtant, puisqu'on n'y peut pas changer grand chose.

C'est leur inquiétude devant ces idées nouvelles dont ils ne perçoivent pas bien les contours. Devant tout ce qui ne vient pas des mains. La maille s'use à l'endroit de la « tire », avant de se briser. Le bois se dessèche et se fendille avant de casser. La roue craque pendant des années avant de s'écraser. Avec du bon sens on le prévoit, et avec du savoir-faire on peut y remédier à temps. Mais l'État ? Le Gouvernement ?

C'est surtout, ils le sentent confusément tous les deux, la marche du siècle, implacable, inexorable, qui les laisse de côté malgré leur passé de vainqueurs des Boches, arc-boutés sur leurs certitudes, sur les valeurs pour lesquelles ils sont partis se battre en 1914.

Et sur ces amères réflexions, la conversation glisse tout naturellement sur Prévelles. Prévelles dont le climat, tout d'un coup, a changé. Prévelles qui joue à la politique, comme un jeune qui retrouve, oublié au fond d'un tiroir, un joujou qui a fait le bonheur de sa petite enfance. Prévelles qui déterre des haches de guerre enfouies depuis des décades. Rouillées, dérisoires au regard de tout ce qui est à faire ensemble, mais capables de faire mal encore, et qui mettront des années à s'entre-détruire. Le temps d'une génération. « En 36 », comme ils diront plus tard, la quarantaine d'hommes valides de la commune a bataillé ferme pour... se chiper mutuellement des convives à chacun des deux banquets du Quatorze juillet. Certains s'obligeant à l'abstinence par respect humain et peur de s'afficher, d'autres – les plus sages peut-être ?– allant « prendre un bon fonds » successivement au déjeuner des Blancs et au dîner des Rouges, dans l'un et l'autre des cafés du bourg. Et je passe sur les vaines discussions et sur les épithètes malveillantes comme il s'en dit dans ces circonstances, dans un village où tout le monde se connaît.

Prévelles où le progrès, pourtant, est en train de changer les habitudes. Voici qu'un astucieux « marchand d' radios » est passé dans les familles pour déposer à l'essai un poste de T. S. F., pour une semaine. Juste ce qu'il faut de temps pour affoler les gens devant cette fabuleuse découverte, jusque là réservée aux plus aisés, qui met Paris à la portée des maisons les plus reculées, du moins celles qui ont la chance de s'éclairer à l'électricité, sans autre installation qu'un simple fil de fer tendu dans le grenier, faisant office d'antenne. On invite les voisins pour des veillées mémorables où, fascinés malgré soi par le rectangle lumineux du cadran – certains postes, même sont équipés d'un *œil magique* ! –on laisse mollement tomber les cartes en oubliant d'annoncer l'atout. On perd du temps, et on en éprouve du remords, certaines soirées d'été où il fait encore jour, à l'écoute de Radio-Cité, pour le Crochet Radiophonique. Aux repas de battages, les chanteurs sont oubliés. Dans certaines maisons on a modifié les heures de repas pour mieux « écouter l' poste ». On se prend à fredonner les réclames :

Le voilà le joli Byrrh au vin
Le voilà le joli Byrrh-e

ou bien

La Boldoflorine la Boldoflorine
La bonne tisane pour le foie.

Bien entendu il est très difficile ensuite de laisser repartir le diabolique appareil, surtout s'il y a des jeunes à la maison. C'est pourtant, hélas, ce qui s'est passé chez nous, le souci d'économie étant plus fort que l'intérêt des informations, l'attrait des chansons, et mes prières même. Mais chez l'oncle charpentier le marchand sera plus heureux. Un « Radio L. L. » superéthérodyne – plus le mot est long plus l'appareil a de valeur – à l'ébénisterie plus soignée qu'un meuble, a été installé en grand mystère dans la salle à manger, assez loin des regards, croit-on, pour ne pas susciter la jalousie éventuelle des clients. Et ma tante, qui tient pourtant serrés les cordons de la bourse, a fini par céder, vaincue par Tino Rossi... Mon oncle, lui, pencherait plutôt pour Maurice Chevalier, même si les morceaux de violon lui mettent les larmes aux yeux.

Pourtant, les nouvelles qu'il capte chaque soir sur Radio-Paris ne le rassurent pas beaucoup : la guerre en Espagne, la démission de Léon Blum. Avec, par dessus tout, comme une menace pour sa petite entreprise, l'application des « lois sociales » et leur cortège de déclarations et de paperasses. Donner huit jours de vacances à ses ouvriers, en plein été, réduire à quarante heures la semaine de travail, qui va payer ? Le client ? Première conséquence : il ne les emploiera plus, l'hiver, à débiter du bois à la scie. Ils resteront chez eux. Ce sera la fin des scieurs de long...

...Aââà-oh ! C'est un appel très long, passant de l'aigu au grave, qui a interrompu les deux compères. Venu de très loin, semble-t-il, par delà trois ou quatre haies qui étouffent la voix.

« Déjà midi ! » murmurent-ils ensemble comme des gamins pris en faute. Et le voisin, se tournant vers ses betteraves que le soleil commence à flétrir, de répondre, les mains en porte-voix :

– Hôôô ah !

– Aaah ! réplique en sourdine, comme pour jouer, le talus boisé qui délimite de champ, à moins de cent mètres. Les jours sans vent, il n'est pas rare d'entendre ainsi, aux alentours de midi, trois ou quatre ménagères *juper* pour la soupe, *houâler*, chacune à sa façon, grimpées sur un talus ou juchées sur un échalier à quelque distance de la maison pour que la voix porte plus loin. Pourtant la plupart des hommes portent une montre, dont l'énorme boîtier protecteur fait saillie, au bout de sa chaîne d'acier, dans le gousset spécial du pantalon. Les jours de fête ils la placent dans la pochette de la veste, retenue par une chaîne plus clinquante à la boutonnière. Toute l'opulence de l'homme est alors dans la chaîne de montre.

Mon père, lui, va attendre pour dételer que lui parvienne la voix claire de Maman : « Alphon-on-se ! » Et, avant même que l'homme ne réponde, l'oreille de la jument va s'arrondir et se tourner vers cette voix amie, tandis que son pas va s'accélérer dans l'espoir d'arriver plus vite au bout du champ.

Biche et moi, nous commençons à faire sérieusement connaissance tous les deux, même si je ne suis pas encore en mesure de lui passer le lourd collier de labour. En dehors des tours de main qu'on acquiert au fil des jours – oh ! les mains d'un paysan, qui savent tout faire ! – la conduite des chevaux constitue l'apprentissage le plus passionnant qui soit. On pénètre dans nos champs, parfaitement clos, par une brèche étroite fermée d'une barrière faite de perches de châtaignier fendues emmanchées dans deux montants de bois. Le tout fixé à un piquet, à chaque extrémité, par un anneau de viorne. C'est le *quian* ou *quiau* (prononcez *qui-a-ou)*. Au fini de ses barrières, on reconnaît l'habile cultivateur. Mais faire pénétrer une charrette, à partir du chemin creux, entre les deux piquets dont l'un maintient la barrière ouverte, sans se retourner pour ne pas trébucher, tout en tenant ferme, au ras du mors, la bride du cheval en plein élan, est un exploit dont on peut à juste titre tirer vanité auprès des copains, voire auprès des filles. Mais que de piquets accrochés au passage par le moyeu de la roue ! Que de barrières à rafistoler quand on « dresse » un jeune ! Qui est apprenti n'est pas maître, dit le dicton.

Et le labourage ! « Te r'tourne pas, Bon Dieu ! » enrage mon père qui trépigne au bout du sillon lorsque, cédant à la tentation, je jette un regard anxieux derrière moi pour vérifier mon ouvrage, au risque de faire immanquablement dévier l'engin…

Comme le dit l'Écriture : « Quiconque met la main à la charrue et regarde en arrière est impropre au Royaume de Dieu (Luc, 9-62)…

Savait-il donc labourer, l'apprenti charpentier de Nazareth, pour que ses leçons collent si bien à la réalité, en 1937 ? Ou plutôt, mis à part, dans certaines terres douces, quelques brabants réversibles, nos instruments aratoires diffèrent-ils si peu de ceux des paysans de Palestine il y a deux mille ans ? Certes nos charrues « Grouas » ou « Jarrier » ne sont pas en bois d'olivier mais de chêne, façonnées dans chaque canton par des charrons spécialisés, suivant une technique mise au point par leurs prédécesseurs, en y adjoignant des pièces de fonte brute coulées dans nos petites fonderies locales. Le tout reposant sur un avant-train réglable grâce à des chevilles. La forme de ces pièces a été adaptée au type de sol de chaque région naturelle pour obtenir un bon comportement de la charrue tout en demandant un moindre effort au cheval. Mais le geste est le même que celui de nos ancêtres.

Est-ce ainsi, en marchant en déséquilibre pendant des jours entiers, avec le pied droit au fond de la raie, qu'on acquiert la démarche dandinante commune aux paysans de chez nous, qu'on appelle *marcher tout tô* ? Et qu'à force de pencher l'épaule droite vers le labour pour aider le versoir, nous n'aurons jamais le port de tête qui caractérise les gens de la ville ?

Pourtant, en ce qui me concerne, quoi de plus rassurant que de placer ses mains à la place même que les mains calleuses du père ont usée jusqu'à ce que les nœuds du bois fassent saillie ?

A l'automne 1936 j'ai semé mon premier blé. J'ai pris la place de Grand-père. Le Papa, me montrant « le geste auguste du semeur » exactement comme il l'avait appris lui-même de son vieux voisin Henri Guillet, en 1900, comme il l'avait enseigné à sa jeune femme, en 1913, pour leurs premières semailles, puis à Suzanne, en 1925 : « Marche ! Avance. Allonge ton bras ! Non, pas en avant... En rond. Allez ! »

Mais les grains filent trop vite dans ma main trop généreusement ouverte ; le blé foisonnera au printemps comme une herbe trop drue, sensible au piétin-verse.

« Non ! Ferme ta main ! Tu dois sentir les grains passer. Regarde ! »

Plusieurs fois, il plonge sa grande main dans le semoir, la lance, à peine ouverte, comme s'il allait embrasser le Monde. Et la grêle crépite devant nous, unie, régulière, petite taches grisâtres sur le sol brun.

« Allez, vas-y. Continue ! »

CONTINUER ! Voilà le maître mot de notre profession, jusqu'à cette époque-là. Continuer. Répéter, après d'autres, sans se décourager, le même geste, quelle que soit la fatigue, quelle que soit la douleur. Reprendre, chaque printemps, le même assolement, semer les cultures habituelles, même si on sait que « ça ne gagne rien ». A l'image de la nature qui a besoin de continuité pour accomplir sa mission. Parce qu'on croit par expérience qu'il n'y a rien d'autre à faire.

C'est pour que je continue sur ses traces, sur les traces de Stéphanie, que mon père, au lendemain du Certificat d'Études Primaires, avait fait, catégorique, à l'instituteur lui proposant de m'aider à préparer l'entrée au Cours Complémentaire de La Ferté-Bernard pour obtenir le Brevet Élémentaire, la même réponse qu'au curé Chotard effectuant la même démarche en faveur de l'Institution Saint-Paul de Mamers : « Et pendant c' temps-là, qui don qui tiendra la charrue ? »

Il savait qu'il n'est pas question bien sûr, une fois *instruit*, de revenir au travail de la terre. L'écrémage des campagnes, qui en faisait sortir à tout prix tous les jeunes qui pouvaient tenir ciseaux, clé anglaise, balai ou porte-plume, était commencé. Je ne peux pas dire que j'en ai souffert. Ne connaissant d'autre école que celle du village, j'en avais épuisé, me semblait-il, toutes les ressources. L'année qui suivit le Certificat, parce qu'il fallait poursuivre jusqu'à treize ans, me fut pénible, tiraillé entre mon intérêt nouveau pour la ferme et l'école qui ne m'offrait, en plus de la routine habituelle, et là encore grâce au dévouement de l'instituteur pour trois d'entre nous et hors programme, que quelques notions d'algèbre et des racines carrées à extraire... La galère, en comparaison, d'apprendre à se servir correctement d'une serpe – tout un art –, de la faux, et des cinquante outils manuels qui composent la monture d'un bordage qui produit de tout. Seule consolation, mais de taille : la bibliothèque scolaire, décidément inépuisable, qui venait compléter les journaux que j'avais la chance de lire en mangeant : *le Petit Parisien*, envoyé chaque jour par mon beau-frère, et aussi... *le Petit Écho de la Mode* dont j'appréciais, non la mode elle-même bien sûr, mais les rubriques signées François Mauriac, André Maurois, Henri Pourrat, et les romans de Berthe Bernage. On peut trouver lectures plus pernicieuses pour un jeune, non ? Encore que je n'étais pas sans jeter un œil sur certaines réclames : les Pilules Pink « qui vous rendront les quelques kilos qui vous manquent pour être belle et bien portante ». Et, sous une petite photo très suggestive pour l'époque : « les Pilules Orientales raffermissent les seins ». D'autres encore me sont restées en mémoire je ne sais pourquoi : la teinture Kabiline pour teindre soi-même ses vêtements. Et celle du Tip, une marque de margarine qui faisait rire (jaune) les producteurs de beurre que nous étions avec cette boutade entendue cent fois : « Qui est-ce ?

– Voyons, mais c'est le type qui remplace le beurre ! »

Tout compte fait, j'ai gardé de ma scolarité d'agréables souvenirs, et de solides amitiés qui ne finiront qu'avec moi. Avec une tendresse certaine, le mot n'est pas trop fort, pour mes anciens maîtres, qui deviendraient plus tard, continuité oblige, ceux de mes enfants... Elle se terminait, cette scolarité, le 11 juillet 1936, par une Récompense, un *Petit Larousse Illustré* à belle couverture rouge. Le seul livre de prix qui n'ait pas été exilé sur la planche la plus haute de l'armoire. Complément indispensable et judicieusement choisi d'un apprentissage de la langue française trop tôt interrompu.

Par bonheur pour moi, la loi du 9 août 1936 prolongeant la scolarité jusqu'à quatorze ans n'entrait en vigueur qu'à la rentrée de 1937. Elle allait obliger le conseil municipal, dans sa séance du 17 février, à considérer que, l'effectif de l'école publique passant de 80 à 90 élèves, il était nécessaire d'ouvrir une troisième classe... dans le salon du presbytère. Je l'ai échappé belle. Et nous nous sommes quittés, l'école et moi, sur un chant que j'ai toujours en tête :

Tous en chœur, partons gaiement
Partons dans la lumière
Pour aller cueillir aux champs
La rose printanière...

Quelque dix ans plus tôt, sous le patronage de Monsieur Laze, ma sœur avait fait de même aux mâles accents du *Chant du Départ* :

La Victoire en chantant
Nous ouvre la carrière (nous disions « barrière »)
La Liberté guide nos pas...

A treize ans à peine, me voilà *libre*. Finie l'obligation de se laver tous les jours. Le paysan éleveur est tout naturellement sale. C'est même un gage de son assiduité au travail. Il n'est pas bien vu d'être *de crainte*. Mon père lui-même ne se rase que le dimanche midi, juste avant de se reblanchir [1] afin de profiter de l'heure la plus lumineuse du jour, devant un petit miroir accroché à l'espagnolette de la fenêtre. C'est tout un cérémonial qui commence par mettre à chauffer quelques litres d'eau dans une petite marmite. Tandis qu'elle tiédit, il affûte longuement sur un cuir à double face, un coupe-chou terni qui a fait 14-18. Puis, après avoir enduit de savon Gibbs son menton plus rude qu'une brosse, à l'aide d'un blaireau de sa fabrication fait de soies de porc fixées par un fil de laiton sur un petit morceau de bois, il commence un grattage en règle. Le crissement du rasoir répond à celui du

(1) Se reblanchir : mettre du linge propre.

grillon du foyer. Ensuite sa toilette proprement dite est vite expédiée avec un coin de serviette mouillée dans une petite cuvette d'eau, et un peu de savon de Marseille. Le gant de toilette lui est inconnu. Jamais de sa vie je ne l'ai vu complètement nu. Mais j'ai toujours sur les lèvres la douceur de sa peau quand nous allions *étrenner sa barbe*, comme cela se faisait couramment à cette époque.

Les soirs d'été, à tour de rôle, toute la famille se lave les pieds sur une pierre plate, au bord de la mare, dans la cour, et on s'essuie avec un vieux sac de jute ou un chiffon propre. L'hiver, ma foi, on se passe de tout cela et on se contente de la toilette hebdomadaire avec dix litres d'eau chauffée au bain-marie dans un seau plongé dans la chaudronnée des porcs tandis qu'elle cuit. On s'isole à côté de la chaudière, dix minutes, pas plus, car on se gèle.

Aucun inconvénient donc, mises à part les remontrances de Maman, à ce que je ne me débarbouille que pour aller au bourg chercher le pain deux fois par semaine, sur ma bicyclette flambant neuve, cadeau de fin d'études. Une solide routière, très haute, toute noire avec des jantes chromées du meilleur effet, et un énorme phare à l'avant. Superbe et faite pour durer. Payée cinq cents francs chez Buclez à Aulaines. Le prix de quatre quintaux de blé.

Finis les horaires rigides. Désormais j'attendrai, comme les autres, qu'on me hèle pour venir déjeuner. J'aurai pourtant, pour mes quatorze ans, une grosse montre d'acier, cadeau du beau-frère. Grand-père me fera cadeau de sa chaîne d'argent pour le dimanche, car depuis longtemps il laisse sa montre au fond d'un tiroir. Vingt fois par jour j'exhiberai la mienne de mon gousset, jusqu'à ce que j'aie appris, comme les autres, le réflexe mental qui consiste à toujours savoir l'heure, à dix minutes près, à n'importe quel moment.

« Tu ne vas pas te promener comme ça avec les cuisses toutes nues ! » m'a-t-on dit cet été-là, avant de m'acheter « cez Marie », mon premier pantalon long en coton rayé, ou plutôt deux, « pour avoir le rechange ». Avec leur complément indispensable les pinces à vélo. Puis, pour compléter l'équipement, deux de ces vestons noirs qui constitueront encore, pour de longues années, l'uniforme des paysans de chez nous, tous âges confondus. Et encore une paire de brodequins cloutés, fournis par le cordonnier

Duroch, qui parcourait la campagne, à bicyclette, tout autour de La Chapelle-Saint-Rémy, été comme hiver, avec, débordant d'un vieux sac de moleskine ou suspendus au guidon par les lacets, un invraisemblable chargement de croquenots qu'il devait impérativement faire perdurer jusqu'au-delà du possible.

De la même façon, le temps est venu pour les filles de *s'habiller de long*, l'une entraînant l'autre. De troquer leurs sarraus étriqués d'écolières, dont le boutonnage baille quelque peu dans le dos, contre des blouses de satinette imprimée, informes, achetées bon marché et trop grandes car « elle va encore forcir », qui leur battront les mollets et les feront ressembler à de petites bonnes femmes trop maigres.

C'est le temps des accidents de croissance. Des orgelets, appelés grains d'orge ou compères-loriots, ces petits abcès qui font les paupières si lourdes et si douloureuses jusqu'à ce qu'une goutte de pus ne s'évacue d'elle-même pendant le sommeil. C'est là qu'on apprécie les infusions d'aigremoine ou de camomille appliquées en compresses. C'est le temps de l'impétigo, des *maux* énormes qui lèvent un peu partout sur le corps, en une nuit. On les fait mûrir pour « tirer le mauvais sang », avec des cataplasmes de mie de pain trempée dans du lait chaud, suivis d'une application de pommade du Curé de Torcé, ou de Baume Bénévent. C'est le temps des écrouelles sous le menton, des verrues sur les mains, brunâtres, sanguinolentes, car on les écorche pour un rien. La sève jaune de la chélidoine (grande éclaire) en vient à bout, à la longue. C'est, enfin, remède infaillible à tous ces troubles, la cure obligatoire d'huile de foie de morue, prise le matin à jeun, avec son cortège de nausées.

Ce n'est plus le temps des jeux inutiles et des flâneries. Les journées dans les bordages sont interminables, remplies de mille travaux manuels pour tous les âges, pénibles et parfois fastidieux. Sait-on par exemple que faute de surface suffisante pour nourrir un animal qui ne produit pas de lait, à l'exception du cheval, il faut encore conduire les femelles au mâle ?

La chèvre au bouc, à travers champs. Un travail de femmes. Un homme n'a pas le temps et en serait humilié. Il n'est pas rare, à l'automne, de rencontrer au détour d'une haie, une grand-mère, un tablier bleu tout propre noué par dessus ses vêtements de tous les jours, tenant en laisse, par une vague ficelle, une chèvre à l'air étonné et un peu craintif. Les mêmes repasseront deux heures plus tard, pressées, et comme honteuses de l'odeur puissante qui signe leur escapade... Maître Bouc, paraît-il, les a fait longuement attendre, avant de daigner sortir, tout fier de son cornage imposant, du quiotin[1] qui lui est réservé au fond de l'étable, d'où il est censé juguler, par sa seule présence, toutes les épizooties qui s'abattent périodiquement sur l'espèce bovine. Et ceci malgré les encouragements et exhortations prodigués à mi-voix par la fermière, restée à l'écart avec la propriétaire de la chèvre, en devisant de tout et de rien : « Michau, Michau ! » Et, à l'adresse de la grand-mère qui n'y peut mais : « J' vous l'avais ben dit qu'il est trop toût. Faudra r'veni d' main, ou dans trois semaines ! »

Quelque peu fatigué peut-être, l'animal, ou peu flatté de la visite qu'on daigne lui présenter. Il en voit tant, au cours d'une saison ! Depuis la pauvre vieille, véritable tréteau ambulant, qu'on a dû amener en carriole, en la hissant à la force des bras : « Alle est tellement bonne qu'on veut point s'en défère ! », jusqu'à la biquette à peine mature venue au trot, toute excitée, et encore prête à jouer. En passant par de solides chèvres du Poitou, impassibles, barbues, poilues, cornues à souhait, qui ont toujours l'air de considérer la chose comme nécessaire sans plus, pour pouvoir mettre bas leurs trois biquets chaque printemps. Celles à qui leur maîtresse dit, presque amicale, en les poussant hors de la courette une fois l'opération achevée : « Là, viens-t-en à c't-heure, te v'là bin comme ça ! »

La truie, elle, doit être enfermée dans une lourde cage en bois, avant de la monter dans une charrette. Cent cinquante kilos que mari et femme s'entraident à porter, à pousser, à haler, pendant que, dans sa cage, la truie somnole, mélancolique...

Par mesure de sécurité, mener la vache au taureau est affaire d'hommes. Toutes choses cessantes il faut conduire la bête au licol jusqu'à la ferme plus importante qui peut se permettre d'entretenir un taureau en plus de son troupeau laitier. Une étape de plusieurs kilomètres à parcourir sur la berme de la route, avec dans le dos le souffle chaud d'une vache folle, trop pressée à l'aller, prête à prendre le pas de course, et qui se fait tirer au retour, indifférente aux coups de bâton que lui assène de son mieux le gamin de service qui ferme la marche. Indifférente aux heures qui passent...

(1) Quiotin : petit boxe réservé aux petits animaux dans un coin de l'étable.

Le temps d'un paysan d'alors ne se mesure pas en heures, mais en tâches accomplies. Tant mieux pour celui qui sait prendre son ouvrage. « Il n'a pas les deux pieds dans le même sabot, l'ouvrage lui fond dans les mains », dira-t-on de lui. Que son blé lève quand d'autres se préparent à semer, que sa femme soit la première, l'été, au petit matin, à rassembler ses vaches pour la traite, que la lucarne de son étable s'allume tôt l'hiver, qu'il soit le premier du hameau qu'on entende battre sa faux pour moissonner le seigle, quand le blé est encore vert, et sa ferme sera prospère.

En plus du geste, c'est tout cela qu'il me faut acquérir maintenant, au fil des jours, en observant les adultes, en les écoutant raisonner de l'opportunité d'entreprendre tel travail en fonction du temps présent et à venir, de l'état du sol et de la tournure prise par les récoltes. Sans qu'il soit jamais fait appel au savoir acquis à l'école, ni que le besoin se fasse sentir d'un quelconque enseignement agricole théorique. Aurai-je pour autant la fibre paysanne, telle qu'on la concevait alors, constituée avant tout de savoir-faire et d'abandon à la Providence ? L'avenir se chargerait de me l'apprendre.

A part les idées venues de Paris, et les slogans comme Paix, Pain et Liberté qui les accompagnent, avec en arrière-plan les menaces des fascismes italien et espagnol, et les bruits de bottes venus d'Outre-Rhin, ce début d'été 1937 s'annonce bien pour les champs. C'est le temps de la promesse, et le village espère. Si la récolte se fait sans dommage, si le blé donne plus qu'il n'en faut pour les semences prochaines et ce qu'on conserve au grenier pour pratiquer l'échange blé – pain, à raison de vingt-huit miches de six livres pour un quintal, il y aura une rentrée d'argent chez les paysans. Charron, maréchal, charpentier, maçon, en profiteront plus ou moins. Mais cette année-là notre charron fermera définitivement son atelier et deviendra facteur rural dans un autre canton. Vaincu par la modernisation, la crise agricole et l'utilisation généralisée du fer et du caoutchouc dans l'outillage et les moyens de transport. Son départ sera ressenti un peu comme une désertion, et comme une page qui se tourne.

A la Bédivière aussi, on rêve quelque peu. Maman se surprend à espérer, enfin, la machine à coudre Singer avec pieds de chêne ciré, plus esthétique que la fonte noire, dont aurait tant besoin sa main atrophiée qui peine à saisir une aiguille. Mais il faut impérativement attendre le verdict de la batteuse. Et en attendant préparer la moisson.

J'ai toujours conservé une certaine nostalgie de ces jours de grande paix qui précèdent les moissons de ce temps-là.

Les écoliers viennent à peine de sortir de l'école avec leur fourniment sous le bras, en braillant à qui mieux mieux dans l'unique rue du village :

Gai, gai l'écolier
C'est demain les vacances
Gai, gai l'écolier
C'est demain que j' partirai
J'irai chez ma grand-mère
Manger des pommes de terre
Des abricots pourris, de la salade amère
Gai, gai l'écolier...

L'odeur de foin nouveau n'est plus perceptible qu'au voisinage des barges, et sur le pelage des chats quand ils descendent des fenils. Sous les hangars on voit des faux en attente, appuyées aux murs, revêtues de leur râteau. Les faucheuses à herbe ont reçu l'équipement baroque qui voudrait les transformer en petites javeleuses.

Dans les cours de ferme qu'envahit une herbe têtue incrustée dans la pierraille, les petits coqs dont la crête commence à rougir essayent leur voix en une sorte d'appel discordant, tandis que des poulettes hautes sur pattes courent stupidement après d'invisibles moucherons. Certains matins, on ne sait pourquoi, la rosée tarde à sécher sous les pommiers. Alors on entend le blé qui bruit tout seul comme s'il en sortait des millions d'étincelles. « Voilà le blé qui tique », disent les paysans à l'écoute de leurs champs, plus que jamais, dans ces ultimes semaines. Sur les terres sableuses, le rouge et le noir du coquelicot se mêlent, sur fond de blondeur acide, en dégageant une puanteur qu'on dirait malsaine. Dans nos champs argileux, l'odeur tonique de la carotte sauvage est plus forte que celle du blé mûrissant. Dans les orges, c'est l'arôme de la menthe qui domine les après-midi trop brûlants. S'y mêle, timide, le parfum douceâtre de la petite feuille de trèfle violet, si tendre qu'elle meurt dans nos doigts à peine cueillie. Tout près, quelques rangs de pommes de terre écrasées de soleil commencent à se faner. Tandis qu'on devine le prodigieux travail qui se fait sous nos pieds, on sent poindre comme une odeur d'automne. Déjà…

Mais l'heure n'est pas encore à la mélancolie. Le seigle a été fauché précocement, encore *verdois*, pour conserver sa souplesse à la paille. Dans le demi-jour de la grange fraîche, père et grand-père s'activent sans mot dire à la confection des liens, qu'ils réunissent ensuite par paquets de cinq douzaines. A mon père le travail éreintant qui consiste, d'un ample étirement des bras au-dessus de sa tête, à frapper les épis sur un tonneau vide qui résonne à chaque coup, pour en faire jaillir le grain, tandis que les barbes et la poussière agglutinés par la sueur, lui mangent la figure et le cou malgré son grand chapeau de paille. Grand-père, assis sur un petit banc, répète mécaniquement, en pensant à autre chose, les gestes précis qui, en moins de temps qu'il n'en faut pour l'écrire, font d'une poignée de brins de paille exactement partagée en deux parties égales et nouées par l'épi, un lien solide, capable de résister à toutes les manutentions qui précèdent le battage des gerbes. Toutes les heures il sort en bâillant, car le travail sédentaire ne lui convient guère. Aveuglé par le soleil dès le seuil franchi, il contourne le pignon, tête nue, s'amuse comme un enfant à effrayer le gros coq tout flambant d'orgueil qui tient conseil à l'ombre, au milieu d'une assemblée somnolente égaillée parmi les touffes de renouée.

Il cueille au passage une de ces prunes bleues, précoces, couvertes de pruine cireuse où les doigts laissent des traces, et dont le noyau âcre, gardé dans la bouche, lui permettra d'attendre sans souffrir de la soif la collation de quatre heures, et revient à son chantier.

« Le vent est ballé, on entend la mitrailleuse au camp d'Auvours, et pis j'ai la douleu, on va mouiller…

– Tant mieux, répond mon père en prenant une nouvelle brassée, on aura une trempe avant de faucher le blé. »

Le camp d'Auvours au Sud-Ouest, les cloches de Bonnétable au Nord-Ouest, le sifflet du train au Nord-Est, la sirène de l'usine de Tuffé au Sud-Est, le roulement des trains de Connerré au Sud, le pivert qui *aboie la pluie*, le gresset qui égrène sa note grêle, agrippé sur une feuille de noisetier, les mouches plus agressives que de coutume, une traînée de fourmis volantes sur le seuil, le manche d'un outil si desséché, certains jours, qu'on doit se cracher dans les mains pour le serrer, et tant d'autres signes plus ou moins faillibles, voilà la météo de ce temps-là. La nôtre, en tout cas. On ne lui demande pas d'être exacte, mais d'indiquer des tendances à partir desquelles le bon sens guidera la décision, et advienne que pourra.

Si les signes se vérifient, on attendra donc pour faucher le blé, que la trempe soit venue, la mare abreuvoir remplie d'eau de ruissellement mêlée de purin, les trèfles rafraîchis, les betteraves revigorées. Entre deux averses, on dégagera à la faux le pied des pommiers. Et sur un petit vent d'est qui, espère-t-on, s'il correspond à la nouvelle lune, va maintenir les nuages sur la mer, ou va mobiliser toute la famille. Comme le feront nos voisins.

Ce ne sera plus le temps de rêver. C'est la Vie, désormais, qui commande. Et la Vie, cela commence par le Travail...

Louis Lebourdais
Loches, 27 mai 1993

Annexe

Du côté de Prévelles

Jean-François
Bourdais

Pierre Blin

Julie Chevallier

Stéphanie Bourgeteau
Grand-mère Blin

Marie Bourdais
Tatan Bique

Stéphanie Blin
Mémée

Pierre Lefèvre

Louis-Jean Lebourdais

Prudence

Juliette Lebourdais

Alphons

Louis Liberge
L'oncle

Georget

Louis Lebourdais
L'auteur

Du côté de Bonnétable

Louis-Pierre Gosnet

Françoise Blotas

Clémentine Gosnet

Georges Fontaine
Grand-père Georges

ːbourdais

Fontaine

Georgette Lebourdais

Table des matières

Achevé d'imprimer
sur les presses de l'Imprimerie de la Manutention, à Mayenne,
en octobre mil neuf cent quatre-vingt-quinze,
pour le compte des Éditions Cénomane, au Mans.
Dépôt légal : 4e trimestre 1995.